巅峰之旅

擎着光明的火炬
——诺贝尔奖和文学

陈春生 著

商务印书馆
2011年·北京

图书在版编目(CIP)数据

擎着光明的火炬:诺贝尔奖和文学/陈春生著.—北京:
商务印书馆,2010
(巅峰之旅丛书)
ISBN 978-7-100-06035-6

Ⅰ.擎… Ⅱ.陈… Ⅲ.①诺贝尔文学奖金-历史②诺贝尔文学奖金-作家-生平事迹-世界 Ⅳ.I109 K815.6

中国版本图书馆 CIP 数据核字(2008)第 146760 号

所有权利保留。
未经许可,不得以任何方式使用。

QÍNGZHE GUĀNGMÍNG DE HUǑJÙ
擎着光明的火炬
——诺贝尔奖和文学
陈春生 著

商 务 印 书 馆 出 版
(北京王府井大街36号 邮政编码 100710)
商 务 印 书 馆 发 行
北京瑞古冠中印刷厂印刷
ISBN 978-7-100-06035-6

2010年4月第1版　　开本 700×1000 1/16
2011年8月北京第2次印刷　印张 20
定价:35.00 元

目录

故事从童话开始 1
    谦逊而孤独的富翁 2
    看似征婚的招聘广告 5
    你的心灵是自由的吗？9
    一见钟情，情归何处？12
    缪斯女神的慰藉 15

"理想主义倾向"和"最出色的" 18
    几个字难坏了博学的评委 20
    局限与超越 23
    寻找诗意的栖居地 28

一个陌生的名字定下了十年的基调 34
    普吕多姆是谁？37
    众望所归的大师为何与巨奖无缘？43
    "我们的文学多么古老！"45
    英国人醒悟了，但只能跟在波兰人后边 51
    该瑞典自己的作家了 57

巅峰之旅

从一粒种子到参天大树 ·········· 71
　　自然主义顺其自然的折桂 73
　　感应世界文坛的精神脉动 81
　　现代主义也是理想主义 93
　　泰戈尔：被西方误读了的东方作家 96
　　美国人以特别的方式表达理想 109

"理想主义倾向"的另一层面 ·········· 113
　　最深的阴影将是光源所在 115
　　荒原：我们真实的生存写照 117
　　生活有如白痴讲的故事 127
　　海明威：孤独而脆弱的硬汉 133
　　他人即地狱：人类生存境况解读 142
　　等待戈多：后工业时代支离破碎的梦 149

真的是东方叛逆者的荣誉吗？ ·········· 154
　　逃避或反叛：人生的选择 155
　　在丰沃的土壤里扎根 158
　　描写顿河生活的大师 162
　　主流意识形态下的个性化写作 171
　　走出铁幕的索尔仁尼琴 179

世界是多元的，文学也应该是多元的 ·········· 186
　　一座桥和一个民族的历史 188
　　我在美丽的日本 195
　　人类之树：一个遥远大陆的风景 202
　　尼罗河絮语 211
　　为消除人类的隔阂而斗争 219
　　摆脱孤独：我们心灵世界的渴望 229
　　落花无意，流水有情 237

精英文学与人类价值的尊严 · · · · · · 243
  颁奖给诗人意味着复兴一种人文主义 *244*
  拉丁美洲的精神皇后 *246*
  诗人应该是人民的面包师 *257*
  将武器置于田野 *263*
  分裂的天空下一个和平的歌者 *276*

中国文学与诺贝尔文学奖 · · · · · · 282
  一种渴望,一种追求 *283*
  鲁迅眼中的诺贝尔文学奖 *288*
  老舍得了诺贝尔文学奖? *292*

1901 年 –2009 年历年获诺贝尔文学奖作家概览 · · · · · · 298

后记 · · · · · · 312

故事从童话开始

　　瑞典文学院坐落在旧城皇宫的后面,从那古色古香的房内向外眺望,古典和现代和谐一体的斯德哥尔摩广场尽收眼底。每个星期四下午,瑞典文学院18位博学多才的院士都要在这里聚会。他们正襟危坐,商讨让全世界人瞩目的一件大事——应该把一年一度的诺贝尔文学奖授予世界哪一位知名作家。他们面对着一排排来自世界各地装潢精美的文学著作,就如同面对一桌五光十色的精神佳肴。正是凭借着他们的慧眼,一位或者两位文学家将会在一夜之间获得世界性声誉。

　　到了每年12月10日,全世界的目光会不由自主地在这些院士们的引导下,投向斯德哥尔摩那座处处流溢着童话色彩的音乐厅,因为一年一度的诺贝尔奖颁奖仪式就在这里举行。

　　时针指向下午4时30分。典雅庄严的颁奖仪式开始了。获得诺贝尔文学奖的作家和得其他学科奖的科学家、经济学家一道在诺贝尔基金会成员的陪同下,依次站到了主席台的荣誉席上,全世界新闻舆论此刻都在关注着他们。出席观礼的各国嘉宾以热烈的掌声表达着对大师们的敬意。颁奖仪式的程序简洁而紧凑,先由诺贝尔奖基金会主席或奖金评选委员会成员简要介绍获奖人的成就,然后由每位获奖者发表精心准备的答词,接着他们依次来到国王和王后面前接过奖金和奖章。奖章上刻着一句话:"多么仁慈而伟大的心灵,人们仰赖他的发明与贡献,使得人的智慧生活更加充实。"

　　每一位获奖者站在领奖台上,实际上是站在自己人生辉煌的顶峰。获奖的那个时刻是难忘的,而阿尔弗雷德·诺贝尔的名字也和这些创造了人类奇迹的巨人一道,被人们广为传诵,成为人类追求完美生活而不断奋斗的象征。

巅峰之旅

谦逊而孤独的富翁

▲ 诺贝尔

有人说,诺贝尔奖是成年人的童话,奖项的设立就充满了儿童的想象和稚气。诺贝尔求学的时候,对数学不是很感兴趣,所以在他的遗嘱中,他不设立数学奖。而且让身处地球一隅的18位院士,从全世界为数众多、使用不同语言的作家中,每年挑选一位具有"理想主义倾向"、"最出色的"伟大作家,这件事情本身也是一种充满童话般的想象。有趣的是,不管诺贝尔文学奖多么天真并残留着一个人童年梦幻的痕迹,一百年来,在瑞典人的不断努力之下,诺贝尔文学奖还是成了全球化时代人们关注度最高的大奖,并且为人们提供了俯瞰20世纪世界文学发展形态的一个独到视角,为我们研究20世纪世界文学提供了一个非常好的范型。

诺贝尔是一位天才的发明家、成功的实业家。可为什么要设立文学奖来奖励作家呢?这和他丰富的人生阅历以及对文学的痴迷分不开。这些也是我们深入了解诺贝尔文学奖的辉煌历程所必不可少的背景知识。

1833年10月21日,阿尔弗雷德·诺贝尔诞生在瑞典首都斯德哥尔摩诺曼大街9号后院的一间灰色的房子里。父亲伊曼纽尔·诺贝尔是一位外科医生的儿子,身体强健,聪敏过人,从不喜欢循规蹈矩的生活。伊曼纽尔14岁就到海上当船员,看够了格调各异的海港城市,饱览了数不清的异国风光后,17岁那年,他突然立志要当一名建筑师。他凭着天分靠自学考入首都一所建筑专科学校,由于才华出众,伊曼纽尔很快获得奖学金,毕业后出色地完成了许多高楼和桥梁的设计工作。这个不安分的青年,年纪轻轻就已经品尝到了成功的喜悦。

诺贝尔的母亲卡罗琳出身农家,没有受过多少教育,但具有坚韧不拔的意志,特别能吃苦耐劳,也很注意对孩子的教育和培养。卡罗琳一共生育了8个孩子,有5个孩子先后夭折了,最后长大成人的只有3个。诺贝尔从小体弱多病,母亲对他倾注了全部的爱。到了上学的年龄,卡罗琳把他送进斯德哥尔摩圣雅各布高级学校。

因为身体不好,小诺贝尔很难坚持听课,只在1841年至1842年断断续续地念了几个月的书,但他的成绩却在班上名列前茅。

诺贝尔的童年是孤独的,为了打发漫长而寂寞的时光,他常常躺在床上看书,小说和诗歌成了他的心爱之物。文学作品读多了,他自己也提笔尝试着写诗,18岁那年,他用英文写的《一则谜语》被保存下来,我们从中可以看到他童年生活的真实写照:

> 我的摇篮像死神的铺板,/母亲怀着深沉的爱,/长年累月守在我身边。/她要救活我这个小生命,/希望的灯火一直在她心里点燃。/我连吸出乳汁的力气都没有,/抽搐过后又是一阵痉挛。/上帝让我体验离开人世前的痛苦,/我微弱地挣扎着,/犹如苟延残喘。/好容易长成少年,/病弱仍把我陪伴。/在这个世界上,/我是个与众不同的人,/小伙伴们玩得热火朝天,/我却只能默默地站在一旁观看。/我这颗与少年欢乐无缘的心,/只能朝着未来,/把希望寄托给明天。

诺贝尔童年的孤独落寞不仅因为身体不好,缺乏和小伙伴交往的环境和条件,更重要的是对父亲的思念。诺贝尔出生那年,父亲因经营不善破产了,为了养家,远去芬兰谋生,家里全靠母亲操持。因为生计非常艰难,他们的衣着打扮自然比邻家的小孩差些,小诺贝尔常常因此遭到别的孩子冷眼。有时候,邻居凑到一起议论体弱多病的诺贝尔说:"这个孩子永远不会有出息。"这些话勾起了他对父亲的怀念。父亲是遮挡风雨的大树,但小诺贝尔只能在梦里重温着父亲给予的欢乐。

父亲到芬兰后,仍无用武之地,便去了俄国。1842年春天,父亲从彼得堡来信,告诉家里人说,他发明了一种让沙皇感兴趣的火药,准备合资建厂。他要卡罗琳带领全家人去俄国。同年10月,诺贝尔和母亲一起,离开故乡斯德哥尔摩,启程去彼得堡。家境的好转使老诺贝尔有可能用金钱弥补多年欠下的父子情、夫妻爱。但这位实业家花钱很有讲究,他为孩子请来最好的瑞典老师,让他们学习俄、法、德等国语言,并为以后的科学研究打下了坚实的基础。

16岁那年,父亲建议诺贝尔应该到世界各地去看看,了解先进的科学知识。诺贝尔接受了父亲的建议,他先到德国、丹麦,接着乘船去了意大利,最后到了法国

巅峰之旅

的巴黎,那里可是全世界文学家、艺术家荟萃的地方。诺贝尔把这次游历看成是重要的学习机会。白天,他走访知名大学里的研究所,参观各种实验;到了晚上,便同科学家、教授、大学生们悉心交谈,如饥似渴地了解最新的科研动态。

在诺贝尔兄弟三人中,诺贝尔的天资还不是最好的。他父亲曾经这样评价三兄弟:"上帝对于人类的授予是公平的。……依我看,老二路德维希最富有天才,老三阿尔弗雷德勤奋过人,老大罗伯特则具有从事商业的气魄和能力。"

的确,勤奋使诺贝尔获得了巨大的成功。1863年,刚过而立之年的诺贝尔就获得了硝化甘油炸药的第一个专利。从此诺贝尔的脑海里幻化出无数的奇思妙想,想象和实干促使诺贝尔踏上成为杰出科学家的道路。他先后发明了硝化甘油、雷管、固体炸药、胶制炸药和无烟炸药等并获得专利,另外在人造杜胶、人造丝、人造革、燃气发动机和钢铁氢氧焊接技术方面也有很多发明。有人统计过,诺贝尔一生共获得355项发明权,其中有关炸药的达129项。四十来岁的时候,他已成为闻名遐迩的实业家和富翁。

看似征婚的招聘广告

尽管诺贝尔作为一名科学家、实业家取得了辉煌的成就,但他的感情生活非常坎坷,他一辈子生活在孤独、寂寞中,早年的传记作家甚至找不到诺贝尔谈恋爱的蛛丝马迹。但毕竟诺贝尔是一位有血有肉的人,他和女性的交往不断推动着事业发展,丰富着他的精神生活和人生体验。他和女性交往的曲折经历,促成了他对文学的深切理解,甚至成了他设立文学奖不可缺少的要素。因为在感情遭受挫折的时候,文学成了他抚慰心灵创痛的良药。

1851年,诺贝尔游历巴黎时,认识了一位在一家小药店里打工的"既美且好"的姑娘,酷爱诗歌的诺贝尔用灼热的诗句记述了难忘的初恋:

> 我怀着从未有过的喜悦感,/又一次同她见面了。/从那以后多次幽会,/我们已经谁也离不开谁。

这是一场刚刚开始就匆忙结束的初恋。双方还没有来得及品尝爱情的甜果,姑娘就不幸染病去世。毫无精神准备的诺贝尔陷入极大的悲伤之中,他想到乖戾的命运。

那段日子,他把自己关在房间里,不想见任何人。很多年后,他还谈到这次纯洁的初恋给自己精神上的巨大影响。他说,这次悲伤使得他"这个繁忙世界里孤独的行路人,决心把生命献给高贵的事业,从那个时候起,我就不曾享受人间的欢乐——但我已经懂得去研究大自然的知识"。诺贝尔强压着心头的痛苦,把全部精力投入到新的科学实验中。他经历过科学发明的艰辛、破产的威胁和工厂出事的打击,但都挺过来了。闲暇时光,他以读小说、诗歌为乐,从中汲取不断进步的精神力量。对少女美好的记忆,仍使诺贝尔保持着对高尚、纯洁爱情的欣欣向往之情。

1873年,年届不惑的诺贝尔在巴黎埃特凡尔附近新建的富人区买下了一栋漂亮的小别墅。也许是厌倦了漂泊,诺贝尔渴望有一个安定的、属于自己的家。巴黎的艺术氛围吸引着他,巴黎的作家和艺术家让他心生羡慕。巴黎那远逝的初恋仍铭刻在他的记忆深处。诺贝尔把新购置的别墅装修一新,购进了大量的书籍,书橱

巅峰之旅

里一下子摆满了英、法、德、俄等国的文学名著,还有斯宾诺莎、伏尔泰、康德和叔本华的哲学著作以及数不清的名人传记。他特意将拜伦、雪莱以及北欧作家的著作摆在显眼的位置,因为这些作品是他最爱阅读的。特别是雪莱,执著而高贵的理想追求,让他产生了思想的共鸣;清纯的艺术意境让他联想到比文学复杂得多的人生。

诺贝尔的工作已进入相对比较顺利的时期。他发明了炸胶,公司各项工作开始高效运转起来,诺贝尔总觉得自己手头有做不完的事,常常被一些琐碎的事情弄得身心疲惫。为了减轻工作压力,他想聘请一位秘书兼管家,负责日常事务的管理和应酬。像对待自己的工作一样严肃认真,诺贝尔对未来的这位管家也非常苛刻:她要能够像女主人一样应酬家内外的一切事务,在客人面前要举止娴雅,谈吐得体;更重要的是,她要能够熟练地处理各国寄来的信函,因而这位女管家必须懂多国语言。诺贝尔经常周游各国,他知道奥匈帝国的首都维也纳懂外语的女性比较多,作为艺术之都,那里的女性开朗、活泼、漂亮而且气质高雅。如能物色来自维也纳的女性,那对他刻板的生活将是个很好的调剂,诺贝尔开始留心寻找和物色理想的秘书,但寻找了很长一段时间均未能如愿。诺贝尔决定以广告招聘的方式来寻找自己心目中合格的女秘书。

1876年春天,诺贝尔亲自拟订了一份招聘广告,登在维也纳一家有影响的晨报上:

> 一位上了年纪的绅士非常富有,很有涵养,他住在巴黎,希望找一位同样成熟并懂得几门外语的成年淑女充当秘书和管家。

这则看似征婚的招聘广告,犹如在宁静的湖水里投入了一颗小石子,很快便掀起阵阵涟漪。应聘的人很多,一些待字闺中的女性干脆就把它看成是征婚广告,在寄来的应聘信中,还附上自己的照片,夸耀自己的持家本领,对外语和秘书的具体要求则避而不谈。诺贝尔对这类信件一律不予回复,但他还是认真地阅读着每一封来信。其中一位署名伯莎·金斯基的信激起了他浓厚的兴趣:伯莎,曾任家庭教师,33岁,懂数种语言,只是管家经验不足。信是用法文写的,相当出色的表达和率真质朴的语言,令诺贝尔心动。他用英文给这位应聘者回信,告知了自己的爱好和生活的动荡漂泊。伯莎在回信中表示理解,并暗示自己屡遭挫折。

的确,这位应聘的维也纳姑娘此时正身陷感情的旋涡而不能自拔。青年时代的伯莎浪漫天真,身材修长,容貌秀丽,举手投足间显露着一种贵族气质。那时候向她求婚的人很多,她曾和一名叫阿道夫的青年订过婚,但小伙子还没有等到结婚就不幸病逝。伯莎初尝了人间的痛苦,而此时她的家境也日渐破败,母亲重病缠身,外祖父家道中落,为了维持一家人的生计,她不得不外出打工。这在19世纪后期比较保守的社会环境里,需要多么大的勇气啊。由于生活艰辛,四处奔波,到了30岁,伯莎还孑然一身。就在年届而立的时候,她的亲友介绍她到侯爵冯·苏特纳家当家庭教师,她要教的学生是侯爵家的长子阿尔图·苏特纳。小伙子那年才23岁,正是青春萌动的年龄,他被伯莎高雅的气质所吸引,一见面便狂热地爱上了她,上课和下课之时,总是有意无意地表露着自己的爱情。久而久之,伯莎饱受痛苦折磨的心房泛起了春潮,她接受了学生的爱,两人由师生关系变成了恋人关系。但阿尔图的父母反对这门婚事,因为伯莎不名一文,年纪又大,侯爵看到儿子深情地站在老师身边便十分生气。他向伯莎摊牌,要求伯莎离开自己的儿子。

正在进退维谷之时,伯莎看到了诺贝尔的招聘广告。她决定应聘,顺便让自己的头脑冷静冷静,认真地思考一下,这次爱情选择是否是一时冲动。诺贝尔把与应聘者见面的地点安排在巴黎的格兰宾馆,他为伯莎预订了房间,自己亲自到火车站迎接。站在火车站的月台上,当彼此认出对方时,两人都有些吃惊。出现在诺贝尔面前的这位女性,秀气、苗条、红润的双唇间露出两排洁白的牙齿,嘴角挂着不加掩饰的好奇的微笑,挺直的鼻梁和整个脸庞和谐地组合成现代美女的形象。而伯莎眼中的诺贝尔同样令人惊讶。她后来回忆说,她在车站见到一位"精力充沛的中年人"——"他给我留下了愉快的印象。实际上,他并不是如同广告词中所暗示的,是一位白发苍苍、年老力衰的老绅士,根本不是。——那时才43岁,身材中等偏矮,络腮胡子,相貌不难看,也不漂亮;一双碧蓝的眼睛温和而善良,使他的表情不显得过于惆怅,讲话的语气里交织着抑郁和讽刺,显示出异于常人的气质,以至于人们认为和他不容易相处。"

诺贝尔刻板的生活里多了一道亮色。工作之余,他总是饶有兴致地和伯莎聊天,度过了许多难忘的黄昏和夜晚。在诺贝尔身边的时候,伯莎就曾把自己对诺贝尔的看法写信告诉了朋友:

"诺贝尔非常富有,在巴黎有一栋豪华住宅,他的生活起居从不受别人干涉,

巅峰之旅

性情孤僻,并坚持他的独身主义。"

"他有豪华的马车和健硕的骏马,他经常喜欢独自一人驾车出游,从不愿邀人同行。"

"但对诗歌和小说而言,他知道人独学无友则肯定孤陋寡闻,所以他需要能共同研读交流的伙伴,凡是文学家聚会的地方,他必定前往参加,并洗耳恭听别人的见解。"

"我时常与诺贝尔先生谈论文学,他特别喜欢雪莱的诗文,并且深受雪莱和平主义的影响。"

"但我永远无法理解诺贝尔先生从事着与他的和平思想完全背道而驰的炸药事业。每当我问及此事,他总是苦笑着说:'你以后会明白的。'"

很多年后,伯莎怀着深深的敬意谈到和诺贝尔工作以外的交流:"听他纵谈世界和人类、生命与艺术、瞬间与永恒,这真是知识上的享受。这些享受痛快极了。他躲避社交生活,对世人的肤浅、虚伪、轻薄深恶痛绝。他完全相信,一旦人们的智力被更好地发挥出来,人类会变得更加高尚。"

你的心灵是自由的吗？

伯莎的青春和活力以及她那广博的知识，使得诺贝尔干涸的心田里犹如碰上了八月的甘霖。他甚至一相情愿地希望这位美丽多才的女秘书能变成这个家的女主人。很久以来，诺贝尔就有了成家的想法。他在给一位朋友的信中说："我和其他人一样，或许比其他人更能经受孤寂的痛楚。多年来，我一直在寻觅一位能与我心心相印的人。"伯莎正好符合诺贝尔"心心相印"的条件：历经坎坷而不气馁，学识广博而不肤浅。诺贝尔畅谈了自己的理想和希望，甚至把正在进行的研究计划也告诉了伯莎，征求她的意见。这是他第一次毫无保留地向异性敞开心扉，而且是如此深入、细致、有耐心地介绍，因为他知道伯莎能够深入到他思想的深处，能够理解他。

诺贝尔当然不知道伯莎已经芳心他许，爱情的火焰注定无法燃烧。一天，诺贝尔到旅馆去接伯莎，在大厅等了很长时间也不见伯莎下来，等伯莎出来时，她满脸忧郁，好像刚刚哭过。为了安慰这个姑娘，诺贝尔把自己写的《一则谜语》给伯莎看，他谦虚地说，自己不会写诗，只是在寂寞的时候写下自己的感想，作为消遣的方式：

▲ 苏特纳

你说我是个谜，也许是吧！/我们其实都是未解之谜，/在痛苦中开始，在深沉的折磨中结束。/琐屑卑贱的事物把我们拖向死亡，/崇高的思想把我们带到苍天之上，/而欺哄我们一个灵魂梦想不朽……

伯莎读完这首长诗后，禁不住说"简直美极了"。气氛变得愉快起来，一种"心心相印"的感受萦绕在诺贝尔的心头。他盯着伯莎那双幽蓝的眼睛，深情地问道："你的心灵是自由的吗？"说出这句话的瞬间，诺贝尔甚至听到了自己的心跳。但伯

巅峰之旅

莎给了他否定的回答。伯莎的心属于阿尔图,她不是那种见异思迁的人。伯莎把自己的感情经历毫无保留地告诉了诺贝尔。可以想见,诺贝尔是多么失望啊!对伯莎深沉的爱,竟使他顾不得绅士风度,他不无醋意地说:"你终究会忘记他的,或许他早已把你忘记了!"

实际上,伯莎和阿尔图彼此无法忘怀。伯莎出走后,阿尔图极度悲伤,大病一场,家里再也听不到他的笑声。阿尔图的姐妹们把这个消息告诉了伯莎,伯莎感动不已。在分别的日子里,阿尔图每天都给伯莎写信,诉说分别的衷肠。诺贝尔却没有更多时间用在爱情细节的铺排上,许多繁重的工作等待着他去处理。那时候,诺贝尔正要去斯德哥尔摩参加新炸药厂的开工典礼。待工作有了头绪,他才迫不及待地拍了封电报给伯莎:"平安抵达,将于下周回巴黎。"而此刻,伯莎更为从维也纳来的另一封电报而倾心。阿尔图在多次通信以后,抑制不住自己的思念之情,向情人发出了深情的呼唤:"没有你,我将无法生活。"

伯莎决定回到情人身边,无论未来的生活将会怎样困苦,她都愿意。她变卖了首饰,踏上了回乡之旅。在火车上,她给诺贝尔发了封快信,表达了自己的歉意。到维也纳后,伯莎下榻在一个小旅馆里,等待着阿尔图的到来。阿尔图一听说自己的情人回来了,飞也似的跑到旅馆。伯莎听到了那熟悉的脚步声,急切地推开了房门,两个人不顾一切地拥抱在一起,眼中饱含着热泪。

1876年6月12日,伯莎和阿尔图在没有双方家人到场祝贺的情况下,在维也纳郊区的一所教堂里举行了婚礼。当时伯莎33岁,而阿尔图26岁。随后两人去了高加索,定居在第比利斯。伯莎改姓苏特纳。他们深爱文学,深入高加索地区采访和调查,给欧洲报刊写稿,并尝试小说创作。伯莎的第一部小说《心灵的财富》向人们展示了她深邃的思想,记述了他们夫妻之间艰辛而幸福的生活。特别是《放下武器》出版后,她的反战思想更为全世界人民共知,她成了一名杰出的和平运动战士。

在以后漫长的岁月里,她和诺贝尔虽然只见过三次面,但两个人相互影响、相互支持,保持着深厚的友谊。诺贝尔钦佩伯莎为和平奔走的热情,并表示愿意为和平运动尽力。他对伯莎说:"夫人,我已经年迈力衰,并且有许多研究项目和工作等着我去做。我无法同你一起从事和平运动,这十分遗憾。""你为和平贡献了宝贵的时间和精力,如果我的钱能通过你的活动,对和平作出贡献,我将感到无上光荣,用多少都可以,请不必客气。"在给予伯莎的和平事业以帮助之后,诺贝尔考虑到自己的身后事,他希望能够对和平事业作出持久的贡献,便把这一想法以书信的方式和伯莎进行交流:"我想把我的一部分财产作为奖金,奖给为促进和平事业尽力的人们。"这是诺贝尔设立和平奖的最初思想萌芽,或者说是伯莎的和平思想影响了诺贝尔对人类相互友爱、保持和平重要性的认识。

1905年,首届诺贝尔和平奖颁发了,伯莎作为首位获奖者来到了斯德哥尔摩,站在高高的领奖台上,她满怀深情地说:"真理和正义之星在人类的太空中闪耀,幸福必须靠和平来创造和发展,这就是真理。人人都有生存的权利,这就是正义。"应该说,伯莎是给予诺贝尔积极影响的女性,她深邃的思想和为全人类谋求幸福的使命感,使得诺贝尔也把人类的幸福看成是自己最终追求的目标。他们之间的友情至今被传为美谈。

巅峰之旅

一见钟情,情归何处?

再次经历了心灵的激荡和落寞后,诺贝尔无法让自己平静,成家的愿望更加强烈,因为很多时候,他无法排遣生活中的种种烦恼。

1876年春天,也就是诺贝尔招聘秘书那年,他途经维也纳返回巴黎。在维也纳,一位企业界的朋友邀请他共进午餐,他想买束鲜花带上,便信步进入花店。可是等到要买花时,诺贝尔发现自己对花卉一无所知,好在卖花的姑娘热情周到,不断询问送花的对象是谁,多大年纪,是否结婚。诺贝尔为这个唧唧喳喳的小姑娘的天真所感动,老老实实地回答了她的问题。姑娘叫莎菲亚,有犹太血统,长得十分出众,乌黑的秀发披肩,细长的睫毛下闪耀着一双淡蓝色的眼睛,身材娇小、柔弱。周末,诺贝尔约她外出散步,两人度过了一个愉快而难忘的晚上。后来伯莎出现了,他把这个小姑娘给淡忘了。现在呢? 伯莎走了,那个天真活泼的面影重新浮现在诺贝尔面前。应该说,诺贝尔对莎菲亚并不是一见钟情,在最初的接触中,他只是出于对美的倾慕,一位富有的绅士对出身寒微的小姑娘的怜悯。每次途经维也纳,和这个姑娘见面时,他总被这个姑娘的纯朴而略带傻气的举止所感动,小姑娘能让他从艰涩的科研世界中走出来,心灵获得很好的休息。理智常常提醒他,这种关系不可能很顺利地发展下去,无论是年龄、学识还是教养等方面,他们之间的差异太大了。但爱情的魔力让他越陷越深,从此他走上了不知是为了爱情还是为了婚姻的情感之旅。

莎菲亚家境贫寒,父亲是个糖果经销商,整天沉默寡言,母亲却颇有心计。当莎菲亚出落成亭亭玉立的小美人时,母亲就幻想着有一天女儿能够嫁个大阔佬。诺贝尔仿佛就是莎菲亚家梦中等待多年的那个阔佬,而且这个阔佬比他们想象中的有钱人还要富有、阔绰得多。直觉告诉莎菲亚,只有诺贝尔才能使她摆脱贫困,过上富裕的生活。诺贝尔确实给了莎菲亚梦一样的物质生活,与此同时,他还想根据自己的标准改造这个女子,让她读书,让她了解自己工作的价值和意义。但读书需要心灵产生强烈的渴望,没有这种内在的渴望,一个人外在的条件再好,也是枉然。刚开始的时候,莎菲亚还按照诺贝尔的要求认真学习,力图提升自己的修养,但很快莎菲亚就对读书失去了兴趣。与读书的枯燥、孤独相比,她更喜欢上流社会虚伪而奢侈的生活,她和诺贝尔谈得最多的是时装、舞会、疗养。到后来,她以诺贝尔太太的身份到处疗养、购物。诺贝尔所能做的就是到处给她买单。

诺贝尔以长者的宽容忍受了这一切。他深深迷恋着莎菲亚的青春和朝气。有一段时间他甚至准备把莎菲亚带回瑞典,让家族承认这个儿媳,但莎菲亚的放纵和修养的欠缺,使他又打消了这个念头。诺贝尔和莎菲亚在爱与恨、理解与误会中度过了18年。诺贝尔一方面觉得这个女孩太任性,太缺乏教养,太放纵自己,可是当无边的孤独、寂寞袭来时,他需要莎菲亚的安慰。我们从诺贝尔给莎菲亚的信中可以看到他矛盾的心境。1878年9月27日的信中写道:

> 许多年来,我一直寻找着一条通往另一个心灵的道路,但那颗心绝不是一个21岁的女子的心,她对生活的感受同我的全无联系。你的星宿正在天空升起,而我却在降落,青春使你的希望显得绚丽多彩,而我的希望只不过是夕阳的一点余晖。所以我们不配相爱,但我们依然可以成为好朋友……

信中诺贝尔对两人之间巨大的差异保持着清醒的认识,他试图斩断这种没有结果的恋情,也许在寄出这封信的那一刻,他长嘘了一口气:这团理不清的乱麻终于割断了。信发出后,莎菲亚很快回信了,她似乎并不在乎诺贝尔的态度,还一个劲儿地谈着身边的男朋友。诺贝尔无法让自己的心平静下来,他所倡导的以友谊代替爱情的构想在自己的情欲面前显得不堪一击,嫉妒心使他禁不住像个初恋的小伙子那样回了信:

> 你不说我也知道,你过得很愉快……B小姐也许看见你新结识太多的男朋友而有点不安。这也许是你和她合不来的原因吧。别以为这是对你的责备。我只是想对你的信作一个合理的解释。一个一直爱你的人。

许多日子,诺贝尔和莎菲亚不在一起。特别是到了晚年,诺贝尔极为孤独。一方面,莎菲亚对他的情感变成了纯粹地对金钱的渴求;另一方面,诺贝尔常把她设想为梦中情人,不断在想象的世界中把她加以完美。心中的莎菲亚和现实中那个

巅峰之旅

俗不可耐的女人出现奇妙的分离。直到有一天,梦中的构想被现实击得粉碎。1891年春天,莎菲亚告诉诺贝尔,自己怀上了孩子,但这孩子不是诺贝尔的,而是一位匈牙利骑兵军官的。莎菲亚并没有考虑诺贝尔身心所遭受的痛苦,开口就要孩子的抚养费。出于同情,诺贝尔依然像宽厚的长者那样给莎菲亚寄去了抚养费,但他内心所遭受的伤害是前所未有的。他的孤独情绪日甚一日,直到死亡来临。莎菲亚在诺贝尔死后,还在伤害着这位谦逊而孤独的富翁。在诺贝尔立下遗嘱,决定把全部财产捐赠出来时,莎菲亚仍以"诺贝尔太太"的身份,要求分享财产,并威胁说,如果不分给她更多的遗产,她就把诺贝尔写给她的216封信的原件版权卖掉。在人们道德观念普遍保守的时代,这无疑会有损诺贝尔的声誉,也影响到诺贝尔遗嘱的执行,甚至可能使设立诺贝尔奖的遗嘱变成一纸空文。一个高尚的学术机构是不愿意为有道德污点的人扬名的。好在遗嘱执行人颇有心机,平息了莎菲亚的无理取闹,当然付给了她一笔巨款。一位传记作家研究了诺贝尔晚年和莎菲亚之间的疏离和伤害后痛心地写道:

> 这位大富翁和那后街上来的姑娘之间的故事就这样结束了。这种不幸的关系是造成诺贝尔晚年患沮丧忧郁症最主要的一个原因,这还意味着他是作为一个对女人和爱情感到幻灭的人而死去的。人们不禁要问,假如诺贝尔在他的成年生活中与一个能够帮助他、理解他并和他相匹配的女人幸福地结合在一起,那么事情又将会是怎么样的呢?

缪斯女神的慰藉

但这种假设永远不可能变成真实。实际上,诺贝尔的人生,除了事业的辉煌以外,他的日常生活和我们没有什么不同,出现在他身边的女性,有气质优雅、学识丰富、品行高洁的,也有一些市民气息很重的人。这并不是我们惋惜的理由,我们唯一为诺贝尔遗憾的是,由于他的善良或者说是软弱,没有安排好自己的个人生活,以至于一生饱受孤独的折磨。生活本来就是这个样子,总会伴随着相应的感情经历。如果走上了另一条道路,那么可能会得到另外的烦恼。

令我们深为敬佩的是,诺贝尔拥有大量的金钱,在同女性交往中,充满了失意、误解、疏离和背叛,但他没有沉沦,更没有放纵,始终把事业的追求作为人生的支撑点,在痛苦和挫折中培养了自己开阔的心胸,不断磨砺着自己的精神品格,他从文学中寻找前进的动力,寻找精神的源泉和安慰。

更令我们欣慰的是,他要把自己从文学中获得的审美感受同全世界人分享,这样,才有了影响深远的诺贝尔文学奖,而且他把文学引导人们积极向上的精神力量概括为"理想主义"和"最出色的",这种内涵的丰富性使得诺贝尔文学奖能够不断超越时代的局限,将各类不同风格的作家团结在这面旗帜下,并让更多的读者去欣赏和认同。诺贝尔认为,对自然科学的征服,是为子孙后代造福,而文学的理想主义精神,将和自然科学一道完成这一使命。

诺贝尔深爱着文学,"一生都在认真关注着文学,只要他的紧张生活稍有空闲,便注意了解当时的文学发展动向。"*世界上许多优秀的作家都进入过他的视野,英国文学、法国文学、俄罗斯文学以及斯堪的纳维亚各国文学激起了他强烈的阅读兴趣,在众多的文学名家中,英国浪漫主义大诗人雪莱对他产生了终生性的影响。像诺贝尔终身追求科学、造福人类一样,雪莱整个一生都在为人类的平等、和睦而奋斗。作为杰出的诗人,他既通过自己精美的诗作,也通过自己的社会实践来实现为人类光明未来而奋斗的理想。雪莱出身于贵族家庭,从小就接受英国贵族式的教育,但他骨子里渗透着对贵族阶级的反叛精神。他认为,恰恰是贵族对财富的占有和掠夺,才使得社会有穷人和富人的对立;才使得本应和睦相处的人类

---

* 《诺贝尔文学奖词典》王逢振主编 漓江出版社 1997年版 第3页

巅峰之旅

相互仇视；才使得世界变得动荡和混乱。他主张人类皆兄弟，面对丑恶的现实，他着眼于对人类未来的追求，而且总是满怀着信心和希望。在他的诗作中，对人类未来美好的憧憬，占有很大部分，因而他被称为人类美好未来的"预言家"。那么，他构筑人类未来的景象是个什么样子呢？这里仅举几个例子：在长诗《麦布女王》中，他让麦布女王撩开时间的面纱，看见未来世界"不再是地狱，而是爱情、自由、健康"。在《伊斯兰起义》里，虽然描写的是现实政治斗争的内容，但表达的仍然是对未来美好的祝愿。诗歌结尾处，他满怀信心地写道："未来的欢腾会从我们的死亡中来到。"而在其代表作《解放了的普罗米修斯》中，他将人类始祖普罗米修斯和宙斯妥协的故事结构进行了大胆的改造。他说，"我对人类的保卫者和压迫者的软弱结局感到厌恶"，他将结局改为人类与强权抗争。当然，抗争不是雪莱的最终目的，雪莱是想通过抗争，消弭人类彼此之间的仇恨，实现人类的和谐相处。在诗剧中，雪莱让宙斯被时辰的车轮拖下宝座，人类获得了解放，大地被爱统治着，人类充满了自由、平等、真理和美德。作者描述了人类社会未来的远景：

> 许许多多的皇座都没有皇帝，大家一同走路，像神仙一样，他们不再互相谄媚，也不再相互残害。人们的脸上不再显示着仇恨……原来人间变得好像是个天堂，不再骄奢，不再妒忌，不再有什么羞耻的事情，也不再有什么苦水来毁坏那解愁忘忧的爱情甜果。……人类从此不再有皇权统治，无拘无束，自由自在，人类从此一律平等。没有阶级、民族和国家的区别，再也不需要畏怕、崇拜、分别高低。每个人就是管理自己的皇帝，每个人都是公平、温柔和聪明。

如果说，雪莱是用诗歌的语言来为人类未来描绘美景的话，诺贝尔则是通过对雪莱作品的阅读，把诗意的景象转换成理性精神支配下的具体实践。他欣赏雪莱诗作中那种和睦相处、平等一致的大同精神，特别推崇雪莱"人类皆兄弟"的信念。诺贝尔所说的"理想倾向"就是要作家给处在发展困境中的人类一个具体可感的解释。

当然，对文学的痴迷只为诺贝尔设立文学奖打下了基础，而促使他最终作出决定的，则是一项关于北极的探险计划。1895年2月，发明家萨洛蒙·奥古斯特·安德烈计划乘飞机赴北极探险。诺贝尔资助了两万瑞典克朗，以后诺贝尔又为这个计划献计献策,力求这个计划能够成功。萨洛蒙·奥古斯特·安德烈不仅是一位工程师,还是一位探险家,具有较强的组织能力。他年轻时曾飞越大西洋,到过美国费城,掌握了那个时代最前沿的航空知识。他制造了一些气球,在上面装配了牵引绳、导向绳和风帆,使气球成了可操纵的飞船,他这些设想大胆的飞行试验在美国和欧洲引起了轰动。

因为有诺贝尔的介入,在北极探险计划前期准备过程中,发表了大量的有关探险的新闻报道特写,吸引了瑞典民众的关注。诺贝尔看到文学的巨大号召力,认为文学有可能把人类的激情诱导到为人类谋福利的方向,为此他决定在遗嘱中设立一项新奖金,授予文学界杰出的作家,引导作家用手中的笔去宣传人类最崇高的思想。他是这样认识设立文学奖的意义的:

> 如果安德烈抵达目的地,不,只要他成功了一半,那真会感动世人的心灵,而使他们产生新的观念和新的改革,从而对和平有所贡献。因为无论何种新发现,都会在人类的脑海中留下深深的痕迹,而这种痕迹又将刺激下一代的大脑,使之在文化领域里产生新的思想。

1897年,探险队在作了充分准备的情况下,向北极进发了。遗憾的是,安德烈和另外两位探险者在征服北极的途中遇难。1903年,另一支探险队在北极一个叫白岛的地方找到了安德烈等三人的遗体。在清理遗物时,发现了安德烈的日记,上面详细记载了他直到冻死前的一些情况,这些文字为后来的探险者提供了宝贵的资料。而安德烈严谨的科学态度和为人类谋幸福的精神,也通过报道为人们所熟知。

应该说,诺贝尔的科学研究和一系列的社会活动,不断丰富着他对社会和人生的认识,也不断超越了他自身。他渴望帮助民众认识到人的伟大应该表现在什么地方。文学奖和和平奖的设立,都是为了把民众的注意力引向献身人类的人们。

诺贝尔的努力没有白费,正如在诺贝尔的追悼会上,一位年轻的牧师所说的那样:"我们可以正确看待这位死去的人,虽然他富有,有亲友的情爱,但他也是穷苦。他孤独地生活,孤独地死去,没有家庭的喜悦,没有妻儿的安慰,这是他的选择或者命运。他的天性是不为名利所动,不以孤独为苦,他一直到生命的末日,仍是热心的、仁爱的。他的生命是高贵的。"

"理想主义倾向"和"最出色的"

诺贝尔一生历经磨难，但他从未失去进取的雄心，而且总是渴望为人类的未来尽自己的力量。他活着的时候，曾多次为慈善事业捐赠，周济困难的人们。但他时常陷入思想矛盾的困境之中。一方面他为科学提升了人类生活质量而惊喜，另一方面也为科学被人们滥用而痛心。到了晚年，这种思想的斗争更为激烈。他思考着拯救人类精神困境的出路，想用自己的财富倡导人类沿着健康的轨道走向未来。

1895年11月27日，诺贝尔立下了最后一份遗嘱，这份具有法律效力的遗嘱，体现了他关爱人类的博大胸襟：

> 所有我留下的不动产，应以下列方式处理：其资金将由我的委托人投资在安全证券上，建立一项基金，其利息以奖金的形式，每年赠与那些在最近一年来造福于人类、贡献最大的人。
>
> 此项利息将平分为五份，分配如下：一部分赠与在物理学上有重要的发现或发明的人；一部分赠与在化学上有重要的发明或改进的人；一部分赠与在生理学和医学上有重要的发现的人；一部分赠与在文学上创造出具有理想主义倾向的最出色的作品的人；一部分赠与能使国与国之间增加友爱、能废止或裁减常备军、能维持和发起和平会谈的人。

为了表达他为全人类造福的襟怀,诺贝尔还特别强调了这个奖项的全球性特点,他指出:

> 在颁发这些奖金的时候,对于候选人的国籍丝毫不予考虑,不管他是不是斯堪的纳维亚人,只要他值得,就应授予奖金。

巅峰之旅

几个字难坏了博学的评委

尽管诺贝尔在遗嘱中涉及文学的只有两个方面,但"理想主义倾向"和"最出色的"几个字的内涵却叫博学的评委们难以界定。

"理想主义倾向"和"最出色的"是一个包含极广的具有历时性功能的概念,不同时间段的人们对它的理解会完全不同。而且,这个概念又具有共时性,人类具有许多共同的东西。不同民族、不同阶层或社会集团,都有自己的"理想主义",并由此派生一套适合于本民族、本阶层或社会集团的价值观,而且每个民族所设定的理想未来并不完全一致。因此要想把"理想主义"和"最出色的"变成具体可操作的授奖细则,本身就是一项创造性的工作。对于诺贝尔文学奖评选委员会来说,他们首先要解决的问题是要找到一个既符合诺贝尔的初衷又体现人类共同的精神特质,并被普遍遵循的"理想主义倾向"价值观念来。这一内涵不仅要经得住现实的检验,而且还要超越现实,融汇于历史。这一任务对偏于地球一隅,和法兰西文学院、德国科学院相比,没有什么名望的瑞典文学院来说,无疑是一次严峻的挑战。

好在评委们尽管是19世纪的智者,但并不乏20世纪的眼光,他们给予了"理想主义倾向"较为准确的理解。具体地说,从德国古典主义美学出发,"作品被认为意味着为人类,为符合人道、常识、进步及幸福所做的奋斗,这一根本观点被理解为适用于富有建设性目的的文学成就"。"总的说来有资格获奖的严肃文学应推进对人类及其状况的认识,并努力丰富和改善人类生活。"[*] 一句话,所谓理想主义倾向,"就是文学的正统性,符合宗教精神和社会道德秩序,能激发人乐观向上的情绪"。

他们的这种理解与诺贝尔所倡导的理想精神是相符的,我们从诺贝尔生活的时代和他的思考可以得到印证。诺贝尔生活在19世纪下半期,那是一个混乱的时代,欧洲各君主国家联手扑灭了拿破仑资产阶级革命的火焰后,与大资产阶级结成新的联盟,为巩固权力,彼此之间进行着掠夺和战争。短短的几十年间,先后有法国与奥地利的战争,普鲁士、奥地利对丹麦的战争,英法对俄战争和俄土战争。更令人惊异的是,列强们把侵略的魔爪伸向亚洲、非洲,给本已痛苦不堪的弱小民

---

[*] 《诺贝尔文学奖词典》王逢振主编 漓江出版社 1997年版 第11页

族带来了无穷无尽的灾难。

但是，这也是一个产生希望的年代，新的科学技术被广泛应用，生产力大大提高了；无产阶级作为一支独立的政治力量开始显示其革命的先锋性，他们抱着解放全人类的宏愿，要砸碎套在自己身上的锁链。借用英国作家狄更斯的话也许描绘得更为准确：

> 这是一个最好的时代，这是一个最坏的时代；这是一个充满智慧的时代，这是一个充塞着愚蠢的时代；这是一个充满信任的时代，这是一个遍布猜忌的时代；这是一个光明的季节，这是一个黑暗的季节；这是充满希望的春天，这是令人绝望的冬天。

诺贝尔就是在这样的时代氛围中，面对着这样一个交混着希望与失望的世界，走上了科学研究的道路。他想以自己的研究促进人类对自然的开发和利用，但科研成果的应用往往出现与最初的目的相反的结果。炸药用于修筑公路、开采矿石，也被用来制造杀人的武器。

到了晚年，诺贝尔为科学的滥用和产生的巨大破坏力而痛心。他设立奖项的目的，就是要人们在最大限度的范围内限制科技被用于邪恶。设立文学奖，就是要使人们认清什么是真善美，什么是假丑恶，抑恶而扬善，鼓励人们积极向上，和睦相处，使人类在不断克服自我的弱点中走向完美，让这个蓝色星球上的人类相亲相爱，不再为世俗的欲念所困扰，不断获得精神上的超越。诺贝尔奖委员会的理解不仅与诺贝尔的思想相一致，而且在遴选作家时，也和诺贝尔的审美眼光相吻合。

诺贝尔希望以"理想主义倾向"和"最出色的"为标准，把全世界最优秀的作家纳入到一个体系中。一百多年过去了，当我们理性地审视一个世纪的颁奖史，应该说诺贝尔遗嘱的精神得到了发扬，因为在这个世界影响性最大的文学奖中，几乎囊括了不同政治立场、不同文学流派、不同地域和民族卓有成就的大作家，成为全球化语境下一个超越民族、地域、意识形态的文学体系。这个由西方人设立并由西方人遴选作家的奖项，因其他地域和民族的文学融入，它自身的西方色彩被淡化了，一种多民族文学相互对话的机制已经形成。

诺贝尔文学奖颁奖史也昭示了这样一个文学规律：在一个信息多元的社会

巅峰之旅

里,文学的全球化不是以经济为后盾的强势文学对其他文学的征服或置换,而是各民族文学在对峙、渗透、融合中形成对话。诺贝尔文学奖记录了西方文学从排斥、接纳到与其他民族文学相互融合、对话的过程,它是研究20世纪文学全球化的一个具有代表意义的标本。今天,我们在谈论诺贝尔文学奖的时候,不能不佩服诺贝尔的深刻预见性和对人类深深的爱意。

局限与超越

当然,我们也应该承认,由于诺贝尔文学奖的评选标准——"理想主义倾向"和"最出色的"是一个历时性概念,也由于人们审美观念的复杂性和多样化,诺贝尔文学奖在辉煌的后边,也留有某些局限和不足。回避它的不足而一味地歌功颂德不是科学的态度,但一味夸大不足甚至缺憾也是不妥当的,我们应该更多地看到一代又一代评委们在整个颁奖历程中,超越缺憾和不足的努力。

诺贝尔文学奖与20世纪一同诞生,除中间因第一次世界大战和第二次世界大战的特殊环境而未授奖外,几乎每年都有一至两位作家获奖。这种时间的延续性,使文学奖本身构成了一种深邃的沧桑感。从苏利·普吕多姆到2006年获奖的土耳其作家帕穆克,103位文学大师在"理想主义倾向"和"最出色的"旗帜下,构建了20世纪以来的最出色的文学殿堂。同时,因为"理想主义倾向"的巨大包容性和不断感应时代变化,充实其内涵,使得诺贝尔文学奖自身形成了一个巨大的开放体系,涵盖了世界上最有代表性的、最富有成效的作家。

但是在一百多年的获奖作家名单中,既没有批判现实主义大师托尔斯泰、德莱塞、哈代,没有社会主义现实主义奠基人高尔基,没有现代欧洲戏剧革新家易卜生、斯特林堡,也没有现代主义文学大师乔伊斯、普鲁斯特、卡夫卡。当这些大师的文学成就日益为人们认同之时,诺贝尔文学奖评选委员会对他们的遗漏总给人以惋惜之感。

遗憾还不只如此。尽管诺贝尔曾以世界性的眼光对获奖者的身份作了特别的强调,但评选委员会的贤哲们还是未能突破狭隘的民族主义和地方主义的局限。在获奖名单上,到目前为止,北欧作家占有相当的比重,瑞典有7人获奖,挪威有3人,丹麦3人,芬兰1人,冰岛1人,总计有15人获奖,而这5个斯堪的纳维亚圈内的国家,人口只占全世界的0.004%。特别是瑞典的获奖作家,大多数是瑞典文学院成员,这给人以近水楼台先得月的感觉。这种局限性甚至连瑞典人自己也意识到了。1974年,瑞典文学院准备颁奖给约翰逊和马丁逊时,瑞典评论家奥克·原森指出:"瑞典文学院竟然要将诺贝尔奖奖给自己的成员,实在令人难以置信……今年的这项决定,已使一个统计数字无可避免地发生突变,因为总共才72位得奖人中,有

巅峰之旅

十二分之一竟是瑞典人。这个数字可能会使一些老练的评论家怀疑,瑞典现代文学真是世界12个著名文学之一吗?"

我们还能看到政治因素给诺贝尔文学奖带来的局限。尽管瑞典文学院试图独立于政治之外,弘扬世界性的"理想主义"精神,但我们从评选中经常看到政治因素对"理想主义"的挑战,和对诺贝尔的"人类亲如兄弟"的背离。如1958年给帕斯捷尔纳克的授奖和1970年对索尔仁尼琴的垂青,不能不说是政治因素的影响。虽然这两位作家的文学成就完全无愧于诺贝尔奖的殊荣,但联系到对高尔基的排斥和对肖洛霍夫授奖的拖延,我们还是能看出,诺贝尔文学奖评选委员会对社会主义现实主义文学持有偏见。存在主义哲学家萨特在婉拒1964年诺贝尔文学奖这一在他看来是"官方"的荣誉时说:"我知道诺贝尔奖金本身并不是西方集团的奖金,但现在人为地成为这样一种奖金,客观上成了一种保留给西方作家和东方叛逆者的荣誉。""肖洛霍夫和帕斯捷尔纳克两人,瑞典文学院竟颁奖给后者……此事殊堪扼腕。"

除此以外,诺贝尔文学奖评选委员会由于对亚洲、非洲等独特的文化价值观念缺乏了解,对这两大洲的文学成就及其丰厚的文化精神视而不见。在欧美作家频频入选时,幅员辽阔的亚洲仅有4人获奖。1993年当美国黑人女作家获得诺贝尔文学奖时,有记者采访评委马悦然教授,他竟说,到目前为止,中国活着的作家中,还没有哪位比得上托尼·莫里森。从这位知名汉学家的话里我们可以看出,评委会对20世纪中国文学缺乏深刻的了解。

诺贝尔文学奖有这样那样的不圆满和局限性,但它已成为客观存在,评奖本身也折射出20世纪风云际会的政治形势和审美趣味的演变,因而,我们不能超越一定的历史时代、一定的政治氛围去苛求其公正。局限与时代、历史是紧密相关的。实际上,诺贝尔文学奖评选委员会在评奖过程中,也不断地作着超越局限的努力。

这一点与20世纪世界文学的走向联系在一起考虑便更加明确。伴随着自然科学和社会科学的发展,20世纪文学出现了前所未有的复杂局面。首先,现实主义的美学准则受到了挑战,很难重现19世纪的辉煌。巴尔扎克、左拉、狄更斯等人受到20世纪作家的冷遇和嘲笑。其次,浪漫主义由表达自我激情、讴歌自然进而深入到人的潜意识中去,生发出一个光怪陆离的现代主义文学潮流。二十年代和五六十年代的两度崛起,几乎淹没了现实主义文学的光辉。其三,就在欧美作家为现代主义和现实主义原则争论不已时,许多过去被漠视的弱小民族的作家,以无可争辩的文学实绩震撼了世界文坛。马尔克斯、阿斯图里亚斯、泰戈尔、马哈福兹、戈迪默和高行健等人的文学贡献,使世界文坛的格局发生了根本性的改变。这种纷繁复杂的文学现象,验证了马克思的预言:各民族的精神产品成了公共财产,民族的片面性和局限性日益成为不可能,于是由许多种民族和地方的文学形成了一种世界文学。

20世纪文学发展的多元化态势与19世纪浪漫主义文学和批判现实主义相继独霸文坛形成鲜明对比。从世纪初开始,就有三股彼此更迭、相互抗衡、相互渗透又相互融合的潮流,即与19世纪批判现实主义相联系的现实主义文学,反传统的现代主义文学,还有独立于二者之外的社会主义现实主义文学。这三股有影响的文学潮流中,没有哪一股能单独主宰、支配20世纪文坛。诺贝尔文学却以其"理想主义"的包容性把三股有影响的文学思潮和流派纳入自己的体系中,从而为我们在同一标尺下认识20世纪世界文学提供了便利。

诺贝尔文学奖体系中既有与19世纪批判现实主义文学一脉相承的作家,比如罗曼·罗兰、托马斯·曼、法朗士、高尔斯华绥、马丁·杜·伽尔、斯坦贝克和马哈福兹等人,也包括那些具有先锋意识、反抗传统的作家,如梅特林克、叶芝、柏格森、艾略特、贝克特、皮兰德娄、福克纳和马尔克斯等人。恪守或部分恪守社会主义现实主义原则的作家有肖洛霍夫、安德里奇、索尔仁尼琴等。这些作家之所以能进入同一文学殿堂,与诺贝尔文学奖评选委员会不断克服弱点与局限,充实"理想主义倾向"和"最出色的"的内涵,顺应时代审美观念变化分不开。

诺贝尔文学奖评选委员会对局限性的超越,还表现在对狭隘的地域性的克服,对世界文学新动态进行紧密的追踪,从而使"擎着光明火炬的诺贝尔家族"成员遍布世界五大洲,不同地域和民族的文学在这个家族中都占有了一席之地。如果我们把斯德哥尔摩比作灯塔的话,这个"擎着光明火炬"的灯塔之光,尽管疏密不匀,但世界五大洲已沐浴到它的光辉。特别是近30年来,诺贝尔文学奖克服局限性的意识越来越明显。1961年南斯拉夫作家安德里奇获奖,1966年以色列作家阿格农入围,1967年中美洲小国危地马拉作家阿斯图里亚斯夺冠,1968年川端康成代表日本文学而折桂,这是过去几十年评奖史上少有的现象。进入20世纪七八十年代后,诺贝尔文学奖的国际性意识依然强烈。1973年,诺贝尔文学奖的光辉第一次照射到遥远的大洋洲,帕特里克·怀特因"以史诗般的气魄和刻画人物心理的叙

巅峰之旅

事艺术,把一个大陆引入世界文学之林"而夺魁;而1986年、1988年、1991年,三次将诺贝尔文学奖授予非洲作家,也使非洲大陆的文学潇洒地走向世界。

当时间的年轮进入21世纪后,诺贝尔文学奖更明确地关注那些具有较高文学成就却常为人们所忽略的民族文学和作家。2002年,匈牙利作家凯尔泰斯·伊姆雷因小说《非劫数》、《惨败》、《为一个未出生的孩子祈祷》等而获奖。瑞典文学院要"表彰他对脆弱的个人在对抗强大的野蛮强权时痛苦经历的深刻刻画以及他独特的自传体文学风格"。2003年,南非作家约翰·马克斯韦尔·库切获奖,他是继戈迪默后第二位获得诺贝尔文学奖的南非作家。他的代表作品有《耻》、《等待野蛮人》、《迈克尔·K的生活与时代》等。其获奖理由是:"精确地刻画了众多假面具下的人性本质。"库切出生于南非,2002年移居澳大利亚。此前他曾两次获得英国布克图书奖。2004年,奥地利女作家埃尔弗里德·耶利内克因作品《女情人们》、《我们是骗子,宝贝》及《情欲》等小说获诺贝尔文学奖。她由此成为第一个获得诺贝尔文学奖的奥地利人。瑞典文学院把最高荣誉给予她,是"因为她的小说和戏剧具有音乐般的韵律,她的作品以非凡的充满激情的语言揭示了社会上的陈腐现象及其禁锢力的荒诞不经"。2006年度诺贝尔文学奖获得者是土耳其作家奥尔汉·帕穆克,他的主要作品有《赛福得特州长和他的儿子们》、《寂静的房子》等。因为他的小说"在寻找故乡的忧郁灵魂时,发现了文化碰撞和融合中的新象征"。这种新的选择动向,表明诺贝尔文学奖更强调文学的多元化特色,他们通过努力,抗击着西方强势文化引领和独霸世界的企图。

诺贝尔文学奖评选委员会还试图扩大获奖作家的获奖意义,用以弥补过去偏于一端的缺憾,即通过某一获奖作家,来褒扬某一流派或某一民族的文学。这样,理想主义的内涵得以广泛地延伸。在瑞典文学院的颁奖词中这种纠偏意图处处可见。如1948年,现代主义诗歌大师艾略特获奖时,颁奖词顺带褒扬了乔伊斯,称《荒原》和《尤利西斯》同为杰作,"彼此在精神和章法上都很相似"。1969年在为贝克特颁奖时,瑞典文学院指出,"这位小说、戏剧新形式的先锋,承袭了乔伊斯、普鲁斯特和卡夫卡的文学传统"。这实际上是为遗漏的现代主义作家正名。另一方面,授予某位作家的同时,意味着褒奖该作家所属民族的文学。这方面的例证比比皆是。1988年,瑞典文学院声言:"马哈福兹通过其作品对埃及产生的影响颇大,向这个地区的作家颁奖表明,我们未曾忽略他们的文化。"在给帕特里克·怀特的颁奖词中,也提到了澳大利亚的作家们,正是这些作家使澳洲文学不再是欧洲文学的余脉。1993年托尼·莫里森的获奖，显然意味着诺贝尔文学奖评选委员会对整个美国黑人文学的褒扬。因为如果没有赖特、艾里森、沃克等黑人作家的潜心创作，从而形成一股表达非裔美国人理想的文学浪潮，并使之符合"理想主义倾向"，那么，这位女作家不可能进入评委们的视线。我们说诺贝尔文学奖是有缺憾的，但它从未背离过诺贝尔的精神，它正一步步走向完美。

巅峰之旅

寻找诗意的栖居地

诺贝尔把自己的理想熔铸在遗嘱之中，而获奖作家则在精神气韵上与诺贝尔神交。他们用如椽的大笔，在自己的作品中高扬着"理想主义"精神，用"最出色的"艺术形式使诺贝尔的追求薪尽而火传，永不止息。翻阅一百多年的获奖史，不同民族、不同地域的作家都表达了相同的愿望。他们在描写20世纪纷乱多变的现实的时候，始终深刻地关注自己的时代，关注人类自身的处境，为寻找人类诗意的栖居地而苦苦求索。

诺贝尔文学奖家族的作家，把传播真理、让人类未来更美好作为自己始终不渝的艺术追求。罗曼·罗兰说："假如艺术不能和真理并存，那就让艺术去毁灭吧！"比昂松站在领奖台上时，鲜明地提出了自己的艺术追求："为什么有人主张创造可以无视道德良心，无视善恶观念？如果真是这样，不是要我们心灵像相机一样地机械，看到景物就照，不分美丑，不辨善恶。"他强调："我绝不赞成逃避责任，相反地，我还主张作家挑起更大的责任，因为他们是带领人类前进的舵手。"肖洛霍夫说："我愿意我的作品有助于每个人变得更好，心灵变得纯洁，也希望我的作品能唤起每个人对同伴的爱心，唤起为人类理想积极奋斗的愿望。""人的命运，现代人的命运，永远使我不安。"索尔仁尼琴说："我们不应该束手待毙，我们不应该空度岁月，沉沦在毫无意义的生活里，我们应该走出来参加战斗的行列。"他宣布要"为人类而艺术"。斯坦贝克说："作家自古领受的任务没有变，他们负有暴露那许多可悲的缺点和失败的责任，并且为了人类的进步而有责任把我们的阴郁噩梦暴露在光天化日之下。"正是因为作家们以弘扬人类的理想为己任，所以不管他们对文学的内容和形式进行怎样的革新和探讨，他们的作品总是显示善恶的本来面目，记录时代发展演变的模型，而且始终不忘抑恶扬善，为人类的美好理想而讴歌。

20世纪给人类心灵震颤的大事变真是数不胜数，但有三件事大概会随着时代的发展变化而清晰起来：其一，高科技的发展给人类带来的精神危机；其二，两次世界性的战争；其三，亚非拉弱小民族的解放运动。由于政治经济发展的差异，不同地域的诺贝尔文学奖作家对这些事件从不同的侧重点进行了反映。

先看欧美发达国家。人类征服自然的手段和力量被推到了极致,征服月球,开发太空,智能机器的运用,令人目不暇接。但两次世界大战对物质文明进行毁灭性的破坏,环境污染和恐怖暴力困扰着人们,因而这些国家的获奖作家对"理想主义"的弘扬,表现出两类趋向。

一部分作家以现实主义的笔力,真实揭示物质文明高度发展后带来的问题。如金钱对人性的腐蚀,人与人关系的冷峻与隔膜,战争给人类带来的巨大精神创伤等。1930年首次进入诺贝尔文学奖家族的美国作家刘易斯在《大街》《巴比特》中揭示了资产阶级的庸俗和衰朽。而高尔斯华绥、马丁·杜·伽尔和托马斯·曼则分别在《福尔赛世家》《蒂博一家》及《布登勃洛克一家》中展示了欧洲资本主义的兴衰。这些作品成了我们了解资本主义生产关系形成和发展的形象性教材。

两次世界大战更是在作家的心灵中投下了阴影,几乎所有经历过战争的作家都对战争的罪恶和残酷、战争发生的原因以及如何避免战争进行了认真的反思。20世纪涌现出了一批脍炙人口的反战作品。伯尔在《女士及众生相》中通过莱尼的悲惨经历展示了战争给人带来的悲剧性命运,而肖洛霍夫的《一个人的遭遇》更是将战争与人性的思考拓展到一个全新的深度。意大利诗人夸西莫多以诗人的巨笔揭示了纳粹的暴行:在德军的轰炸中"城市已经死亡,已经死亡"。满城都是"沾满鲜血,又浑身浮肿的尸体"。从德寇魔爪下逃出的女诗人萨克斯展示了集中营的悲惨生活:"再也没有通向睡乡的入口/代替母亲们来的是可怕的女看守……"海明威更是写战争题材的高手,他的《太阳照样升起》《永别了,武器》以精心的结构和精粹的语言记述了战时和战后人们的精神创伤,诅咒战争的残酷、可怖。

还有一些作家从形而上视角来观照当代人的精神困境。这在那些标榜"现代主义"作家的创作中更为突出。加缪在《局外人》中揭示了人类生存状况的荒诞。贝克特在《等待戈多》中用抽象化的笔法揭示人类等待希望的徒劳。萨特用"他人即地狱"把现代人隔膜、痛苦、焦虑的情绪表达得淋漓尽致。贝克特在《最后一局》中把现代人的糟糕处境浓缩在家庭背景上,剧中4个人全都残缺不全。这个世界出了毛病,人变成了虫,在灾难面前,人们渺小无力,无法把握自己的命运。叶芝的诗也许更能准确地表达现代人在物欲横流的背景下的无所归属之感。"一切都四散了,再也保不住中心,世界上到处都弥漫着一片混乱——优秀的人信心尽失;坏人则充满了炽热的狂热。"诺贝尔文学奖作家的描述,与20世纪人们精神探索过程中的迷惘、困惑相吻合,是时代潮流的折射。

巅峰之旅

20世纪的另一个时代特征是民族民主独立运动浪潮迭起。这种潮流也反映在诺贝尔文学奖获奖作家的创作中,以亚非拉作家最为突出。他们的共同点是关注本民族的前途和命运,试图扫除本民族现代化过程中的种种障碍,同时为保持本民族文化而努力。在亚洲,泰戈尔揭示了封建种姓制度的残酷和不合理。在代表作《戈拉》中,通过戈拉等人的形象,讴歌印度青年的爱国热情,批判宗教教派,号召为民族的自由而奋斗。而在阿拉伯世界,马哈福茨为埃及独立、自由和解放而呐喊。在其三部曲《宫间街》、《思宫街》、《甘露街》中展示了埃及从1919年到1952年所经历的历史巨变。他指出,要想获得真正的解放,埃及必须在反帝、反殖民的同时,与封建残余作不妥协的斗争,这些探索无疑对前进中的埃及具有警示作用。在南部非洲,20世纪黑人为废除南非种族歧视和种族隔离而斗争。诺贝尔文学奖同样对这一运动表示了关切:尼日利亚的索因卡和南非白人作家戈迪默成了非洲地区文学的代表,尽管他们来自不同的国家,隶属于不同种族,但都在为黑人的平等自由呐喊。索因卡说:"我始终不渝的信仰是人的自由——我深信,没有这种充分的自由,生活是毫无意义的、屈辱的。虽然我知道光靠说话是不能保证得到自由的,可我的创作越来越多地针对那些压迫人的皮靴——不管穿他的脚是什么肤色——我追求的就是为个性自由而斗争。"为实现自己的理想,索因卡通过《沼泽地的居民》抗议殖民压迫、渗透,在《孔其的收获》、《巨头们》中,他抨击了专制暴虐;在《路》和《阐释者》中,他又探索了自己的民族如何走向世界。戈迪默称,她关心的是人的解放。《七月的人民》中,她预言性地叙述了内战的恐怖,让白人和黑人位置互换,让白人身临其境感受到黑人的苦难,从而揭示种族隔离政策的荒诞和反人性。戈迪默认为自己扮演着双重角色,她一方面要为南非的自由而奋斗,还要创造一种"后种族隔离政策"的南非文化。随着南非种族隔离政策的废除,戈迪默的政治理想和文学追求的意义日益显露出来。

如果说非洲亟须取消种族隔离制度,迅速走向现代化的话,那么,动荡的拉丁美洲需要解决的问题则是摆脱欧洲的价值观念和价值体系,建立自己的文化传统,反对独裁统治。诗人米斯特拉尔、聂鲁达、帕斯正是为寻找本土的价值体系而努力。米斯特拉尔放歌爱情、自然、母性、温情,展示拉美人质朴的情怀,而聂鲁达则以诗歌集《诗歌总集》发掘了拉美的历史,其中的《地上的灯》、《马祖匹祖高地》再现了拉美的起源与传说中的文明。获奖的小说家们则把目光投注于拉美当代人的生活,揭示统治者的种种恶行。《总统先生》即是控诉拉美独裁政治的力作。总统的权利无孔不入,一位将军仅说了句"将军是军中之王"便招致了一连串的死亡威逼。加西亚·马尔克斯在《家族长的没落》中,也塑造了一个可憎的独裁者形象。尼卡诺大字不识却执掌大权,为所欲为:他把国防部长烤熟,让别人吃掉,自己"诈死"以检验别人的忠诚。这些独裁者有一个共同的特点:虚伪、贪婪、好色、唯我独尊。作家所塑造的这些人物,是20世纪拉美历史的真实反映,马尔克斯道出了拉美现实的真谛:"我们脱离西班牙而独立,却仍未使我们摆脱某些人的疯狂行径。"他强调指出:"我们作为人类寓言的创作者,在这可怕的现实面前,有责任建立一种与此相反的理想,我们希望在这种新的乌托邦社会里,任何人无权决定他人应该如何生活和死亡。在那时,人人可以享受真正的爱情,人人可以追求幸福;而那些曾经被命运注定成为百年孤独的民族,也终将在地球上获得永生的第二次机会。"*

民族进步和民族解放成了作家创作的源泉,也是20世纪欧美以外作家共同的心声。而今随着全球化浪潮的到来,这些民族争取融入世界的渴望也越来越引起关注。这些民族作家的愿望也越来越具有世界意义。

在诺贝尔文学奖体系中,无论现实主义作家还是现代主义作家,他们在艺术上都取得了具有开创性的、"最出色的"成就。他们的艺术创新为20世纪文学的发展作出了贡献。几乎每一位获奖作家,瑞典文学院都对他们"最出色的"艺术成就进行了细致的分析,并给予肯定。1977年西班牙阿莱克桑德雷获奖是"由于他的具有创造性的诗作,根植于西班牙抒情诗的传统和现代思潮,描述了人在宇宙和当今社会中的位置"。1978年美国作家辛格获奖的重要原因是"他那充满激情的叙事艺术"。1981年英国的卡内蒂获奖也是由于他的作品"具有广阔的视野、丰富的思想和艺术的力量"。1984年捷克诗人塞弗尔特因为"他的诗富于独创性,新颖,栩栩如生"而获奖。1989年西班牙的卡米诺·塞拉"以他风格多样、语言精练的散文作品含蓄地描绘无依无靠的人们"而获奖。这些颁奖评语是瑞典文学院对20世纪那些"最出色的"作家的肯定。瑞典文学院还在颁奖词中,认真地分析某些文本的细部,表明他们的审美趣味。1956年西班牙希门内斯的获奖是因为他那"西班牙语的抒情诗为高尚的情操和艺术的纯洁提供了最佳典范"。瑞典文学院用诗的语言分析了他的早期诗作《遥远的花园》,"他的诗不是那种强烈而芳醇的美酒……但他会使你想起有座高高的、白漆的围墙所围起来的花园,看来像是一个少见的风景区,

---

*《诺贝尔文学奖颁奖演说集》毛信德 蒋跃 韦胜杭编 百花洲文艺出版社 1995年版 第696页

巅峰之旅

过路者在围墙外徘徊一会儿之后,便会带着照相机进门探个究竟。进门后,发现除了果树、扑面而来的清新空气、鸟啼声以及映着云影的池塘春水之外,并没有什么特别的景观。"*而对墨西哥诗人帕斯,瑞典文学院也非常重视他的诗歌结构艺术。"帕斯是一位艺术焊接大师。在火花飞溅之中,他的奇思异想把形形色色的存在之物连接在一起。一个重要的概念是永恒的瞬间——帕斯诗歌中司空见惯的舞台。在杰出的诗篇《太阳石》中,我们看到一个燃烧在烈火中的现在。在现在中,'所有的名字只是一个名字/所有的面孔只是一个面孔/所有的世纪只是一瞬间'。它告诉我们,'这是一个雕刻梦的瞬间'——这使我们想到,这恰恰是把不同的时间、气氛和本体连接在一起的超现实主义的早期冲动——是唯一的在此、现在和受梦的逻辑支配的我……令人惊讶的是,那些关于时间和空间的广大形式是如何浓缩在三言两语中的。"**而这种探索既表现在作品的结构,也表现在文学语言的革新上。几乎每一位作家,瑞典文学院都要肯定其在艺术某些方面的创新,1938年获奖的美国作家赛珍珠,借助中国古典小说的叙事模式,展示了20世纪上半期中国社会的生活,同时向西方展示了中国古典小说的艺术神韵。而对中国农村民俗的描写,又具有独到的艺术特点。一位瑞典的批评家当时就注意到这一点,他认为赛珍珠"具有高超艺术质量的文学作品中,促进了西方世界对于人类的一个伟大而重要的组成部分——中国人民的了解和重视",让西方看到中国人民大众中的个人,"展示了家族的兴衰以及作为这些家族基础上的土地"。这位批评家还把赛珍珠的作品看成是东方融入世界的一个重要标志。"随着技术发明的发展,地球上的各国人民相互吸引得更加接近,地球表面缩小了,以至东方和西方不再被难以逾越的距离分隔开来",而赛珍珠的作品"教会我们认识那些思想感情的品性,正是他们把我们芸芸众生在这个地球上联系在一起,给了西方人某种中国心"。***瑞典文学院对作家的艺术成就的肯定,实际上是对20世纪所有探索文学表达方式的肯定,是对文学不断超越自我的肯定,正是这种肯定,使得诺贝尔文学奖作家的作品具有对现实和时间的超越性。2000年高行健就因为"普遍价值、刻骨铭心的洞察力和语言的丰富机智,为中文小说和艺术戏剧开辟了新的道路"而得到瑞典文学院的肯定。

我们在简要介绍了诺贝尔文学奖的思想内核以及它与时代潮流的关系后,就

---

* 《诺贝尔文学奖要介》肖淙编 黑龙江人民出版社 1992年版 第671页

** 《太阳石》朱景冬等译 漓江出版社 1992年版 第328页

*** 《大地三部曲》王逢振译 漓江出版社 1998年版 第955页

会发现,"理想主义倾向"和"最出色的"这两个要求,在获奖作品中得到了不同层面的反映,而获奖作家的努力,丰富和发展了诺贝尔的思想,也使"理想主义倾向"和"最出色的"变得更为清晰。下面就让我们进入诺贝尔文学的殿堂,作一次愉快的精神漫游吧!

一个陌生的名字定下了十年的基调

1901年诺贝尔文学奖评奖工作进入到实质性的运作阶段。当一切有关诺贝尔遗嘱的法律手续趋于完备、授奖程序被反复推敲而且形成条文后，实质性工作更令人费尽心思。因为第一次操作，所选者可能是一个标尺，一个模糊概念的具体化，它对今后的评选工作的指导无疑具有巨大的影响力。

诺贝尔文学奖评选委员会既一丝不苟又如履薄冰地开始了工作。历史证明他们是有成效的。他们的智慧成就了一个世界性的大奖，也使瑞典文学院扬名世界。

首先是物色恰当的候选人。按照遗嘱派生出来的规定，获奖者需要经过推荐。享有推荐权的人包括：瑞典科学院和其他在体制与目的方面与它相似的科学院、研究所和学会成员；大学和学院的文学和语言学教授；以前得过诺贝尔文学奖金的人；在本国文学创作界有代表性的那些作家协会的主席。尽管享有推荐权的机构或者人员有四个方面，但开始真正起作用的是第一项，因为只有那些权威的文学院更能凭借自己的组织力量和声望来影响瑞典文学院。

瑞典政府也参与到具体工作中，并且产生了积极的影响。1900年为了让评委会更便利、更有针对性地开展工作，政府特别拨出专款建立了一个图书馆，以便追踪世界文学的最新发展动态。

诺贝尔文学奖评选委员会推举卡尔·威尔逊为首任委员会主任。他是一位博学之人，本身就是一位颇有成就的诗人，而且精于实质性的组织工作。在他的安排策划组织之下，委员会起草了用德文、英文和法文撰写的评奖通告，分别寄给有关国家的学术机构。通告上要求，接到信函后，务请将推荐材料于1901年2月1日前寄回瑞典文学院。

诺贝尔文学奖评选最引人注目的阶段由此拉开了序幕。一般人热切关注这个奖项,是因为诺贝尔的威望和那一大笔奖金,而献身文学的作家们更看重的是诺贝尔文学奖的世界性意义。从征集候选人开始,竞争就十分激烈,文学院办公桌前的回信日益增多。这些推荐信本身,即以十分独特的方式勾勒出20世纪初欧洲文学的大致轮廓。只有以老大自居的英国在寄回的表格上没有推荐任何人,显然英国人用这种方式表达了他们的傲慢,但也显示了他们的迟钝。远在亚洲的中国当时还没有类似的机构,即便有,日薄西山的大清帝国大概也无暇顾及了。

德国的德累斯顿大学历史悠久,声名远播。这所大学有位教授庄严地推荐了一位名不见经传的歌谣作家,理由是这位歌谣作家"具有卓越的诗歌才能"。还有些德国学者联名推荐了一名学识渊博的文学史家。这位文学史家著述丰富,并且在欧洲十分有名,但他书中的许多观点有些不合时宜,德国也有人推荐法国普罗旺斯地区的诗人米斯特拉尔。

两名瑞典历史学家推荐了显克维支。这位波兰作家以高昂的爱国激情和民族精神,为被压迫民族树立了一杆抗暴的旗帜。显克维支于1905年才摘取桂冠,但这次推荐所起的作用显而易见。瑞典文学院也给俄罗斯寄去了推荐信,但没有回信,更没有推荐伟大作家列夫·托尔斯泰,这也是瑞典文学院没有考虑列夫·托尔斯泰的原因之一。

意大利、希腊、挪威和其他国家也各自推荐了认为合适的人选,但这些被推荐的人选既凌乱,又没有什么名气,因而显得十分平淡,缺乏竞争力。

倒是法兰西文学院的推荐举足轻重,因为法兰西文学院无论是其历史还是它璀璨的文学成就,在世界文学史上的地位都几乎无人能比。况且法兰西文学院的工作做得非常认真细致。学院院士伯希洛推荐了自然主义小说大家左拉。保尔·埃尔维厄推荐了爱德蒙·罗斯当,推荐书写得简洁明了。

这次评选过程中还发生了一个颇有戏剧性的故事。曾以《巴黎的秘密》一书而风靡法国的欧仁·苏,有位侄子叫勒内·瓦莱里拉多,也是一位作家,他写了一部传记《巴斯德的一生》,尽管这部书还称不上是严格意义上的文学作品,可是勒内·瓦莱里拉多颇有活动能力,他渴望通过非正常手段来争取诺贝尔文学奖。他先让文学院院士沃盖写了封推荐信,随后,通过活动,有关他的推荐信源源不断地寄往瑞典。甚至普吕多姆也推荐了他,大家在信件中异口同声地称赞他的传记作品《巴斯

巅峰之旅

德的一生》是令人瞩目的、具有理想主义内质的文学著作。勒内·瓦莱里拉多的轰炸式活动以及源源不断的推荐信,很快对瑞典文学院产生影响,诺贝尔文学奖评选委员会准备考虑这位作家。

一项庄严的评选工作差点变成了拉关系、走后门的闹剧,也差点使诺贝尔文学奖的航船还没有驶出港湾便遭倾覆。好在这个关键的时候,法兰西文学院没有沉默,他们邀请文学界的作家、诗人等名流签名,推荐了文学院认为既能代表法国文学成就,又符合诺贝尔文学奖候选人要求的作家苏利·普吕多姆。这样勒内·瓦莱里拉多挑起的有关推荐的闹剧才算平息。

普吕多姆是谁?

尽管普吕多姆是法兰西院士,是诗人和哲学家,但在1901年,和左拉、法朗士等人相比,他在当时世界文坛上的地位是微乎其微的。因此当苏利·普吕多姆作为第一个入主诺贝尔文学奖圣殿之人时,人们不禁发问:"普吕多姆是谁?"

在瑞典,一家有影响的报纸就首位获奖人的声望进行了尖刻的讽刺:

"——就这样,获奖的不是托尔斯泰,不是左拉,不是法朗士,不是卡尔杜齐,不是米斯特拉尔,不是霍普特曼,甚至不是埃切加赖,——获奖的是苏利·普吕多姆,这还算差强人意,因为获奖的不是柯贝——凭他那种对世道人心无害的感伤情调,他应该极可能被目前瑞典文学院看上的。"

▲ 普吕多姆

舆论总是被感情支配着,新闻记者不可能像评选委员们那样总是那么细致地去钻研诺贝尔遗嘱,也没有义务为"理想主义倾向"和"最出色的"内涵而去绞尽脑汁,更不用思考文学发展的历史和未来。他们的想法很简单,谁的声望高,谁就应该获奖,而诺贝尔文学奖是基于诺贝尔晚年的理想,力倡一种人类精神,这种精神是超越于民族和地区偏见之上的人性的真善美。

由苏利·普吕多姆开始,最初的十多年入选作家都体现了评委的这一思想,强调的是理想主义倾向的正向价值,保持人类道德精神的严肃性,激发人们积极向上的潜能。苏利·普吕多姆获奖就是这一思想的具体化,这一思想就贯注在他的获奖评语中:"表彰他的诗作,它们是高尚的理想、完美的艺术和卓越的心灵与智慧结晶的实证。"

苏利·普吕多姆能获得第一位摘取诺贝尔文学奖桂冠的诗人殊荣,与他的人生经历和创作是分不开的。

1839年,苏利·普吕多姆诞生于法国巴黎,两岁丧父,母亲把他抚养成人,他的

巅峰之旅

童年是在抑郁和缺乏欢乐中度过的。中学时代,他非常喜欢文学,特别是巴那斯派诗歌。

巴那斯派是对19世纪后期已成强弩之末的浪漫主义文学思潮的反动。这一派以文艺女神缪斯居住地巴那斯命名,以缪斯的真正信徒自居,提倡客观、冷静、"无我",摈弃个人情感,认为诗歌最完美的境界是形式美和雕塑感的和谐统一。在诗歌内容上,他们主张远离生活、躲避社会。当时,人们对浪漫主义感伤情怀已经厌倦,而象征主义诗歌模式并没有获得广泛的承认,在这种诗歌探索和转型期的间隙,巴那斯派诗歌成了诗歌范式的正宗,在法国文坛上风靡一时,形成一股具有影响的文学思潮。巴那斯派的艺术主张,对于偏爱哲理、思维严密的普吕多姆的艺术趣味影响巨大,他参加了巴那斯派的文学艺术活动,在早期的创作中就鲜明地留下了巴那斯派诗歌的艺术趣味。他曾戏称自己的工作是在"给人下定义",当获得了定义以后,"我会用诗把它表达出来,这是我唯一的最后的财富"。

1865年,苏利·普吕多姆出版了第一本诗集《诗行与诗节》,作品中流露出深思、忧伤的情调,并对人生的短暂、哀伤和快乐进行了思考。以后又完成了《奥金王的牛舍》、《意大利笔记》、《审判》和《孤独》等多本诗集。《奥金王的牛舍》以散文的形式对古希腊抒情诗进行了创造性的译述,《意大利笔记》主要记述了诗人对人间爱情的探讨,《审判》主要表达诗人在宗教探索过程中的苦闷和挣扎,《孤独》则表达了诗人对人生课题的广泛思索,情调低回感伤。这一时期的诗作实际上是诗人年轻时精神阅历的真实写照,表现了他的心灵深处的矛盾和追求知识以及探求未知世界的渴求,充满了智性特点。

1870年,普法战争爆发。这给一向信奉和平、追求宁静的苏利·普吕多姆以极大的震撼,巴黎陷落以及战争的失败给法兰西民族精神和文化上带来的屈辱,深深刺激了他。而在战争的动荡中,苏利·普吕多姆自身的生活也遭受到许多不幸。他半身麻木,失去了健康,母亲和叔叔相继逝世,一种精神的苦闷常常折磨着他,加深了他对社会、人生的思索,引起了他诗风的变化。这种变化鲜明地体现在这个时候完成的《战争印象》和《法兰西》两本诗集中。到了晚年,普吕多姆接受了古罗马诗人卢克莱修的唯物论和无神论观念,认为大千世界的生成和变化是由实实在在的物质决定的。因此在理性上,他相信随着科学的进步,人类的道德将会改观。但在情感上,他又有拒绝文明、远离尘嚣、隐遁内心世界、继续寻找诗歌的灵感的倾向。

19世纪80年代，普吕多姆出版了两部探讨人类理想的长诗《正义》和《幸福》。《正义》告诉我们，道德可以建立在科学进步的基础上，这部作品使诗人名声大振，成为人们崇拜的偶像。1881年，普吕多姆当选为法兰西学士院院士，并获得荣誉勋章。

1900年，他迁居到巴黎南郊乡间，过着隐逸的生活，创作内容也从诗歌转向了散文和理论研究，这个时候的思考和创作，集结在最后一本著作《从帕斯卡得到的信仰》中。普吕多姆认为，"心灵是有充分的理由让理智向它屈服的"。但他仍然坚持着对人类思想力量的信心，而且有些观点具有一种先知般的预见性。"不管西方人的科学发现有多么重要，但科学的火炬永远只能照临事物的表面——生命现象却是无比奥妙的，宇宙万物是难以用肉眼探知的。"他认为应该用心灵、用人类的情感力量去改造世界，尽管这项工作艰难困苦而又永无止境。

应该说，普吕多姆一直坚守的文学信念与诺贝尔遗嘱的精神以及诺贝尔对科学和艺术的态度是不谋而合的，瑞典文学院在颁奖词中也特别强调了这一点："普吕多姆的诗作中显露出自己那颗充满疑惑与若干思虑的心灵，然而尽管观察敏锐、思考认真，却似乎永远找不到理想的回答，也难以从道德观念、良知以及由衷的责任感中洞悉人类苦难的根源。从这一点看，普吕多姆超越了大部分作家，而且符合诺贝尔先生对文学所期望的理想主义色彩。"

普吕多姆的全部诗歌创作根据内容可分为三大类：爱情、哲理和宗教诗歌。其中，写得最好的是他的爱情诗，他用一种理性思维来描述高雅的爱情，许多诗可以当哲理诗来阅读。瑞典文学院特别表彰了普吕多姆早期创作的抒情诗，这表明当时对"理想主义"理解的保守主义态度，他们"偏爱他那些小巧玲珑、晶莹剔透的抒情诗远甚于那些篇幅较长的教化诗与哲理诗，因为她们充满了情感与冥思，在难能可贵的感性与理智的结合中显出无比的高贵与尊严"。*

普吕多姆的爱情诗含蓄而富有理性思维的特质，这源自于他现实生活中爱情的缺失：诗人年轻时与自己的表妹非常要好，随着年龄的增长，两人之间日生情愫，普吕多姆一直以为表妹对他也有如此深情，愿意与他厮守终生。这种一相情愿的玫瑰梦直到表妹写信告诉他，她已经同别人订婚时，普吕多姆才如梦初醒，由此产生的迷茫、困惑、震颤是可想而知的。他无法想象与自己情同手足的表妹会投入别人的怀抱，但他用理智克制着自己对表妹的情感，在以后的生活中，表妹成了他挥之不去的背景，他以终身不娶作为对这份情感的纪念。何况，再也没有一个女孩

---

* 《诺贝尔文学奖要介》肖滁编 黑龙江人民出版社 1992年版 第55页

巅峰之旅

子能激起他对表妹的那种狂热的爱情。他曾对好友说:"这场感情使我明白了柏拉图式爱情的可能性,可以说我是活生生的见证人。因为我觉得她是最天真的,然而她又是那么专横,以至我今天想起来还觉得从那时起没有任何感情能这样拥抱我的整个灵魂。"*

他向朋友承认,他一生的感情生活靠两三个记忆维持着,"这两三个记忆使一切都黯然失色"。因为有这段刻骨铭心的爱情体验,爱情在他的笔下变得十分独特而新奇。如他反思和表妹感情破裂的代表作《碎瓶》,就带着一种冷峻和清新风格:

> 扇子一击把花瓶击出条缝,/瓶里的花草如今已枯死发黄;/那一击实在不能说重,/它没有发出一丁点儿声响。可那条浅浅的裂痕,/日复一日地蚕食花瓶,/它慢慢地绕了花瓶一圈,/看不见的步伐顽强而坚定。花瓶中的清水一滴滴流尽,/花叶干了,花儿憔悴;/但谁也没有产生疑心。/别碰它,瓶已破碎。爱人的手也往往如此,/擦伤了心,带来了痛苦。/不久,心自行破裂,/爱之花就这样渐渐枯萎。在世人看来总是完好无事,/他却感到小而深的伤口在慢慢扩大,/他低声地为此悲哀哭泣,/心已破碎,别去碰她。

那小小的裂隙实际上是情人之间永远无法弥补的创伤,外人是无法看清和体会到的,只有身临其境的人才知道那一道裂隙是怎样阻隔了两个人的心灵,使爱情之花日渐枯萎凋零。诗歌构思新颖,在冷峻客观的描绘中,把人的痛苦情绪准确而细致地描述了出来。

实际上,普吕多姆不仅是位诗人,还是一位沉思的哲学家,或者说是诗人和哲学家的融合。他曾说:"感谢上帝没有肢解我,没有单纯让我当一个诗人或哲学家。"由于他精通哲学,他的诗中常流露出康德、黑格尔等人思想的痕迹。我们翻阅他的诗集,仿佛看到这位孤独而默想的诗人躺在草地上,凝视着蓝天和白云,聆听着潺潺的溪水声,放纵思想的野马,感叹生命的短暂。

---

* 《孤独与沉思》胡小跃译 漓江出版社 1991年版 第6页

擎着光明的火炬

当人们躺在地上，一动不动，/天显得更高远，更壮丽。/人们喜欢，忘却微弱的呼吸，看轻云逃逸在辉煌的空中。那儿应有尽有：雪白的果园，/长长的被巾，飘飞的天使。或滚沸的奶。杯满而溢，/只见天千姿百态却没发觉它在变幻。然后，一片云慢慢游离、消失，/接着又是一片，蓝天纯净明亮，更为灿烂，犹如散去水汽的钢。我的生命也这样随着年龄不断变幻，我只是一声拂动云雾的叹息，我将在永恒中飘散、消失。

再也没有什么比生命消逝更令人悲哀了。普吕多姆把自然之美的永恒和生命的悄然而逝相对应，将焦虑而怅然之心掩饰在对自然之美的描绘中。我们无意于对普吕多姆诗歌的艺术成就的分析，因为，巴那斯派这种崇尚客观、冷峻的诗歌风格，几乎贯穿在他的全部创作中，而且诗歌的意象新颖而浅白，给人一种质朴无文的感觉。

站在今天的立场上看，尽管一百多年过去了，人们的审美观念发生了很大的变化，这位思想正统的诗人的许多诗作渐渐地被人们遗忘，但还有很多诗歌仍然在广泛流传，前面提到的《碎瓶》、《天空》等作品，就为人们称道。诗歌的生命力是对诗人最好的奖励，它从一个侧面证明瑞典文学院眼光的准确性，而在给苏利·普吕多姆的颁奖词中所贯注的精神品格在今天看来仍然是精当的。苏利·普吕多姆的作品"反映了一个追寻者和观察者的灵魂，他在已逝去的岁月里没有停止追求，他觉得要认识另一个世界是不可能的，所以他在精神领域，在意识的声音中，在责任崇高而不可否认的要求中，证明人类归宿的非凡。在这一点上，苏利·普吕多姆比大多数人更好地体现了立嘱人曾称之为文学中的理想主义的东西，因此文学院相信，当第一次颁发这个奖时，在众多著名的文学家的名字中选择了苏利·普吕多姆是符合遗嘱精神的"。我们说苏利·普吕多姆获奖本身的意义远远超越了对其艺术价值探寻的意义，今天，普吕多姆的获奖在20世纪诺贝尔文学奖颁奖史上丰富的价值已为人们所重视。

首先，瑞典文学院褒扬苏利·普吕多姆的诗作，折射了世纪转型期的"理想主义"主流价值观，也让人们领略到了审美观念的时代特性。普吕多姆的诗作，无论是爱情诗、宗教诗还是哲理诗，保持着对人类道德精神严肃性的探求，激发人类积极向上的潜能，无疑符合那个时代人们对"理想主义"的阐释。瑞典文学院在强调

巅峰之旅

作品内容的道德纯洁性的同时,还特别强调作家的艺术成就。普吕多姆能够获奖,一个重要特点就是对现实客观、冷峻的描述,并在此基础上进行抒情;作为抒情载体的客观对象,基本上是容易被人接受的对象;所使用的意象基本上符合一般的语言修辞手段,在惯常处,显示出作者的机智和诗性思维。

其次,苏利·普吕多姆作为第一位诺贝尔文学奖的候选人,他的艺术成就和艺术上的不足点,成了理想主义不断丰富和发展的一个参照系,从起点出发,我们可以管窥瑞典文学院在20世纪诺贝尔文学奖颁奖史上,是怎样地不断丰富对理想主义内涵的理解,并不断超越时代的局限。因此,这位作家所具有的文化信息上的意义,远远超过了他的文学意义。

众望所归的大师为何与巨奖无缘？

由苏利·普吕多姆获奖引起的文坛震动，在今天看来很好理解，可当时，人们在舆论的引导下，却很难产生认同感。列夫·托尔斯泰、易卜生、左拉等人的声望如日中天，为什么遗漏了这些大作家呢？

易卜生是因为评委会内部意见不一，加之他对斯堪的纳维亚民族劣根性的抨击，显然与倡导正向价值观的理想主义倾向相左，瑞典文学院不考虑他也是自然的了。

至于左拉，则另有原因。作为自然主义小说理论的倡导者和实践者，他所取得的成绩无可争辩，但他的审美理想与诺贝尔的理想主义要求相差太远。在法国文学中，诺贝尔特别欣赏维克多·雨果，他欣赏雨果作品中的深厚的人道主义精神以及他的和平博爱思想。1885年雨果83岁寿辰时，诺贝尔亲自发去贺信："伟大的导师，祝你长寿，用你的博爱思想使全世界更灿烂美好！"而左拉，他的作品对贫困的、不道德的生活描写太多，而且在描写这些生活时，常保持着冷静客观的解剖学态度，缺乏一种明确的批判价值指向。诺贝尔对左拉那种不加掩饰的赤裸裸地表现生活的原生形态极为反感，称左拉是"一位肮脏的作家"。评委们不会不考虑诺贝尔生前的观点，绝对不会把首届诺贝尔文学奖授予这位法国作家，即便左拉符合理想主义倾向。

托尔斯泰未能获得首届诺贝尔文学奖，在当时几乎引发了一场抗议的风暴。托尔斯泰成了苏利·普吕多姆获奖后人们怀疑瑞典文学院能力的一面镜子。苏利·普吕多姆获奖后的第四天，瑞典文学界的大师在斯特林堡、拉格洛夫等人的倡导下，由四十余位作家联合签署了一份声明：

致列夫·托尔斯泰：

在首届诺贝尔文学奖刚刚颁发之际，我们这些刚刚签名的瑞典作家、艺术家，渴望向您表达我们的惊异之情。我们不单把您当作当代文学的可敬老人，而且把您当作最伟大、最

巅峰之旅

深刻的诗人之一。我们觉得您应该受到重视,尽管您本人从不奢望任何种类的任何奖赏。我们认为,负责颁发该奖的机构,鉴于它目前的组织完全没有作出有利于艺术或符合民众意见的裁决。为此,我们觉得更有责任向您说这些话,我们将绝不允许在外国(我们甚至代表我们遥远的人民),自由思想和自由创造的艺术不被当作最优秀、最永恒的艺术。"

来自本国知名作家的抗议无疑是十分有力的,再加上列夫·托尔斯泰的文学成就,瑞典文学院的评委们不能等闲视之。评委们坚持从自己信奉的"理想主义倾向"内涵出发,对此进行了周到的解释。这一解释虽然令人难以信服,但一时也叫人难以辩驳:"托尔斯泰对于那种否定了一切形式的文明……大为赞美,他甚至否定任何政府存在的权利,从而提倡无政府主义思想——他断然拒绝承认不论是个人还是国家,可以有正当防卫的权利,对于他那种罕见于一切形式的文明中的狭隘和敌意,我们觉得无法忍受。"瑞典文学院的解释激怒了托尔斯泰,1902年,当人们开始物色第二届诺贝尔文学奖候选人的时候,托尔斯泰主动退出了诺贝尔文学奖的竞争行列。

有关第一次颁奖的过程,仿佛构成了整个诺贝尔文学奖评奖的象征。争吵、不平、激烈的争辩、怄气伴随着往后的每一届的评选工作。社会观念的变化与"理想主义倾向"内涵之间的矛盾是争论不断的深层原因。但是恰恰是不断的争论,促使理想主义内涵日渐丰富起来,不同民族、地域的文学逐渐进入到了"理想主义倾向"的范畴。瑞典文学院不妥协地坚守自己的遴选标准,使诺贝尔文学奖还在它的童年时代,犹如大海的一叶扁舟,虽然受到来自各方的压力和冲击,但在不断地汲取经验和教训中跌跌撞撞地前进了;又更像一粒种子,将在风雨中成长为参天的大树。

"我们的文学多么古老!"

自1901年起,每当诺贝尔文学奖获奖者登上领奖台时,总有人对获奖者表示非议,1905年获奖的显克维支自然也遭到人们的质疑。说来可笑,他们认为显克维支的获奖完全是靠着他的小说《你往何处去》,而这部小说他们又认为只是一本极通俗的畅销书,不够诺贝尔文学奖的水准。在那个年代,人们习惯地把通俗小说看成是格调低下、意识陈腐、内容平庸的代名词。

实际上,瑞典文学院在进行遴选时,态度非常严肃认真。他们并未有意识地突出这部小说的某一优点或者某一特色,而是从整体上评价这部小说。这个"整体"就是显克维支"在历史小说写作上的辉煌成就",它积淀着波兰整个灾难深重的历史。而瑞典文学院的授奖就是要让世界人民了解处在异族压迫下的波兰民族的"民族特性",进而"珍视自己民族的历史,并能弘扬这一历史,增强该民族争取美好前途的信心"。

▲ 显克维支

作为一名深沉的爱国志士,显克维支也是这样来理解自己的获奖。在受奖词中,他说:"在诺贝尔文学奖的公开竞争中,诗人和作家们都是代表他(她)的国家的,因此瑞典文学院的授奖不仅授予作家本人,而且也授予养育这位作家的国家。获得这项奖也标志着这个国家曾对世界文化的进步作出过贡献,人民的心血换来了丰硕的成果,她也有权利和义务为人类的利益而继续奋斗。"

在领奖台上,他呼吁人们关注他的祖国,"有人说波兰已经消亡,国力荡尽,以至于处在被奴役的地位了,但如今证明波兰依然存在,而且获得了光荣的胜利。现在瑞典文学院在举世瞩目之下把这项荣誉给予了波兰,表示了对波兰的成就及波兰天才的崇敬"*。

波兰曾是一个比俄国与普鲁士更文明、更强盛的国家,但到了18世纪,由于政

---

* 《诺贝尔文学奖要介》肖涤编 黑龙江人民出版社 1992年版 第112页

巅峰之旅

权腐败,强邻环绕,波兰的国运每况愈下。1772年、1793年、1874年,它曾三次遭到以沙俄为首的俄、普、奥三强的瓜分。显克维支生活的时代,国家仍在异族统治之下,直至他于1916年病故,也未能成为祖国的自由公民。正因为目睹了祖国受压迫、遭蹂躏,人民被虐杀、遭残害的黑暗现实,显克维支在哀痛之余发出怒吼,代表民族表达反抗、复仇之决心。他终生为祖国的重新独立而振臂高呼,成为波兰人民最敬仰的爱国作家。

显克维支于1846年5月出生在俄占波兰德拉斯卡地区的一个小贵族家庭,童年是在家乡的庄园里度过的。乡村生活及大自然的陶冶培养了他对土地和农民的深厚感情,也使他感受到农民所受到的压迫。中学毕业后,显克维支进入华沙大学研究医学,但他深爱文学,阅读了司各特、大仲马、荷马和莎士比亚的作品。在思想上他倾向自由,临毕业时,因抗议沙俄把华沙大学改为华沙帝国大学,愤然离开了学校。

显克维支的创作分为以下几个时期。早期(1872-1880):这是他创作的准备期,一些中短篇小说为他带来了声誉,如写大学生活苦闷的《徒劳无益》(1872),描写农民生活的《炭画》(1877)、《音乐迷扬科》(1879)、《看守灯塔的人》(1882),瑞典文学院认为这些作品"感人至深","描写颇为精彩","显示出他在历史小说中的表现才能"。

经历了早期的充分准备以后,他的"历史小说创作的才能得到充分的发挥"。他创作了第一个历史小说三部曲,即《火与剑》、《洪流》、《伏沃迪约夫斯基先生》。三部曲写了三次包围战,作品在波兰引起了巨大的反响,被称作真正的民族史诗。小说通过对斯克谢图斯基、雅里梅亲王的刻画,通过对美丽坚贞的海伦娜以及其他英雄男女的生活和斗争的描绘,讴歌了波兰爱国志士的伟大献身精神。作品使人坚信波兰国魂未泯,"有一个波兰人在,就有一把刀"。波兰人敢于斗争、敢于胜利,因而国贼可除、强权可胜、亡国可兴,这显示了作家对自己民族的必胜信心。瑞典文学院对这三部作品进行了细致的分析,认为《火与剑》把赫米尔尼茨基的矛盾心理推到了极为尖锐的程度,而《洪流》的许多情节生动、令人难忘。"显克维支深刻地了解了人性,从不生硬地、公式化地把人物划为正面的和反面的两种。"在这些历史小说中,显克维支"从不掩饰自己同胞的弱点,对敌人的长处和优势也能给予公正的评价,他像古代以色列的先知一样,把真理奉献给自己的同胞。他在历史小说的宏大场面中,借助主要人物之口告诉波兰人民,应该如何对待自己的前途和命运,每个人应该为民族的利益而牺牲个人的利益。他谴责统治者不顾国家的安危而争权夺利,并以深沉的爱国热忱,热情地讴歌了波兰民族热爱自由、勇于斗争的精神,这种客观的描写充分地显示了显克维支的智慧和他的历史观"。瑞典文学院对显克维支历史小说中所体现的浓郁的地方色彩也非常欣赏。"三部曲中还有不少对自然景物的描写——春风吹拂下苏醒的大草原,花朵从土中探出头来,昆虫嗡嗡鸣叫,野鹅飞过,鸟声婉转,野马在由远而近驰来的士兵面前,鬃毛耸立,鼻孔开合,像旋风般飞逝。"

当然,显克维支历史小说的代表作是《你往何处去》,故事发生的时间是在公元一世纪五六十年代,但由于作者具有丰富的历史知识、敏锐的历史感,加上广泛地收集资料,因而小说出色地体现了特定时代的文化氛围,真实地描写了那个时代的生活。

历史上的尼禄是罗马帝国的暴君。公元41年罗马皇帝盖乌斯·恺撒被杀,接着登位的是克劳鸠斯。尼禄是克劳鸠斯的妻子和前夫所生的儿子。尼禄的母亲要求克劳鸠斯立尼禄为继承人,后来为了争夺权力,又将克劳鸠斯毒死。尼禄17岁那年,在他母亲的陪伴下,在近卫军兵营宣布为皇帝。在执掌政权的初期,尼禄在老师塞内加的影响和帮助下,改良克劳鸠斯时期的弊政,受到人民的欢迎,但由于他性格的弱点和政治斗争的残酷,后来他杀死了母亲、妻子和塞内加。就在这个时期,罗马发生了一场大火。据说这场大火的主凶就是尼禄,他想欣赏大火的景象,像希腊诗人描写过的特洛伊城似的,他要歌唱新的特洛伊城的毁灭。由这场大火为发端,尼禄开始大规模地迫害基督教徒,他把大火归咎于基督徒所为,并动用国库重新建造新宫殿,举办节庆,将巨款赏给百姓。这样一来,国库为之一空。尼禄的残暴统治并没有维持多久,高卢人和西班牙人起兵反抗,元老院宣布废除尼禄的皇位,尼禄逃出罗马,最后自杀。

《你往何处去》真实地反映了当时的社会环境和一般奴隶的心理状态。作品用两条线索展示了那段血腥的历史和具体生活。一条线索是尼禄为代表的当权者与基督教徒为代表的奴隶之间的矛盾,当然还包括尼禄同元老院重臣之间的矛盾;另一条线索是维尼裘斯锲而不舍地追求蛮族留下的人质黎吉亚的痛苦曲折的过程。黎吉亚信奉基督教教义,而维尼裘斯出身皇族,信奉多神教,但在追求的过程中,他逐渐改变了信仰,最后站到了黎吉亚这边。这两条线索非常和谐地统一在一起。

巅峰之旅

瑞典文学院评论说:"《你往何处去》以洗练的笔触揭示了尼禄王统治下社会上的种种对立现象:狡诈、腐化的异教徒与谦逊、自信的基督徒,自私与博爱,骄淫奢侈的王室宫廷与死寂、阴森的地下墓穴。罗马的大火以及圆形剧场的流血场面更是令人惊心动魄。显克维支谨慎地不让尼禄成为主要角色,只是寥寥数语就把他那附庸风雅、好大喜功、趾高气扬、偏爱低俗作品、反复无常、残酷无情的形象勾画了出来。"确实,作者对尼禄的描写显示了一个杰出历史小说家的才情。由于尼禄登上帝位依靠的是权诈,因此他陷入了一种尴尬的境地:要想维持权位,就必须不断地杀戮,而杀戮越多,他所面对的敌人就越多。敌人越多,对他的权势威胁就越大。为了免除威胁,他只好不断地杀戮。小说写了他一系列的暴行,他毒死同母异父兄弟,杀死母亲,而处死妻子的手段更为残忍,先割断妻子的血管,再用蒸汽将其闷死。小说写到在尼禄残暴的统治下人人自危的恐怖情景,有一个细节非常经典。维尼裘斯的舅父说动了尼禄,让禁卫军去奥鲁斯将军府,接出黎吉亚,然后送给维尼裘斯。当禁卫军来到奥鲁斯将军家门外的时候,家人误以为要抓奥鲁斯将军,将军家陷入了巨大的恐惧当中:一家人立刻把老将军团团围住,妻子搂着奥鲁斯悄悄地说着含混不清的话,成群的奴隶跑来跑去,到处听到叹气声:"天哪,天哪,大难临头啦!"一个地位显赫的将军都生活在朝不保夕的恐怖环境中,更何况一般的民众呢?小说还写到尼禄放火烧毁罗马城的非理性行为,他的动机非常怪异,"从来没见过一座燃烧的城市"是个什么样子。仅仅是为了看看燃烧的城市的样子,竟然把全体人民的生命都不放在眼中,这样的统治者多么可怕啊!作者处理暴君尼禄的性格有所夸张,但由于叙述文字中蕴涵的激情,我们依然能感受到当时的历史文化氛围。

维尼裘斯也是作者着墨较多的人物之一。特别是他和黎吉亚的曲折爱情经历,一方面表现了爱情力量的伟大,另一方面表现了基督教精神渗透扩张的曲折过程。维尼裘斯是罗马帝国的青年将领,上流社会的奢靡之风腐蚀了他,当他见到黎吉亚的时候,并不是出于爱情,而是把她看成泄欲的工具:"我必须占有她,假如我是宙斯的话,我就要像他曾经变成了雨浇着达那厄那样浇在她的身上。我要吻她的唇直到她感到疼痛!我还要把她抱在怀里听她哀号。我要杀掉奥鲁斯和庞波尼雅,抱起她把她带到我的家里。今天晚上我睡不着觉了。我要吩咐人用鞭子抽我的一个奴隶,听一听他的号哭。"所以当他派人用双人轿去接黎吉亚,黎吉亚中途设法逃走以后,维尼裘斯简直发疯了,他把愤怒倾泻到去办事的奴隶身上。一个年长的奴隶,满脸流着血,对他说:"看看我们流的血,老爷!我拼了命保卫她!看看我们流的血。"然而维尼裘斯还是把这个年长的奴隶活活地砸死了。这还不能平息内心的疯狂,他继续整夜地鞭笞奴隶,四处疯狂地寻找黎吉亚,一打听到黎吉亚的下落,便想用武力抢夺过来加以凌辱,但没有成功,还被黎吉亚的保护人打伤了胳膊。黎吉亚不记仇恨,不仅救了他的命,还帮他养好了伤。这种以德报怨的义举,终于唤醒了维尼裘斯身上人性的因素。他的精神开始发生裂变了,最终成为了一个新人。

小说中,黎吉亚代表了作者的宗教精神和价值取向。作者不仅写到她美丽的外表,更重要的是,对她的生活态度和行为方式非常欣赏。在作者看来,任何残暴的统治都不可能达到目的,广大民众的人心向背才是最重要的。《你往何处去》中,显克维支借历史事件来言说自己民族的苦难,以表明自己对祖国光明未来的信念。由于对沙皇的残暴统治深有体会,因此古罗马宫廷荒淫、奴隶悲惨的生活和充满血腥的场景被他描写得活灵活现。在这种历史场景后面,我们能看到饱受殖民者宰割的波兰的社会现实。这正是《你往何处去》的现实价值。

这部小说在艺术上取得了令人信服的成就。首先,作者将消逝了的历史重新复活了。显克维支对每一条街巷、每一处宅邸、每一种景物都尽可能按照当地的风格、当时的气氛来描写,因而真正具有一种强烈的历史感。其次,小说中重要场景的描写,显示出作者处理宏大场面的能力,这主要表现在对罗马大火的描写上。大火既刻画了尼禄的暴君性格,也是表现基督精神内涵的重要手段,因而作者用了六章共三万字的篇幅进行了精细渲染,读来令人惊心动魄。作者通过多侧面来表现这场大火,当维尼裘斯登上罗马郊外的山顶时,映入眼帘的是:"底下的地方,全面笼罩着烟雾,仿佛结成一片云海紧罩着大地。城市、大水管、宫殿和树木全在云中不见了,但是在鬼影憧憧灰白色的平原对面,城市正在丘陵上燃烧着。"大火就这样简洁地呈现在读者面前。

另外一个场景也写得才气横溢。黎吉亚使维尼裘斯的欲念净化为纯洁的爱情以后,维尼裘斯改变了自己的信仰。这时尼禄下令举行斗兽大会,将逮捕的基督徒放到角斗场中,让野兽撕咬,尼禄的目的是想看看维尼裘斯面对自己心爱的人被野兽撕碎时的痛苦样子。结果保护黎吉亚的勇士杀死了公牛,一直极为紧张的维尼裘斯再也抑制不住自己。他飞身进入角斗场,袒露自己征战的伤痕,要求罗马市民主持正义:保全黎吉亚,也就是保全曾为祖国流血的他自己。市民被感动了,尼

巅峰之旅

禄却无动于衷,最后在市民的骚动中,尼禄勉强答应。这个场面的情绪被作者渲染得层次清晰,波澜起伏,极具艺术感染力。

"我们的文学是如此古老,如此的丰沃,如此的多彩多姿。""这项崇敬的桂冠不是颁给我——因为波兰的土地是肥沃的,滋养了众多比我更富有才华的作家,——而是颁奖给波兰的成就与天才。"显克维支反复强调自己和波兰文学传统之间的关系,他把自己的成就归功于古代波兰文学的滋养,古老而丰富的波兰文学给了他创作的灵感。确实,显克维支是波兰文学发展的一个重要环节:密茨凯维奇那充溢着自然清新的诗篇和伟大而杰出的史诗,为波兰文学奠定了坚实的基础。想象力丰富的斯沃伐茨基、哲学家克拉西茨基、史诗创作成就卓著的科任尼欧斯基和克拉舍夫斯基等,使得波兰文学的苍穹更加星光灿烂。但直到显克维支,波兰的史诗才真正绽放出耀眼的光芒,并以最客观的形式绚丽夺目于世人面前。

显克维支属于世界,首先当然属于波兰。富于爱国精神的家庭环境,故乡的风土习俗和自然景色,使他"永远爱上了故乡的土地和人民"。显克维支造诣很深,不愧为波兰文学史上的语言文化大师,他强烈的爱国情怀,使他超越了波兰同时代作家而光彩夺目,并因此被波兰人民所尊敬和爱戴。在庆祝他的文学创作纪念会上,波兰人民为他的著作在全国范围内进行征订,并用售书所得购下其故居的地产,作为给他的赠礼。华沙的电台还播放了一个关于他的特别专题节目。

英国人醒悟了,但只能跟在波兰人后边

诺贝尔文学奖到了1907年,已经是第7届评选了,尽管人们对这个奖项议论纷纷,但其所具有的世界影响力日渐显现。特别是显克维支的获奖,使人们看到文学对于振奋民族精神的巨大推动力量。在不长的名单上,尽管获奖作家全是欧洲人,可是出过莎士比亚、狄更斯、哈代的英国却无人获奖,这使向来矜持而傲慢的英国人颇为不平。他们为1901年的自大而后悔,一旦醒悟过来,就行动迅速,专门成立了诺贝尔委员会。1902年,他们向瑞典文学院发出了60份推荐书,将大名鼎鼎的斯宾塞列在首位。1903年发出了44份推荐书,由于斯宾塞因病去世了,推荐书把斯温伯格和梅瑞狄斯列在榜首。1905年,又发出推荐书35份。但这些被反复推荐的大作家遭到了令人难堪的冷遇。坦率地说,这种状况与英国文学当时在世界上的地位和对世界文学的贡献是不相称的。1907年,天遂人愿,42岁的吉卜林摘取了桂冠。尽管英国人认为斯温伯格更能代表英国文学的成就,但吉卜林的获奖,至少满足了他们渴望荣誉的心理期待。因为吉卜林不仅在当时是最年轻的获奖者,而且,瑞典文学院似乎为了呼应那些有不同意见的人们,在颁奖词中特别指出:授予吉卜林诺贝尔文学奖就是为了向"辉煌的英国文学以及该国当代最伟大的小说家致敬!"也就是说,吉卜林是作为辉煌的英国文学的代表而登上领奖台的。

▲ 吉卜林

吉卜林1865年12月30日出生在英属印度孟买,父亲是当地的一名艺术教师。6岁时,为了让他接受良好的教育,父母按照当时的习惯把他和妹妹送回英国本土上学,住在一个退伍的海军军官家里。可是因为年龄小,周围都是陌生人,他受到了同学的欺负和虐待,童年可怕的生活场景给吉卜林留下了终生的影响。14岁时,吉卜林到了伦敦,进入贵族化的联合学院。显赫的家族已经给他的未来铺上了金色的地毯,但在17岁那年的暑假里,吉卜林却不辞而别,偷偷溜回了印度。吉卜林

巅峰之旅

没有对母亲说出为何不上完大学便回印度的心里话，却悄悄地告诉父亲："我要向你学习，自己创造自己。"这年秋天，一心想尽快步入社会干一番事业的吉卜林，被拉合尔《军民报》录用为助理编辑。他一下子成了报馆里最年轻的编辑，而且勤奋好学，整日伏案写作，孜孜不倦。无论哪一版缺人，他都可以代理。不到两年工夫，吉卜林当上了《军民报》副总编。除了繁重的编辑工作，他还利用闲暇时间进行文学创作，并显示出这方面的天赋。21岁时，他自费出版了一本诗集——《机关小调》。完全出乎人们意料之外，这本书在市场上销售火爆。其实，早在1881年，他就有《学童抒情诗集》出版，只是人们没有把一个毛孩子的创作看在眼里。1887年，吉卜林又把平时在报上发表的部分稿子编印成单行本——《山地平凡故事》。由于故事叙述得平凡生动，且有浓郁的东方色调，给人耳目一新之感，为英国文学独创了一种新的风格，深受广大儿童及平民的喜爱。此后，他利用自己丰富的东方文化知识，专写这一类描绘东西方文化差异的故事。

吉卜林深深感到，要彻底了解东方，一定要到中国去。怀着对古老的中国文化的仰慕之情，22岁那年他两度来到中国。后又到日本小住。等到他横渡重洋，重返英伦，才发现自己的作品已风靡欧洲和美国。船到码头，吉卜林大吃一惊。码头上人山人海，成千上万的人在等着欢迎他。"欢迎吉卜林归来！"等他上岸，欢迎的人们很快将他包围了。在那里，他结识了一位一见面即情投意合的特别的欢迎者——美国作家兼出版家伍尔柯·巴里士迪，甚至耽误了贵族姨妈们特地为他举行的盛大宴会。1892年，他出版《军营歌谣》，并娶了好友巴里士迪的妹妹——卡萨琳·史达·巴里士迪。

卡萨琳对吉卜林晚期的创作，鼓励和协助甚多。在她的促使下，吉卜林去了两趟英属南非，思想观念发生了极大变化，对战争的认识也深刻得多，已不再鼓吹、信奉早年"武装的和平"的观点。

今天，吉卜林早年创作的东方背景的小说仍然具有生命力。在吉卜林笔下，具有神秘色彩的印度不再只是一块具有悠久的历史、美丽而富饶的土地，而是一块在殖民者贪婪掠夺和战争的摧残下，到处充满饥馑、瘟疫的土地。吉卜林真实地展示了在异域情调下人民的痛苦和绝望情绪。不管作者的主观意图如何，这些小说客观上揭示了殖民地人民生活的真实形态，暴露了殖民者的罪恶。小说《小托布拉》，记述了一个骇人听闻的故事：孤儿托布拉把自己的瞎妹妹推进水里淹死，因为他们讨不到吃的，他的想法是"死总比挨饿好"。这个血淋淋的悲剧，表现了处在

英国人醒悟了，但只能跟在波兰人后边

饥饿中的印度人民的绝望情绪。

吉卜林特别擅长讲故事,这些故事表现了东方人特有的价值观和对尊严的阐释。《死心眼的水手头目帕姆别》就是带有东方特色的复仇故事。受到醉汉厨师侮辱的水手头目帕姆别,为了复仇,丢掉工作,抛弃家庭,满世界寻找自己的仇人。很多年后,帕姆别找到了那个侮辱自己的厨师,厨师却早已忘却了往事,像见到久别的朋友那样,热情拥抱着身患重病的帕姆别。帕姆别却把刀深深插进了厨师的胸膛。"这下我可以死了。"帕姆别完成了复仇的壮举后,从容地上了绞架。吉卜林可能不完全懂得这个故事后面的意义——东方人对人格尊严的看重。从另外一个层面说,面对殖民者的侵入,东方人具有复仇的血性和永不放弃的雄心。

小说《越过火焰》表现了东方人对爱情的态度。经常被丈夫打骂的少妇阿西拉投入到当地驻军士兵苏凯特·辛格的怀抱。丈夫知道用什么方式让自己的妻子屈服,就请巫师施以法术,要让背叛自己的妻子"像一棵剥了皮的树一样枯萎"。阿西拉相信巫师的法术,觉得自己真的在枯萎下去了,但她没有放弃自己的爱情而走回头路,而是与情人一起自焚而死。

吉卜林深知殖民者和殖民地人民之间的尖锐矛盾,因此他如实地写出了这种关系。小说《国王迷》写了两个英国冒险家深入印度山区,冒充天神,愚弄部落人民,其中一个被拥戴为国王,部落人民向他献上了赤金制成的王冠。这个骗子得意忘形,就想在土著居民中寻找王后,因而暴露出了其凡人和骗子的面目。愤怒的部落人民对他们进行了严酷的惩罚,砍下了国王的头颅,让同伙带回白人社会。这个故事客观地说明,殖民地人民一旦觉醒了,他们将会采取强烈的反抗手段来报复敌人。

除了写印度人的生活,作者还写到殖民者的生活。吉卜林对生活在社会下层的人民充满了同情,但对印度白人上流社会则进行了大胆的嘲讽。在这个充满白人优越感的特权社会里,殖民地高级官员、军官还有他们的妻子构成主要成员。这些人空虚无聊、无所事事,整天就是调情说爱、酗酒赌博。吉卜林用轻喜剧的叙事方法,表现了他们的爱情生活。《爱神的箭》描写一个丑陋的白人专员,看上了一个擅长射箭的美丽姑娘,为了向意中人求婚,专员特意安排了一场射箭比赛,但姑娘看清了专员的面目,故意把箭射空,最后和自己真正的爱人——一个没有家产的穷龙骑兵私奔。而专员的贵重奖品,一个手镯,则被一个塌鼻子姑娘拿去了。小说洋溢着青春气息,和吉卜林的其他作品完全不同,显示了作者在叙事方式上的多

巅峰之旅

样才能。

特别值得一提的是《吉姆》(1901)。它描写一位老僧人沿着一条能用水洗清罪孽的河去朝圣,笔调高雅,温馨可爱。在这位以风格豪迈而著称的作家笔下,这样的作品极为罕见。被老僧收为弟子的小无赖吉姆,则完全是一个伶俐可爱的淘气鬼形象。

瑞典文学院详细分析了吉卜林的全部创作,指出作品的独特之处,还特别分析了吉卜林为人爱戴的原因:"吉卜林之所以闻名,可能主要还不是因为他思想深邃、智慧过人,不过连粗心的观察家也能立即发现他那无与伦比的观察力,能把生活中最琐碎的细节描写得准确无误的能力。然而只是具有观察入微的天赋,不论描绘得多么栩栩如生,也不是他成功的根本原因。"

那么,能让吉卜林在英国文学史上占有一席之地的原因是什么呢?瑞典文学院认为包括两个方面。其一是他有惊人的想象力,这使他不但能再现自然的表象,而且能描绘出自己内心的意象。其二是他能以画龙点睛之笔,寥寥数语就揭示出人物的个性特征。他认为,创作不能以记录事物每一时的表面现象为满足,而是要揭示事物的核心和本质。他说:"以任何事物都是由上帝创造出来的角度去描写它。"这深刻地说明他真正体会到了自己的创作使命。

这位孜孜不倦观察人生和人性的作家,内心深处蕴藏着一种崇高的情思。《真正的罗曼斯》一诗,道出了深藏在每个真正的诗人胸中的、对那永远难以实现的理想的寻求和渴望。这种理想是可见的感官世界中的景象所永远不能排除和替代的:

> 在梦中看见并触及
> 你的衣襟就够了;
> 你已走近上帝
> 而我也许不能企及!

吉卜林的创作浸透着浓郁的宗教观念,不列颠人的清教精神在他那里表现为对上帝虔诚的膜拜:"上帝乃智慧之源。"他曾写道:

> 我们祖先昔日所知的上帝

英国人醒悟了,但只能跟在波兰人后边

>在他那无所不至的威严下
>我们知道了他万能的统治……

无论从审美的角度,还是从道德和宗教的角度,抑或从对《圣经》的信仰而产生的责任感来看,吉卜林都是一个理想主义者。他深知,如果没有公民恪守法律及理性的稳定基础,即使最强大的国家也会灭亡。他认为,上帝是首要的全能主宰,是"伟大的监督者"。英国人接受了这些观念,他因此成为国家诗人。下面这些诗句突出地表达了他真挚谦恭的宗教情愫:

>骚乱和喧嚣俱灭,
>名将与君王离去;
>只剩下对您的献祭
>和一颗谦卑忏悔的心。

吉卜林喜欢并追求逼真和凝练,其作品没有空洞无物与拖泥带水的描写和堆砌。他善于运用一语道破的警句和独特的形容词,为此人们把他比作哈代、夏绿蒂和狄更斯。但他是独特的,永远与众不同,自成一家。当然,他的笔下也并非字字珠玑,篇篇佳作,但却总是十分生动,富有色彩。其魅力不仅仅在于描绘,而且还体现在对读者联想力的启发。例如《从海洋到海洋》(1899)这部系列短篇文集,不论描写的是大懒神统治下的象城,还是棕榈岛或新加坡,抑或是讲述日本的风俗习惯,它都是一部描写性的范文作品。吉卜林富于嘲讽,有时写得十分辛辣,但他非常富于同情心。他所同情的大多是在天涯海角捍卫国家荣誉的英国士兵和水手。他完全有权利和资格对他们说:"我吃过你们的面包和盐,喝过你们的水和酒,我曾和你们共同生活,也曾守护在你们临终的床头。"

吉卜林的创造力似乎无穷无尽,可这位幻想大师也是恪守现实法纪的榜样和旗手。丛林法则也是宇宙法则。如果问及这些法则的主旨,吉卜林就会简单明了地告诉我们:"奋斗、尽职和遵从。"因此,他倡导勇敢、忠诚和自我牺牲。他最憎恶人没有骨气,不能自制自律。他也明察,傲慢、狂妄自大、专横不可一世在世界秩序中没有好下场。最伟大的宗师也愿汲取他人所长。吉卜林虽自成一家,但也曾得益于其他作家。他像哈代一样着迷于多姿多彩的充满志趣的流浪生活。他也像笛福一

巅峰之旅

样致力于细节描写的真实以及遣词用字的精确。他像狄更斯那样对贫苦大众满含同情,也像狄更斯那样在细小的举止中发现幽默。但是,他却没有斯林恩那种描写风花雪月的绮丽文体风格,也摆脱了人生唯寻欢作乐是求的享乐倾向。他在内容方面避免了病态的感伤情绪,在形式上则避免了亚历山大诗体的重叠堆砌。他的风格显然是独特和富有个性的。吉卜林曾以他那敏锐的观察、独特的想象、雄浑的气概和生动的笔触,为我们描述过许多国家,但其注意力并不在于事物令人眼花缭乱的奇特有趣的表面,而在于再现使我们饱受挫折和焦虑的当代生活——这种生活充满了挣扎求生的痛苦斗争以及人们因之而忍受的焦虑和窘困。不论何时何地,他始终怀着这一崇高的目标:"准备着,准备听从使命的召唤",然后到生命的尽头,"像个兵一样去见上帝"。

1936年1月18日,吉卜林在伦敦逝世,"像个兵一样"到上帝那儿报到去了,终年70岁。英国政府为他举行了国葬,将他安葬在西敏寺。

该瑞典自己的作家了

1909年,诺贝尔文学奖颁奖活动已经进入第九个年头了,在这之前,获诺贝尔文学奖的作家中,还没有一位瑞典作家。这一方面显示了评委们全球化的眼光,同时,也表明瑞典人胸襟开阔。但就在这一年,瑞典作家塞尔玛·拉格洛夫"由于崇高的理想主义,生动的想象能力和心灵上的激情"而获奖,这使得诺贝尔文学奖的金榜上,第一次有了女性作家的身影。塞尔玛·拉格洛夫富有童话色彩的作品,在世界文学史上足以与安徒生媲美。她以20世纪初瑞典知名女作家的身份获得殊荣,应该说实至名归。

1858年11月20日,拉格洛夫出身于瑞典韦姆兰省莫尔巴卡地区一个世袭贵族地主家庭。据说她降生的那天晚上,一位热衷于算命的牧师夫人来到她家,在仔细研究了婴儿的相貌后,预言拉格洛夫"可能会被某种疾病缠

▲ 拉格洛夫

住,会长寿,将一辈子独身","她心地善良,会经常旅行搬家,并会一辈子同很多书打交道"。占卜也许是无稽之谈,但牧师夫人的话与拉格洛夫未来的人生却有某种吻合。大概是3岁那年,拉格洛夫胯骨关节发生病变,导致行走困难,这个病影响了她一辈子。

拉格洛夫的父亲是陆军中尉,性格开朗,心地善良,而且很有幽默感。拉格洛夫的母亲是一个富裕商人的女儿。拉格洛夫回忆说:"你可以像读本书一样,能够清楚地读到隐藏在她内心深处的爱。但是,就是在激动的时候,她的思想也会被语言所掩盖,要想让这些思想被表达出来,就像让她说出希伯来语一样不可能。"母亲尽管不善言辞,但经常和孩子一起阅读安徒生的童话故事和其他北欧作家的小说。这培养了拉格洛夫对文学的兴趣。拉格洛夫的祖母是一位讲故事的高手,她所讲的许多故事像山涧潺潺流淌的小溪,滋润着孩子们干渴的心田。拉格洛夫回忆说:"这是多么幸福的生活,再也没有孩子能像我们这样幸福了。"

巅峰之旅

拉格洛夫7岁就开始大量阅读文学作品。她接触的第一部小说是反映印第安人生活的《奥西欧拉》，作者叫梅恩·里德。小说中既描写了高贵的英雄，也写到了混迹于下流社会的流氓无赖，这些人物把现实生活中的爱恨情仇演绎得淋漓尽致，激发着人们对幸福生活的向往。尽管在今天看来，这部小说只不过是北欧当时流行一时的流浪汉小说，艺术价值也不高，但它成了拉格洛夫走上文学道路的启蒙读物。她在日记中写道："这本刚刚发现的探险故事书，将决定我整个生活的方向：它在我心中唤起了一个强烈而深沉的愿望，我也要写这样的好书，我生活的天职就是写作。"她发誓将来一定要成为作家。有了这个目标，拉格洛夫读书更加勤奋认真，15岁时她把家中的藏书全部阅读完了，并且四处借阅能找到的旧书。长时间在书海中浸淫，使她的创作冲动越来越强烈。

就在拉格洛夫着手创作的时候，灾难再次降临，她腿部的麻痹症又犯了，而且病情比以往任何一次都要严重。母亲决定把她送到斯德哥尔摩去治疗。在医学院读书的哥哥丹尼尔陪伴着她，在火车上他们碰到了丹尼尔的一位同学，两个年轻人一起谈论着斯德哥尔摩的新鲜事，这让拉格洛夫非常快乐。她在日记中写道："他是一个英俊的、黑色卷发的年轻人。当他说话时，覆盖在前额的黑发显得生气勃勃。他那双大眼睛是那么深，你说不出它们是什么颜色，它们闪烁时，像两颗黑色的钻石。"出于少女的矜持，拉格洛夫没有仔细去打听小伙子的更多情况，只知道他是瑞典人，父母住在克里斯蒂安娜。少女的芳心被爱情的阳光照亮了，她开始思念着他，经常在梦中和他相见，在想象的世界里编织着与这位白马王子的各种浪漫故事。有一段时间她痴情到了神情恍惚的地步。也许是她的思念感动了上苍，一天她站在阳台上向外眺望时，那个让他日夜思念的小伙子恰巧在街对面走过，他也看到了拉格洛夫，还给了拉格洛夫一个飞吻。这个吻激活了少女梦中的所有思念，而且一直铭刻在她心中。后来拉格洛夫与那个小伙子见过一面，但少女的羞涩和自卑使她错过了表白的机会。据说小伙子当时正面临着一场不幸的婚姻，而这更让拉格洛夫痛苦。这次短暂的爱情成了她一生中唯一的一次"恋爱"。

1880年，拉格洛夫22岁。她文静秀气，拖着一对金黄的粗辫子。8月13日这天，她应邀参加一个婚礼，主人知道这个年轻女孩子的才情，希望她能写一篇诗体祝词在婚礼上朗诵，以便让婚礼的喜庆气氛更热烈些。拉格洛夫照办了，她即兴创作了12段每段6行的祝福诗，诗歌清新优美，感情真挚，引起了前来参加婚礼的爱娃·佛朗克斯尔的注意。爱娃是一位女作家，也是一位女权主义者。那时候，北欧女权主义运动开展得非常红火,爱娃让拉格洛夫把写得最好的诗歌寄给斯德哥尔摩的报刊,她想帮助这个边远地区的小诗人。这个消息给拉格洛夫带来了巨大的喜悦,要知道,这可是第一次得到来自首都人的认可。尽管诗歌后来没有发表,但爱娃觉得自己的眼力是不会错的,拉格洛夫缺乏的不是诗歌创作才能,而是生活阅历和学识。她希望拉格洛夫能够到斯德哥尔摩去,去认识比韦姆兰更加丰富广阔的世界。

拉格洛夫的父母一直希望孩子能够在家乡务农,但出于对女儿的前程考虑,他们接受了爱娃的建议,把女儿送走了。拉格洛夫离开了心爱的故乡,到斯德哥尔摩去寻找一种全新的生活。在那里,拉格洛夫不仅获得了一名教师所必需的知识,而且还提高了自己的文学修养。当时,拉格洛夫家里的情况很糟糕,她在日记中写道:"近几年来,我们家很穷。如果我不希望陷入贫困,就必须学会自己挣面包吃。"勤奋和努力终于有了收获,1882年秋天,拉格洛夫顺利通过了教师资格考试,她终于可以成为一个真正的职业妇女了。这真是一件令人高兴的事,她在日记中记录了当时的快乐。"我不再是孤独无助和靠别人生活的人了,我已经有能力养活自己了。"她踌躇满志地展望了自己的未来:"我将自己决定我未来的生活,我是否能得到我想得到的东西,将取决于我的努力。"随后,她还进入首都女子师范大学研修班学习。这个时候,拉格洛夫已经满24岁了,在班上属于年龄比较大的。但她是个出类拔萃的学生,由于她性格谦和、待人热情,很快赢得了同学的尊敬和爱戴。她身边有许多好朋友,她们相互交流、相互学习,共同进步。这些朋友尽管经历了岁月的风霜,但一直保持着终生的友情,一些朋友还给了她无私的帮助。

在学会了熟练运用瑞典语写作后,拉格洛夫认为"把自己从无知和轻薄中解放出来"的愿望太小了,她要用自己的才智证明,一个女性的潜能究竟有多大。

1885年春天,27岁的拉格洛夫以优异的成绩毕业,出于对理想的追求和事业前程的考虑,她本想留在斯德哥尔摩,可是结果却被分配到瑞典南部的港口小镇伦茨克罗纳,按合同她必须在那里工作两年。开始的时候,她感觉到有些落寞,但随着教学工作的开展,她开始喜欢这个风光旖旎的小镇了。小镇不仅风光美丽,而且居民特别热情。走在大街上,人们会向她投来敬佩的目光;到了节日,很多学生家长都到她的住所探望,嘘寒问暖,这一切让她体会到一种亲情的力量。很多年后,她满怀深情地回忆说,"我从未在这么小的地方碰到过这么多的好人"。当然,最令她难以忘怀的是自己的学生。她教历史、地理和数学,每一门课她都精心准

巅峰之旅

备，尽量在有限的时间里给孩子们更多的知识。孩子们非常喜欢拉格洛夫的课。一个学生谈到拉格洛夫讲课时说，她的每一次课都给人充分的自由，引人思考，每次课都给人巨大的知识财富。"在课堂上，姑娘们忘记了时间和地点，而是深深地沉浸在知识的世界里。"课堂成了她和孩子们相互交流的场所，孩子们的天真和烂漫使她浑身充满活力，拉格洛夫从教学中寻找到一种无法言表的快乐。

欢乐总是和忧伤相伴，也是在这年春天，拉格洛夫的父亲去世了。为了还清家里的债务，她家那座记忆着童年欢乐、幽静美丽的庄园被拍卖了。"家园那里有古老的故事，有带着细长的、弯曲的湖泊和天边泛着黛蓝色的山丘的美丽如画的风景，家乡的无忧无虑的日子是那样的明媚和安宁。"那些鲜活的记忆此刻却让她感伤。拉格洛夫暗下决心，等自己成功了，要把今天卖出的庄园买回来。那时候她的创作才华才刚刚显露，她希望自己能靠写作来完成这个宏伟的计划。

一位名叫索菲亚的男爵夫人帮助拉格洛夫走上了一条全新的道路。和爱娃一样，男爵夫人也是一位女权主义者，她家资殷实，对于那些有才华的女青年，她主动充当她们的保护人。当时拉格洛夫还在边远的伦茨克罗纳小镇上教书，她的同学在她毫不知情的情况下，把她平时写的一些优秀的十四行诗寄给了索菲亚男爵夫人。男爵夫人是当时有影响的杂志《戴根尼》的出版人。索菲亚看了这些诗歌以后，非常欣赏拉格洛夫的才华。1886年秋天，男爵夫人主动给拉格洛夫写信，评价她的诗歌"非常优美，立意清新，同时还具有令人惊异的、有修饰功能的表达形式"。随后的几年里，索菲亚发表了拉格洛夫的一些诗歌，但都没有引起读者的注意。不过，一些目光敏锐的评论家还是注意到拉格洛夫对生活独特的表现方式，认为没有人能够模仿拉格洛夫的特点，"她开辟了一个崭新的领域"。

1890年春天，瑞典知名的妇女杂志《伊顿》向全国征集优秀小说，奖金500克朗。拉格洛夫一知道这个消息就开始作准备，但教师的工作非常繁忙，她只能在夜阑人静的时候写作。那时候，离开故乡已经有一段日子了，她一提起笔，故乡的神话传说就像雨后透过云层的阳光照亮了她的心。她要把故乡美丽的风景、故乡神奇的传说变成优美的文字，让更多的人知道她的故乡，知道那个地方生活的各种各样的人，因为这些故事积淀在她心中好多年了，有时甚至会在睡梦中出现。

当时瑞典的文坛上，浪漫主义文学思潮几乎被人们遗忘了，而现实主义文学思潮风头正健。拉格洛夫作品的取材和表现方式显然与流行的审美趋向不合拍，但是她并没有为时尚所左右，而是去写那些感动自己的故事，那些浪漫的、超现实

该瑞典自己的作家了

的故事。在她笔下,美与丑、善和恶泾渭分明,那些充满神秘和野性的爱情故事,那些美丽的女性和风度翩翩的骑士,成为这些浪漫因素中的重要部分。因为是教学工作之余的写作,所以她写出的这些故事并不连贯,几乎就是一些小故事的衔接,但我们仍然能看出拉格洛夫独到的才华。

到了夏天,拉格洛夫想把已经写好的5个故事编成一个中篇小说,为此,她把自己关在妹妹的房间里,对小说进行了认真的修改。7月,在妹妹的鼓励下,她把小说投寄到《伊顿》杂志。非常有趣的是,到了8月份才收到回信,编辑只是说,共收到20篇小说稿,对于几篇描写混乱的,将不予考虑。拉格洛夫以为自己的小说属于描写混乱的,对征文的结果已经不抱希望了。可到了11月,几位同学突然给她打电报,告诉她小说获得了一等奖。拉格洛夫沉浸在巨大的欢乐中。这年圣诞节,幸运之神再次垂青拉格洛夫,她在首都遇到了索菲亚男爵夫人,男爵夫人热情邀请她去斯德哥尔摩南部的别墅一起欢度圣诞节。

那天晚上,很多客人都到场了,索菲亚邀请拉格洛夫朗诵她的获奖小说。在大家鼓励的目光下,拉格洛夫跛着腿来到客厅中央,她好像又回到了故乡古老的庄园,好像童年围绕在外婆身边听着迷人的故事,感情的闸门一下子被打开了,所以声音清亮而又富有感染力。

所有的听众都被她的朗诵吸引了,索菲亚抑制不住内心的激动,流下了激动的泪水。她站起来,对拉格洛夫说:"原谅我,亲爱的,请不要再读了。你完全有资格为文学贡献自己的一生。"

拉格洛夫沉浸在幸福之中,自己的才华被人肯定,更增加了她的自信。几年来梦寐以求的不就是别人的认可嘛。1891年,在男爵夫人的资助下,她回到故乡韦姆兰,住在克罗伦达庄园,开始小说的写作。整个夏天,她沉浸在故乡的风物和神话传说中,在清凉的夜风中,仿佛和远在天堂的老祖母对话。她完成了长篇小说《约斯塔·贝林传奇》,小说根据民间故事,以一个被革职的牧师约斯塔·贝林为中心,生动地描述了19世纪20年代一群寄居在地主庄园里的食客的冒险生涯。作者通过对贵族、食客的豪华生活和庄园日渐衰败的描写,表达了对童年生活的怀念。小说还表现了对下层人民善恶观念的认同,讴歌了见义勇为的行动和忠贞的爱情。小说具有浪漫主义的情调,叙事充满着激情,对被革职的牧师的心态和周围人的反映描写得层次分明,丝丝入扣,融注了作者年轻时代的全部梦想。瑞典文学院对这部小说在瑞典文学史上和作者本人创作历程上的意义作了准确的概括,认为小说

巅峰之旅

"落笔不俗","想象力丰富","平凡的人物和事件,在她笔下经过画龙点睛的处理格外出色,面目一新。她的细节描写、她的文体都给人难以名状的美感,她重新唤起人们对古代瑞典田园生活的向往。那一幅幅激动人心的图画,给读者以美的享受。她作品的风格具有罕见的明快,刚读起来就吸引你,使你爱不释手。但她这部作品也不是毫无缺点,某些不足也在所难免。哪能一下子就掘出纯金呢?古往今来,哪有一个人生下来就完全成熟呢?有一点可以确信,那就是身上流淌着瑞典人血液的拉格洛夫,当时正在跃跃欲试,准备振翅高飞"。*

辞去教职后,拉格洛夫边游历边写作。意大利西西里岛之行产生了小说《假基督的奇迹》(1897),作者以意大利的现实生活为素材,运用象征手法描写了一个乔装的基督受到人们盲目崇拜的故事。1899年,她写出了传奇式爱情小说《地主家的故事》和以北欧神话传说为依据的《古代斯堪的纳维亚神话集》。

1901年到1902年,在游历了埃及和巴勒斯坦之后,拉格洛夫写出了《耶路撒冷》。这部长篇小说以史诗般的宏大气魄反映了在宗教影响下移居巴勒斯坦的瑞典达拉那省农民们纯朴的生活,深入细腻地描写了这些自信得到神谕的瑞典农民,在变卖家产前去耶路撒冷朝圣时,既爱上帝又难舍乡土的矛盾心理,以及沿着救世主走过的道路前行时的满心欢喜和路上遭遇的不幸。小说想象丰富,语言清澈明晰,富于诗意,显示出作者的写作技艺已经发展到成熟阶段。

《阿尼牧师的宝物》(1904)写在家庭劫难中幸存的女儿以自己的美貌使仇家陷入圈套然后复仇的故事,在浓郁的传奇色彩之外流露出宿命论思想。《沼泽人家的女儿》(1908)则充满感人至深的无私的爱和清新深沉的美感。

拉格洛夫这些作品,大多以瑞典乡村为背景,塑造深沉内省的瑞典民族性格,在揭示现实社会的病态的同时,着力表现道德、善行和纯真的爱情,显示出令人震撼的宗教伦理力量和朴素崇高的风格,真正实现了诺贝尔"理想主义"和"最出色的"的遗愿。瑞典文学院对拉格洛夫创作中瑰丽的想象特别欣赏:"在沙漠之中,由于大气蒸腾而产生一种奇妙的景观,使人看到海市蜃楼。恰如拉格洛夫的想象力,使平凡的事物充满了柔情和色彩,洋溢着旺盛的生命力。细心地谛听她的诗,便会感到那真实事物的再现,她描绘客观现实也是这样真实、细致,内容包罗万象,甚至包括人所看不到的无生物世界,却使人相信那是真实的存在。作为一个艺术家,

---

* 《诺贝尔文学奖要介》肖涤编 黑龙江人民出版社 1992年版 第176页

该瑞典自己的作家了

不能以描摹自然的表象为满足。她那充满着爱的眼睛,时刻探索着生命的内涵;她那敏锐的耳朵,倾听着内心无声的话语。她成功的秘密就在于从许多神话、传说和圣经故事中汲取灵感。老于世故的人是难以发现那神秘的美感的,只有淳朴天真的灵魂才能发现。"诗人这颗淳朴的心可用她故事中老妇的话来表达:"拥有这种灵魂的眼睛,才能探知神的秘密。"

拉格洛夫的瑰丽想象在代表作《骑鹅旅行记》中表现得更是淋漓尽致。

1902年,瑞典国家教师联盟计划委托一位作家为孩子们写一本教科书,以故事的形式来介绍国家的地理、历史、生物、民俗等方面的知识。小学校长阿尔弗莱特·达林了解拉格洛夫的才华和知识背景,便推荐由拉格拉夫来完成这一任务。于是,长篇童话故事《骑鹅旅行记》应运而生。作品出版后很快风靡了整个瑞典,不久又流传到欧洲大陆许多国家,被誉为"20世纪的安徒生童话"。即便在今天,这部小说也是小孩爱不释手的读物。

《骑鹅旅行记》原名直译为《尼尔斯·豪尔耶松传奇般地周游瑞典》。小说采取传统的流浪汉小说形式,讲述了顽皮少年尼尔斯在天际翱翔周游瑞典的离奇经历。

一个春季的星期天,瑞典南部西威门荷格县一户农家的十四岁男孩尼尔斯,由于捉弄一个小狐仙,中了小狐仙施的魔法,变成了拇指大的小人儿。家中雄鹅茅帧振翅欲向雁群飞去,尼尔斯搂住鹅的脖子往回拽,结果被带到了高空,于是他只得骑在鹅背上随一群大雁长途旅行。他们由南往北飞越斯戈耐平原、布莱金埃、厄兰岛、卡尔斯岛、果特兰岛和斯莫兰、瑟姆兰、奈尔盖、维斯特芒兰、达拉那、乌普兰、海尔星兰、耶斯特雷克兰等省份,最后到达拉普兰省,在那儿度过夏天。秋天到来时,大雁们启程南飞,经过耶木特兰、韦姆兰、布胡斯、西耶特兰、哈兰德等省,来到斯戈耐,一路上尼尔斯与动物们同甘共苦,终于以自己的美德破除了狐仙的魔法,恢复原形,回到家中与父母团聚。

小说成功地把有关瑞典的地理、历史、民俗、动植物等知识穿插在尼尔斯的流浪史中。拉格洛夫为了写这部作品,收集了大量的资料。她不辞辛劳,跋山涉水到全国各地进行实地考察,寻找候鸟飞回的地点,研究动植物的生活习性,调查各地的风俗习惯,收集各种民间传说。因此她能在小说中栩栩如生地描绘瑞典各地风光,诸如碧波万顷的维纳恩湖、气势磅礴的达尔河、茁壮茂密的考尔毛登森林、雄伟壮丽的克布讷凯塞峰。她还动用各种艺术手段,生动形象地介绍了瑞典各区的

巅峰之旅

地理概况,包括地势走向、气候特征、矿产和物产分布,等等。诸如布莱金埃被形容为斯莫兰前面的三层台阶:第一层气候严寒,土质贫瘠,只能生长桦树、稠李、云杉等耐寒植物,主要经营林业;第二层气候温和,有大量的耕地,生长着枫树、槲树、心叶椴、垂桦、榛树等贵重树木,适宜林业和农业;最下面的一层临海,有肥沃的腐殖质土壤,生长着高大的山毛榉树、栗树和核桃树,人们除了从事林业、农业,还经营商业、捕鱼业和航海业。她还为读者介绍了一些有名的城市古堡的历史变迁:诸如斯德哥尔摩发端于梅拉伦湖和波罗的海交界处的四座无名小岛,后来筑起了城堡围墙,填平了海峡,修建了铁路,成为了国家的政治中心和铁路中心;威特朔沃尔古堡则是瑞典古代著名的防御工程,居住过许多有名的人物。对于各地的风土人情,她更是娓娓道来,人们仿佛随着主人公一起亲历了围着篝火聊天唱歌的五朔节之夜,目睹了高山居民萨阿米人住帐篷养鹿食鹿的游牧生活。通过她的介绍,人们还在无形之中认识了南北方各地数量惊人的动植物,对它们的生长规律和生存习性有了较清晰的了解。例如书中生动地描写黑家鼠与褐家鼠之间的战争、乌鸦的生活、狐狸的狡猾,等等。《骑鹅旅行记》包含了广博而真实的科普知识,在出版后的几十年间一直是瑞典小学生增长知识、拓宽眼界的必备读物。

在对各种知识进行介绍的同时,拉格洛夫满怀感情地展示了祖国工农业的迅速发展,讴歌了祖国欣欣向荣的经济建设。小说写到钢铁厂烈火熊熊的宏伟景象,法隆铜矿的丰富蕴藏,麦德尔帕德繁荣的砍伐业和锯木业,卡尔斯克鲁纳规模宏大的造船业以及其他行业的发展盛况;写到无论是在美丽富饶的省份,还是在荒凉贫瘠的省份,"人们都能找到生活的出路"。作者热爱脚下每一寸土地,小说中处处洋溢着爱国主义激情,坚信灰色的粗麻布一旦缀上珍珠和宝石,就绝不比织着金线的天鹅绒逊色。

《骑鹅旅行记》又是寓教于乐的典范之作。作者把灌输知识与培养孩子们高尚的德行完美地结合在一起,使孩子们既拓宽了视野,又陶冶了心灵。文章中经常自然地插入一些颇有寓意的小故事,如渡鸦巴塔基讲的卖桶人被狼围困却救下老太太的故事,给出了这样一个人生忠告:当你处于难以抉择的危急关头时,"第三条路总是有的"。

男孩尼尔斯是小说的主人公,也是小说情节结构的中心,又是作者着意刻画的艺术形象。在描写他周游瑞典的过程中,拉格洛夫不仅介绍了瑞典奇异的自然风光,还仔细表现了他改正缺点的过程。尼尔斯·豪尔耶松一开始是一个性格孤僻、顽皮、粗野的"恶作剧大王",他不喜欢任何人,也不爱惜任何动物。整天不是去扯鸡冠、揪猫尾巴、捣燕子窝,就是把马蜂放进牛耳朵里,把乌鸦仔扔进泥灰石坑里,或者在母亲挤牛奶时抽掉她坐着的小凳……这种性格发展下去,按照他母亲的话说,"不但会毁了自己,还会给我们带来灾难"。但是尼尔斯在和大雁们朝夕相处的八个月时间里,性格发生了潜移默化的转变。大雁们宁可冒着生命危险,也不把他出卖给狐狸斯密尔的壮举,雄鹅对朋友的忠诚,使他知道了助人为乐和恪守信义的重要,懂得了即使在个人利益与友情发生激烈冲突时也不应该弃朋友的道理;乌鸦白羽卡尔木在危急关头对他的冒死相救,雄鹅不辞辛劳为灰燕美羽治伤的行动,教会了他如何同情人、关心人,在别人身处困境时要鼎力相助;斯莫兰老农妇对儿孙的拳拳之心使他知道去体察父母对子女的无私的爱和牵挂;放鹅姑娘奥萨在屡遭不幸后表现出的刚毅顽强,使他明白怎样去直面现实与人生。尼尔斯刚开始是因害怕失去旅伴挺身而出救雄鹅,到后来则把帮助人当成了一种习惯。这段难忘的骑鹅旅程使尼尔斯成为了一个善良温和、意志坚强、忠于友谊、乐于助人的好少年。

《骑鹅旅行记》具有鲜明的艺术特点。首先,小说构思新颖巧妙,结构形式别具匠心。作者采用孩子们喜闻乐见的童话形式,在讲述主人公的流浪史时,把知识的介绍和许多图景、故事串联在一起,把美妙的民间传说融入真情实况中,各章之间既有内在联系,又可以自成一体。同时,尼尔斯的游历与他性格的变化,又构成了贯穿全篇的两条并行不悖的明暗线索,它们互相交织,完美地将全书结合成一个有机的艺术整体,增加了小说的生活情趣。如在大雁和狐狸争斗的过程中,作者以轻松优美的笔调介绍了罗耐毕河。"罗耐毕河并不是一条气势磅礴的大河,但因两岸风景优美而享有盛名。这条小河有几处在矗立于水中并长满忍冬、稠李、山楂、槭树和柳树的峭壁之间穿行,在一个晴朗的夏日,再没有比在这条幽暗的小河上泛舟和仰望那紧贴在崖壁上的温柔绿荫更令人心旷神怡的了。"[*]

对尼尔斯的塑造还充满了童趣。尼尔斯是小孩,瑞典各地的动植物对他来说是一个未知的世界,他对一切充满了好奇,用儿童的眼光来观察外界的事物。他把狐狸认做小狗,朝那条狗一遍又一遍地喊着,让它把叼走的大雁放下。"你算什么狗?偷了一整只雁都不害臊。"他说:"快把她放下!你等着啦,你会受到什么样的

---

[*] 《骑鹅旅行记》高子英等译 人民文学出版社 1980年版 第111页

巅峰之旅

痛打,把她放下!不然我就把你的行为告诉你的主人。"后来尼尔斯跳到狐狸的尾巴上。作者写道:"这简直是一场森林舞会,地上的山毛榉时时在四处乱飞,斯密尔一圈圈地打转,他的尾巴也很灵活,男孩死死抓住尾巴,不让狐狸抓到他。这时男孩看到一棵小山毛榉树,它细得像一根杆子,穿过老树稠密的枝叶伸向天空。他突然放开狐狸的尾巴,爬到那棵树上,而狐狸仍在围着自己的尾巴打圈子。"

其次,小说广泛采用了拟人和比喻手法,想象丰富奇妙。拉格洛夫很好地处理了如何把一个国家的各科知识集中到一部书里介绍给儿童这一难题。她以独特的艺术思维形式,创造了一个既有人的形体、人的感情,又能置身于动物中与它们交谈的小精灵的形象,这样就能通过他的所见所闻所感活泼自然地介绍瑞典各方面的情况,而不觉得枯燥生硬。作者为了使丰富庞杂的知识易于儿童接受,充分发挥自己的想象,将动植物拟人化,用故事、传说、想象编织了一幅幅令人心驰神往的图画,而在其中蕴藏着知识的玉液琼浆。例如,尼尔斯在进入拉普兰时做了一个梦,梦见自己和许多人以及动物植物在太阳的带领下,从瑞典南部出发,到北部的拉普兰去与巨大的冰人搏斗,可是途中不断有人、动物和植物因胆怯停止前进。刚开始是大山毛榉树、黑草莓树、栗树、山鹑、麦子和黄色的大金莲花停住了。接着槲树停住了,苹果树停住了,樱桃树停住了,燕麦停住了。后来黑麦、大麦、草莓、越橘、豌豆、红醋栗、驼鹿和牛停住了,取而代之的是拉普人、驯鹿、雪鸮、北极狐和雷鸟加入了。最后桦树、松树、杉树、拉普人和驯鹿也止步了。到了冰人居住的峡谷前,只剩下他和太阳两个,所有的动植物都消失了。这其实是在形象地说明瑞典从南到北的动植物分布情况。这种想象和现实互相交织,多种艺术手法的运用,使这部作品产生了不朽的艺术魅力。

小说的语言亲切朴素,通俗生动,饶有情趣。作品从头到尾,采用与小朋友面对面讲故事的口吻,语言口语化,而又极具表现力。譬如,作者在小说开头描述主人公证实自己是否变成小人物的言行,寥寥几笔就衬托出了少年由惊奇、探究到恐惧的心理状态。又如当男孩向猫打听小狐仙的住处时,猫活灵活现趣味十足的言语举止。在语言呆板的自然主义文风笼罩文坛的20世纪初期,《骑鹅旅行记》的语言有如一股清风,令人耳目一新。

《骑鹅旅行记》出版后,被翻译成多国文字,并拍成电影电视,历经多年仍具有强烈的艺术魅力。作者生前不断地收到世界各地小读者的来信,接待他们的来访。在瑞典,主人公骑鹅的形象被制成工艺品在商店里出售。这部小说对世界儿童文学的发展作出了重大贡献。

拉格洛夫是瑞典民族的骄傲，她以自己的聪敏才智，把瑞典丰富的文化通过鲜活的形象介绍到了全世界。她的这部作品已经成为世界文学名著。在《骑鹅旅行记》发表70年后，两名瑞典记者乘坐一架单引擎飞机，沿着小说中大雁飞行的线路旧地重游，采访报道沿途的情况，以小说的描写为参照，展示了瑞典近八十年在工业、农业、林业、交通等方面的巨大变化。

《骑鹅旅行记》给拉格洛夫带来了巨大的声誉，她也实现了自己的梦想：通过写作把父亲的庄园买了回来，并把它修葺一新。在她书房的墙壁上，挂着瑞典地图，上面画着带尼尔斯旅游的那只可爱的雄鹅，它是女作家的心爱之物。

拉格洛夫终生未婚，然而她并不感到孤寂，许多小朋友通过《骑鹅旅行记》认识了这位才华横溢的北欧大作家，许多人不远万里从丹麦、挪威和德国专程来韦姆兰看望她，带来了下一代的敬意和祝福。

随着拉格洛夫的作品被越来越多的人喜爱，她的声誉也越来越高了。1907年，乌普萨拉大学授予她名誉博士学位。1909年，她登上了荣誉的顶峰，成为世界上第一位获诺贝尔文学奖的女性作家和第一位享有这一殊荣的瑞典作家。

诺贝尔文学奖把她的人生装点得灿烂多姿，但她的获奖并非一帆风顺。1904年，她就进入了诺贝尔文学奖候选者的名单中，推荐人是一名有影响的院士。1905年，她再度被挪威、瑞典、芬兰的专家推荐。1908年，《骑鹅旅行记》震动了整个欧洲，她的声誉开始超越瑞典，越过欧洲，在世界各地广为流传。但这一年的评选却掀起了轩然大波。

原来《骑鹅旅行记》出版时，扉页上印着献给瑞典第一个自由政府大众教育部长的名字，拉格洛夫的本意是为了感激他对瑞典正在进行的教育改革的支持，提高教育改革的威信。可是这一举动激怒了保守派人士，他们认为，把奖金颁给这样一位作家，是"向阴谋破坏传统教育的黑恶势力低头"。原来推荐她的专家也撤回了推荐书。还有人把她1901年支持列夫·托尔斯泰参加诺贝尔文学奖角逐、反对文学院的事情给抖搂出来，试图以此来阻挠她获奖。

这些事情延迟了拉格洛夫的获奖，本来1908年拉格洛夫就已经很有实力获奖。到了1909年，还有人想阻挠拉格洛夫，但最后拉格洛夫出色的文学成就战胜了复杂的人事冲突。历史证明，拉格洛夫获得诺贝尔文学奖是当之无愧的。

站在金碧辉煌的大厅中央，拉格洛夫用充满激情的语言，表达了自己诚挚的

该瑞典自己的作家了

巅峰之旅

谢意。

她的受奖词既是一篇感情丰富、构思奇特的散文，又是一次与众不同的内心展露，让人从中看出这位伟大女性所具有的非凡的人格和胸襟。

拉格洛夫一开篇就满怀深情地说：

> 几天前，一个余晖敛尽的傍晚，我搭上前往斯德哥尔摩的列车，车厢内，灯光灰暗，而窗外，更是漆黑一片。同车的旅客们各自在自己的座位上打着盹，只有隆隆的车声，不断传入我的耳鼓。我静静地听着，脑海里涌现出过去到斯德哥尔摩的一桩桩往事——有时是为了考试，有时是带着稿子，寻找可以付梓的出版社。这些事都很费神，而这次赴京却是为了接受诺贝尔文学奖，对我来说，这也不是一件自在的事。

接着，拉格洛夫展开了想象的翅膀，她假想自己乘坐梦想的列车，凌空蹈虚，前往天国，去拜见父亲。她看见父亲"像往日一样坐在前廊的摇椅里，面对洒满阳光、开满鲜花、鸟雀成群的前庭，读着弗列奥夫的《英雄传奇》"。于是拉格洛夫便向父亲倾诉衷肠，说自己欠了一大笔债，不知该如何偿还。父亲惊异地说，如果是为了借钱之事来找他，那他无能为力，因为天国是没有一文钱的。拉格洛夫发现父亲误会了自己，就连忙向父亲解释，说自己所欠的债务并非金钱，而是欠祖先和前辈们的，因为老人们给她讲了无数童话和英雄传奇故事，流浪艺人唱歌谣、演滑稽戏给了她精神营养，修士修女们给她讲述过许多动人故事，朝圣的农民们的伟大行动使她蒙受很重的恩惠，面对先辈给她的这些无比厚重的礼物，她不知该怎样才能回报。父亲听懂女儿所欠是一种精神债务，就放心了。不料拉格洛夫并未说完，她又说自己不仅欠这些人的，还欠整个大自然的，因为"飞禽走兽、花草树木，它们无一不把自己的奥秘告诉了我"。而且"因为大自然假我以文章，才使我文思如潮"，能写出锦绣文章。

拉格洛夫为什么要跑到天国去找父亲求援呢？因为她觉得这世上没有一个人知道怎样才能还清这笔债，只有见多识广、身在天国的父亲才能指点和帮助自己。父亲听后就安慰她："别担心，孩子，你的麻烦问题是有办法解决的。"可拉格洛夫并未释然，她又列举出更多的债主：

那教我写一手漂亮瑞典文的人,也是我的大债主啊!还有很多人,我都欠他们很多。过去那些写散文和韵文的大手笔,那些文学先驱,他们的造诣已经臻于艺术的化境,并大放光彩。当我还小的时候,也同样受惠于那些伟大的挪威作家和俄罗斯作家。——还有新近大批的作家和作品,他们不断培养了我的想象力,更激励我力争上游的竞争心,使我的梦想成为现实,结出丰硕的果实。他们对于我,能不说是恩重如山吗?

接着拉格洛夫开始埋怨父亲,觉得他还是不了解还清这笔债对自己"有多大的困难"。因为她还承受了许多读者的恩惠,得到过很多研究者和批评家的帮助与关照。"如果没有人想看我的书,我还能干什么呢?"因此她对来自别人的"赞美和批评都同样地感激"。拉格洛夫说帮助过她的人实在是太多了,那些珍视她的作品、替她创造各种机会的人,"他们给了我比生命本身更美好的东西,使我能拥有伟大的爱、崇高的荣誉和名声。这些情谊如何才能报答?"一连串的提问逼得一向博识睿智的父亲不知所措,认为亏欠如此多的债实在是不好办。可女儿依然不依不饶,又进一步诉苦,说那些债务已难偿还,新近又欠了一笔更大的债。"对于那些提名我角逐诺贝尔奖,以及决定我为这届文学奖得主的人,我不知该如何向他们致意才好!……他们给予我的,不只是名誉和金钱,他们把我的名字传到全世界,说明他们对我是多么信任,我又该怎样才能偿还这笔债呢?"

这重重的疑问和一个个的难题使父亲无法对答,陷入沉思。突然他猛醒了,揩着幸福的泪花,举拳捶着摇椅扶手大喊:"无论天上人间,如果有人会为了这种无人能解的麻烦事大伤脑筋,那可真是个大傻瓜。你得了诺贝尔奖却忧心忡忡,我却高兴得什么也顾不上了。"至此,拉格洛夫的问题算是有了个初步的解答,她诚挚地表示:"在我没有找到更好的答案之前,我只能请你们与我一起(指在场的所有人),先敬瑞典文学院一杯!"*

这就是拉格洛夫面对国王、评委会成员和世界名流的演讲梗概,是她充满激

---

* 《诺贝尔文学奖要介》肖涤编 黑龙江人民出版社 1992年版 第182页

巅峰之旅

情和奇思异想的心迹吐露。整篇演讲感情真挚、别出心裁、深蕴哲理,读来让人感觉到作者逼人的才气,也让人感动于拉格洛夫谦虚的人品。

获得诺贝尔文学奖之后,拉格洛夫回到她钟爱的家乡——韦姆兰,买回了自她父亲去世后变卖了的莫尔巴卡庄园,重温以前曾经度过的田园生活。这段时间她连续不断地发表了很多作品。如:《利纽克罗纳的家》(1911)、《死神的车夫》(1912)、《葡萄牙的皇帝》(1914)、《罪犯们》(1918)、传说故事《妖精和人》(1921)、《莫尔巴卡》(1922)以及浪漫主义家族史《罗文舍尔德》三部曲(1928),包括《罗文舍尔德家族的指环》(1925)、《沙劳德·罗文舍尔德》(1925)和《安娜·史威特》(1928)。在《罪犯们》这部小说中,作者严厉地谴责战争,认为战争的发动者是全世界的罪人。1938年,拉格洛夫完成了最后一部小说《圣诞节的故事》,表达了对穷苦人民的深切同情。

除写了许多中短篇小说和传说故事外,拉格洛夫从1922年到1932年还陆续发表了包括《莫尔巴卡》、《孩子的回忆录》、《莫尔巴卡日记》的《回忆录》,满怀眷念地追述了自己一生的丰富经历,对自己的生活作了最后的总结。

莫尔巴卡庄园恬静而美丽。每天清晨,她在洒满露珠的小路上漫步,呼吸着清新的空气,让思绪在田野和森林中奔跑。她白天收集整理民间故事,晚上听音乐,整理资料,回复信件,过着有规律的生活。她希望能为自己的祖国和人民作出更多的贡献,然而有一天,她终于感觉自己体力不支。

1940年3月16日,拉格洛夫逝世了,终年82岁。根据她的遗嘱,她居住的庄园被保留下来了,每年5月到9月中旬对外开放。每年都有人怀着崇敬的心情,来拜访她的故居,用心来与她交流。

拉格洛夫是瑞典女性的骄傲,也是全世界女性的骄傲。

从一粒种子到参天大树

从普吕多姆到海泽,诺贝尔文学奖走过了最初的十年。它像一株扎根肥沃泥土里的小树,开始长出了嫩绿的新芽,开出了诱人的花朵。

但它毕竟还未成熟。相对于世界文学百花园里摇曳多姿、缤纷灿烂的色调,它所选择的作家有些单一,我们检视这些获奖作家即能发现这一特点。除普吕多姆和海泽外,按年代顺序,获奖作家依次为:特奥多尔·蒙森(1902)、比昂斯蒂恩·比昂逊(1903)、埃切加赖(1904)、弗雷德里克·米斯特拉尔(1904)、显克微支(1905)、卡尔杜齐(1906)、吉卜林(1907)、欧肯(1908)、塞尔玛·拉格洛夫(1909)。

这些获奖作家大致可分为两类:一类是文坛德高望重的耆宿,还有一类则是以古代、异国、童话或传说为主要创作题材的作家。这些作家都有一个共同的特点,他们主要描写生活的光明面,即使写到黑暗,也是作为光明面必不可少的陪衬,而且写得含蓄而匆忙。他们创作的主题,具体地说,就是对生活与爱情的礼赞,对历史英雄的肯定和歌颂,抒发对民族和祖国的挚爱,吟唱优美的田园生活,抨击生活的虚假和丑恶。

在20世纪初的动荡和混乱中,诺贝尔文学奖评选委员会关注世界文学中那种激越高扬的理想主义精神,因而这些作家成了"上帝死了"之后人类在寻找精神家园时的精神指向。诺贝尔文学奖评选委员会试图通过褒奖他们来捍卫自文艺复兴以来的人的精神尊严,而不是俯就现实、随波逐流。事实上,对"理想主义倾向"的理解,也日渐完满和厚实。文学奖评选委员会恪守"理想主义倾向"的标准,并未将其教条化,而是在努力补充理解上的不足。

巅峰之旅

历史不失时机地弥补了这一缺憾。

1911年,年事已高的威尔逊博士尽管还站在领奖台上向比利时作家梅特林克颁奖,但从他那疲惫的双眼里,可以看出病痛对他的折磨。显然他还没有意识到,梅特林克的获奖对"理想主义倾向"所带来的巨大冲击力;也未意识到,作为一个最初十年诺贝尔文学奖评选委员会的评委主任,他已经完成了自己的历史使命。

威尔逊博士试图以传统方式解读梅特林克的全部作品,他宣布:

诺贝尔文学奖评选委员会接纳梅特林克,是"因为他的作品具有明显的创意和独特性,他笔下全然不同于传统的文学形式"。"梅特林克巧妙地指出潜藏于人的内心的意念,挖掘出人类心灵的特质,毫不矫饰地、自然而然地以无比的自信和古典的高雅表现出来。""他让我们感知我们真正的归宿是一个缥缈的所在,不是我们世俗经验所能达到的。虽然他的诗为我们打开了探视那缥缈境界的视野,但我们却很难和他共享有那深层的感受。"①

威尔逊博士是位固执而保守的人,他坦率地表达了用传统阅读方式无法理解梅特林克的"深层的感受"的困境,实际上预示了一个新时代的来临。但我们要说,在一个思想观念激荡的时代,威尔逊博士能以一个时代终结者的姿态来肯定梅特林克创作中所表现的新要素,实在难能可贵。

1912年威尔逊博士去世了。

新的评委们把他吸纳的新要素加以扩展,也使评奖标准在弘扬人类正向价值的同时,开始关注人类精神中的负向价值。霍普特曼以自然主义作家的姿态出现在领奖台上。这意味着理想主义的内涵又被拓展了。从某种意义上说,诺贝尔文学奖开始感应着世界文坛的脉动并以崭新的面貌出现在人们面前。

自然主义顺其自然的折桂

宣读1912年颁奖词的是一位新的执行秘书,在给霍普特曼的颁奖词中,他开篇引用一句格言:"天下没有不变的事物。"并且指出:"就我们了解的史实来说,很少有能够造福于人类的新事物一开始就被人接受的;一棵叶茂枝繁的大树,当初不过是一粒不起眼的种子而已。"这句话有对过去几年颁奖史反思的意味,也表明瑞典文学院承认对诺贝尔文学奖颁奖标准的认识有一个逐渐深化的过程。1912年共有31位作家参加诺贝尔文学奖角逐,法国推荐了昆虫学家法布尔、直觉主义哲学家柏格森和知名作家洛蒂,而英国则有70名作家联名推荐托马斯·哈代,美国推荐了意识流作家詹姆斯,挪威人推荐了萧伯纳。从这些名单上即可看出,这一年的竞争是非常激烈的。而诺贝尔文学奖自颁奖以来,获奖作家几乎同时具备两个特点:其一,他们是文坛上德高望重的前辈;其二,他们以古代、异国、童话或者传说为题材来讴歌人类的理想,正面肯定人性之善的作品比较多。而霍普特曼显然不属于这样的作家。他的创作主要反映当时的现实生活,揭示人性的阴暗,并且保持着对人性恶的追问和批判。但瑞典文学院却选择了霍普特曼。从1901年拒绝左拉到1912年接受霍普特曼,仅仅只有十年时间,瑞典文学院力图通过对霍普特曼的肯定,从根本上改变20世纪初人们对"理想主义"的狭隘理解,也丰富了评奖标准的内涵。他们要做的,就是将自然主义的美学观念纳入到"具有理想主义倾向"中来。1912年的授奖同时也表明,尽管评委们有意识地开始对评选标准的革新,但还审慎地保持着与现代主义文学的距离。但不管怎么说,诺贝尔文学奖评选委员会的这一转变,对扩大诺贝尔文学奖的影响作用是非常明显的。

霍普特曼1862年11月15日出生于德国的上萨尔茨布隆镇,父亲是镇上的老板,他希望儿子成为农场主,但霍普特曼很干脆地拒绝了父亲的建议,他一心向往文学。1880年和1884年,他先后去布雷斯劳艺术学院及罗马等城市学习雕塑。1885

▲ 霍普特曼

巅峰之旅

年霍普特曼遇到了一个叫玛利亚的女孩子，女孩家道殷实，霍普特曼几乎没有怎么考虑就和她结婚了。婚后他们定居柏林，霍普特曼对当时兴盛欧洲文坛的自然主义文学思潮发生了强烈的兴趣，并参加了德国自然主义团体"突破"。1889年，年仅27岁的霍普特曼发表了剧本《日出之前》，该剧随即被搬上舞台，《日出之前》的上演无疑为沉闷的德国剧坛吹进了一股清新之气。随着霍普特曼之后创作的戏剧《和平节》(1890)、《孤独的人》(1891)的上演，自然主义这一新的艺术形式及其表现手法逐渐为德国观众和评论家所适应，到霍普特曼的杰作《织工们》上演时，观众已对自然主义戏剧的美学观念了然于胸，而霍普特曼也随着《织工们》的创作而成为一位具有世界影响的剧作家。

1937年，霍普特曼写了自传《我青年时代的冒险》，系统地回顾了自己的文学历程，该书是研究作家思想和艺术观念的重要资料。到了晚年，作家对现实采取了一种超然的态度，他着迷于古希腊的神话和文化，并从中寻找自己的精神源泉，表达了对人类命运的关注。1946年霍普特曼去世，终年84岁。

霍普特曼漫长的一生中，创作生涯有65年，共写了47个剧本、5首叙事诗、21部散文。

《日出之前》是霍普特曼的成名作，无论是在他的创作历史上，还是在诺贝尔文学奖颁奖史上，都具有比较重要的地位。该剧从创作到演出，充满了波折和戏剧性。它是德国舞台上演出的第一部自然主义戏剧，剧中传达出的美学趣味、道德观念，都显示了与当时德国文坛流行的风尚完全不同，因而给观众带来了强烈的心灵震撼。1889年，该剧在柏林莱辛剧院"自由舞台"首次公演时，其遭遇有点像当年法国作家雨果的浪漫剧《欧那尼》的演出，一些保守的观众大声喧哗、吹口哨甚至谩骂，使得演出不得不多次中断。而演出后，评论界几乎众口一词进行了否定和批判。一些评论家连篇累牍地发表带有攻击性的批评文章，认为《日出之前》从内容到人物都是不雅的，简直可以称为"下流戏"，戏剧的主题"宣扬了犯罪、疾病和堕落"，而剧作家霍普特曼则是一个"文学无政府主义者"、"罪犯的代言人"、"本世纪最不道德的剧作家"。这些苛刻的批评持续了很长一段时间，好在文学是时代情绪的最直接反映，尽管一些尖刻的批评掩盖了平和的学术讨论，但一个新的文学时代的来临是谁也无法抗拒的。霍普特曼代表了一种新的审美观念，责难成了他的新美学观念的最好宣传。有批评就有反批评，当时一批思想新锐的自然主义作家和主张戏剧革新的评论家，还有渴望求新的观众对霍普特曼的戏剧评价极高。著名作家冯塔纳称霍普特曼"真实地描绘了生活"、"写出了易卜生想写而未能写出来的东西",《日出之前》是一出"了不起的戏剧"。文学批评家巴金斯基关注到该剧在德国文学发展史上的意义和地位,他把《日出之前》称为"德国戏剧史上的转折点",是"自歌德、席勒以来最成功的戏剧"。

《日出之前》最具有创造性的地方,是改变了几十年来德国古典主义戏剧所遵从的美学趣味,作家不再将远离现实生活的王公大臣、英雄美人作为描写对象,而是将笔触放在下层民众日常的甚至隐秘的生活上;决定人物性格和命运的也不再是古典主义所倡导的理性精神,矛盾的解决不再是国王的贤明,而是以自然主义者信奉的遗传生物学、实证主义和决定论作为戏剧冲突的思想基础。

《日出之前》的戏剧冲突围绕着一个农民家庭而展开:克劳塞是个老实本分的农民,一次偶然的机会,他在自家耕种的土地里发现了煤,从而他依靠煤炭资源而成了富翁。有了钱后,克劳塞开始放纵自己,并对前妻的两个女儿怀有罪恶的情欲。他的第二个妻子与别人通奸,他还蒙在鼓里。大女儿与工程师霍夫曼结婚,嗜酒,结果连3岁的儿子也因酒精中毒而死。霍夫曼不仅是个酒鬼,而且对妻妹海伦娜举止粗暴无理。

在复杂而混乱的人际关系中,霍普特曼给我们展示了海伦娜的反抗和自我拯救,这一形象表达了作家渴望摆脱庸俗、追求理想人生的愿望,因此海伦娜是《日出之前》中最重要的形象。她自小寄养在外,纯洁而善良,她接受的道德观念和人生的态度,与这个堕落的家庭格格不入。面对混乱的家庭环境,她感受到的只能是痛苦,她渴望寻找到一种属于自己的新生活,但在那样的社会环境和家庭环境里,她只能把希望寄托在爱情上。她爱恋的对象叫罗特,也是戏剧中又一个重要形象,他表达了作者的理想和对自然主义文学观念的认识。罗特是一个理想主义者,具有改良社会的理想,他来矿区是为了了解社会,他发现了海伦娜身上的优点,并且深深地爱着她。但由于他认为淫乱和酗酒是遗传的,认为海伦娜的家庭环境对她已经产生不好影响,如果和海伦娜结合,他担心自己的后代会染上恶习,最后罗特离开了海伦娜,而海伦娜失去了摆脱困境的唯一的希望,只好在绝望中自杀。

戏剧第一幕,作者交代了海伦娜生活的环境:酗酒与堕落,而堕落的最直接表现就是放纵情欲、挑战家庭伦理道德底线。海伦娜渴望摆脱混乱堕落的生活环境,她把外来的罗特看成是拯救自己的力量,因此,她努力向罗特证明,她和周围那些粗俗的人完全不同。为此她还要了一个小伎俩,她将一封信无意间落到罗特面前,

巅峰之旅

为的是向罗特暗示,自己曾在一所寄宿制学校里接受过良好的教育,她的经历和知识背景与现在这个家庭是完全不一样的。在酒席上,罗特拒绝饮酒,并宣讲酒对人的精神和身体的危害,而他自己非常自豪地宣称,他是健康的,他要把自己继承到的优良基因"毫无折扣地、完整地再传给我的后代"。海伦娜认同了罗特的观点,并且很快付诸行动,她借故推掉了本来准备喝的一杯酒。当罗特要走时,海伦娜急切地呼喊着"你不要走!请你不要走!"这是海伦娜对命运抗争的开始。第一幕戏也至此落幕。

第二幕,海伦娜与罗特聊天,两人感情进一步加深。在罗特的影响下,海伦娜为了女工玛丽的利益挺身而出,公然反抗她的继母:

> 克劳塞太太(给了她一个响亮的耳光):让我来教训教训你!
> 海伦娜(脸色像死一样白,但却更坚定地):不许开除,否则,否则我就到处去说!你和卡尔·威廉!跟你的外甥……我的未婚夫……我要到处去说!

海伦娜以抖出继母不检点的私生活相要挟,坚持为女工说话,这意味着如果继母一意孤行,海伦娜就有可能牺牲自己的名誉。但海伦娜没有犹豫和退缩,她的反抗成功了,克劳塞太太终于因为害怕海伦娜的揭发而留下了玛丽。

第三幕,罗特谈到自己对将来妻子的一些要求,比如他说,他希望未来的妻子可以"摆脱某些社会偏见。比如她用不着害怕——如果她真的爱我——就向我坦率表白和承诺"。了解到罗特的思想,海伦娜受到了鼓舞,她从自卑情绪中摆脱出来,似乎从罗特的话中,看到了自己爱情的前景。这时候,姐夫霍夫曼对海伦娜心怀不端,为了实现自己的罪恶目的,他要将罗特赶走。海伦娜认为自己必须抓住机会,表白对罗特的爱情。

> 罗特:啊,是你!至少现在,我可以向您说声再见了。
> 海伦娜(不自觉地):真有必要这样吗?
> 罗特:……我此刻才知道,离开这里对我来说并不容易……是的……是的!

海伦娜：如果我……能请您……再继续在这里待下去呢？
　　……
　　海伦娜：……我对你是……你感觉到了……（昏倒在他的怀中）

　　因为情绪激动，因为把自己的未来寄托在罗特的爱情上，海伦娜最后晕倒在罗特的怀中。这个细节似乎有点夸张，初看有些不可思议，但仔细回味，又在情理之中。一方面它表明海伦娜对罗特炽热的爱，另一方面也表现了海伦娜内心的敏感和脆弱，这也为戏剧结尾海伦娜选择自尽方式结束生命埋下了伏笔。海伦娜虽然将罗特留了下来，但她知道罗特的观点，因此对家庭环境的自卑感依然存在。她对同罗特的爱情依然存在着一种恐惧感：罗特很可能会因为她的家庭而抛弃她。

　　第四幕中，海伦娜对罗特说："直到今天，我的一生只是一天！而昨天和今天却是整整的一年！"不仅表明了她对于罗特深深的爱恋，更表明了她对于自己所处环境的厌恶。海伦娜把罗特看成了逃离这个家庭的唯一希望，她无法想象如果没有了罗特，她是否还会有勇气独自面对这个肮脏的家庭。因此，当海伦娜对罗特说"你会赶走我的"时，她其实是很希望罗特回答她"永远不会"的。这样一种心理在第五幕中表现得更为明显。

　　第五幕中，海伦娜多次偷偷地下楼来见罗特，其实就是想看看罗特是不是像自己想象的那样已经离她而去……但悲剧还是发生了，雪美芬尼医生发现了罗特与海伦娜的恋情，出于对老同学的爱护，他向罗特陈述了这个家庭中的种种事实：这是一个酒鬼之家，而海伦娜在霍夫曼身边也很难说有什么好名声。于是在几经考虑之后，罗特决定离开海伦娜。而当海伦娜发现罗特离去时，内心深处渴望被拯救的梦想被打碎了，在她看来，天已经塌了，她再也无法看到明天的希望，于是她取下猎刀准备自尽。此时曾凌辱过她的父亲再一次酒醉而归，他的胡言乱语深深地刺激了海伦娜，海伦娜终于选择了自杀。

　　海伦娜这一悲剧人物的情感历程在霍普特曼笔下描绘得纤毫毕现而又丝丝入扣，作者在描写这个人物时，始终保持着一种清醒的态度。因而，展现在我们面前的海伦娜的形象具体可感，即便是阅读剧本的时候，我们也能真切地感受到海伦娜内心的痛苦和为改变命运所作的挣扎，让读者的心灵产生强烈的震撼，甚至

巅峰之旅

有为海伦娜命运担忧而难以自拔之感。

《日出之前》显示了与法国自然主义相互呼应的关系，人物塑造和戏剧冲突也显出自然主义的某些要素的影响，煤矿区人们的生活现状以及人们的堕落生活，几乎与左拉的小说《萌芽》所描写的生活相同。像左拉一样，霍普特曼忽略了人的社会性以及政治、经济、文化等因素对人生活的作用，把人的犯罪归咎于人的本能欲望。霍普特曼笔下人物的内心活动以及行为方式与左拉的小说一脉相承，人物的悲剧性结局几乎和左拉的小说如出一辙，即人的生理弱点是人物悲剧性的主要原因，突出酗酒、淫乱和遗传对人悲剧命运的作用。霍普特曼通过罗特和雪美芬尼医生之口，阐述了当时自然主义所遵从的观点：嗜酒是环境的产物，并且是一切不幸与堕落的根源。三岁的孩童之所以会把醋瓶误认酒瓶，完全是受父亲嗜酒不良基因遗传的影响，这种影响不是人力所能改变的，遗传使得霍夫曼三岁的孩子因好酒而死于动脉大出血，也正是这种愈演愈烈、越变越坏的遗传使得霍夫曼的第二个孩子生下来就成了死婴。

霍普特曼把剧名定为《日出之前》，其含义是非常明晰的，在霍普特曼看来，日出之前正是黑暗与黎明相互交混的时候，是一种混沌状态。作者隐隐感到了光明的存在，但又很难找到通往光明的路径。罗特的理想是虚幻而不切实际的，罗特的逃避实际上是作者内心迷惘的必然结果。正是因为作者对未来的一种不确定的心态，使霍普特曼在建构戏剧冲突时，表现出如左拉一样的犹疑不定。一方面，他们以艺术家的敏锐，注意到社会问题的症结所在；但另一方面，却把造成社会问题的症结归结到人所处的恶劣的环境和不良的遗传上，从而降低了其作品揭露和批判社会的深度和力度。海伦娜的自杀不仅表明了作者对人类未来出路的困惑，也表现出当时参与自然主义运动的作家对于现实所持有的悲观绝望心态。

《日出之前》在德国文学上的开拓性意义，不仅是戏剧的思想观念、美学趣味，更重要的是其新颖的艺术构思。霍普特曼以自然主义的艺术形式，选取现实生活的真实事件，将人置于残酷阴暗的环境，这些残酷而阴暗的环境成了主宰人悲剧性命运的重要力量。在这样的环境中，一些人成了行尸走肉，一些人意识清醒，却无力自拔，只能让心灵在痛苦中挣扎。除了环境的描写，作者在人物关系的设置、人物角色的刻画还有对人物内在心理活动行为外在化等方面的处理，都达到了极高的水平。

瑞典文学院从全新的视野肯定了霍普特曼的创作，认为作家"对人物的心灵有敏锐独到的洞察,使剧中人物不论大小,都有血有肉、惟妙惟肖,不像某些其他作家,只会用概念化的形象作为传达某种思想的傀儡……"显然,瑞典文学院是从自然主义文学美学观念的角度来审视这位伟大作家的。

瑞典文学院不仅从观念上,甚至在解读具体作品时,也表达了一种全新的审美趣味。与排斥左拉时相反,诺贝尔文学奖评选委员会称赞霍普特曼反映生活时所持的冷静客观的态度。颁奖词把那些"描写社会底层群众生活情景"的作品称为"杰作",并且指出"霍普特曼的作品侧重地描写人与环境的关系,人物形象真实可信。对于剧中那些小人物,作者并不故作赞美,而是使他们的行为符合剧情,同他们一起抗争和追求"。瑞典文学院对霍普特曼的才华称赞有加:"诗人不同于常人,他们天生敏感,善于发挥想象力,霍普特曼先生尤其具有这种天赋,所以在作品中塑造出那么多的人物,每个人物都描写得恰如其分又相互陪衬,使作品生色。"

诺贝尔文学奖评选委员会还特意将自然主义描写阴暗生活所表现出来的"理想主义"精神与诺贝尔文学奖评选标准进行了深刻而精当的联系。颁奖词认为,霍普特曼描绘罪恶却又不沉湎于其中的表现方式,正是一种理想的方法,而且他对阴暗和表现阴暗有了清楚的认识:"诚然,生活有它不可避免的阴暗面,但这种阴暗面必须以高超的文学手法才能处理好,以留给后人深刻的教训。"霍普特曼做到了这一点,霍普特曼戏剧的"最大特点就是使人们对光明的未来充满信心","最值得赞叹的是,当他描写人世间的阴暗面的时候,也未忽略人性的尊严。"* 揭露阴暗就是正视它,超越它,这恰恰是从另一个层面上来高扬"理想主义"。"这些优点,就是今天诺贝尔文学奖颁发给他的主要原因。"

我们要说的是,世有伯乐,然后有千里马。没有观念的变更,霍普特曼有可能像左拉一样为人们所遗弃。我们要感谢这种紧跟时代的评奖观,它使诺贝尔文学奖这只航船从最初的江河驶向了辽阔的大海。霍普特曼获诺贝尔文学奖的意义,主要是拓展了"理想主义"的价值内涵,他的获奖应该看成是"理想主义"对19世纪后期风行于欧洲的自然主义文学观念的肯定,同时也是诺贝尔文学奖颁奖史开始进入成熟时期的一个标志。

需要指出的是,在漫长的创作生涯中,霍普特曼的美学观念是不断变化的。他早年沉迷于自然主义,但随着对社会和文学创作认识的深化,他又接受了现代主

---

* 《诺贝尔文学奖要介》肖涤编 黑龙江人民出版社 1992年版 第216页

巅峰之旅

义的某些观念,对自己的文学观念进行了修正甚至是颠覆。比如他曾指出,自然主义能反映生活的真实,但仅用自然主义的形式并不能表达生活的本质,生活的起因是被遮蔽了的。诗人应该创造那些不存在的客观对象,并从虚无中创造,这个虚无就是诗人的想象力和梦,在梦中可以窥见最真实的现实。因此,霍普特曼更注意对人物心灵的展示,一些现代主义的表现手法,如象征、梦幻等被引入到戏剧中来。

应该说,正是霍普特曼创作的丰富性,使得诺贝尔文学奖颁奖标准开始丰富而厚重起来。

感应世界文坛的精神脉动

从1911年吸纳象征主义作家梅特林克、1912年吸收自然主义作家霍普特曼到第二次世界大战结束的1945年,基于对"理想主义倾向"内涵的修正和补充,诺贝尔文学奖开始感应时代的脉搏,摆脱了评奖初期的拘谨、保守,因而一大批代表世界文学最高成就的不同风格流派的作家,带着自己的审美理想和艺术观念步入诺贝尔文学奖的殿堂。这使得诺贝尔文学奖入选作家和整个20世纪上半叶世界文坛的走向相一致。正如世界文坛传统与现代交互并存的态势一样,现代主义、现实主义和浪漫主义思潮,在诺贝尔文学奖中也相互对峙、相互渗透、相互影响,构成多元并存、共同发展的情势。

由于观念的变更,不仅正面弘扬人类进步理想的作家受到重视,那些揭示人类生存困顿现状的作家也未被冷落。于是在诺贝尔文学奖的金榜上留下了一大批中国读者耳熟能详的名字:泰戈尔(1913)、罗曼·罗兰(1915)、哈姆生(1920)、法朗士(1921)、叶芝(1923)、萧伯纳(1925)、柏格森(1927)、托马斯·曼(1929)、刘易斯(1930)、高尔斯华绥(1932)、布宁(1933)、皮兰德娄(1934)和奥尼尔(1936)等。

▲ 罗曼·罗兰

在这个获奖金榜上,现实主义作家占有很大比重。但这些获奖作家与最初十年获奖的现实主义作家相比,他们所表现出的强烈批判精神令人耳目一新。这些作家不仅是19世纪批判现实主义思潮的继承人,同时也是20世纪现实主义文学的拓荒者。他们的创作代表了本国现实主义文学的最高成就。罗曼·罗兰、法朗士、莫里亚克、马丁·杜伽尔是我们回顾20世纪初法国批判现实主义文学时不可缺少的作家,而没有萧伯纳、高尔斯华绥,20世纪英国文学史便不具有什么权威了。托马斯·曼在德国现实主义文学中的领袖地位也无人能取代。总之,这些作家构成了世纪初传统写实主义最壮丽的画卷。他们所表达的理想和观念,影响和教育了整整一代人。

先看罗曼·罗兰,这位毕生追求和平、民主、自由与进步的作家,不仅以他的创

巅峰之旅

作,而且以他充满正义感的一系列社会活动,赢得了"欧洲良心"的赞誉。他以19世纪后期和20世纪前期的创作,架设了"欧洲两个世纪的桥梁"。他继承了法国19世纪批判现实主义传统,直面人生和社会,紧跟着时代前进的步伐。在他的创作中,可以看到20世纪初的文坛上,现代主义文学对现实主义文学的影响。他的作品既有对外部客观世界的准确描绘,又有对人内心世界的细致刻画,他笔下的人物像阿尔卑斯山一样,刚毅而又善良,具有伟大的心灵。

罗曼·罗兰的代表作是《约翰·克利斯朵夫》,他的写作目的,就是要在第一次世界大战前混乱不堪的文化氛围中,寻找与之抗衡的"自由的灵魂","要达到这个目的,我必须有一个眼目清明、心灵纯洁的主人公——他又必须有相当高尚的灵魂才有说话的权利,有相当雄壮的声音才能叫人听他的话"。在该书的导言中,他表达了与诺贝尔文学奖相近的思想:"永远表现人类的团结,不论用多少数不清的形式出现。这应当是艺术的首要目标,也是科学的首要目标,这是克利斯朵夫的目标。"

根据罗曼·罗兰的艺术构想,约翰·克利斯朵夫被塑造成一位为追求真诚艺术和健全文明而顽强奋斗的平民艺术家。约翰·克利斯朵夫是德国人,他出身卑微,从小就与周围恶俗的环境格格不入。他目睹德国艺术的伪善,便毫不客气地给予嘲讽,尽管受到周围人的冷落、围攻,依然不改初衷。他对亲王说:"我不是你的奴隶,我爱说什么就说什么,爱写什么就写什么。"到法国后,他的反抗精神更加强烈。约翰·克利斯朵夫原以为经过大革命的洗礼,法兰西应该成为自由艺术和理想王国的圣地。然而在那里,艺术并没有获得真正的自由,金钱与艺术联姻,繁荣的表面下掩盖着普遍堕落的情状,"到处都弥漫着精神卖淫的风气"。约翰·克利斯朵夫与这个恶俗的环境展开了针锋相对的斗争,结果出版商不出版他的作品,音乐会不用他的曲子,文艺沙龙不接纳他,他陷入挨饿的境地。

约翰·克利斯朵夫的反抗实际上灌注了作者对未来理想的憧憬,即通过真诚的艺术力量和天才的个人力量来改变现状,重建欧洲的健康文明。他认为"法兰西已奄奄一息……因为欧罗巴也奄奄一息了……因为我们的文明,人类几千年来痛苦缔造起来的文明要崩溃了"。在这个世界上,"最渺小的人和最强大的人同样有一种责任,要是非死不可,也得站起来死"。

罗曼·罗兰不仅以笔下的人物来传达自己的理想,他也用自己的行为来实践着自己的理想,这实际上也与诺贝尔文学奖的精神相一致。当第一次世界大战炮火纷飞时,罗曼·罗兰在日记中写道:"像我们这样无法有种族仇恨的,对我们敌对国家像自己国家一样有高度评价的人,明知这场战争罪恶、愚蠢、渴望思想和美与善充实内心的人,被迫为了邪恶的原因而去屠杀它,不是可怕的吗?"他断定"这次的欧洲战争是许多世纪以来的最大灾难,是我们对人类的手足之情最神圣的信赖的破灭。"*

如果说《约翰·克利斯朵夫》表现的是个人奋斗的英雄的话,那么1922年到1933年创作的《母与子》则是一个"真挚、漫长、富于悲欢苦乐的生命内心故事",表现了作家对整个人类的思考。小说以主人公心灵之河的漫长流程为主要描写对象,塑造了一个叛逆的女性和一个追求思想进步的青年形象。小说前3卷主要写安乃德,她生活在家境优裕的环境里,父亲给她留下一大笔遗产。她憎恨旧的婚姻制度,主动和自己不喜欢的洛瑞解除了婚约。但她喜欢孩子,主动献身未婚夫洛瑞,并生下孩子马克。她憎恨资产者生活的腐化和堕落,更痛恨战争,进行了一系列的反战活动。她的儿子发现自己的父亲是权贵洛瑞,而洛瑞是大国沙文主义者和战争的狂热鼓吹者,就坚决不认自己的父亲。小说到了第4卷,主人公是成长起来的马克。他经历了苦闷、徘徊,逐步摆脱了无政府主义和虚无主义,开始同情社会主义革命,反对战争,积极参加反法西斯斗争,结果被法西斯暴徒杀害。安乃德强忍悲痛,继续儿子的事业,直至战斗到死。小说实际上是作者在20年代到30年代思考的总结。作者把个人的反叛融入到社会的抗争中,认为只有社会觉醒了,人类才能避免灾难。这在那个混乱尖锐的时代,凸显出作者思想的超前性。

为了反对国家之间为一己私利而屠杀人类,罗曼·罗兰试图超越敌对双方来反对战争,呼吁和平,结果受到攻击。获诺贝尔文学奖后,他继续从事人类之间的理解沟通工作。他认为知识分子只有保持独立的人格,才能对政府形成某种制约作用。1919年,他发表了《精神独立宣言》,要求知识分子组织起来,抵制战争。由于他旗帜鲜明的反战思想,1932年在世界反战大会上,他被选为大会主席。1933年,他拒绝接受德国颁给他的"歌剧勋章"。他曾为营救"国会纵火案"的受害者保加利亚共产党人季米特洛夫等人而四处奔走。由于他提出措辞激烈的抗议,他的行为引起德国纳粹分子的仇恨,他的代表作《约翰·克利斯朵夫》曾被列为"罪恶书籍"来展览。

罗曼·罗兰的所有活动,可用他获诺贝尔文学奖时的发言来概括:

---

* 《诺贝尔文学奖要介》肖涤编 黑龙江人民出版社 1992年版 第250页

巅峰之旅

"你们对我30年来所做工作的重视,使我为我的法国感到骄傲。我要虔诚地将这份荣誉献给她,因为我的理想主义,我对人类和睦的信念,都要归功于她。我只是理性、容忍以及悲悯精神的一个笨拙的诠释者和忠实的仆人。尽管我们现在的处境是如此悲惨,然而诸位的决定使我们坚信,我们必须获得洞悉未来的智慧以及一个和谐的欧洲。"

瑞典文学院在战火连天的环境里,在人们还无法接受罗曼·罗兰超越种族的和平思想之时选择了他,实际上也是在混乱之中高扬理想主义。因而不仅在文学上顺应了时代的脉动,而且在思想倾向上显示了深邃的目光。

与罗曼·罗兰齐名的德国批判现实主义作家托马斯·曼,也是一位高扬理想的作家。他曾因为强烈的反战思想被剥夺国籍,并被取消波恩大学名誉博士称号。他毫不妥协,在致波恩大学文学院的信中,谴责纳粹政权践踏德国文化的罪行,揭露纳粹政府的战争阴谋。后来他被迫流亡国外。"二战"前夕,他应邀赴美国。从此直接投入反法西斯行列,发表题为《德国听众们!》的广播演说55篇。

瑞典文学院在二十多位候选人中,选中了托马斯·曼,实际上是为德国文学在"一战"后的巨大进步而加冕的。瑞典文学院认为,19世纪的写实性小说取得了与古希腊以来的传统史诗、抒情诗相并列的地位,诞生了狄更斯、萨克雷、巴尔扎克、福楼拜、果戈理、托尔斯泰这样的作家,"但在德国长期没有出现与上述大师有同样成就的天才"。瑞典文学院从写实文学发展的历史背景中考察德国传统文学的现状,从而确立了托马斯·曼的文学地位和意义。《布登勃洛克一家》"即使拿来和上述欧洲各国的名家相比,也毫不逊色"。* 瑞典文学院的评价与托马斯·曼的文学地位是一致的。他一直被人们认为是20世纪初德国现实主义的集大成者。《布登勃洛克一家》也被公认为当代文学中的经典作品之一。

托马斯·曼出身于德国北部吕贝克的一个商人家庭,父亲是该城的参议员。1894年,他发表第一篇作品《堕落》,由此奠定了他从事文学事业的信心。1896年到1898年,托马斯·曼侨居意大利,并在那里完成第一部小说集《矮个先生佛里德曼》(1898)。回国后,于1901年完成了长篇小说《布登勃洛克一家》,从而确立了他在德国文坛上的地位。除长篇小说外,托马斯·曼还创作了一些中篇小说,如《特里斯坦》(1903)、《托尼奥·克勒格尔》(1903)、《威尼斯之死》(1912)等。这几部小说主要描写

---

* 《诺贝尔文学奖要介》肖涤编 黑龙江人民出版社 1992年版 第397页

颓废派艺术的困境和作家对待艺术的态度问题。作者一方面对物质化社会中艺术被当成商品不满;另一方面,对那些艺术家逃离自己责任的倾向进行了批判。小说中的人物都具有复杂的性格和超乎寻常的感情,他们常常陷入孤独、绝望和徘徊之中。小说中主人公的思想和行为深受叔本华、瓦格纳和尼采等人的影响。叔本华把人生的痛苦看成是人对自身欲望的无止境的追求,要摆脱痛苦,只有意识到人生的空虚和无意义。而尼采则认为现代文明对人的自然天性产生了压抑,人必须对现代文明进行反叛。对于瓦格纳,托马斯·曼非常敬佩他融古代神话与现代社会、现代心理为一体的艺术,托马斯·曼后来在创作中吸取了这位音乐家的艺术构想。

  由于对第一次世界大战的心理准备不足,托马斯·曼对战争的认识充满了矛盾。一方面他认为战争保卫了德意志精神文化;另一方面,却对战争造成的灾难深感震惊,呼吁人民捍卫民主和人道主义。1922年,在柏林大学发表《论德意志共和国》的演说,他第一次谴责了尼采哲学对无道德论和暴力的崇拜,改变了不问政治的态度。1924年,他发表了长篇小说《魔山》,作者认为这是他最出色的小说。小说以瑞士阿尔卑斯山达沃斯村一所肺结核疗养院为背景,通过汉斯的独特视角,展示了居住在疗养院的国际资产阶级知识分子腐朽寄生的生活。这些人没有工作、没有职业、没有婚姻、没有孩子,只依靠股息和年金度日,百无聊赖。托马斯·曼用细腻的笔触描写了疗养院病态的环境以及生活在其中的人的病态心理。主人公汉斯意识到,"人为了善和爱就不应该让死亡统治自己"。小说中,托马斯·曼安排的养病人茶余饭后广泛的讨论,反映了作者对"一战"前后社会现状的分析。因而这部小说被人称做"时代小说"。小说还吸纳了当时盛行的现代主义美学准则,因而在艺术表现上留有文本实验的印痕。一方面在人物刻画、环境描写时,继承了德国和欧洲批判现实主义传统,既精细深刻又富有典型性,每一个人物都性格鲜明;但另一方面,作者的构思超越了欧洲叙事艺术的传统,使用了复杂多变的象征、暗示等意象,许多地方以人的情绪、感觉为推进情节的线索,意识流的手法贯穿全书,而这又与哲理性思辨紧密地联系在一起。小说中的时间要素与传统小说不同,它参与到小说的主题表达中,在人物的对

▲ 托马斯·曼

巅峰之旅

话、思考、插话中,它的作用非常明显。空虚、无聊的生活缩短了时间,最后取消了时间,时间因人的主观感受和意识而显示其不同的价值和意义。

他的重要小说还有4部曲《约瑟和他的兄弟们》,小说展示了犹太人的善良性格和高尚的品德,在德国法西斯疯狂迫害犹太人的时候,这部小说的现实意义不言而喻。1939年,托马斯·曼发表了长篇历史小说《绿蒂在魏玛》,小说写歌德和年轻时候的情人绿蒂在分别44年后相见的故事,作者塑造了歌德的伟大形象,同时没有忽略他渺小的一面。作者还吸纳了现代小说的表现技巧,比如意识流的运用,对表现人物的丰富复杂性格产生了非常好的艺术效果。

尽管托马斯·曼一生创作出如此丰富多彩的作品,但是瑞典文学院只肯定了他的《布登勃洛克一家》。"《布登勃洛克一家》是一部中产阶级的小说,因为他特别把本世纪描写成一个中产阶级的时代,它把一个社会刻画得既没有崇高得令人目眩,也不至于卑鄙得让人纳闷。这些中产阶级的人喜欢一种充满智慧的、发人深思的、精巧敏锐的分析与创造,而本书对这些现象所作的冷静、成熟和高雅的反映形成了它史诗性的趣味。我们在全书中看到的都是中产阶级的色调、历史的界限、时代的变化以及世代的变迁",因而这部小说"日益被公认为当代文学中的经典作品之一"。*

像欧洲20世纪初的"长河小说"一样,作者通过一个旧式资产阶级家庭的没落,刻画了资本主义社会中人与人之间赤裸裸的金钱关系,揭示了弱肉强食的资产阶级法则。小说以德国的商业城市吕贝克为背景,展示了布登勃洛克家族的盛衰以及哈根施特罗姆家族的发迹史,将德国社会从19世纪30年代至90年代发展的历史浓缩在一个家族的兴衰变迁中,成为德国资产阶级的"灵魂史"。这个家族的第一代人是粮商约翰·布登勃洛克,他靠拿破仑战争起家,凭着强大的"生命意志"和务实、自信、精明强干开始了发家的历史。第二代小约翰继承了父业,但他多了一个竞争对手——暴发户哈根施特罗姆。由于商业上的关系,布登勃洛克家认识了格仑利西,为了增强自己的地位,小约翰怂恿女儿安冬妮放弃与医科大学生莫尔顿的爱情,嫁给格仑利西,结果葬送了女儿的幸福。安冬妮和丈夫离婚,最后只得回到娘家。小约翰在生意场上的竞争越来越激烈,生意清淡,处境艰难,但他没有想着怎样去适应新环境,而是继续恪守布登勃洛克家的家训:"白日精心于事务,然勿作愧于良心,俾夜间能坦然就寝。"到了第三代托马斯经营家业时,布登勃

---

* 《诺贝尔文学奖要介》肖涤编 黑龙江人民出版社 1992年版 第398页

洛克和哈根施特罗姆家在社会地位和经济实力方面的竞争达到了白热化的程度，战争和一系列的投机失败，最终使得布登勃洛克家陷于困境，老约翰买下的家宅也不得不被卖掉，而他的儿子最后早夭。与第一代人相比，第四代继承人汉诺身体羸弱，对激烈的商务活动不感兴趣，而且个人的情感和想象力与务实枯燥的商务经营格格不入。他只沉迷于音乐和艺术，最后一场伤寒夺去了他的生命，布登勃洛克这个显赫的大家族也就烟消云散了。小说还通过家族人的婚姻以及家族内部人和人的关系描写，揭示了现代商务社会中金钱给人与人之间关系所带来的腐蚀作用。安冬妮的几次婚姻，就显示了金钱对爱情的践踏。

《布登勃洛克一家》所展示的时代背景正是德国资本主义生产关系迅速发展的时期，而布登勃洛克一家四代揭示了德国资本主义由自由资本主义向垄断资本主义过渡，而这种过渡性是通过托马斯和哈根施特罗姆的商业竞争体现出来的。当资本主义发展到垄断阶段时，布登勃洛克一家还停留在旧式经营方法上，落后于时代，这预示了他们走向失败的命运。而哈根施特罗姆则是垄断资本家的代表，他野心勃勃，使用掠夺和吞并的手段，终于击败了托马斯。以致托马斯不得不承认："如果说他在做买卖上远远跑在我前面，在社会活动方面有时候也把我排挤开，这也没有什么，这只不过说明他是一个比我更能干的商人，更有手腕的政治家而已……"

布登勃洛克家族的溃灭和哈根施特罗姆的兴起是资本主义发展不同阶段的形象化的说明。小说中，布登勃洛克一家四代人，从老约翰开始，每一个人物代表一个时代。老约翰利用德国和拿破仑的战争开始了自己的商业冒险生涯，为普鲁士供应粮食。他除了商务活动外，更多地显示出普鲁士人的精神禀赋，面对纷乱的世界，他以普鲁士人的优越感鼓励儿子"要有勇气"。而小约翰比父亲更精明，他坚持家族利益第一的原则，不管是商事，还是家庭琐事，必须纳入家族利益的链条。不过小说写得较为成功的是托马斯，这个从小就被认为"有着商人才气"的人，16岁就进入商界。他稳健而有魄力，不仅在商务方面，而且在社会事业和市政方面也显示了他的野心。但在公司生意日益萧条的情况下，他抛弃了"诚实"和"不谋暴利"的家规，买下了风险极大的青苗，没想到一场冰雹粉碎了他的美梦，庄稼被毁，而他家的事业也接连受挫，不得不卖掉家里的祖产。这个精明的商人最后无法逃脱失败的命运，其祖传的经营思想已经不能适应资本主义商业经济的发展。

瑞典文学院充分肯定了托马斯·曼独到的文化内涵，"作为一种社会的描摹，

巅峰之旅

一种具体的、客观的现实反映"。"除了风格独到,这本书也流露德国文化共同的特色,那就是哲学与音乐的优越性。这位青年作家完美地发挥了写实文学的技巧,并且特地把作品引向尼采的文明批判和叔本华的悲观主义,小说中的几个主角更是隐约包含了音乐中的神秘色彩"。瑞典文学院认为《布登勃洛克》是一部哲理小说。"从本质上说,人类生命里天真烂漫的本性和争名逐利的活力是无可妥协的。作者就由这点深刻的观察来描写一个家族的没落。"* 作为恪守现实主义原则的作家,托马斯·曼笔下的人物形象和环境描写得十分生动,个性刻画极为突出。全书浸透着德国式的幽默。作者把自己家庭的史料引入作品,并把自己的性格、气质、经历、思想分别投入到各个人物身上。小说前半部分以时间为顺序展开,而后半部分则以心理分析和内心思索为主。情节被淡化到阅读者无法感知的程度,从而显示了布登勃洛克家族由明晰到混乱的衰落过程。

　　诺贝尔文学奖评选委员会还于1932年把文学奖授予英国作家高尔斯华绥,而且像对罗曼·罗兰、托马斯·曼一样,诺贝尔文学奖评选委员会肯定的是他的一部作品:"由于他卓越的叙事艺术——这种艺术在《福尔赛世家》中达到高峰。"

　　1867年8月14日,高尔斯华绥出生于英国一个富裕的资产阶级家庭,早年就读于哈罗公学,1890年获得律师营业执照,但他对文学却情有独钟。1897年,高尔斯华绥自费出版了短篇小说《四面来风》,没有产生什么影响。此后他认真研读莫泊桑、屠格涅夫、托尔斯泰的小说,经过几年的磨炼,发表了《岛国的法利赛人》(1904)和《有产业的人》(1906),确立了他在英国文坛上的地位。此后,高尔斯华绥萌发了用多部小说来写一个资产阶级家族史的念头,创作了《福尔赛世家》和《现代喜剧》两组三部曲。1905年,高尔斯华绥与离了婚的艾达终成眷属。艾达是高尔斯华绥认识的一位少女,后来嫁给了他族中的浪荡子,成了他的堂嫂。艾达曾鼓励他写作,对他影响很大。两人产生了刻骨铭心的爱情,招致了各种非议。高尔斯华绥深深体会到无爱的婚姻对女性的伤害,他借助小说的形式对当时的社会道德偏见提出了抗议,《福尔赛世家》中爱琳与小乔里恩的情感故事就有作家本人这段经历的影子。1933年1

▲ 高尔斯华绥

---

* 《诺贝尔文学奖要介》肖涤编 黑龙江人民出版社 1992年版 第398页

月31日,高尔斯华绥因患脑瘤与世长辞。

高尔斯华绥一生共创作了17部中长篇小说、26个剧本以及12本短篇小说、散文、诗歌和书信集。

《岛国的法利赛人》(1904)是高尔斯华绥的第一部小说,主要叙述了一位来自牛津的上层社会青年谢尔顿,在思想深邃、目光敏锐的青年流浪汉范伦德的影响下,改变了对生活的看法。他发现在熟视无睹的社会表象下,资产阶级用暴力和传统观念来统辖劳苦人民,人民困苦不堪,两个阶级截然对立。他试图去帮助范伦德,并向未婚妻安东妮——一个当地乡绅的女儿——灌输他的新思想,但属于"幸福和严厉的传统"的安东妮却难以理解。谢尔顿意识到这种所谓门当户对的婚姻不能真正带来感情和灵魂的结合,于是他解除了婚约,以此表示他与那个狭隘肤浅、自私愚蠢的上层社会的决裂。小说以简短明了的几组事件集中勾勒出英国上层社会生活的一个侧面,剖析了"一个阶级、一个民族、一种传统在精神上的消沉被动、感情上的懒散冷漠以及它们的自私心理"。法利赛人本是古犹太人的一支,英语中往往用其指称"伪善者""伪君子",这里显然是用来讽刺英国资产阶级。

代表高尔斯华绥最高成就的是小说《福尔赛世家》,他为此耗费了近20年的时光。这部长河小说包括三部小说和两部插曲:《有产业的人》(1906)、《一个福尔赛的暮秋》(1917,插曲)、《进退维谷》(又译作《骑虎》,1920)、《觉醒》(1920,插曲)和《出让》(1921)。像托马斯·曼一样,高尔斯华绥试图通过一个家族四代人的生活变迁,描写英国资产阶级从产生、发展逐步走向没落的编年史,从而展示英国资产阶级社会与家庭广阔的生活画卷,揭露上层社会精神上的堕落和人性的丧失。

《有产业的人》以18世纪末19世纪初为背景,那时英国正由资本主义向帝国主义过渡,凭借对世界其他地区的攫取和掠夺,其海外殖民获得了大规模的发展,资本输出代替了昔日的工业垄断地位,食利者获得了丰厚的收入。整个时代的精神特征很鲜明地体现为贪婪、掠夺和寄生性。

小说的开头就艺术性地展示了那个时代的风貌。福尔赛家族的长子老乔里恩为孙女琼举行豪华的订婚宴会,家族的主要成员都来了。兄弟们有的是律师,有的是房地产经纪人,有的是矿主,有的是出版商人,姐妹们多以剪息票为生。他们表面上和睦友爱,实际上剑拔弩张,各怀鬼胎。琼的未婚夫波辛尼是个穷建筑师,还没有受到"福尔赛主义"的污染,全体福尔赛人"神秘地团结一致"排斥这个闯入者,称他为"冒险的海盗"。老二詹姆斯的独生子索米斯是这个家族的强手,此时寸

巅峰之旅

步不离地监视妻子爱琳的行为举止。这个开头一下子为整个矛盾的发展埋下了伏笔。接着是索米斯为了缓和夫妻间紧张的关系并彻底占有爱琳,请波辛尼承包设计自己的乡间别墅。在频繁的接触中,波辛尼和爱琳相爱了。索米斯劝说未果,就借机报复。他对妻子强施夫权,又控告波辛尼违背合约,要求赔偿超支的三百英镑。波辛尼忧心如焚,在迷雾中遇车祸身亡。已出走的爱琳走投无路又回到家中,但索米斯根本无法占有她的感情。

《有产业的人》展示了私有财产欲是怎样腐蚀了人的思想。作者认为人对财产的占有欲破坏了人的艺术美感,因为两者之间是相互对立的。高尔斯华绥在前言中说:"《福尔赛世家》的原旨是美对私有世界的扰乱和自由对私有世界的控诉。"小说主题由并列而又交叉的两条线索呈现。一条线索是福尔赛人的个性及其相互关系,一条线索是索米斯与爱琳、波辛尼的矛盾冲突。美和财产占有欲的对立构成小说的基本冲突。

福尔赛家族的人整天过着百无聊赖的寄生生活,出入各种上等人的俱乐部。他们彼此之间漠不关心,但在许多问题上,他们都表现出本质上相似的看法和处理态度,这就是所谓的福尔赛主义。福尔赛主义的核心是指这个家族的每个成员身上都渗透着赤裸裸的、不可抑制的占有欲与财产意识。他们以财产作为社会生活的基石和衡量一切的准则。外界的一切,在他们的眼中都失去了具体性,一切有价值的东西都被当作商品,或者被当作资本。他们最关心的是利息的涨跌、生意的好坏,看待事情以是否划算为唯一标准。詹姆士"根据钱的可能性的大小而决定交情的厚薄",每看到一件东西总要先问价钱,生活中最重要的爱好就是见物估价。而对已到手的东西,如财产、健康、爱情,他们决不放弃。正如小乔里恩所说:"紧抓住财产不放,不管是老婆,还是房子,还是金钱,还是名誉。"伴随着财产意识和占有欲而来的,是强烈的自私自利心理。他们已经成为麻木不仁的冷血动物,父子之间、兄弟之间钩心斗角,彼此隐瞒自己的财产情况,舍不得对别人投入一点真正的关心。这种不动感情讲求实际的作风,也是当时英国资产阶级的典型特点之一。

索米斯·福尔赛集中体现了福尔赛精神,是福尔赛人的骄傲。他是一个精明冷酷、贪婪自私的商人,做事有板有眼、谨慎周密,他生活的最高目的就是攫取财富,当然也努力地占有一切能升值的东西:房产,古董,名画,美貌的妻子,这都是他的财产。他不是从审美的角度而是从自己利益的角度来看待美的事物,在罗宾山上造屋时,他发现一处美景,马上会想到:"在这里栖身,终日面对着瑰丽的景色,能够在朋友面前炫耀它,谈论它,而且占有它!就好像4年前爱琳的绝色姿容照射进他的心扉,使他渴望占有她一样。"妻子的美貌是他渴望占有的财产,他用金钱收买了爱琳的后母,实现了心愿,而且时刻监视她、提防她,要把她像名画一样藏起来。当爱琳意识到自己婚姻的错误,疏远并憎恨他时,索米斯感到财产被掠夺般的痛心疾首,执意要恢复自己的权利,不肯轻易放弃,并以金钱万能的社会里的法律魔掌,阻碍她去爱波辛尼。正如小乔里恩所说:"婚姻之所以神圣不可侵犯是由于财产的神圣不可侵犯。"这种冷冰冰的财产占有欲,使资产阶级的家庭生活失掉了最后一层温情脉脉的面纱。

波辛尼与艾琳是与福尔赛们截然不同的类型,站在索米斯性格的对立面。他们是艺术和美的化身,热爱艺术,热爱自由,对生活充满美的渴望,厌恶利欲的冷酷和暴虐。但在讲究财产的环境里,这些理想只能被扼杀和糟蹋。他们的不幸结局预示了在金钱万能的社会里这种冲突不可避免的悲剧性。

琼的父亲小乔里恩则是这对立的两类中的一个"失落的中间环节"。他厌恶财产意识,能够看到福尔赛人一些本质的东西。他为了摆脱建立在财产基础上无爱的婚姻,抛弃财产继承权,与家庭女教师私奔,但他又摆脱不掉福尔赛精神的影响,行为上充满矛盾。他在水彩画上花了那么多精力,但是不像波辛尼是为了献身艺术,而是以是否卖个好价钱作为绘画的准则。最后小乔里恩又回到这个家族中来,心安理得地享受祖先的财富,觉得维护神圣的财产法则还是必要的。这类人物的塑造和设置反映了作者试图调和美与私有世界、自由与私有财产之间的冲突。

由于作者出身于类似福尔赛世家这样的家庭,了解资产阶级家庭生活的真相,因而描写厚重,资产者的自私与贪欲跃然纸上,在经典的细节中渗透着强烈的批判精神。而且作者的艺术表达方式多样,如对爱琳和波辛尼的描写,主要通过福尔赛们的视角、内心的感受、思考来进行的,显得比较模糊,但家庭成员的一致关注,又正好说明了爱琳、波辛尼与福尔赛人的格格不入,证明了财产意识与艺术、美冲突的必然性。

三部曲的第二部《进退维谷》进一步围绕索米斯和爱琳的冲突展开情节。爱琳再次出走后,索米斯更加醉心经商牟利,为了使几十万英镑的家产后继有人,打算娶年轻貌美的法国姑娘安耐特,在与爱琳商量离婚事宜时,索米斯旧情复燃,对爱琳纠缠不休,遭到断然拒绝。爱琳得到琼的父亲——小乔里恩的帮助,索米斯趁机以妻子有奸情为由解除婚约,与并不爱他的安耐特结婚,生下一女芙蕾。爱琳与小

巅峰之旅

乔里恩结合,带着他们的儿子乔恩在罗宾山别墅过着幸福的日子。

第三部《出让》逐渐转向这两家的下一代。20年后,芙蕾和乔恩偶然相遇,一见钟情。乔恩在获悉两家由来已久的纠葛之后,毅然与芙蕾分手远去美洲,爱琳也随之前往,芙蕾伤心之余另嫁他人。罗宾山别墅挂起出租转让的招牌,作者以此暗示福尔赛家族命运的衰落。

福尔赛家族的新一代是乔恩和芙蕾,他们在某种程度上认识到财产占有欲是罪恶的根源,从而否定了父辈的价值观念和道德规范。他们爱冲动,易幻想,不愿受任何束缚,对生活缺乏清醒的认识,一旦受到挫折容易陷入空虚迷惘的精神状态中去。

作为一个现实主义作家,高尔斯华绥特别强调文学的道德教诲作用,认为"一位小说家应该通过性格的塑造而对人类道德伦理的有机发展作出有益的贡献",主张文学应该毫无偏见、无所畏惧地反映社会生活,使生活中的善与恶、美与丑一一现出本相,而反对为了迎合某种观点而歪曲生活现象。他强调作家应该真实地描写社会生活,抓住人物比其生活原型更典型的特征加以充实突出,使之更鲜明,更充满活力。

在30多年的文学创作生涯中,高尔斯华绥继承了英国小说幽默讽刺的传统,以现实主义客观冷静的方式进行叙述,将情节的发展和典型性格的塑造有机地结合在一起,创造了栩栩如生的福尔赛家族群像。他的作品不采用离奇的夸张手法,而在真实的外观描写、细节堆砌和心理分析中蕴涵冷嘲热讽。他的讽刺是狄更斯式的,温和、诙谐、富于同情心,显示出稳重文雅的风格。他的小说语言是屠格涅夫式的,优美、简练、精确、明确而形象,写实风格冷静平易。

高尔斯华绥的小说具有独特的风格。同样是描写资产阶级家族的命运,托马斯·曼是以感伤的情调来叙述布登勃洛克一家的兴衰,高尔斯华绥则是以讽刺的口吻来描写福尔赛家族的命运,对当时资产阶级进行了揭露。高尔斯华绥紧密结合社会现实来描写主人公的内心生活,心理分析细腻真实,深入刻画了财产意识对福尔赛一家的腐蚀作用。

罗曼·罗兰、高尔斯华绥、托马斯·曼、法朗士、马丁·杜伽尔等人进入诺贝尔文学奖圣殿,实际上是二三十年代现实主义文学勃兴的真实写照。从这些作家的史诗性的长河小说里,我们能感受"二战"以前现实主义的演进发展模式,即以家庭的活动作为展示时代变异的载体,表现一个阶级或不同类型人的命运。因此可以说,这些获奖作家成了"二战"以前现实主义文学发展的一个缩影。

现代主义也是理想主义

就在现实主义高奏凯歌的时候，现代主义文学思潮中涌现的杰出作家也被吸纳到诺贝尔文学奖体系中。我们知道，诺贝尔文学奖评选委员会对"理想主义"内涵的扩充，是一个渐进的过程，最初是排斥文学中的现代主义思潮的，甚至把现代主义的先锋性看成是对传统写实文学的冒犯。在最初10年，甚至在最初20年，他们对现代主义视而不见，接纳梅特林克，虽然客观上不再对现代主义持否定态度，但他们并没有把现代主义文学思潮看成是一个独立的流派来考虑，而是努力把他们纳入传统之中。

到了"二战"前后，这种观念开始真正产生了变化。当时现代主义文学运动在经历过勃兴和沉寂以后，其作品仍显示出巨大的生命力。评委们有可能更客观、更冷静地来评价它。

现代主义是诞生于19世纪中后期的一股世界性文学思潮，它是作为和现实主义的对立面出现的，直到现在仍余波未息。它分支众多，内容庞杂，光怪陆离。"二战"前较有影响的流派有后期象征主义、表现主义、未来主义、超现实主义、意识流小说等流派。

象征主义是现代主义文学的第一个流派，它产生于法国，以1886年《象征主义宣言》的发表为标志。这一流派的理论主张和艺术实践，为整个现代主义文学奠定了基础。象征主义尽管在19世纪80年代已经形成一个自觉的文学运动，但它在文坛上的影响还是比较小的。究其原因是流派单一，范围不大，仅限于法国和它的邻国，而且体裁限于诗歌，戏剧、小说不多，也没有什么影响。到了20世纪20年代，象征主义所开创的反叛创新之风开始波及欧美诸国，并且引发了现代主义文学实验的新风潮。后期象征主义大诗人众多。除此以外，还有以德国为中心的表现主义、以意大利为中心的未来主义、以法国为中心的超现实主义以及英美意识流小说等。除了这五个大的流派外，还有五光十色的小流派。30年代初风靡上海的新感觉派即是一个例子。

这些流派的共同特点，是对传统价值观和文学观进行了大胆的否定和怀疑，对人的内心世界、直觉和无意识领域表现出热切的关注。人的变态心理和畸形的

巅峰之旅

社会形态是他们表现的重要领域。文学成就主要体现在小说、戏剧等方面，出现了一批卓有成效的作家。卡夫卡、乔伊斯、里尔克等便是其中的佼佼者。

诺贝尔文学奖评选委员会虽然在观念上有所变化，但还没有先锋到对现代主义全盘接受的地步。上面所列举的作家都以反叛为自己的目标，却没有一个获得诺贝尔文学奖。70年代，当瑞典文学院在反思评奖史时，许多评委便认为没有给以上几位作家授奖是一个巨大的遗憾。

这是一个事实，但还不是事实的全部。实际上，"二战"以前，诺贝尔文学奖评选委员会即选中了现代主义作家入围诺贝尔文学奖圣殿，而且在战后的好几年里，评委们为战前未能更广泛地接纳现代主义作家进行了补救工作，使一批现代主义作家能及时进入诺贝尔文学奖的殿堂。他们总是力图使自己的工作接近完美。

第二次世界大战前已获加冕的现代主义作家有：1923年叶芝"由于他那富有灵感的诗歌以精美的艺术形式展现了整个民族精神"而获奖。显然，评委们首先是把他看作爱尔兰民族的代表而授予他殊荣的。对他诗歌的象征风格，评委们还是走纳梅特林克时的老路：把他纳入现实主义文学体系之中。颁奖词是这样理解叶芝的："他的艺术通常都相当晦涩，所以要想理解便得十分细心。这种晦涩的成分来自内容的神秘色彩和盖尔特气质。这种气质不是显而易见的，而是体现在诗的光彩、细腻的感情和深刻入微的洞察力中。自然也受当时潮流的影响，那就是象征主义，'为艺术而艺术'的手法，驱使他总是呕心沥血去寻找、推敲合适的字眼。"评委们试图以轻描淡写的方式将叶芝从象征主义的围城里解放出来，以便使恪守传统的人不至于觉得受到冒犯。

1927年，法国哲学家柏格森获诺贝尔文学奖。这位宣扬直觉主义的诗化哲学家，在当年36位候选人中脱颖而出，是"由于他那丰富而生气勃勃的思想及表达的卓越技巧"。恰恰是这种丰富而生气勃勃的思想，构建了现代主义文学思潮的哲学基础，给现代主义文学诸流派以巨大的影响。柏格森认为，世界的本质，真正的实在，是一个非理性的精神过程。他名之为"生命冲动"。它的本质是不断地变动，处于"永恒的创化"之中，形成"意识的绵延"。"绵延"停滞，"冲动减弱"，便构成物质。总之，"生命冲动"决定物质，决定世界，决定一切。柏格森还认为，"生命冲动"和"意识绵延"的过程是没有规律可循的，是神秘莫测、毫无理性的，因而科学和理智是无法认识它的，只有通过直觉来把握。所谓"直觉"，就是本能、下意识，一种不可言传的内心体验。它排斥理性认识，也不受实践检验；它瞬息万变，又玄妙莫测。唯其如此，它才能同实在相印证，才能接近"生命冲动"的神秘本质。他说"直觉能使我们抓住智力所不能提供的东西"，"直觉就是心灵本身，在某种意义上即生命本身"。他把直觉强调到如此高的程度，因而被人们称为"直觉主义"。

诺贝尔文学奖评选委员会看到了柏格森哲学思想的巨大意义以及它未来的作用，并且不再对此持保守姿态，而是全面加以肯定。瑞典文学院在给柏格森的颁奖词中说：柏格森解放了具有强大力量的创造推动力，从这扇大门便可以走向"真正的时间"的大海，走向一个新的境界。"在这个新的境界中，人类精神重获自由，并得以再生。如果相信他的思想的脉络严谨得可以作为人类的精神向导，那就可以断然地说：柏格森将来的影响势必比他已产生的巨大影响更大。无论是以文章还是以诗人的标准来衡量，他都不比同时代任何人逊色。在严密客观的真理探求中，他所有的热情都被自由的气氛鼓动，这股自由的气氛否定了人对物质的隶属性，从而通向广阔无边的理想主义。"

可以看出，诺贝尔文学奖评选委员会首先从哲学层面来肯定非理性主义的理想境界，把非理性等同于人对物质现实的超越，从而使之与理想主义贯通。这种沟通手法，使现代主义第一次堂而皇之地被"理想主义倾向"所接纳，为第二次世界大战后广泛接纳现代主义作家进入文学圣殿打下了坚实的理论基础。因此，30年代尤金·奥尼尔和皮兰德娄获诺贝尔文学奖便是顺理成章的了。

巅峰之旅

泰戈尔:被西方误读了的东方作家

▲ 泰戈尔

诺贝尔文学奖评选委员会自从接纳了梅特林克、霍普特曼后,有关"理想主义"的观念为之一变。当柏格森以"丰富而生气勃勃的思想"摘取诺贝尔文学奖桂冠时,更显示出"理想主义"的巨大开放性和包容性。当一大批具有世界性影响的文学巨匠步入诺贝尔文学殿堂时,我们看到诺贝尔文学奖的成熟。虽然如此,我们还是对它有许多不满意的地方。对于东方人来说,最感不平的是,第二次世界大战以前,瑞典文学院的视野只局限在欧洲大陆,而且获奖作家以英、法、德等国家为主。这实际上是欧洲优越感不经意的流露。由此可以看出,超越自我,超越某种观念,是一个多么漫长而困难的过程。

也许有读者会问,1913年,印度诗人泰戈尔不是首次代表亚洲人获得了诺贝尔文学奖的殊荣吗?

作为诺贝尔文学奖金榜上第一个欧洲以外的作家,我们为此感到兴奋,但是,恰恰从他的获奖中,我们看到了"西方中心论"的投影。

细读给泰戈尔的颁奖词即能发现这一点。瑞典文学院一方面为将诺贝尔文学奖颁给泰戈尔感到兴奋,因为泰戈尔的创作"恰好符合阿尔弗雷德·诺贝尔的遗嘱以及证言中的具体要求,那就是在'本年度'写下了'有理想主义倾向'的最优美诗篇的诗人"。就是说泰戈尔的优美的诗歌创作最接近诺贝尔遗嘱的标准,泰戈尔的亚洲身份也完全符合评选标准。但另一方面,瑞典文学院有意无意地淡化泰戈尔作为东方人的地位。在获奖理由中,这种淡化倾向至为明显:"表彰他那含义深远、清新而美丽的诗歌,他运用完美的技巧,运用自己的英语词汇,使他诗意盎然的思想成为西方文学的组成部分。"很显然,诺贝尔文学奖评选委员会在思想观念刚刚转变的1913年,还未完全考虑到泰戈尔作为亚洲人身份的巨大意义,以及由此给诺贝尔文学奖金榜的结构成分带来的巨大变化。他们更愿意把泰戈尔的辉煌成就纳入西方文学的体系中。在他们看来,文学巨人只能产生在西方文学体系中。实际上,当时西方的文学评论界同样把泰戈尔看成是自己文学体系中的一员。英国批评家认为泰戈尔的出色成就"体现了英国文学的高峰"。西方人更欣赏的是泰戈尔用娴熟的英语表达思想观念,而不是思想观念本身。

但不管怎么说,泰戈尔的获奖客观上使西方人第一次跳出了自己的价值圈,关注具有深厚文明根基的东方。"英属印度"几个字可能使人的关注点出现分歧,但泰戈尔笔下重现的东方文化的气韵和魅力,第一次给自大的西方人以强烈的震撼。

推荐泰戈尔入围诺贝尔文学奖的瑞典诗人海顿斯坦就曾说:"我终于找到了具有真正伟大水平的一个理想诗人。"叶芝说泰戈尔的作品"显示了我毕生梦寐以求的世界,这些诗歌是高度文明的产物"。庞德也说自己从泰戈尔的诗作中发现了自己的"新希腊"。

尽管西方文学界试图把泰戈尔纳入自己的文学体系,但作为第一位获奖的亚洲作家,泰戈尔始终没有忘记自己作为亚洲人的责任和身份。在获奖感谢电文中,泰戈尔以一个东方人的身份写道:"你们全面、深刻的理解缩短了我们之间的距离,并使一个陌生人变成了兄弟。"泰戈尔相信文学能化解误解和分歧,使人类相互理解,和睦相处。他说:"人的心灵是通过深入不断的媒介联结起来的。"

1861年5月7日,罗宾德拉纳特·泰戈尔诞生在印度加尔各答市泰戈尔家族。这个家族人才济济,在近代印度工业、商业、文化、教育等各个领域中都有泰戈尔家族的足迹。泰戈尔的祖父德瓦尔伽纳塔是印度有名的庄园主、企业家、慈善家、社会改革家。他建立了"泰戈尔公司",经营着糖、茶、矿业,建立往返英印的庞大商船队。他还创办了首家民族资本银行。他援助印度青年赴英留学,支持现代印度的奠基人、社会改革家、宗教改革家拉贾·罗易的改革运动,为印度的现代化发展作出了贡献。

泰戈尔的父亲温德拉纳特·泰戈尔,潜心钻研印度宗教圣典和西方哲学著作,致力于宗教改革,是印度新教团体"梵社"的创始人之一,对动摇因循守旧的印度教社会,起过重要的作用。泰戈尔一共有兄妹15人,他们中就有当时在印度很有影响的诗人、哲学家、音乐家、小说家和剧作家。他的侄辈中也有几位是从事文化艺术改革的文化人。这个既有着浓郁的印度文化传统又深受西方文化影响的大家庭，对泰戈尔才能的养成产生了很大的影响。泰戈尔后来回忆说："我小的时候，得益最大的便是文学与艺术的空气弥漫于我的家庭。"

泰戈尔从小就接受了良好的教育，先后在东方学院、师范学院和孟加拉学院读书。1878年，他去英国学习法律。但他更喜欢文学，在那里，他开始了对文学的自修。1880年，他回到了祖国。在回忆童年和青年的生活时，泰戈尔说："塑造我的那位雕刻家一开始用的完全是孟加拉的泥土，这形象最初的一瞥我已经公开发表了，我把它叫做童年。它里面并没有外来的成分，他的材料都是自己的，也有一些家庭的空气和家中其他人的。"* 应该说，伦敦的求学生涯，对泰戈尔后来的人生观和价值观影响巨大，他深切地感受到东西方之间的文化差异，同时也让他觉得两种文化和谐发展的可能性。所以他说："在我这儿，东方和西方结成了友谊。我在生命中实现了我的名字的含义。"** 应该说，是这个具有雄厚经济实力和文化素养的家庭孕育了第一位获诺贝尔文学奖的亚洲大作家。诺贝尔文学奖颁奖词中也谈到泰戈尔家族文化对作家成长的作用："在这个家庭里，他们不仅有高度的艺术修养，而且对祖先的智慧与探讨精神深为敬重，并将祖辈留下的经文奉为传家之宝。在他的周围也蕴藏着一种新的文学精神，让文学面向人民大众，使之接近于人们的生活需要。在印度叛乱的苦难冲突与混乱之后，在政府果断的改革中，这种新的精神获得了力量。"

从14岁发表处女作《献给印度教徒庙会》，到1941年8月7日在加尔各答逝世为止，在长达60多年的创作活动中，泰戈尔创作了50余部诗集、30种以上的散文著作、12部中长篇小说、近百篇短篇小说及30余部剧本，而除了文学上的盖世才华外，他还出版了语言、文学、哲学、政治、历史、宗教等方面的论著。

泰戈尔的哲学思想核心主要是泛神论，其渊源来自于印度古老的吠陀文献，特别是古代的"奥义书"。奥义书在回答万物起源这个哲学命题时，论证了"梵"和"我"的关系。梵是印度宗教哲学中一个非常独特的术语，通常是指宇宙的本原和精神；"我"有时候称为"灵"，即自己。奥义书认为，太初之始，宇宙之本，万物之源，胥归于一。这就是"梵"，梵至大至深，超越一切，表现一切，无所不在，无所不包。宇宙万物起源于梵，也终于梵，而梵、我之间，是二而一的关系，梵即我，我即梵，梵是

---

* 《我的童年》泰戈尔著 金克木译 人民文学出版社 1955年版 第64页
** 《我的童年》泰戈尔著 金克木译 人民文学出版社 1955年版 第67页

我的异名,梵是最高的我。泰戈尔追求的理想,就体现了印度古典哲学的影响,他的泛神论观念也来自于此。他的作品总是给人宁静和谐之感,努力在有限的空间中认识无限的宇宙,在难以把握的不停流逝的时光中寻找永恒,在爱的幻想中攀登美的最高境界,而爱成了泰戈尔解决一切问题和实现理想的最基本力量。在神和人之间,他重人;在自然和自我之间,他重现实;在过去和未来之间,他更注重自己的理想。泰戈尔的矛盾在于,他生活在一个民族矛盾极端尖锐的时代,却试图从古代文化中寻找精神资源;他希望改变现实,却又害怕暴力革命;他希望印度独立,却寄希望于殖民者的觉悟;他同情人民大众,却又放不下拯救者的架子。尽管有这样那样的不足,我们还是要说,泰戈尔的诗作不是远离现实和社会的,他让人们发现了美、印度和东方,这也是他的诗歌至今还具有强大的生命力的重要原因。

我们根据泰戈尔不同时期的思想状态和创作风格,将他的创作分为3个时期。

早期(1880—1900):这一时期,泰戈尔大部分时间生活在父亲的庄园里。农村生活扩大了诗人的艺术视野,而农民们贫困、苦难的生活现状,促使他思考现实,探讨生活的真义。他的创作主要是以故事诗和短篇小说为主。在《画与歌》(1884)、《刚与柔》(1880)等诗集中那种吟唱爱的甜蜜和生命的激情被淡化了。现实主义的因素日渐浓厚。特别是这个时期创作的一系列短篇小说,体现了诗人现实主义文学观的确立,流露出以文学干预现实的意向。小说既揭露英国殖民者的专横暴虐,也批判了根植于印度封建文化中的压抑人性的婚姻制度和种姓制度,表达了对印度民众特别是下层妇女所遭受的苦难的同情。这些小说中最有名的是《喀布尔人》、《弃绝》、《素芭》、《献》、《摩诃摩耶》等。《摩诃摩耶》是一部脍炙人口的短篇小说。摩诃摩耶出身名门,但因为父母早逝,家道中落,家里无法给她置办丰厚的嫁妆,24岁还待字闺中。她与罗耆波青梅竹马,倾心相爱,却因社会地位悬殊太大而无法结合。正当他们决定离家出走时,摩诃摩耶的哥哥连夜将她带到火葬场,强迫她与临死待烧的老婆罗门举行婚礼。结婚第二天,这位美丽的姑娘就成了寡妇。按照古老的寡妇殉葬制度,摩诃摩耶必须殉夫,就在摩诃摩耶殉夫被烧时,天下大雨,摩诃摩耶得救了,可是大火毁坏了她美丽的面容。她来到情人罗耆波家里,要情人发誓永不掀开她脸上的面纱。一个月光明媚的夜晚,罗耆波偷看到摩诃摩耶脸上的伤痕,发出了惊叫,摩诃摩耶觉得爱人未能守信,便决然离去。小说以印度十分普通、非人道的风习为描写对象,编排以震撼人心的情节,揭露了"殉葬"的野蛮和种姓制度的不合理,而且对摩诃摩耶维护人格的独立与尊严表示了真诚的赞

巅峰之旅

许。这篇小说也颇能代表泰戈尔短篇小说的特色:情节波澜起伏,偶然之中蕴涵着必然的要素,在叙事的激情中流露出强烈的抒情韵味。

中期(20世纪初至20年代):这个时期是泰戈尔创作的高峰。他把自己的文学创作活动与祖国人民的命运自觉地结合起来。由于短篇小说无法反映纷繁复杂的生活,泰戈尔便转而进行长篇创作,主要代表作有《小砂子》(1903)、《沉船》(1906)、《戈拉》(1910)和《家庭与世界》(1916)。

1913年,他的《吉檀迦利》在英国出版,使西方人领略到当代东方文学的魅力。作为一个亚洲古老民族的代表,泰戈尔开始了对民族问题的思考。1916年,他访问日本和美国,在他的演说中,对西方列强凌辱其他弱小民族的行为进行了谴责。他尖锐地指出:西方列强"一直伺机将异己置于绝境或者把它消灭。它有着食肉野兽和吃人生番的嗜好,它依靠别国人民的资源来养活自己,并且力图吞噬他们的整个未来。它常常惧怕其他种族获得卓越的地位,把这种情况叫做危险。竭力阻止一切伟大的事物在它自己以外的疆界出现,将软弱的人们的种族压下去,使他们永远软弱"。今天,在全球一极与多极的相互竞争中,我们重温泰戈尔的演讲,不能不佩服他目光的敏锐。在西方强势文化大举入侵东方的时候,泰戈尔宣示了东方人的自信,他说:"多少世纪以来,当西方在黑暗中沉睡的时候,我们就在东方高举起文明的火炬,而这从来不是思想懒惰或见识狭隘的标记。"[*]

后期(20世纪20年代至40年代):这个时期泰戈尔以社会活动家的形象出现在世界舞台上,先后出访过英、法、丹麦、瑞典、奥地利、捷克、美国等地,1924年还到过我国。他指出:"在亚洲,我们必须团结起来。"他对亚洲和全世界的未来表现出强烈的自信心:"现在仍然持续着的这个时代,必须描绘成人类文明中最黑暗的时代,但是我并不失望。有如早晨的鸟甚至当黎明还处在朦胧中时,它就放歌,宣布朝阳的升起,我们的心也宣布伟大未来的来临,它已经来到我们身旁,我们必须准备去迎接这个新时代。"泰戈尔未能看到这个新时代,但这个新时代恰恰像他预言的那样,已经过几代亚洲人民的努力终于耸立于世界面前。

不管西方人怎样去解读泰戈尔,偏见和误读都掩饰不住这位东方智者的光辉。让我们在诗集《吉檀迦利》和小说《沉船》中进行一次精神漫游吧,共同来感悟

---

[*] 《民族主义》泰戈尔著 谭仁侠译 商务印书馆 1982年版 第26—32页

这位博大精深的亚洲作家。

先看《吉檀迦利》。颁奖词在谈到这一诗歌原作时说:"泰戈尔的《吉檀迦利》(即《颂歌集》,1912)是一部宗教的颂诗集,这部作品使评委们尤为关注。"《吉檀迦利》是泰戈尔从自己的几部孟加拉文诗集《吉檀迦利》、《奉献集》、《渡口集》以及散发于报刊的诗作中选出而译成英文出版的,共计103首。诗歌充满了印度宗教的神秘色彩。"吉檀迦利"在印度孟加拉文和印地文中有"献诗"之意,它表达了诗人对神的歌颂和对神迹追求的过程。这些诗有以下几个特点:一是它的完美性,诗人将自己本身的意念同他借鉴而来的意念和谐地融为一整体;二是文体的韵律均衡,借用一位英国评论家的话说,就是把诗的阴柔情调与散文的阳刚力量融合为一;三是措辞严谨,或者说是用词典雅,诗人借助另一种语言作为表达诗情工具时的那种趣味甚高的审美格调,显示了作者丰富的英国文学的修养。简言之,这些特征在原作中是固有的,然而在用另一种语言进行重新表达时,依然能神形兼备,这就显得难能可贵了。评委们欣赏泰戈尔能用另一种语言将自己的诗作"原汁原味"地呈献在西方人面前。所谓"原汁原味",不仅是指精美的艺术形式,更叫人惊讶的是诗的内涵符合西方人的精神需求。当时世界发达国家之间的矛盾非常尖锐,第一次世界大战的端倪已经出现,旧有的秩序开始动摇,泰戈尔提供的宁静与和谐的境界为焦虑的西方人带来了一片新天地。

需要指出的是,《吉檀迦利》中的神不是偶像化的神,而是人的价值追求的对象化形式。尽管它给人神秘的感觉,但是它又在我们的生命中,在人类社会中。泰戈尔说:"神学家可以追随学者,认为我所写的一切都是泛神论,但是我不会崇拜这个术语,不会为保护它而抛弃活生生的真理。"显然,诗人关注的依然是充满诱惑力的"活生生的真理"。泰戈尔笔下的这位神,"穿着破蔽的衣服","在最贫贱最失所的人群中行走",他是在"锄着枯地的农夫那里,在敲石的造路工人那里,太阳下,阴雨里,他和他们同在,衣袍上蒙着尘土"。诗人在这个神的身上,寄托了自己同情人民苦难的情怀,以及强烈的平民意识。

> 破庙里的神!七弦琴的断语,不再赞美你有河流……
>
> (88)
>
> ……上帝不在你面前,他是去帮助扶犁耕地的农夫那里,在敲不开的道路工人那里……去迎接他,去劳动里,流汗

巅峰之旅

里,和他们在一起吧!

神是无处不在、无所不见的。它不是偶像,而是深藏在人性中的。诗人借助神这个具有普遍影响的外在形式,讴歌了人性的至善,表达了自己追求理智的自由、心灵的和谐、真理的完美和国家的觉醒。因为是生活中可以触摸的最纯粹的精神体验,作家怀着虔诚的感情去表现,因而一般读者把它理解成一种纯粹的宗教感情,一种对神的崇拜。这是不妥当的。泰戈尔把神看成是真理、光明和诗才的化身,因为他生活在一个宗教情感强烈的国度里,很多时候,我们很难把他的世俗情感和对神的膜拜区分开来。

诗中处处充满了对神的敬仰之情。在第1首至第11首颂神部分,诗人描写了神的形象和我与神的关系。如第2首:

当你命令我歌唱的时候,我的心似乎要因着骄傲而炸裂,我仰望着你的脸,眼泪涌上我的眶里……

这是一个多么虔诚的形象!面对神的召唤,他激动得不能自制,并且充满了强烈的自豪感。面对着至善的神,诗人除了表达对神的敬仰外,更重要的是渴望和神融合在一起。他希望自己能够成为一个完美的人:

我要从我心中驱走一切丑恶,使我的爱开花,因为我知道你去我的心窝深处安设了座位。

我要努力在我的行为上表现你,因为我知道你的威力会给我力量来行动。

这种力量激励诗人不断进行自我反省,达到一种摆脱尘世物欲的境界。自我的完善和克制,是走向和神交流的起点。

《吉檀迦利》中涉及第二个方面的主题,就是借助颂神的形式,讴歌人的理想,即对自由和追求完美的肯定。在第8首诗中,他渴望摆脱现世的名利物欲的约束,因为物欲使人迷失了自我,失去了快乐,最终也就失去了人的精神自由:

> 那穿起王子衣袍和挂起珠宝项链的孩子,在游戏中他失去了一切的快乐;他的衣服绊着他的步履。

物质的满足并不能带来精神自由,却限制了人的行为:

> 为怕衣饰的破裂和污损,他不敢走进世界,甚至于不敢挪动。

诗人告诫说:

> 母亲,这是毫无好处的,如你的华美的约束,使人和大地健康的尘土隔断,把人进入日常生活的盛大集合的权利剥夺去了。

那么怎样实现人与大地的和谐并获得彻底的自由呢?这需要不断地与自我的弱点作斗争,摒弃对物质享乐的过分追求,向善而行。泰戈尔也意识到,弃绝物质束缚是一个极为艰难的过程。

> 被我用我的名字囚禁起来的那个人,在监牢中哭泣。我每天不停地筑着围墙,当这围墙高起接天的时候,我便被高墙的黑荫遮断不见了。
> 我独自去赴聚会,是谁在孤寂中跟着我呢?
> 我走开躲他,但是我逃不掉。
> 他昂首阔步,使地上尘土飞扬,我说出的每一个字里,都掺杂着他的叫喊。
> 他就是我的小我。我的主人,他恬不知耻。但和他一同到你门前,我感到羞愧。

尽管达到这一世界困难重重,邪恶的诱惑无处不在。但只要有决心,理想的世界还是能够实现。人自由,国家也会获得自由。

巅峰之旅

　　　　在那里，心是无畏的，头也抬得高昂；
　　　　在那里，知识是自由的；
　　　　在那里，世界还没有被狭小的家园的墙隔成片段；
　　　　在那里，话是从真理的深处说出；
　　　　在那里，不懈的努力向着完美伸臂；
　　　　在那里，理智的清泉没有沉没在积习的荒漠中。
　　　　在那里，心灵是受你的指引，走向那不断放宽的思想与行为——进入那自由的天国，我的父啊，让我的国家觉醒起来吧。

　　也许这种美丽的理想，只能存在于人们不倦的奋斗中，但是这理想是多么真诚、美妙动人啊。泰戈尔把对美好理想的追求和祖国的前途命运联系在一起，显示了作家对民族和人民的责任感。

　　我们说诗人在追求神灵合一，实际上，他还通过对自由的讴歌，表达了对生命的赞美。在很多诗歌中，诗人为生命的存在而欢欣鼓舞。

　　　　就是这股生命的泉水，日夜流穿我的血管也流穿过世界，又应节地跳舞。
　　　　就是这同一的生命，从大地的尘土里快乐地迸放出无数片的芳草，迸发出繁花密叶的波纹。
　　　　就是这同一的生命，在潮汐里摇动着生和死的大海的摇篮。
　　　　我觉得我的四肢因受着生命世界的爱抚而光荣。我的骄傲，是因为时代的脉搏此刻在我血液中跳动。

　　生命是灿烂的，活着是令人欢欣的，但诗人也关注到荣与枯的辩证关系，所以他以恬淡的心情谈到死亡：

　　　　死亡，你的仆人，来到我的门前……我要端起灯来，开起门来,鞠躬欢迎他。……

　　呵,你这生命最后的完成,死亡,我的死亡,来对我低语吧!我 天天守望着你……你的眼睛向我最后的一盼,我的生命就永远是你的。

为何既讴歌生的绚丽,又吟唱死亡呢?因为诗人知道生命无时无刻不处在运动与变幻中。"万物急剧地前奔,它们不停留也不回顾。任何力量都不能唤住它们。它们喧闹着奔腾,人的生命就是这奔腾的河流中的一滴水,生命的过程中有音乐,我们就是和着这音乐舞蹈的过客,跳舞着来了又去——颜色、声音、香味在这充满的欢乐里,汇注成奔流无暇的瀑泉,时时刻刻在散溅而死亡。"所以诗人说,要生如夏花之绚烂,死如秋叶之静美。但个体生命的终结并不意味着死亡,而是作为一种精神力量融进整体的生命之河,大自然是永恒的,人的生命又是自然生命的一部分,它也将永恒。诗人吟唱道:"呵,把我空虚的生命浸到这海洋里吧,跳进最深的完满里吧,让我在宇宙的完整里,感觉一次那失去的温馨。"

东方人推崇散淡、闲适的生活,静听生命流逝的每一个细节。相比之下,西方人过的是一种匆忙的、疲于奔命的生活,因此东方人对生命的达观态度无疑能给西方人以启迪。瑞典文学院也注意到东方文学的巨大魅力,在颁奖词中就对此进行了褒奖:

　　泰戈尔像一个布施者,把他获得的珍宝毫无保留地分施,却从来不想以一个天才或发现者的身份进行炫耀。西方世界对探索有一种盲目崇拜,这崇拜来自禁锢的城市生活并受到活跃的竞争意识的鼓励。西方人热衷于征服自然,追求物质利益——泰戈尔提供给我们的则是一种与此相反的文化。这种文化在印度广袤、静谧、被奉为神圣的森林中达到完美的境界,这种文化寻求的是灵魂的安宁恬静,不断与自然界本身达到和谐,现在泰戈尔向我们揭示的、我们已经体会到的,是一种诗意的、祥和的图景,而不是某种写实的东西。*

---

* 《诺贝尔文学奖要介》肖涤编 黑龙江人民出版社 1992年版 第232页

巅峰之旅

泰戈尔的小说也非常有特点。但由于多种原因，泰戈尔精湛的小说艺术未能让西方人了解。诺贝尔文学奖颁奖词中未曾提及。语言障碍使得西方人只了解半个泰戈尔，而这半个泰戈尔即令整个西方倾倒，但作为东方人的我们有责任全面地把握自己的诗人。

《沉船》写于1906年。当时的文化背景是，印度民族独立解放运动如火如荼，民族意识空前觉醒。泰戈尔也积极地投入到这一运动中。火热的现实生活，人民对解放的渴求，使得泰戈尔的世界观开始发生变化。他敏锐地意识到，要争取民族的自由和独立，不仅要驱逐西方世界的殖民统治，还应该铲除民族文化中的落后意识，具体地说就是束缚人民思想解放的封建意识，只有完全摆脱封建意识的影响，才能真正实现人民精神上的彻底解放。

《沉船》以恋爱为情节主线，但作家把早期已经表现出来的反封建意识主题向前推进了一大步。

大学生罗梅西与同学之妹汉娜丽尼相恋。就在他为女性的社会地位和权利大发宏论时，他的父亲出现了，要他回家娶亲。罗梅西面对父亲的威严，丝毫不敢提出异议，唯唯诺诺地答应了父亲的要求，和一个不相识的女子结婚。在乘船迎娶新娘的回程中，突遇风暴，船只沉没。侥幸脱险的罗梅西在沙滩上遇上穿新娘服装的女性，由于互不相识，便误认为是夫妻，两人陷入了爱的困境中。后来，那位叫卡玛娜的新娘知道眼前的男性不是自己的丈夫时，便离开了罗梅西，找到了自己真正的丈夫纳里纳克。而性格软弱、犹疑不决的罗梅西既未能得到卡玛娜，也未能与汉娜丽尼结合。

这部作品的精妙之处在于，它透过罗梅西心灵转变的轨迹，折射出传统婚姻制度与争取婚姻自由、个性解放意识之间的矛盾，把封建家长的暴虐、冷酷与封建礼教的背离人性通过曲折波澜的爱情故事形象地展示出来，将反殖民与反封建的内容巧妙地结合到一起了。

罗梅西软弱、动摇并最终一事无成，实际上是东方民族走向现代过程中的一种具有代表性的性格特征。一方面，他们有着反封建的要求，向往并追求理想的新生活；另一方面，由于他们与西方殖民文化之间有着千丝万缕的联系，在行动上又患得患失、妥协动摇。在泰戈尔看来，这些人尽管成为最先的觉醒者，但却无法承担民族解放的重任。因为他们长于言论而疏于行动，而民族解放运动需要的是行动。泰戈尔一直寻找能够承担重任的新生力量，在后期的政治抒情诗中，他终于找

到了答案。在《生辰集》第10首诗中,他写道:

> 农民在田间挥锄
> 纺织工人在纺织机上织布
> 渔民在撒网——
> 他们形形色色的劳动撒布四方
> 是他们推进整个世界前进。

诗人将目光转向了社会生活的主体——工农阶级,把人类未来的希望寄托在他们身上。

《沉船》塑造了一系列具有东方民族特色的人物形象。

罗梅西是一位接受过西方教育的新青年。他出身于富裕的婆罗门家庭,大学法科毕业。资产阶级民主思想滋润了他的心灵,启蒙精神培养了他的现代观念。正是这种思想启蒙培植了他的反叛情绪。他敢于摒弃传统习俗和教派偏见,以正统派新印度教徒的身份去爱梵教家庭出身的汉娜丽尼。他还具有印度知识分子的优点,正直善良,处处为他人着想。他发现卡玛娜不是自己的妻子后,既不愿以假作真,苟且从事,也不愿意弃之不顾,"把她抛进一片茫茫无边的大海,任她去漂泊"。但他又是位具有多重性格色彩的人物。他的反抗总是局限在一定的范围内,即他那个阶级容许的限度内。因此每每到了关键时刻,他就表现得优柔寡断。在父亲面前,他不敢坦露自己对汉娜丽尼的感情,一旦遭到父亲的训斥,就不敢说一句话,只能寄希望于"等什么意外的事发生来阻止这次婚礼"。

在对待卡玛娜的关系上,也表现了他性格的多侧面。他拯救了卡玛娜,当他知道对方不是自己的新娘时,便以礼自守。但他不说明真相,也不敢向汉娜丽尼说出真情。这种弱点使他失去一切。他只能发出悲叹:"现在除了我自己谁也不会需要我,让我到茫茫的世界中去过自己的生活吧!"

与罗梅西的动摇犹疑相对照,作者塑造了卡玛娜这个优美动人的妇女形象。作者在曲折的情节中,层次分明地展示其性格特征及发展过程。卡玛娜出身贫苦,幼年即面对人生的种种苦难,上帝赐予了她美丽的外表,也用苦难磨炼了她的性格。她既温柔又果决的性格在与罗梅西的交往中表现得淋漓尽致。当她以为罗梅西是自己的丈夫时,便对他倾注了无限柔情。因为丈夫是自己终身的依靠。吃水果

巅峰之旅

时,她"完全遵守着做妻子的规矩:决不在丈夫之前先吃一口"。但是,她并不是一个没有女性自主意识的人。罗梅西总是对她以礼相待,她便和他争论:"她的整个心灵不得不起而反抗了。"她知道:"如果她既不能有一个保护者,又不能毅然自立,那她以后的生活将不堪设想。"一旦明白真相,她对罗梅西感到愤怒和厌恶。她决心去找自己的丈夫。这种果决、坚强、勇于反抗的性格,使她获得了圆满的结局,找到了心灵的归宿。

这部小说情节曲折,结构精巧,与印度民间文学有着明显的渊源关系。小说情节的推进总是充满了偶然巧合,但这种巧合又是建立在合乎现实生活的逻辑基础上,因而所有的故事既出乎意料,又在情理之中。

为了突出人物的性格,小说还采用了对比的手法,这也是对传统方法的再创造。罗梅西的动摇与汉娜丽尼的忠贞不渝、一往情深相映衬。卡玛娜的果断、坚决又与汉娜丽尼的纤弱、不谙世事、屈从于命运相对照。纳里纳克医生不拘世俗偏见,对卡玛娜坦诚相待,终于获得美满幸福,正与罗梅西软弱犹疑、最终一事无成相对照。每一个人物都是另一个人物的性格背景,而正是这种相互映衬的人物背景,所有人物的性格都显得栩栩如生。此外,小说家的语言具有诗的特色,写景抒情无不荡漾着浓浓的诗意,使人读来别具韵味。

1941年8月7日,这位追求精神自由、生命完美的巨人,真的融入了那片大海,回到了他"永远的故乡"。

他构筑的理想却并未远去,今天仍不断有人从他的《吉檀迦利》中感受生命的神圣与庄严。正如诺贝尔文学奖评选委员会评价的那样,泰戈尔的诗歌"要全世界的人沿着和平的道路接近,促使人类越过海洋和陆地的阻隔而相互亲善"。

是的,东方智者的光辉将使人们永远相亲相爱。

美国人以特别的方式表达理想

在1913年泰戈尔以英属印度人的身份获奖后的许多年里,瑞典文学院的目光没有离开过欧洲大陆,直到1930年美国青年作家辛克莱·刘易斯获得诺贝尔文学奖,才使这种局面得以改变。

斯德哥尔摩的"理想主义"光芒终于照到了北美洲大陆,而且一发不可收拾。迄今为止,这片土地上共有11人获得诺贝尔文学奖。这些紧跟刘易斯之后的作家,演示了20世纪最辉煌的文学发展史。

瑞典文学院接纳辛克莱·刘易斯,是把他当作"崭新的美国文学的旗手"来看待的。从颁奖词中即可看到这一意图:"他正以代表一亿两千万人的新语言——美国话——来写书。他提醒我们,这个国家臻于完善,但尚未熔为一炉,它仍处于动荡不安的青春期。""新的、伟大的美国文学,将始于美国的

▲ 辛克莱·刘易斯

自我批判,这是健康的征兆。辛克莱·刘易斯拥有可喜的天赋,能娴熟地运用清理土地的工具。他不仅有坚实的手,尚能面带笑容,更有一颗年轻的心。他具有新移民的另一种作风,这种作风能将这块新大陆带入开化的境地,而他是一个开拓者。"

刘易斯确实是美国文学的先锋,但同时也是19世纪批判现实主义文学的继承人。他是19世纪和20世纪美国文学中不可缺少的一个环节。

他自己也承认这种承先启后的关系。在《美国人对文学的恐惧》中,他把自己看成是德莱塞的继承人,即继承其对现实社会不妥协的批判意识。从这个意义上,在斯德哥尔摩,他向瑞典人,也向全世界人表达了自己对德莱塞的敬佩:

巅峰之旅

"德莱塞的成就意义远超过其他任何人,他在得不到谅解、屡遭憎恨的情况下独自迈进,开创出一条路来,将美国的小说从维多利亚式、豪威尔斯式的怯弱与文饰,转入生命的真诚、勇敢和热情。如果没有他的开始,除非我们愿意被打入大牢,否则我怀疑我们之中任何人是否能够寻求表现生命、美和恐怖。"辛克莱·刘易斯谈到他和德莱塞的渊源关系:"30年前,德莱塞大胆地出版了他的第一本伟大小说《嘉莉妹妹》。我在25年前读过它。它给闭关自守、沉闷的美国宛如带来一阵自由的西风,而且对我的索然无味的家庭生活而言,这是自马克·吐温和惠特曼以来,带给我的第一丝新鲜的空气。"正是德莱塞这股清新的空气给刘易斯以新的天地,从此,他以批判的眼光来审视社会,坚持描写真实的美学准则。他宣布,他像仇恨招摇撞骗的江湖医生和卖坏商品的商人那样仇恨"一切不敢描写自己认为是真实的作家"。

辛克莱·刘易斯的创作生涯长达40年,其代表作有《大街》《巴比特》《王孙梦》。如果将这三部作品摆放在一起,就会发现刘易斯的视野逐渐开阔,由《大街》中的小镇,再到《巴比特》中的中等城市,再涉及美国严重的种族歧视问题。刘易斯始终关注当代美国最值得注意的社会问题。

刘易斯曾说:"我的文学生涯从《大街》开始。"确实,《大街》展示了德莱塞式的犀利与尖锐,同时又有刘易斯对文学主题的独到开拓。这种开拓表现在他对物质丰裕生活掩盖下的普遍的呆滞、保守和自私自利,从而向世人展示了繁荣背后的另一个美国。

《大街》描述了卡罗尔在戈弗镇上的经历,并以卡罗尔和周围人的冲突为主线,展示了资产者的真实面目。富裕的资产者不再是积极的奋斗者,他们吝啬、僵化、伪善、自高自大。在作者看来,戈弗小镇是美国的缩影。在小说的开卷上,刘易斯写道:

"这是一个坐落在盛产麦黍的原野上,掩映在牛奶房和小树丛中,拥有几千人的小镇——它就是美国。在我们的故事里讲到的这个小镇,名叫'明尼苏达州戈弗草原镇'。但它的大街却是各地大街的延长。

"那么,生活在这里的人们又是什么样子呢?

"人们的举止言谈无不呆滞迟钝。这些呆板乏味的人们脑子里空空如也,耳朵里听着机械刻板的音乐,嘴巴里赞美'福特牌'汽车机械性能好,竟然还把自己看成是世界上最最伟大的民族呢。"

刘易斯从衣食住行等最简单的生活里展示了自大的美国。刘易斯辛辣地讽刺道:"坐进餐厅的客人,都是面带笑容的饕餮之徒,他们那副狼吞虎咽的吃相,简直就像在槽边吃草料的驴马一般。"

刘易斯还写到人们对金钱的膜拜。埃德尔先生稍有点钱,小镇上的人们"都正儿八经地、节奏一致地点头称赞,如同橱窗里面陈列着的活动玩具。有逗人发笑的中国满清官吏,有法官、有鸭子、有小丑等,门一开,一阵风吹过来,这些玩具浑身上下就左右摇摆起来"。

主人公卡罗尔想对小镇的丑陋和鄙俗进行改良,结果受到固守陈腐的人们的讥笑、诽谤。刘易斯把戈弗镇的保守和停滞看成是一种集体的力量,反映了美国对人的毒害和腐蚀。小镇浓缩了美国巨大现实的本身:它有着粗野的朝气和力量,同时又是那样渺小卑琐。

《大街》多层次的描写,使爱默森理解的美国形象化了:"看来美国有无穷的资源,土地、人力、牛奶、黄油、干酪、木材和钢铁,但它仍只不过是个村子。乡下式的吵闹和贪婪是它的政治特色,它是建立在软弱的基础上的巨大力量。"刘易斯以犀利的笔锋揭露了虚假的印象。他告诉了人们一个像乡村一样的美国。

1922年出版的《巴比特》是《大街》的延续。作为一个现实主义作家,刘易斯把小商人作为描述对象。为了把这些人物写得更准确、深刻,他对中产阶级商人的生活进行了深入细致的观察、分析和研究。有资料显示,当年为了写这本小说,刘易斯带着笔记本有意识地和自己要描写的人物厮混在一起,从豪华卧车包厢到各大饭店的休息室,甚至街头巷尾都留下了他的身影。他特别善于捕捉人物的对话,一些独特的口语、俚语、双关语也成了他塑造人物性格的方式。巴比特是一个经营房地产的掮客,家境非常富有,像大多数美国人一样追求享受,但长期单调、空虚的生活让他厌倦:

> 他意识到了生命的存在,心里不免几分惆怅。——他发觉自己的生活方式太机械,机械得令人难以置信。机械的生意——尽快把偷工减料的蹩脚的房子卖出去。机械的宗教——枯燥、冷酷无情的教会,完全脱离市井细民的真实生活,像一顶高筒大礼帽,虽然道貌岸然,却没有一点人情味儿。甚至于玩高尔夫球、赴宴、打桥牌,

巅峰之旅

以及摆龙门阵都机械得很。

为了打破机械感和生活的沮丧感,他试图对中产阶级的价值观和道德观进行反叛。在太太不在家的时候,他去寻找另外的女人,寻找真实而不是虚伪的生活,然而他面对的不是一个阶层而是一种制度。在美国,一个人要想生存下去,就必须按照美国社会的模式随机应变,成为一个呆板迂腐的活物。作者没有追问巴比特这个没有感情、没有性格、唯利是图的小商人形成的社会原因,但提供的人物生活环境却处处让人感觉到制度的作用。这也是刘易斯的深刻之处。关于这一点,授奖词中也有所涉猎:"刘易斯以讽刺的手段批判了以崇高目标标榜的社团,而不是哪个个人。他的艺术技巧几乎是独一无二的。他塑造出巴比特这个人物,注定生活在我们这个世俗的环境中,既是自负的功利主义者,也是个可爱的个人主义者。"

确实,刘易斯将批判和讽刺的目标直接指向了刚刚勃兴的美国文化。在他看来,美国人应该进行自我反省,从自满、自足、自大中走出来,意识到自己的可笑,才能走向健康。正是从这一层面上,刘易斯代表了美国作家,也表达了诺贝尔所倡导的理想主义精神。

实际上,瑞典文学院也是从这个角度来肯定刘易斯的。颁奖词中说:"新的伟大的美国文学,将始于自我批判,这是健康的征兆。"瑞典文学院认为,辛克莱·刘易斯是"新的美国文学中年轻且有实力的巨擘"。

瑞典文学院所肯定的正是美国文学中那种深刻的自我批判精神,这也正是美国文学自诞生以来蓬勃健康的优良传统。

"理想主义倾向"的另一层面

　　正当诺贝尔文学奖之船在人类精神的大海中奋然前行时,一场日渐迫近的战争对它产生了巨大的威胁。

　　1938年,瑞典文学院不得不放弃恰佩克而选择赛珍珠,为的是在敌对的两大阵营的争斗中保持中立。从某种意义上说,这次选择是对当时严酷现实的一次巧妙逃避。但逃避让文学在巨大的政治权利话语面前失去了它本应该具有的独立品格。

　　诺贝尔遗嘱所倡导的"理想主义"原则,要求文学必须对现实中的正义和非正义作出选择。作为和现实紧密相连的文学,不可能长时间保持沉默。1939年,瑞典文学院将诺贝尔文学奖的桂冠授予芬兰的西兰帕,则是对现实作出的坚持正义和富有勇气的回答。

　　其时,世界性的战争一触即发,希特勒不顾世界公理和人类文明的准则,肆无忌惮地占领了奥地利、捷克、波兰,企图把这些主权独立的国家纳入自己的版图。苏联则占领了波罗的海三国,芬兰一下子暴露在强大的苏联面前。面对强邻的虎视眈眈,英勇的芬兰人民迅速动员起来,随时准备抗击来犯之敌。与芬兰有着深厚文化渊源关系的瑞典,自然对芬兰人的爱国热情表现出极大的钦佩和支持。

　　瑞典文学院决定不再像1938年那样,为了某种平衡而放弃应该获奖的作家。他们决定将世人瞩目的诺贝尔文学奖颁给一位芬兰作家,作为对芬兰人民道义上的支持。他们选择了从1930年起每年都获得提名的作家西兰帕,理由是"由于他对本国农民的深刻了解和他描写农业生活、农民与祖国命运的关系时所表现的精湛

巅峰之旅

技巧"。

在颁奖词中,瑞典文学院对这一理由作了更具体的说明:作者对农村的描写,"摆脱了传统的写法,尽量避免直接诉诸视角的美,而进行诗意的提炼"。

西兰帕是"二战"前最后一位获奖的作家。因为战争,瑞典国王下诏从1940年起停颁。直到1944年才重新启动评奖程序。

在穿越了一百多年的时光隧道后,站在今天的立场上看,除去政治因素和现实因素,我们还是可以说,西兰帕仍是一位具有代表性意义的作家。

从他的作品中,我们能看到时代的社会思潮和文学审美趣味在创作中的投影。西兰帕是现实主义文学在诺贝尔文学奖颁奖史上一个阶段的终结者。作为终结者,他是杰出的,但他有终结的某些悲哀:虽然艺术上臻于完美,却无法引起更大的反响。这种传统的写实手法对人类苦难命运的关注,在左拉、哈代等作家那里,已经演绎得淋漓尽致,他再也无法给人新的兴奋点。

在接下来的几年里,第二次世界大战爆发了,从欧洲到亚洲,炮火连天,每天都有流血、死亡、悲哭。人类创造了高度的物质文明,也能把这文明毁于一旦。

现代化战争的巨大破坏性令人类中的智者惊讶不已。那个被莎士比亚歌颂的人,被启蒙主义者信赖的人,怎么会变得如此无理性呢?人真是了不起的杰作,是宇宙的精华、万物的灵长吗?

显然不是。人在理性精神支配下干出了多少可鄙的勾当:

大规模屠杀犹太人,疯狂掠夺弱小国家的财富。无数平民死于饥饿和瘟疫,无数城池被现代武器所摧毁。人类出了毛病,这个世界出了毛病。我们信奉的理性准则真的是那么正确无误吗?战争促使人反思,战争敦促人变更观念。

最深的阴影将是光源所在

在这一背景下,与"二战"前的现实主义思潮不同,文坛上涌现出了一股现代主义文学思潮。它既是对二三十年代现代主义思潮的承接和延续,又是对现实主义思潮的反叛。战后20多年的时光里,新的现代主义流派层出不穷:

法国存在主义文学

欧美荒诞派戏剧

黑色幽默

新小说

魔幻现实主义

这些流派不像20年代那么纷繁,它们相对稳定,存在时间较长,而且融汇了"二战"前现代主义流派的表现手法,你中有我,我中有你,构成了一幅色彩斑斓的画卷。与此同时,现实主义虽失去了往日的辉煌,却仍在蓬勃地发展着。

瑞典文学院从20年代就感受到了现代主义的巨大冲击力,以及它们的反叛精神给予文学的活力,因而时有现代主义作家入围诺贝尔文学奖。第二次世界大战对人类精神的摧残使得人们更深刻地认识了自己。现代主义文学也得到了广泛的认同,短短十几年的时间里,现代主义作家成群结队地涌入诺贝尔文学奖圣殿:纪德(1947)、艾略特(1948)、福克纳(1949)、拉格奎斯特(1951)、希门内斯(1956)、加缪(1957)、萨特(1964)、阿斯图里亚斯(1967)、川端康成(1968)、贝克特(1969)。这些作家或是以现代主义的面目出现于世界文坛,或是某个时期着迷于现代主义文学思潮和表达技巧。

那么,瑞典文学院为什么如此青睐这些作家呢?这也源自他们对传统"理想主义"内涵的怀疑和再认识。这种认识比过去任何一次更彻底。

回顾半个多世纪的评奖史,瑞典文学院始终未脱离传统的轨迹。他们接纳的作家虽然也有揭露人性阴暗的作品,但他们总是在理想主义旗帜下,小心翼翼地阐释着揭露阴暗与理想的关联。但眼前残酷的战争,使启蒙运动以来人们信奉的"理性"原则受到了现实的嘲弄。

瑞典文学院博学的院士们,不可能不感受到一种普遍的怀疑精神。从40年代

巅峰之旅

到50年代的授奖史看,他们把现代主义作家接纳进诺贝尔文学奖圣殿,并且为在"二战"前遗漏的现代主义作家加冕。

比如给T.S.艾略特颁奖时,瑞典文学院就把他和乔伊斯的《尤利西斯》并列。"把这两者相提并论并非偶然,因为这两部1922年同时问世的杰作,彼此在精神和章法上都相似。"在为荒诞派戏剧作家贝克特颁奖时,瑞典文学院指出:"这位小说、戏剧新表达形式的先锋,承袭了乔伊斯、普鲁斯特和卡夫卡的文学传统。"这实际上是对被遗漏的先锋作家的艺术成就的肯定,也是对现代主义作家艺术传承关系的强调。

瑞典文学院开始关注现代主义文学中否定要素对人类精神救赎的意义。在授奖给贝克特时,对这种否定精神的论述极为充分。他们从贝克特的创作里看到:"撕开地狱底层的帷幕,可怕地暴露出人性在本能或他人驱使下可达到何等堕落的程度,及人性如何在这场浩劫后仍不泯灭。因此,贝克特的作品一再以人的堕落为主题,证明人类的现实生活像闹剧一样荒唐而可悲。这可以说是一种否定论。"这种否定一旦成立,会给我们什么启示呢?"那将是一种肯定的、乐观的前景——黑暗将转化为光明,最黑暗的地方将是光源之所在。它的目的是唤起同情,如无数先辈所做的那样……人们从叔本华深沉的痛苦中获得的力量超过谢林主张的乐观天性,从帕斯卡痛苦的怀疑中所找到的神的恩宠胜于布莱尼茨所信奉的美好世界理论。"

贝克特的作品以近乎绝望的心情,直面全人类的不幸,"但在他凄如挽歌的语调中,回响着拯救受难者和安慰受难灵魂的声音"。瑞典文学院认识到,对黑暗的彻底否定,对廉价乐观精神的抛弃,恰恰是一种最为深刻的理想主义精神。用今天的话说:"恨之愈深,爱之愈切。"

由此,我们看到瑞典文学院凭着与时俱进的勇气和博大宽广的胸襟,彻底完成了对"理想主义"内涵的最后扩充。现代主义的美学观念也进入到诺贝尔文学奖体系中。

荒原:我们真实的生存写照

1948年,瑞典文学院将诺贝尔文学奖的桂冠授予了英国象征主义大诗人艾略特。"因为他对当代诗歌作出的卓越贡献和所起的先锋作用。"这表明,理想主义的评奖标准中不仅接受了现代主义的大胆怀疑精神,也接受了现代主义艺术创作的先锋性。

瑞典文学院是从现代主义视角来肯定这位离经叛道的作家,在授奖词中,特别强调艾略特诗歌的现代意识,认为在历届诺贝尔文学奖得主中,艾略特表现了一种最独特的类型。大多数得奖者努力表现文学的大众意识,为达到这个目的总是使用一些艺术手段。而艾略特则不同,他生活在一个封闭的小圈子,他的诗歌先在小圈子里流行,后来才为人们熟知。他能引起人们的注意是因为他的"诗与散文与众不同的格调","他的作品以钻石般的锋利划破了我们现代人的心灵"。* 不仅如此,瑞典文学院还特意介绍了艾略特的诗歌美学观。艾略特认为,我们生活的时代错综复杂而又善变,这种复杂和善变在每颗纤细精巧的诗心里,必定会产生各式各样复杂的心态。"诗人的写作越来越富于包容性、暗示性、间接性,这样才能视情况需要,做好语言与主题之间的媒介工作。"**

▲ 艾略特

1888年9月26日,艾略特出生于美国密苏里州圣路易城一个清教家庭,先辈是英国移民。艾略特的祖父毕业于哈佛神学院,建立了该地第一座教堂。他也是华盛顿大学的创建者,1872年任校长。父亲是成功的砖瓦商人,母亲出身名门,博学多才,尤其擅长诗歌写作。1906年,艾略特进入到哈佛大学攻读哲学,他广泛涉猎哲学、文学、宗教、历史和多种语言学科,并受到新人文主义者欧文·巴比特和哲学家桑塔耶纳的影响。1908年,通过亚瑟·赛蒙斯的《文学中的象征主义》一书,他接触了波特莱尔、马拉美、魏尔伦等人的诗歌,并深受影响,走上了象征主义诗歌创作

---

* 《诺贝尔文学奖要介》肖涤编 黑龙江人民出版社 1992年版 第567页
** 《诺贝尔文学奖要介》肖涤编 黑龙江人民出版社 1992年版 第568页

巅峰之旅

的道路。此后艾略特在巴黎听过柏格森讲哲学,并对法国象征主义诗歌有了进一步了解,对改进诗歌形式和风格有了较成熟的思考,写出了一批反映都市生活的作品。1911年,艾略特重返哈佛攻读哲学博士学位,学习印度哲学和梵文,并开始研究英国伊丽莎白时代和詹姆斯时代的文学、意大利文艺复兴文学。1914年,艾略特以客座研究员的身份赴德国研究哲学。第二次世界大战的到来阻碍了他回国参加博士论文答辩的行程,他转而赴英,结识了意象主义诗歌运动的领袖人物庞德,得到后者的热情帮助。

1915年,艾略特与英国人维芬·海渥特结婚,定居英国。他先在一所中学教授拉丁文和法文,1917年转入劳德埃银行当职员,兼任先锋杂志《自我中心者》的助理编辑,该杂志刊载了他的早期诗作集《普鲁弗洛克及其他》,引起英国文化界的注意。1920年,他的第一部文学评论集《圣林》出版。1921年,因妻子精神病加剧而身心疲惫的艾略特住进瑞士一家疗养院,着手进行代表作《荒原》的写作。次年,他创办了具有国际影响的文学评论季刊《标准》。长诗《荒原》经庞德删节定型后在《标准》上发表,产生巨大反响,奠定了艾略特在现代诗坛的地位。1925年,他接受费伯出版公司的邀请出任主任。1926年,任牛津大学讲师。

1927年,艾略特改信英国国教并加入英国籍,思想观念开始转变。他宣称自己在政治上是保皇党,在宗教上是英国教徒,文学上是古典主义者。30年代以后,艾略特不断有重要诗作和评论文章问世,成为英国继叶芝之后的诗坛领袖,各种荣誉纷至沓来,获诺贝尔文学奖是他人生的巅峰。1965年,一代文化泰斗艾略特逝世于伦敦,葬于西敏寺大教堂的"诗人之角"。

艾略特早期诗歌代表作是1915年发表的《普鲁弗洛克的情歌》。诗人有意模仿法国象征主义诗人拉弗格的会话体和讽刺语调,以第一人称"我"的戏剧独白方式,写出一个上流社会中年男子求爱过程中的心路历程。求爱者"过分敏感,过分内省,胆子太小,压抑太强"。在一个"正当天空慢慢铺展着黄昏,/好似病人麻醉在手术桌上"的10月傍晚,要去"女士们来回地走,/谈着画家米开朗琪罗"的沙龙做客。一路上,"我"被去还是不去、是否有勇气求爱所折磨,又企望又迁延。"我"曾在那个客厅流连忘返,寻欢作乐,"用咖啡匙量走生命",但又害怕那些附庸风雅的女士嘲笑他头发变稀,胳膊变细,害怕无言以对的尴尬,害怕阴谋和拒绝。在"我"的内心也有对美好事物的幻想,对这种毫无生机、有欲无情的生活不满,但又无可奈何地沉浮于其中。全诗贯穿着冷嘲热讽的格调,通过往昔纯朴真挚的爱情生活在现代客厅中的卑俗化,反映了第一次世界大战后西方知识分子想改变现实但又无能为力、困惑空幻、悲观绝望的心情。庞德在谈到这首诗时曾说,"这是一幅失败的图画","或者说其中的人失败了"。诗歌糅合了多种写诗技法,如叙述、联想的任意转换,连接环节的省略,奇特的象征和比喻手法等等。

同年创作的《一位夫人的画像》描绘了上流社会妇女空虚无聊的生活场景。《小老头》采用独白的手法,回顾人生中没有爱情和信仰,表达现代人对社会、人生的空幻感受。《夜莺声中的威尼斯》描写以放荡的生活方式来寻找生活的慰藉。这些诗歌的一个共同的主题就是象征性地展示第一次世界大战后,英美上流社会人物内心的恐惧、迷惘和空虚,同时又充满了荒淫和堕落。初步显露了作者的荒原意识,成为"通往《荒原》的历程"。

1925年表现西方人精神极度空虚的《空心人》发表了。诗歌中再次开始出现枯竭的"荒原"意象:失去灵魂空虚漠然的现代人在上面居住,宛如死亡国度里的空心的稻草人,连动物般的情欲都不复存在了,只剩下一个空架子,一个影子,"有声无形,有影无色,/瘫痪了的力量,无动机的姿势"。而最后"世界在呜咽中结束",全诗弥漫着浓郁的悲观主义和虚无主义气氛。《空心人》在艾略特的创作中具有过渡性质,可以看作是《荒原》的"尾声"和《灰星期三》的序曲。

后期主要指诗人1927年思想转变以后的创作。这一时期诗人主要宣扬对宗教的皈依及献身精神。

《灰星期三》标志着后期创作的开始,作者由对天主教的犹疑,转变为坚定不移地把拯救世界的希望寄托在宗教上。诗人以与灰星期三——四旬斋第一天契合的虔诚格调,进行自我剖白,描写了现代人无所信仰的困惑彷徨,认为只有在宗教的祷告和忏悔中才能洗涤灵魂,找到归宿。"现在为我们这些罪人祷告,在临终时为我们祷告/现在为我们祷告,在临终时为我们祷告。"《灰星期三》运用了许多与《荒原》相同的省略、对应等技法,以优美的语言表达出怪诞又略含讽刺的效果。

《四个四重奏》是艾略特后期创作中最重要的作品,诗人于1935年着手创作,陆续在刊物上发表,1943年以单行本形式正式出版。这首长篇哲学宗教冥想诗,通过个人经历、人类的过去探索生和死、兴与衰、始与终的关系,抒发了对时间的空幻感、对生命的幻灭感,宣扬了基督教的谦卑精神。各主题在不同层次上相互交织,彼此延伸,相互说明。

《四个四重奏》吸收了四重奏音乐中的结构形式和主题的显示、再现、发展及

巅峰之旅

对位处理等手法,冥想与形象相交融,意象美妙精确,语言澄澈、流畅、精巧而富有哲理,显示出作者娴熟把握节奏韵律的技巧。

艾略特后期的诗歌风格不同于前期的叛逆大胆,而是趋于徐缓平和,象征更具传统特色,韵律和形式更具有音乐性,诗艺更为精湛纯熟。

艾略特一直对戏剧创作颇有兴趣,1920年曾写过《斗士斯威尼》。30年代以后,艾略特主要创作诗剧,宣扬宗教及其献身精神。代表作品有:《大教堂谋杀案》(1935)、《合家团圆》(1939)、《鸡尾酒会》(1950)等。《大教堂谋杀案》是为庆祝坎特伯雷大教堂的节日活动而编写的历史剧,歌颂了十二世纪末坎特伯雷大主教托马斯·贝克特为世人赎罪而以身殉教的精神。《合家团圆》强调要认罪赎罪;《鸡尾酒会》宣扬了原罪说。

艾略特先后出版了9部文学批评文集,阐发了与众不同的诗歌理论,是20世纪最有影响的文学评论家之一,也是英美形式主义批评的鼻祖。1917年,他撰写了《传统与个人才能》,特别强调诗歌创作与传统的关系,认为诗人的创作要有历史感,不能脱离传统。诗人依靠自己的才能写就的杰作融进了文学发展历程,会给传统注入新的生命力,使之发生调整变化。针对浪漫主义张扬个性感情的倾向,艾略特指出诗人的创作是一种智性活动,应该隐匿个人感情的流露,"诗不是放纵感情,而是逃避感情;不是表现个性,而是逃避个性",具有非个人化特征。1919年,在《哈姆雷特和他的问题》一文中,他进一步提出了处理感情的办法,即著名的"客观对应物"理论。认为诗人"表现感情的唯一途径"就是寻找"客观对应物",通过特定的意象情景、典故引语等,暗示、象征某种情感意向。要求批评家把注意力放在文本本身,而不是其他。艾略特的文艺理论反过来又增加了他的作品的影响力。两者相得益彰,为"新批评"提供了直接的理论依据,促使了一代诗歌观念的革新。

《荒原》是20世纪西方现代诗歌史上的里程碑。瑞典文学院认为《荒原》的象征性语言、细致的技巧,以及渊博而玄妙的隐喻,给诗坛带来了不少惊愕与困惑。诗歌的内容在没有完全理解之前,让人匪夷所思。"这首诗以忧郁阴暗的叙事手法,表现了现代文明的枯燥与衰弱。还穿插了各种写意和神话描写,并凭作品风格的矛盾,铸造了一种特殊的整体效果。"[*]

全诗共433行,分为5章。标题下的引语,描写萎缩成空壳而又长生不死的先

---

[*] 《诺贝尔文学奖要介》肖涤编 黑龙江人民出版社 1992年版 第568页

知西比尔回答说"我要死",揭示出一种失去生的乐趣又求死不得的可悲处境,确立了全诗的基调。远古时代,灾难不断,原野一片荒芜,植物不再生长,动物几近灭绝,妇女神秘地失去生殖力。先民们认为,那一定是主繁殖的神(渔王或耶稣)病了或遇害了。需要一位英俊的少年英雄,手持利剑,经历种种艰难去寻找"圣杯",才能治愈神之病,使荒原复苏。寻找"圣杯"的神话又源于人类对于宇宙间一切生命本源的最初觉悟。圣杯是耶稣最后一次晚餐中用的杯子,圣杯遗失后对它的寻找变为一种追求真理的象征。诗人用暗示象征的手法,展示西方文明的崩溃和精神荒芜的过程,指明在战乱的欧洲,只有找到圣杯——宗教,信仰上帝,才能完成对现代精神荒原的拯救。

第一章"死者的葬仪"开篇即表现出一种与近代理性精神绝不相容的忧郁、阴暗的情绪,描绘了现代西方社会庸俗、衰败、毫无生机,需要生命和水滋润的荒原景象。

> 四月是最残忍的月份,哺育着
> 丁香,在死去的土地里,混合着
> 记忆和欲望,拨动着
> 沉闷的根芽,在一阵阵春雨里。

在西方文学,甚至东方文学中,春天历来是生命、希望和胜利的象征。但在艾略特笔下,春天是残忍的、沉闷的、无奈的、绝望的。它的绝望之处是荒原上逝去的"回忆"与毁灭人的"欲望"掺和着,春雨催促那沉闷的根芽生长,但生长的结局将是痛苦地死去。既然生命的生长和死亡紧密相联系,那还不如处在一种混沌状态——冬天,因为在冬天不知何为死、何为活。请看:

> 冬天使我们暖和,遮盖着
> 大地在健忘的雪里,喂养着
> 一个小小的生命,在干枯的球茎里。

冬雪成了人们温暖的避难所,帮助人们忘却一切。"乐"莫大于心死——心死了,便没有了欲求,也就无所谓痛苦。

巅峰之旅

但是，现实中的诗人却饱含痛苦。他想起纯洁——
"爱尔兰小孩"、"春天"——"风信子女郎"。可是，从花园晚归的风信子女郎"臂膊饱满"、"头发湿透"——她失去了贞洁。面对这转瞬即逝的美，艾略特写道：

> 我不能
> 说话，我的眼睛也不行，我
> 神魂颠倒，一无所知，
> 注视着光明的中心，一片寂静。
> 凄凉而空虚是那大海。

情欲吞没了纯洁，精神世界一片荒凉——他们虽生犹死，"每个人的目光都盯在自己足前"。缥缈的伦敦桥上，"死亡毁了这么多人"。近代资产阶级精神导致了人类的灾难，特别是世界大战的灾难，它远甚于古以色列人因改信异教偶像而招致的苦难。

> 一堆支离破碎的意象，那儿阳光直晒，
> 枯树不会给你遮阴，蟋蟀之声毫无安慰，
> 干石没有流水的声音。
> 抽芽了吗？今年它会开花吗？

对于这些分不清生与死，并且成串地走向死亡深渊的人，你能指望他们中出现少年英雄，去寻找圣杯，以使大地复苏吗？艾略特在无可奈何中用波德莱尔《恶之花》的序诗结束了这一章："你，伪善的读者，我的同类，我的弟兄！"

第二章"对弈"，写西方社会的空虚无聊，人们之间互不理解、互相欺骗，纯真的感情荡然无存。首先，诗人引用了莎士比亚、维吉尔、弥尔顿、奥维德的诗句隐喻在现代社会中背叛、强暴时有发生，在繁华的外表下掩盖着卑鄙龌龊。主要通过两个场景展现：

一个场景是上流社会里一个空虚无聊的贵妇人在卧室里和丈夫或者情人在谈话，但看上去像是自言自语。女子百无聊赖，找不到任何意义，歇斯底里地发问，"现在我将干什么？我将干什么？""我们明天干什么？我们到底干什么？"而男子

心不在焉,置若罔闻。反映了生活的单调无奈及缺乏爱和沟通的不和谐状态,深化了"虽生犹死"的主题。

> 她坐的椅子,像擦亮的御座
> 在象牙瓶,在五彩杯,
> 开了塞子,潜伏着她奇特的合成香水,
> 油脂、粉霜或者玉液,搅乱了,混杂了,
> 淹没了知觉,在香气里。

浓重的情欲气息,使人想起那因色欲旺盛终致毁灭的委身于特洛伊王子埃涅阿斯的迦太基女王狄多娜*。

> 今夜我的神经很糟。是的,很糟。跟我在一起。
> 跟我说话。为什么你从不说话?说啊。

往日的理想破碎了,却还要承受阳光的鞭挞。整个荒原,枯树没有遮阴,干石没有流水,人们浑浑噩噩地走向地狱之门,阴郁沉闷的精神沙漠,陈腐文明败落衰竭的垃圾场——伦敦的教堂响着沉闷的钟声:

> 去年你种在你花园里的尸体
> 你在想什么?想什么?什么?
> 我从不知道你在想什么。想吧。
> 我想我们在老鼠的小径里,
> 那里死人甚至失去了他们的残骸。
> 现在我将干什么?我将干什么?
> 我们明天干什么?
> 我们到底干什么?

---

* 据罗马神话,在特洛伊城毁灭后,埃涅阿斯来狄多娜处避难。她爱上了埃涅阿斯,但这位英雄要去意大利,因此离开了她。她在绝望中自杀。

巅峰之旅

信仰、理想失落，精神世界一片荒芜，仅剩下那性欲，于是"等待那一下敲门的声音"——奸夫的来临。

另一个场景是在下等酒吧里，两个下层社会女子——丽儿和她的女友谈论着私情、打胎和怎样对付退伍归来的丈夫，莉儿在丈夫入伍期间打了五次胎。言谈之间，酒吧侍从五次不停地催促着："请快一点，时间到了。"给人以一种急迫的象征感。结尾的"明天见，太太。明天见，好太太。明天见，明天见。"——莎士比亚《哈姆雷特》中奥菲莉亚发疯后向生活告别的话，在这里则有了深刻的象征意义，显然是用疯话影射现代社会里那些堕落的女性，不疯犹疯，虽生犹死。也暗含着作者对这种毫无意义的现代生活的否定态度。

第3章"火诫"进一步展示西方社会空虚堕落的生活，告诫人们要摒弃声色之欢。由几个片段组成：泰晤士河的今昔对比，士麦那商人的同性恋，女打字员有欲无情玩世不恭的性爱生活。在泰晤士河旁，昔日的繁华盛景已风流云散，"仙女们不在此地"，青年的游宴无踪可循，只有"甜蜜的泰晤士河，轻轻地流，直到我唱完我的歌"。伴随着这种一唱三叹的哀伤是人间地狱般的图景：老鼠"在河岸上拖着他粘湿的肚皮"，"白骨扔弃在一小间低而干的阁楼里"，嫖客与妓女在教堂旁进行污秽的活动。接着，作者具体写到女打字员与"一个满脸疙瘩的青年人"麻木的交欢场景，"好吧，这事是干了：我高兴它算完了"。她用机械的手"又在留声机上放上一张唱片"。标题"火诫"原是佛劝其门徒躲避情欲之火，达到涅槃境界。诗人从东西方宗教里寻找出路，认为要使西方人的精神荒原得到拯救，必须在佛陀的净火中修炼，弃绝一切尘世的欲念，过一种圣洁的生活。

第4章"水里的死亡"很短，仅10行。写人欲横流必然招致死亡。腓尼基水手弗莱巴斯由于纵欲而葬身大海，他的尸骨受到海水的嘲弄，应验了第一章梭斯脱里斯夫人的占卜。警示在物欲和情欲的大海纵情作乐的现代人：一切都将化为罪愆，死亡已经无可避免。流露出诗人的虚无主义情绪。

第5章"雷霆的话"，回到西方社会的荒漠中，表达解救荒原的最后希望。耶稣死后，"我们曾是活的现在正死"，死了的山吐不出一滴水，"这里人不能站，不能躺，不能坐"，求生不得，求死不能；革命和战争把过去的秩序打乱了，到处是跌撞的人群，崩裂的城市，倾坍的塔，"耶路撒冷雅典亚历山大／维也纳伦敦／缥缈"；寻找圣杯的武士走后，空的教堂只是风的家。西方世界衰败、龟裂，四外一片焦土。从欧洲到恒河、喜马拉雅山，人们在恐惧绝望之中等待。从黑色的云中，雷霆说了话:拯救世界,要靠舍予、同情、克制,而西方宗教思想已经衰落,荒原能否得到拯救? 我们只有请求"出人意料的平安"。

《荒原》是一种对历史的透视和对当下的怀疑,表现了一种带普遍性的、永恒的困境——信仰与迷惘,文明与破坏,死亡与生命,爱情与性欲等等。其心灵是死灭的,氛围是悲戚的,思想是神秘的,结构是梯状的,语言是诡谲的。这种产生于信仰"断裂带"上的"多声部"的"荒原文学",对"庄严"的嘲讽,对"肯定"的否定,对"理想"的揭露,带有某种精神病人式的心理变态,却是一种独特的、可怕的、令所有人都不快乐的诚实——"荒原意识"。这意味着思想和认识的深化,"天真意识"的解体。它"通过对现实关系的真实描写,打破了关于这些关系的流行的传统幻想,动摇资产阶级世界的乐观主义,不可避免地引起对于现存事物能否永世长存的怀疑"。纵然只是部分清醒地、成熟地认识到的真实,但其意义却极其深远,不可忽视。

《荒原》使用了大量人类蒙昧期的神话、宗教传说和典故。诗人采取了多层次丰富多彩的神话象征背景。西方著名人类学家弗雷泽的《金枝》和魏士登女士的《从祭仪到神话》为其提供了文化象征框架和意象语言。从《金枝》中,诗人主要利用了繁殖神的神话。弗雷泽认为在巴比伦、叙利亚、埃及等远古民族祈祷丰收的仪式中,产生了诸如阿梯斯、阿都尼斯、奥西利斯这些人格化的繁殖神,他们的性能力与大地荣枯密切相关。神祇健壮,大地欣欣向荣,万物繁盛;神祇死亡或性能力丧失,大地荒芜不毛,冬季或旱季到来。而且荣与枯又是个循环的过程,在神的死亡中孕育着生命的延续和再生。从魏士登的著作中,诗人主要利用了寻找圣杯的神话故事。魏士登女士指出,中世纪亚瑟王传奇中的圣杯传说、渔王故事实质上是古代繁殖神崇拜在天主教挤压之下变异的文学形式。圣杯据说是耶稣在受难之前最后用过的杯子,圆桌骑士的职责就是寻找圣杯。在寻找的过程中,骑士遇到了一个垂钓者,即渔王,由于受重伤,他的国土牲畜不育,庄稼不长,一片荒芜。渔王给骑士指明了方向,骑士历尽艰辛,来到圣杯城堡,即渔王的国土,荒芜的大地被解救,重新变得生机勃勃。

《荒原》还巧妙采用了"镶嵌画"式的拼贴技法和蒙太奇的剪接手法。《荒原》内容驳杂,涉及远古的神话传说、宗教和历史人物事迹、文学作品片段、现代生活场景。作者在省略大量提示或连接词的情况下,打破它们之间的逻辑联系,进行奇特的剪接,各种片段和意象看似随意突兀地拼贴在一起。但由于都纳入了以荒原为

巅峰之旅

中心的象征框架,反而不仅获得了内在的联系,还产生了历史与神话混杂、过去与现在并置的厚重感,并与现代人意识活动的破碎凌乱非常契合。

《荒原》采用了新奇怪诞的意象和富于创新的语言表达。诗人运用新奇怪诞的意象来表现惊世骇俗的主题,如第三章中的诗句:"暮色暗蓝,当眼睛和脊背一起/从写字桌上抬起,当人肉发动机等待着,/就像一辆出租汽车微微颤动地等待着时",把现代人沉重的生活压力和被物化的实质用"人肉发动机"这个令人毛骨悚然的意象真切地传达出来。与荒原的枯焦、败落、死亡对应的意象还有"枯死的树""水里的死亡""长着孩子脸的蝙蝠""种在花园中的尸首"……纷至沓来的意象,组成整体的感情情绪和象征,留给人深刻的印象。在语言表达上,诗人采用多视点人物进行叙述,独白者不再是具体的某一个"我",而是一切人,处在各种危机之中的荒原人的独白贯穿全篇,中间又夹杂有玛丽、费迪南王子、两性人铁瑞西斯、腓尼基水手、渔王等人物的叙述。此外,作者除了采用隐喻、转喻、移就等常用的修辞手法,还大量使用时空非序、意象叠加、悖论手法,形成了诗歌的多重视角,传达出更深层次的语义信息,给读者以强烈的冲击和震撼。

最后一个特点是,"非个人化创作"与"客观对应物"相结合。艾略特认为,创作中诗人必须努力消灭自己的个性,放弃自己的叙述和抒情,进行"非个人化创作"。这样表达思想感情时必须寻找一个"客观对应物","一套客观物体,一个场景,一连串事件,它们将成为构成某种特殊感情的配方。这样,一旦这些最终将落实到感觉经验上的外在事实给定,那种情感便会立即被召唤出来"。在《荒原》中,诗人注重对声音、形象色调光影甚至感触、意识的直接展示,而自己在诗作的形式上退隐了,从而产生了冷峻真实的效果。

生活有如白痴讲的故事

作为一位具有现代主义写作风格的作家，威廉·福克纳获得诺贝尔文学奖的过程颇为曲折。1949年11月，瑞典文学院曾决定授奖给这位美国南方作家，但表决时有三位评委投了反对票。按规定，文学奖获奖者须要全体评委的一致通过才算有效。因此，福克纳的事便被搁了下来。这一年进入评委视野的还有一些享有世界声誉的作家，如海明威、斯坦贝克、帕斯捷尔纳克、肖洛霍夫、莫里亚克、加缪等，这些作家虽然拥有无可争辩的实力，但没有哪一位作家的获奖票数超过福克纳。

福克纳获奖的事注定要一波三折。好事的记者不知从哪儿打探到福克纳获奖搁浅的消息，在报纸上批评瑞典文学院，认为他们无能，应该好好反思一下颁奖规章及评委会人员的素质。因为福克纳是美国人，所以美国人对这件事鼓噪得十分卖力。美国畅销小说家欧文·华莱士

▲ 威廉·福克纳

说得更不留情面：由于颁奖机构怀着可耻的私心，他们在文学上反美，在科学上亲德，在各方面彻底反苏，在任何事情上偏袒北欧，因此导致文学奖的失误。

实际上这里面充满了误解，瑞典文学院仍在为福克纳的获奖而努力。文学院派了一位院士，也是知名小说家的霍尔斯陶穆重新撰写研究报告。霍尔斯陶穆以一位小说家的艺术感觉，准确地把握了福克纳创作的精髓。他指出，福克纳是位思想艰深的作家，这使他没有能像海明威和斯坦贝克那样拥有更广泛的读者，但他以家乡邮票般大小的地方为依托，将农家背景变成了"世界剧场"，展示了一群"放大"的角色，人类现实的生存景况和困境在他笔下隐约可见。

1950年，福克纳终于获得了诺贝尔文学奖，不过他拿的是1949年的那份奖金，

巅峰之旅

共计30171美元。瑞典文学院嘉奖他"对于当代美国小说所作的强有力的和艺术上无与伦比的贡献"。他的文学成就总算被世界承认。

威廉·福克纳是美国南方文学的杰出代表。这个独特的流派，随着福克纳登上文坛而引人注目，又随着福克纳的成熟而走向成熟。南方文学的作家们大多对故乡及其历史有深沉的情感，对资本主义的物质文明表现出极大的厌恶和疏远。作品多虚构怪诞离奇的情节、神秘恐怖的气氛以及对人物内心世界的剖析。这些独创性表达方式及内容，源自于威廉·福克纳的创造。福克纳通常被认为对意识流小说的发展具有独创性，是他第一次将单纯型意识流的叙述方法改为"复合型意识流"，从而使他的创作进入到一个新的艺术层次。

他的代表作品是《喧哗与骚动》。在这部作品里，复合型意识流方法得到了全面的表现。小说的书名直接引用莎士比亚的悲剧《麦克白》第一幕五场中麦克白的台词："人生如痴人说梦，充满着喧哗与骚动，却没有任何意义。"这句话实际上也是我们理解福克纳全部创作的钥匙：人生如梦幻。而且，全部的意识流表达方式都可以用"痴人说梦"来概括。

《喧哗与骚动》围绕康普逊家族的女儿凯蒂失身之事，通过四个精神人格完全不一样的人的意识流活动，从不同的侧面展示了小说"破灭"的主题，反映出南方社会无可挽回的没落。康普逊家族是美国南方远近闻名的望族，祖上出过一位将军、两位州议员，原先的"辉煌"只是现在"破败"的大背景。更引起作者关注的是现在，小说中人物都在一件事上兜圈子。福克纳在谈到这部小说的创作过程时说：

"我先从一个白痴孩子的角度讲这个故事，因为我觉得这个故事由一个知其然而不知其所以然的人说出来，可以更加动人。可是讲完以后，我觉得我还是没有把故事讲清楚。我于是又写了一遍，从另外一个兄弟的角度来讲，讲的还是同一个故事。还是不能满意。我就再写第三遍，从第三个兄弟的角度来写。还是不理想。我就把三部分串在一起，还有什么欠缺之处就索性把我自己的口吻加以补充。"

从这段话里，可以看到作者是怎样发明了复合型意识流的。即一个故事，通过几个人的意识流，从不同的角度反映出来，互相交汇加强，从而形成了一股多侧面意识流的组织，使所描写的事物更具立体感。

还是让我们回到小说本身吧。既然是意识流小说，那么，我们便不能像传统小说那样，理性地讲述情节，但我们还是能看到某些情节的碎片。康普逊一家有一女儿三个儿子，老大叫昆丁，老二是女儿叫凯蒂，老三叫杰生，老四叫班吉。凯蒂本应该是南方淑女,但破败的家庭使她无法成为"淑女",她堕落了,先是被人引诱而怀孕,结果匆忙中嫁给了银行家悉德尼·赫伯特·海德。这位银行家许诺,两人结婚后,他将给凯蒂的弟弟杰生在银行安排一个职位。但婚后凯蒂过早地生下一个女孩,银行家觉得自己受了侮辱,便将凯蒂和女儿赶出家门。凯蒂无家可归,便将女儿托付给父母,自己到大城市靠出卖肉体为生。凯蒂的哥哥昆丁是哈佛大学的学生,他本来对妹妹充满着一种不正常的情欲,得知妹妹堕落后,受到严重刺激,精神失常了,最后自杀。老三杰生自私卑鄙,由于凯蒂的堕落影响了他的前程,便对凯蒂和凯蒂的女儿恨之入骨。他总是想方设法虐待凯蒂的女儿,还向凯蒂勒索钱财,弄得凯蒂之女走上了母亲的旧路——与人私奔。

　　凯蒂的堕落是小说意识流的触发点。福克纳首先让白痴班吉的意识流呈现在读者面前。班吉尽管有33岁,但他的智力只相当3岁的小孩,因此这部分几乎都是班吉颠三倒四的所见、所闻和所忆的自然流露。作者特别注意到白痴班吉对爱极度的敏感性。整个叙述过程中,班吉唯一发出的声音是从别人的话语中反映出来的呻吟和号叫。而班吉凄婉哀怨的呻吟以及撕心裂肺的号叫,实际上是班吉对亲情、爱的强烈渴求。班吉的母亲自私冷酷,无病呻吟,整天抱怨命运对她不公,从未想到作为一个母亲应该怎样关心和疼爱子女。她将班吉视为克星,把照顾小儿子的责任推卸给女儿凯蒂。与母亲的极不负责相比,凯蒂却非常关爱班吉。姐姐凯蒂便成了班吉生活的支柱和母爱的化身。"凯蒂身上有一股树叶的香气。"[*]这是班吉对凯蒂的辨认。树叶、树木和牧场是班吉的混沌生活中最质朴和自然的记忆,给他带来了欢乐。作为一个心智不健全的人,在自然中能感受到生活宁静、安详。因此,对班吉来说,凯蒂不仅仅是母亲的替代,更是"大地母亲"的象征。她为班吉的生活带来了光明,并使他的生命富有意义。

　　与班吉的痴呆混沌相对应,昆丁代表了康普生家族的意识形态。在这部分福克纳特别强调了时间的意义。叙述一开始是滴答滴答的钟表声。那表是康普生家的传家宝。父亲把表传给昆丁,希望昆丁"偶尔忘掉时间,不把心力全部用在征服时间上面。因为时间反正是征服不了的……"[**]时间带走了过去的繁华,带来了家族的衰败。人在时间和岁月面前,显得那么无助。作为家族的长子,作为接受过良好教育的哈佛大学的高才生,时间中包含的繁华与衰败给他的刺激更为强烈。按

---

[*] 《喧哗与骚动》李文俊译 上海译文出版社 1995年版 第7页
[**] 《喧哗与骚动》李文俊译 上海译文出版社 1995年版 第84页

巅峰之旅

照传统,昆丁本应该是家族的继承人,但遗憾的是,昆丁所处的时代与他的父辈们所处的时代完全不同了。在北方现代工业浪潮的冲击下,单一的农业经济开始受到挑战,南方社会开始崩溃,贵族阶级的权力逐渐为暴发户们所攫取。生活在这样的社会条件下,昆丁作为没落贵族的后代,失去了过去的生活环境和条件。绝望之中,他将贵族阶级的荣誉和尊严维系在他心爱的妹妹凯蒂的贞洁上,并自视为凯蒂的监护人。他不允许任何外来的"浑小子"冒犯凯蒂,可是他又没有任何实力保护凯蒂。也许正是他的"监护"断送了凯蒂本来可以得到的爱情,将她推向了堕落的深渊。后来,凯蒂的失身和嫁人,摧毁了他维护传统的荣誉观念的最后一线希望。他宁可这种荣誉毁在自己手里,也不愿它为外人所辱。于是,他对父亲谎称是他和凯蒂乱伦。他以为靠了这种手段,不用麻烦上帝,他自己就可以把妹妹和自己打入地狱,在那里他就可以永远监护着她,让她在永恒的烈火中保持白璧无瑕。*然而,他的父亲比他更清楚他的悲剧之所在,"时间是你的不幸"。班吉只是被动地生活在一个不分过去、现在和将来的混沌世界里。昆丁则是有意识地摒弃"将来和现在",而只保留"过去"。这样一种违背自然规律的意愿当然难以实现,虽然他把自己的表给砸了,时间仍然滴答滴答走个不停。即使他逃避了所有的钟表,以往的经验仍在不断地提醒他时间依然如旧。人活着似乎永远也逃不出时间的魔掌,唯有死神可以与之较量。昆丁于是选择了死亡。

杰生是康普生家第一个也是最后一个"心智健全的人"。因此他的叙述清晰流畅。生长在同样的家庭和社会环境下,杰生和他的兄弟姐妹们一样,从小就领略了世事沧桑。但他有自己的特点,他对过去少有依恋之情,有的只是仇恨。他蔑视传统的道德规范,也痛恨新兴资产阶级的无法无天,可是他又能够顺应潮流,与暴发户们同流合污。他像班吉和昆丁一样,也在凯蒂身上寄托了某种需求。然而,他的需求既非母爱,也非家族的荣誉,而是那毫无人情味的金钱。他把凯蒂视为通向外面世界的桥梁,原想利用凯蒂的婚姻谋取一个比较好的职位,以此来弥补家族对他的亏欠。没承想这座桥梁难负他的重托,凯蒂结婚不久就遭丈夫的遗弃,原因是她婚前就已怀了别人的孩子。于是杰生对家族的宿怨上又添新仇,他把这新仇旧恨全部倾泻在凯蒂身上。凯蒂走了,她的私生女小昆丁则成了替罪羊。因此,"杰生的部分"主要表现了杰生和小昆丁的冲突。他长期窃取凯蒂为小昆丁寄来的生活

---

* 《喧哗与骚动》李文俊译 上海译文出版社 1995年版 第130页

费；他四处跟踪小昆丁，限制她的行动；他时刻诅咒和非难小昆丁，以此来平衡他那因仇恨而畸变了的心理。在这种氛围中长大的小昆丁，终于带着满腔的愤恨和杰生的那些不义之财，顺着窗外的梨树溜下去，跟人私奔了。杰生这个人物看起来正如许多评论家（甚至包括福克纳自己在内）所说的，是一个贪得无厌的偏执狂，又是一个肆虐成性的虐待狂。其实，杰生同班吉和昆丁一样，也是南方没落世家的牺牲品，只是他比班吉他们失落得更早，以致他自己都不知道他真正需要的是什么。他以为有了金钱就可以弥补他所失去的一切，其实不然，金钱不但没能填补他的精神空虚，反而给他徒添了更多的烦恼。

第四部分的中心人物是迪尔西，她是康普生家的女仆。康普生家的孩子都跟她有着深厚的感情，就连仇视一切的杰生也不得不对她敬畏三分。只有在她面前，凯蒂才恢复了自己的天性。她们之间不仅仅是主仆关系，更是母女关系。对凯蒂的女儿小昆丁，迪尔西也竭尽了一个做祖母的职责。然而，环境的恶劣使得小昆丁难以接受一个黑人女仆的爱抚。只有在她受到叔父杰生的非难之时，她才偶尔向迪尔西乞求保护。除此之外，她永远视迪尔西为"讨厌的老太婆"。迪尔西对自己的仆人地位倒是处之泰然，她从不因为地位低下而失去做人的尊严。她是康普生家唯一的一个施爱于人而无所他求的人。她亲身经历了康普生家的风风雨雨，她"看见了初也看见了终"。然而她却没有随主人家族的衰败而告终了。她像一根柱石耸立在康普生家族的废墟上，维系着那最后的残垣断壁。她的力量从何而来呢？答案是宗教。迪尔西是一个虔诚的基督徒，她相信在上帝面前人是没有贫富、贵贱和黑白之分的。上帝牺牲了他自己的儿子耶稣来拯救他的信徒，人类因此而有了希望。作为上帝的造物，迪尔西也希望像主耶稣那样用爱心去保护主人的一家。她甚至不顾世俗的偏见，毅然带班吉去黑人的教堂做礼拜。然而，南方贵族阶级的分崩离析已是大势所趋，迪尔西也没有回天之力。她所看见的"初"和"终"，就是这个分崩离析的全过程。它以幼年的凯蒂爬上梨树去探索死亡的秘密为开端，到凯蒂的女儿小昆丁从那棵树上溜下来，去寻求一个凶吉未卜的新生为终止，整个康普生家族的故事也就到此结束。

《喧哗与骚动》对衰败的南方生活世界人物命运的悲剧的描述，使主题深邃而独树一帜。这一点，诺贝尔文学奖评选委员会深表赞赏："福克纳笔下人物的各种悲剧，与希腊悲剧毫无共同之处。福克纳笔下的人物总是在突发的或是在世代禁锢中缓缓松懈的遗传、传统、环境、情欲中，走向他的悲惨的结局。"对福克纳塑造

巅峰之旅

人物的超乎寻常的才华,诺贝尔文学奖评选委员会给予了特别的关注:"作为一个寻根问底的心理学家,……那些低于常人的人物或超人式的人物,在一种触目惊心的悲剧或喜剧气氛中,以无与伦比的现实性,从福克纳的心灵深处不断地涌现出来。……"

在这里,诺贝尔文学奖评选委员会注意到福克纳以意识流的叙述方式来表现人的心灵,并从心灵的刻画中来塑造人物的独特方法。这说明,诺贝尔文学奖评选委员会的评委们对意识流的创新与传统小说的美学关系有着准确的认识,也准确地抓住了福克纳的特点。

即使是"痴人说梦",这说梦痴人仍以鲜活的面影呈现在我们面前。

海明威：孤独而脆弱的硬汉

海明威有着潇洒英俊的外貌,幽默风趣的性格,不仅男人、女人,连小孩和狗都喜欢他。他还是一个经验丰富的渔夫,一位老练的拳击家,一个无畏的猎手,一位硬汉的塑造者,更是一位女性心中的黑马王子……

仔细看这个魁梧、结实、胡须丛生,然而嘴角却还漾着一丝微笑的所谓英雄,总会令人产生这样的想法:生活中现实的海明威,是否也如他作品中所塑造的主人公那样,或者说,海明威是否真是一位名副其实的硬汉?

他在自己寓所的那一枪,不仅打飞了自己的传奇一生,也打蒙了美国人。许多人因为海明威的自杀,意识到某种重要的东西骤然在这个世界上消失了。海明威似乎成了美国人的一座精神丰碑。正如约翰·肯尼迪总统在唁电所说:"几乎没有哪个美国人比欧内斯特·海明威对美国人民的感情和态度产生过更大的影响。"而这座精神丰碑,从某些方面来说,它更多的时候是顺应美国民众的精神需要而建构起来的。同时,这也是海明威个人精神世界里的一种需要。这两种需要综合起来,便建构了一个"美国人的硬汉神话"。

想要了解海明威这个"硬汉神话",我们不妨从他的童年开始。

1899年7月21日,海明威出生在美国伊利诺伊州的橡树园。父亲是一名医生,母亲受过良好的教育,爱好音乐,自负而固执。海明威排行第二,他上面有一个姐姐,下面有三个妹妹,一个小弟弟。母亲给海明威留下了不愉快的印象,她像一个统治者,支配着海明威的一切。一个典型的例子是,她强迫没有音乐细胞的儿子学唱歌12年。幸运的是,在海明威出色地完成了中学学业后,终于离开家庭,避开了母亲。中学毕业后的海明威曾在《堪萨斯城星报》当了半年的见习记者。第一次世界大战期间,他以战地救护员的身份到了意大利。因出入战场救护伤员负伤,在米兰医院

▲ 海明威

巅峰之旅

修养期间,他认识了美国女护士艾格尼丝·冯·库罗夫斯基。艾格尼丝来自纽约,在那里参加了红十字会。她身材小巧,端庄而又聪慧,比海明威大七岁。她陪伤势逐渐好转的海明威散步、看赛马。海明威开始了自己的初恋。坠入情网的海明威给她写了很多情书,但艾格尼丝最后还是嫁给了一位有贵族血统的那不勒斯公爵多米尼科·卡拉乔格。被艾格尼丝离弃后,海明威一直有一种想通过创作来宣泄内心情感的欲望,10年后,他创作的小说《永别了,武器》中,女主人公卡萨玲·巴克莱就是以艾格尼丝为原型的,连许多事件甚至细节都是生活的如实记录。

海明威一生结过四次婚,经历的女人就更多。海明威曾经坦白说,自己每10年就会恋爱一次。他是那种把每个遇到的漂亮女人都看成是他"生命"的男人。在海明威62年的人生里,女人是他源源不断的创作源泉,正是一次次恋情让他的创作激情迸发,登上了事业的巅峰。

第一次婚姻的对象是哈德莉。她身材修长,颧骨高高的,披一头金发,姿容妩媚,并富有风度,还颇具才气,弹得一手好钢琴,甚至开过个人音乐会。海明威见到哈德莉之后,明知她大他八岁,还是觉得她是"我心中要娶的姑娘"。1921年9月3日,他们在霍托海湾的乡村教堂里举行了婚礼。

但是海明威个性奇特,尽管哈德莉十分温顺柔和,也觉得与他难以相处。在家时,海明威早上经常一言不发,独自入神思考创作,全身心地投入写作,有时从早上写到第二天天亮,别的事根本无心顾及。因此,哈德莉总是孤孤单单地一个人待在一边,心里很是寂寞。1923年10月孩子生下后,他们之间的裂痕更明显了。海明威很讨厌婴儿食品、尿布、半夜的啼哭和妻子抱孩子在房内踱步的声音,并认为哈德莉把对他的感情都转移到儿子身上。特别是当她在里昂车站丢失他的全部手稿后,海明威更是不满到了极点。哈德莉年龄比海明威大,产后开始发胖,像个家庭主妇。她渴望过一种安静的生活,这让精力旺盛、性欲强烈的海明威厌烦。这种种矛盾,最后终因海明威与其他女人的性关系而扩大,并导致了婚姻的破裂。

第二任妻子波琳并不迷人。但她富有、性感,也讨人喜欢,是个20岁的妙龄少女。她生长在富裕的上层阶级的家庭里,服装讲究入时,对生活讲求品位。她刚从密苏里大学新闻学院毕业,曾为几家报纸工作过,还参加过时装表演,当时正在巴黎《时尚》杂志做主编的助手。1927年5月10日,海明威与哈德莉离婚四个月后,就同波琳在巴黎的帕西教堂举行了婚礼。但海明威对待女性的态度注定波琳的婚姻生活的不幸,几乎像一部反复上演的言情剧一样,波琳与海明威的爱情也受到了来自别的女性的威胁,特别是简·梅森和玛莎·盖尔霍恩的威胁。1940年11月,在经过痛苦而无奈的努力仍无法挽回海明威的爱情后,波琳只得同意离婚。判决书上写的是男方遗弃女方,孩子交由波琳照管,海明威每月付给她500美元赡养两个孩子的费用。

1936年12月,海明威在家乡佛罗里达州基韦斯特一家酒吧,偶然认识了从圣路易州来这里度假的玛蒂一家。玛蒂·盖尔霍恩毕业于布赖恩·莫尔学院,出过两本书:小说《疯狂的追求》和短篇小说集《我所经历的烦恼》。其中《疯狂的追求》曾从海明威的作品中选了"勇敢者出不了事儿"一句,作为它的书前引语。玛蒂崇拜海明威,这让海明威感觉很好,海明威忍不住在刚完成的小说《丧钟为谁而鸣》里写下了"怀着深深的爱献给玛蒂"的献辞。在经历了8年的情爱历程之后,两人于1944年11月21日在怀俄明州首府的大西洋铁路工会饭厅悄悄举行了简朴的婚礼。虽然他们的爱情经历了时间的考验,但是婚后并没有寻找到理想中的幸福,两人经常大吵大闹。主要原因大概是海明威喜欢以自我为中心,而玛蒂也有搞新闻工作与小说创作的雄心,不可能成为海明威所需要的那种家庭主妇。海明威经常困惑不解,为什么玛蒂不能像哈德莉和波琳那样,把家务料理得井井有条,对他百依百顺。他们的感情出现了裂痕。在那动荡的战争年月,海明威作为战地记者,在英国、法国等地四处奔波。在此期间,他认识了玛丽·韦尔什,再次坠入情网,与玛蒂的婚姻也顺理成章地结束了。小说《丧钟为谁而鸣》中的女主人公玛莉亚就有玛丽·韦尔什的身影。1946年3月4日,海明威和玛丽·韦尔什在哈瓦那正式结婚。尽管这段婚姻一直维持到最后,但在很大程度上,是因为玛丽·韦尔什的宽容和忍让。1959年,海明威像着了魔似的纠缠住一个叫瓦莱丽的爱尔兰少女,他毫不客气地让这个19岁小姑娘做自己的伴侣和秘书,还考虑过要离弃玛丽去娶这个小姑娘。玛丽居然忍让并接受了海明威和瓦莱丽的这种关系,而且一直让瓦莱丽像他们家庭中的一员那样与海明威一起生活到1960年2月。玛丽是位伟大的女性,即便海明威伤害着她,她依然深爱着这头"雄师"。海明威去世后,她一直为出版丈夫的遗作和将他的故址改为供人瞻仰之地而努力。

海明威一生所经历的女人可谓丰富,他在带给女人甜蜜的同时,也将伤害留给了她们。正如他的第一任妻子哈德莉在送他的22岁生日礼物——一台打字机上写下的诗句:"亲爱的,你的一切,是甜蜜加痛苦,温柔加伤害。"

婚姻和爱情见证了海明威作为硬汉的成功。但实际上,人们对他的硬汉形象

巅峰之旅

还是颇有微词的。英国著名作家詹姆斯·乔伊斯就曾形容过他："一个敏感的人硬要充硬汉。"另一位"迷惘的一代"的著名作家菲茨杰拉德的妻子扎尔达,也是海明威最讨厌的女性,她尖刻地将海明威的"丈夫气概"斥为"像假支票一样的东西"。

美国作家索尔·贝娄在《海明威和人的偶像》一书中说:"海明威有着一种强烈的愿望,他试图把自己对事物的看法强加于我们,以便塑造出一种硬汉的形象……当他在梦幻中向往胜利时,那就必定出现完全的胜利、伟大的战斗和圆满的结局。"其实海明威作品里的"硬汉精神",大多带有神话性质。海明威像所有美国人一样,在寻找一种支柱与寄托。他必须生活在自己营造的神话世界里。

人类是需要神话的,每个时代都会有特殊的神话人物。海明威的人生充满了反叛和特立独行。他9岁开始吸烟,11岁偷喝烈酒,13岁初尝"禁果",14岁离家出走。在62年的人生岁月里,他亲历一次飞机失事,两次遭遇车祸,三次离异;最重要的是,他亲历了两次世界大战,战争在他身上留下了237片弹片;作为一个记者和作家,海明威还真称得上是一个硬汉!实际上,海明威作品中的"硬汉精神"与他的传奇人生交相辉映,产生了一种神话般的多维效果。海明威的神话,不仅是他个人的杰作,更是美国社会大众内心欲望的外化对象,是时代的产物。

《老人与海》是海明威问鼎诺贝尔文学奖的力作。小说讲述了一个老渔夫独自出海捕鱼的故事。老人桑提亚哥一连出海了84天都是空手而归。第85天他再次出海,这一次他钓到了一条特大的马林鱼。然而,马林鱼和他在海里相持了三天三夜,头两天一直是马林鱼拖曳着渔船和老人往外海游去。直到第三天老人才扭转局势,将鱼杀死,捆在船边。可在返途中,大鱼又屡遭鲨鱼的袭击,待到老人历尽千辛万苦将大鱼拖上岸,它只剩下一副骨架。在小说的结尾,精疲力竭的老人在他的茅屋里酣睡,他梦到了狮子。

对这部小说,有评论家认为,这"不是一部小说,而是一则有关人的生命的寓言"*。海明威通过老水手桑提亚哥这一形象,对自己认定的人生准则进行了非常精练的概括:"人并不是生来要给打败的,他可以被消灭,可不会被打败。"**海明威所思考的实际上是一个哲学问题,即人在面对衰老和巨大的压力时,应该保持怎样的心态和行为方式。桑提亚哥已经是一个名副其实的老人。他一点都不害怕过贫穷、孤独的日子。可他不愿被人认为年迈体衰而无所作为。因此,他要用自己的行

---

* 《当代美国文学:概述及作品选读》秦小孟主编 上海译文出版社 1986年版 第95页
** 《老人与海》海观译 商务印书馆 1963年版 第150页

动来证明,岁月的增长只会使他更加睿智、更加顽强,他依然是一个顶天立地的"雄狮般"的英雄。这也是海明威所欣赏的"重压之下不失风度"的硬汉精神。

瑞典文学院非常精到地指出:"这篇小说是对于在物质上毫无收获时仍坚持战斗的伟大精神的颂歌;是在失败中获得道德上的胜利的赞词。那战斗的戏剧,好像一小时一小时地连续在我们眼前上演,让那粗粝的情节逐渐集中,终于形成了重要意义。'人可以被毁灭,但却是无法战胜的。'"这只是小说丰富内涵中的一个层面。

我们以为,作为一部关于人类的寓言小说,其主题远远超越了关于勇气的描述。它在更加广阔的空间中探求人与自然之间的依存关系和生命意义。海明威曾就创作这部小说的意图作了解说:

> 我试图塑造一位真正的老人、一个真正的孩子、一片真正的海、一条真正的鱼和真正的鲨鱼。如果我能将他们塑造得十分出色和真实,他们将意味许多东西。*

究竟"意味许多东西"是什么呢?我们只能从文本中去寻找。首先,老人捕鱼和大多数渔夫捕鱼一样,有着一个最原始的目的,那就是要养活自己。然而,与别人不同的是,老人的生活异常简朴,为了肉体的生存他似乎不需要多少食物。因此,他捕鱼的一个更大的目的似乎是为了向别人显示他自身的智慧和勇气。老人对他的对手马林鱼还充满了热爱,"鱼啊,……我爱你,而且十分尊敬你。可是,我要趁着这一天还没有过去的时候把你弄死啊。"** 既爱它,却又要杀死它,这似乎是一个矛盾。对此,老人自己也在不断地思考着:

> 我不懂得这种事,我也不怎么相信。把一条鱼弄死也许是一桩罪过。我猜想一定是罪过,虽然我把鱼弄死是为了养活我自己也为了养活许多人。不过,那样一来什么都是罪过了。***

---

* 《海明威研究》董衡巽编选 中国社会科学出版社 1998年版 第295页
** 《老人与海》海观译 商务印书馆 1963年版 第75页
*** 《老人与海》海观译 商务印书馆 1963年版 第153页

巅峰之旅

一会儿,他又想:

> 你把鱼弄死不仅仅是为了养活自己,卖去换东西吃。你弄死它是为了光荣,因为你是个打鱼的。它活着的时候你爱它,它死了你还是爱它。你既然爱它,把它弄死了就不是罪过。不然别的还有什么呢? *

这里其实涉及了生存的双重意义:一方面生存是物质的,任何生物的存在都是以与其相邻生物的生命作为代价,是一场你死我活的斗争。为了活的活得更好,首先应该关爱那将要死去的。因此生物与生物之间虽然有征战,但不应该有仇恨。另一方面生存又是精神的,无论是人还是动物,他们不仅要生存,还要体现生存的价值。用老人自己的话说,就是要活得"像一个男子汉",或者"像一条鱼"。换句话说,不仅人是打不败的,其他生物包括鱼也应该是打不败的。对于老人来说,他和大马林鱼之间的较量就像他始终念念不忘的垒球赛,公平但决不妥协。又像当年他跟一个从西恩菲哥斯来的力大无比的黑人码头脚夫的掰手腕比赛,那场比赛持续了一天一夜,最终还是他战胜了强大的对手。那是一场意志的较量,荣誉的争夺,但对手与对手之间不再是势不两立的敌人,更不是占有与被占有的主体与客体,他们都是朋友和兄弟。从这里我们不难看出,无论是物质的生存,还是精神的生存,生物与生物之间的竞争与和睦始终都是相辅相成的,这就是生命的真实。这里表现了宇宙万物之间既存在着和谐与仁爱,同时也存在着对立与残酷。不过这一切在《老人与海》中都是以风平浪静的形式表现出来的,这里的人和动物都保持着一种冷静、沉着和尊严。他们都生活在一个平等而矛盾的圈子里。"这一个总要去杀死那一个。鱼一方面养活我,一方面要弄死我。"而"我"呢,一方面要杀死鱼,一方面又热爱鱼。这就是自然的法则——既残忍又温情,且公平。老人桑提亚哥就是以自己的生命体验去验证了这样一种公平而矛盾的自然法则。

此外,小说还通过老人的探索和实践告诉我们,在宇宙中这个平等而矛盾的生物圈里,无论是人还是其他生物,无论是为了物质的需求还是精神的需求,都不应该走极端。老人本来只用几条小鱼就可以满足自身的物质需求,可他偏要到深

---

* 《老人与海》海观译 商务印书馆 1963 年版 第 155 页

海里去捕杀大鱼,结果使自己陷入了困境。虽然老人一直都被当作打不败的"硬汉子"的典范,但事实上他是被打败了。是什么打败了他呢？老人曾自省道："什么也不是","是我走得太远啦"。他还曾作过这样的设想：

> 如果一个人每天都要去弄死月亮,情形会怎么样呢？那样的话,月亮就跑开了。再想想看,如果一个人每天要去弄死太阳,情形又会怎么样呢？我们生来是走运的。*

我们走运,是因为我们现在还没有打算去弄死太阳或月亮。如果有谁真想这样去做的话,那后果将不堪设想。因为人类正在有意或无意地弄死地球,这一举动的后果正不断地显现在人类面前。从老人身上我们看到的正是现代人日趋理智的生态观念。现代生态环境自然观认为自然界是动植物之间、有机物与无机物之间、地球与其他星球之间经过漫长时间的地质演化与自然进化形成的动态平衡体。它是一种物质性的客观存在,同时又是充满活力的有机体。**也就是说自然界不仅包括宇宙的一切物质存在,它同时还指涉所有物质存在以其各自的运动方式交汇而成的运动系统。在这一系统中,不同运动形式之间和同一运动形式内部存在着内在的平衡关系。有机生物界则存在着生态平衡和自组织机制。这种自然界本身的客观性和整体性,维持它呈现为一个自在自因的动态发展过程。因此,自然界不仅为人类提供生存与活动所需的各种原料对象,它还是人类生存延续所必需的自然环境。也就是说,自然不仅具有物质价值与属性,它还具有环境价值与属性。自然也就不再只是物质的自然,它还是环境的自然。

在这一巨大的生态系统中,人类同其他物质形态一样只不过是其中的一个环节或普通一员。他们相互依存、生死与共。然而,人类又的确有着较之其他生物形态更为发达的聪明才智。人类的生命价值不应该表现在自身的相互残杀,或对其他生物物种的征服上,而是应该体现在维护生态的平衡发展中。人类只有在自然界中担负更多的责任和义务,方能显出"万物的灵长"之灵气。海明威在这部作品中,通过老人与海的平静对话、老人与马林鱼以及鲨鱼之间的顽强斗争,从正反两

---

* 《老人与海》海观译 商务印书馆 1963 年版 第 109 页
** 《自然环境价值的发现》郇庆治 广西人民出版社 1994 年版 第 218–219 页

面向我们揭示了这一道理。它的确是一部寓言式的小说。

瑞典文学院对海明威的艺术才华非常欣赏,称他是"我们这个时代伟大的文体创造者之一。在近25年的美国和欧洲叙述艺术中具有明显的重要性"。从文学审美的角度看,海明威堪称是世界文坛一颗璀璨的明珠。他既是长篇小说家,又在短篇创作上有极高的造诣,并以此为起点,摸索创造出具有特色的写作风格。他的文体简约、洗练、蕴寓宏深:尽量删削句中的形容词等各种修辞成分;大量使用小字和通俗的词;句子短小精悍,却具有巨大的包容量。总之,文句简洁、凝练、含蓄、深沉。这就是被人们交口称赞、竞相模仿的"海明威风格"。他的句子结构简单,常是短句,或并列句,用最常见的连接词联系起来;他选用普通的日常用语;他的描写常常从视觉、感觉、听觉与触觉入手,特别注重视觉;他厌恶"大字眼",摈弃空洞、浮泛的夸饰性文字,习惯于选用具体的感性表达方式。他能够把眼睛看到的东西加以提炼,由远及近地画出光鲜突出的线条,砍掉一切遮住读者视线的障碍,使读者所见正是作者所见,就是把作者、对象与读者三者之间的距离缩短到最低限度,取得清晰自然、真切不隔的艺术效果。

海明威的独特风格还表现在他的冰山原则上。他曾经用冰山来比喻创作,说创作要像海上漂浮的冰山,有八分之七应该隐于水下。"冰山在海上移动很是庄严宏伟,这是因为它只有八分之一露出水面。"可见他要获得的是一种言外之意,趣外之旨。在《白象似的群山》中那位男人要带女友前往马德里做堕胎手术,但通篇却没有出现这个词。只有代词"它"不断出现,女友的心情也未说明。男人极力讨好、安慰女友,女友的反应是:"那就请你,请你,求你,求你,求你,求求你,不要再讲了好吗?"这里作者反复使用"请你,求你",显示出女友极其矛盾、痛苦的心情。男人坚持要堕胎,术后他是否会无牵无挂地弃她而去呢?男人为什么在这时大献殷勤、体贴入微呢?手术会不会顺利呢?下一步她该怎么办呢?这一连串的问题就是水面下的八分之七,就是女友的恐惧、心酸、矛盾与痛苦所在。虽然没有写出来,却能被读者感受到,这正是海明威小说含蓄凝练、耐人寻味的特点。

象征手法是简洁含蓄常用的手段之一。海明威在创作中也喜欢运用象征手法,含蓄地表达他的思想。《永别了,武器》中反复出现并贯穿全书的淅沥不断的阴雨,显然是苦难和死亡的象征。阴雨霏霏的环境与亨利那种黯然神伤的心情和凯瑟琳不祥的预兆构成一幅凄凉、灰暗的图景,给人一种沉重的压力和窒息的感觉,加强了悲剧的感染力,获得了很强的艺术效果。《乞力马扎罗的雪》中雪是神秘高洁、永恒不朽的象征。《一只金丝雀》中老太太的耳聋象征着她陈旧保守,听不进意见,而关在鸟笼里不再唱歌的金丝雀是她女儿的化身。《老人与海》中大海在整篇故事中起着举足轻重的作用。它是桑提亚哥老人赖以生存的物质世界,是他生活的全部内容。大海神秘怪异,反复无常,暗藏杀机,为他提供了充分展示其无比勇气和毅力的场所。《赌徒、修女和收音机》也采用象征的手法。修女赛西莉整天在祈祷,梦想变成圣女,这象征着纯真的信念。弗雷泽先生一直沉醉于听收音机,收音机代表着鸦片。总之,海明威的作品没有任何斧凿痕迹,他厚积薄发,将深奥的主题思想寓于简洁、含蓄的文字中,创作出一部又一部脍炙人口的小说,不愧为当代文学大师。

巅峰之旅

他人即地狱：人类生存境况解读

▲ 萨特

1980年4月15日，"20世纪的伏尔泰和雨果"、"法国文化奉献给世界的最伟大的作家之一"让-保尔·萨特这位世界文坛巨星陨落了。作为个体生命他永远地消失了，但作为"一颗明亮的智慧之星"却照亮了人们前进的道路。

萨特是20世纪较有影响的思想家，他的存在主义哲学不仅影响20世纪作家对现实世界的认识，同时也影响了一代人的行为方式。1964年，瑞典文学院决定将该年度诺贝尔文学奖授予萨特："因为他那思想丰富、充满自由气息和探求真理精神的作品，已对我们时代产生了深远影响。"但这位特立独行的思想家和文学家，旋即发表声明，决定拒绝接受这一奖项。理由很简单，他"拒绝一切来自官方的荣誉"。10年以后，萨特在谈到诺贝尔文学奖时，依然坚持自己的观点。"我根本不赞成诺贝尔文学奖，因为它实际上等于给作家进行无谓的分类。"他反对由诺贝尔文学奖引起的文学价值的分级排列，认为那是对个人价值的否定。"我认为，这一套做法天真幼稚，甚至相当愚蠢。"但评论界对他的拒绝进行了广泛的思考。福科认为，萨特拒绝诺贝尔文学奖与他一生中独特的革命精神密切相关，他始终拒绝与他认为建立在虚伪信条之上的社会秩序合作。而法国另一位获诺贝尔文学奖的作家莫里亚克对他在文学领域的成就进行了恰当而中肯的分析。"我认为，让-保尔·萨特无疑是他这代人中最重要、最具影响力的作家。"也有作家对萨特的拒绝表示赞赏，老作家马塞尔·郁昂多认为："最漂亮的行动莫过于拒绝接受。一个人什么时候学会了拒绝，他就成熟了。"*

萨特是作为存在主义文学的代表人物进入到诺贝尔文学奖家族的。瑞典文学院指出："作为战后欧洲最卓越的作家之一，萨特利用各种不同的文学形式论述了

---

* 《诺贝尔文学奖词典》王逢振主编 漓江人民出版社 1997年版 第599–600页

作家对他们所处时代问题的责任。""因为他以自由的精神和真理的名义创作的作品对我们的时代产生巨大的影响。"*确实,生活在20世纪的人们很难忽略萨特的巨大影响,他不仅是存在主义小说家、戏剧家、评论家,而且是具有独立精神的社会活动家。

让-保尔·萨特1905年出生于一个海军家庭。两岁丧父。从小住在外祖父家。外祖父是个学识渊博的学者,这对萨特产生了很大的影响。1923年,他接触到柏格森的哲学著作,开始对哲学产生兴趣。1924年考入巴黎高等师范学校,主攻哲学。1929年参加当年的哲学教师资格考试,名列第一。1934年,在柏林师从现象学家胡塞尔,研究克尔凯郭尔、海德格尔等人的著作。"二战"期间参加抵抗运动,以后一直活跃在社会、政治和文化舞台上,直到1980年4月15日去世。

当然,要了解萨特的文学成就,我们首先要了解存在主义思潮。存在主义一词是法国基督教哲学家卡布里埃·马塞尔1942年创造和使用的。但这股哲学思潮真正被知识界接受并产生世界性影响,是在第二次世界大战前夕,与萨特的积极参与密切相关。萨特感受到战争的浩劫和冷战的阴影,认为世界是荒诞的、人生是痛苦的,这些哲学观点很快被知识分子广泛接受。但是萨特的价值在于,他要在绝望之中,给人指出一条现实的出路。萨特反对为文学而文学,主张文学积极地"介入"社会生活,主张积极的选择理论。

萨特的存在主义哲学思想在"二战"前开始形成,主要集中在哲学著作《想象》(1936)、《论自我的超越》(1936)、《存在与虚无》(1943)中,特别是哲学巨著《存在与虚无》,它从理论上阐释了萨特的存在主义哲学基本原理。1945年在美国发表了《存在主义是一种人道主义》,引起巨大的轰动,从而使他拥有一大批追随者。作为一个哲学家,萨特的存在主义哲学观念大致有3个重要的原则。首先是存在先于本质,即人首先存在着,作为偶然的因素出现在世界上,然后才能说明自己,才能给自己定性。人不是上帝创造的,没有先天的善恶之分,也没有先存在的普遍"人性"概念,人仅仅是自己行动的结果。其次是自由选择,由于存在先于本质,"人就永远不能参照一个已知的或特定的人性来解释或决定自己的行为"。这表明决定论是没有的——"人即是自由"。但萨特自由的概念并不完美,它找不到可以依靠的东西,没有普遍性价值依据,结果人成了孤零零的个体。人来到世界,就应该对自己

---

* 《诺贝尔文学奖词典》王逢振主编 漓江人民出版社 1997年版 第600页

的一切行为负责,自由同时意味着一份责任,也意味着孤独;自由既对个人负责,也对所有的人负责,个体负担全部的行为后果。再次,萨特认为,"世界是荒谬的,人生是痛苦的"。既然人人都在自由选择,又缺乏普遍遵循的价值准则,那么社会中主体性林立,相互之间就会处于矛盾、冲突中,他人即地狱,整个世界显出无主宰、无理性、无规律可循的荒谬。而人生活于其中,每个人都被各种障碍限制压抑着,每个人都处在特定的境遇中,他们独自忍受着孤独和痛苦。

  存在主义文学即是存在主义哲学的变种,存在主义文学家们利用各种文学载体,宣传自己的哲学思想。法国著名的传记作家莫洛亚在《论让-保尔·萨特》中说:(存在主义作家的成功之处)"乃是把这种哲学运用于小说和戏剧,为小说和戏剧增加分量。而反过来,小说和戏剧赋予存在主义在现代思想中一种不经这些作品体现便永远不会有的威力"。萨特就是存在主义文学的卓越代表,他的存在主义小说和戏剧至今仍具有巨大的影响力。他以文学为载体宣传其哲学思想,把哲学和文学相联系,使他在哲学领域和文学领域都产生了深刻影响。他比较有名的小说是《恶心》,为日记体。萨特认为,"从纯文学的角度看,《恶心》是我最好的文学作品"。小说主人公安东尼·洛根丁是一个孤独的学者,他为了撰写一个18世纪贵族的传记,来到凄凉的布威尔城。小说没有什么情节和冲突,只是一连串乏味的日常生活的记录。小说的主人公感觉到:"我是孤零零地活着,完全孤零零的个人,我永远也不跟任何人谈话,我不收受什么,也不给予什么。"他觉得人生是一个巨大的空虚,没有意义,面对现实,只有恶心。这种恶心感在"身边的一切事物上",甚至包括他自己,"一切属于人的东西都不存在"。从风烛残年的老妇人身上,洛根丁"看见将来,将来就在那里,他栖息在路上"。小说中,萨特传达这样一种观念,一切存在都是一种偶然,没有必然根据。"存在不是必然存在,只不过是在这里,存在物出现了,让人遇见了,可是我们永远不可能把它们推论出来","一切都是没有根据的,这所公园、这座城市和你自己,都是。"既然一切都与理性无缘,那么,逻辑推论、分析都没有意义。洛根丁意识到这一点,心里便有了恶心感。萨特将人的生理反应用来表达人对现实生存环境的陌生感、恐惧感、厌恶感、孤独感等复杂的、难以名状、不可驱遣的内心情绪,从而反映了社会环境重压下的人与现实的疏离感。小说也表现存在主义哲学积极行动的意义,洛根丁最后决定,"我要写另一类的书——必须能使人透过印出来的字和书页,猜出某些不可能存在的、超出于存在之上的东西","它必须像钢铁一样美丽和坚实,它要使人们对自己的存在感到羞耻"。

短篇小说《墙》也颇为有名。它以西班牙战争为背景,被关押在监牢中的3个人都被判处死刑,大家等待执行死刑。夜间一个医生来到牢房,观察几个被判死刑犯人的精神状态和躯体。年轻的若望对死亡充满恐惧感;汤姆虽然忐忑不安,但依然强自镇定;而主人公巴伯罗身陷囹圄,万念俱灰,对同牢难友他具有莫名的厌倦和亢奋,他甚至不愿意给好友龚沙留下遗言。医生的到来加深了他们的恐惧与孤独感,死神似乎把他们与过去和人世隔绝了。当巴伯罗被带去执行死刑时,为了嘲笑敌人,故意信口说拉蒙·格里藏在墓地里,没想到敌人真的在墓地里抓获了拉蒙。原来拉蒙为了不连累别人,居然鬼使神差地跑到墓地一个掘墓人的窝棚里,结果被抓。小说结尾出人意料,依然可以看出存在主义的观点。人可以选择自己的存在、自己的行为方式,但不可能选择自己的命运。人生充满了一系列偶然。

"二战"对萨特的影响非常大,他在研究存在主义哲学的同时,开始了戏剧创作,并创立了"境遇剧"这种体裁。他说:"既然人在一定境遇中是自由的,既然他在一定境遇中自由地选择他自己,既然他在这个境遇中,并且通过这个境遇选择自己,那么在戏剧中就必须表现简单的、人的境遇,以及在这些境遇中选择自身的自由。"这一境遇剧也就是自由剧,它表现一个主题的两个方面:介入一定境遇中的自由——人固然"命定是自由的",但是这个抽象的、理论上的自由只有在介入某一境遇时才能发挥作用。萨特生前发表过11个剧本,其中别具一格的是哲理独幕剧《间隔》(1945)。

密室,一个极别致的地狱——萨特把它设想成具有第二帝国时期风格的优雅客厅。人物是一男二女——三个鬼魂,加尔洵、伊乃斯、爱斯苔尔,三个鬼魂都是精神扭曲、心理变态的人物,生前都有不光彩的经历。

加尔洵,是个文人。当过报纸编辑,政论文作家。他品质恶劣,在家不忠实妻子,公然带女人回家留宿,借此折磨虐待妻子。在战争中他是个胆小鬼,还以和平主义的论调为自己辩护,最后因为当逃兵而被处决。

伊乃斯是一个心理变态、热衷于同性恋的女人。她想尽办法勾引表哥的妻子佛罗伦丝,导致表哥羞愧自杀。佛罗伦丝深受良心谴责,打开煤气与伊乃斯一起自杀身死。伊乃斯被投入地狱。

爱斯苔尔是一个色情狂。她为了财产和别人结婚,婚后欺骗丈夫,另觅新欢。她和情夫彼瑞尔生下了孩子却又不喜欢孩子,把那个彼瑞尔视为生命的孩子从阳台上抛入湖中,导致情夫彼瑞尔自杀。她后来因得肺炎而死去,并被投入地狱。

巅峰之旅

这三个劣迹斑斑的鬼魂在地狱仍恶习不改,各怀私欲,相互伤害,形成了一种特殊的三角关系。伊乃斯为躲避佛罗伦丝的折磨,去追求爱斯苔尔,并用洞察的目光看透加尔洵是个胆小鬼。加尔洵本想独自默想——静静地不做声,因而讨厌爱斯苔尔的纠缠,但因难以忍受伊乃斯冷酷的目光而准备接受爱斯苔尔的调情。伊乃斯为了得到爱斯苔尔——这个地狱中除她以外唯一的女人,大骂加尔洵是个胆小鬼,弄得加尔洵不得不放开爱斯苔尔而向伊乃斯解释自己并不是胆小鬼。爱斯苔尔眼看好事被伊乃斯搅黄了,不禁大怒,唾骂伊乃斯,并且更加起劲地追求加尔洵。伊乃斯的存在使她和加尔洵无法忍受,他俩祈求客厅——地狱的门能够打开,放他们出去。门果然开了,他们冲出门去。想不到,因为伊乃斯,加尔洵马上又变卦留下来不走了。因为他无处可去——走没有用,只要伊乃斯还在,其目光就追随着他。他逃到哪里都是一个懦夫,他必须再向伊乃斯解释自己不是胆小鬼。伊乃斯则因加尔洵夺走了爱斯苔尔,出手报复故意刺伤他,并毫不留情地揭穿他。而爱斯苔尔为了取得加尔洵——这个地狱里唯一的男人的欢心,当然不假思索地为加尔洵大唱赞歌,声称自己认为加尔洵不仅不胆小,而且是个"英雄"。加尔洵明白爱斯苔尔的信任并不能改变人们认为他是胆小鬼的事实,只有当伊乃斯也相信他的时候,他才能洗脱自己的怯懦名声。他仿佛又回到了地狱之上的人间,其报馆同人还在唾骂他。他感到六神无主。欲火中烧的爱斯苔尔则觉得事情都坏在伊乃斯的身上,便把刀子捅进伊乃斯的心脏。伊乃斯吃惊地说:"你疯了?想捅死我?可我已经死了呀!"人不能死第二次,"刀子没用了,毒药也没用了,咱们永远在一起了!"就这样,三个痛苦的鬼魂如同回旋的木马,互相追逐。于是,加尔洵叹道:"原来这就是地狱。我万万没有想到……你们的印象中,地狱该有硫黄,有熊熊的火堆,有用来烙人的铁条……啊,真是天大的笑话!何必用铁条,他人就是地狱!"

"他人就是地狱",就是《密室》所要宣扬、演绎的哲学主题。三个亡魂,每一个都自我确立为主体,都试图将对方变成"客体",他们之间的矛盾、冲突就没完没了。他们彼此戒备、提防,把自己包裹起来,唯恐对方洞悉自己,尽管有不可逾越的鸿沟,却必须"永远在一起"。人死了还念念不忘别人对自己的评价,可见人活着的时候更是随时随地担心别人会说什么。当我们看到彼此之间的纠缠、伤害等关系时,我们敏锐地感觉到,"他人就是地狱"。萨特曾解释说,这句话并不是泛指人与人之间的关系总是地狱般的关系,"我要说的是,如果与他人的关系扭曲了,被败坏了,那么他人只能够是地狱。——其实对于我们认识自己来说,他人是我们最为重要的因素"。

《密室》揭示了现实社会恶劣的人际关系,也讽刺和批评了那种推脱责任,把命运归咎于他人而不进行积极选择的人生态度。在萨特看来,人生是一系列自由选择的结果的总和;人并非生来就是英雄或懦夫,人选择自己成为英雄或懦夫。英雄可以有懦夫的过去,懦夫亦可以有英雄的未来——除非像加尔洵那样作为懦夫死去,那就无法挽回了。作者对这种"选择自由"是有道德标准的,他反对"卑劣"的选择,赞扬高尚的选择。《密室》中的每个人既是刽子手,又是受害者。他们所处的环境是地狱,但他们的相互敌对却构成了一座更加恐怖的地狱。"他人即地狱"成了揭示当下社会中人与人之间关系的名言,它曾对中国新时期文学产生了影响。

《毕恭毕敬的妓女》是一部反映种族歧视的戏剧,实际上贯穿了萨特的存在主义选择理论。白人托马斯在车厢里调戏妇女时,认为身边的两个黑人碍眼,便开枪打死了其中一个黑人,另一个黑人逃掉了,并受到追捕。由此引出戏剧主人公莉吉,并以她来宣传存在主义哲学观念。逃跑的黑人要求莉吉为他出庭作证,莉吉出于同情答应了,这是她内心真正的自由选择。但黑人要求她把自己藏起来时,她粗暴地拒绝了,这也是真正的选择。因为出庭作证,是出自良心、出自正义,而拒绝藏黑人,是因为她有着白人的高傲和特权意识,这种选择与她生活的文化背景密切相关。当警察破门而入,以卖淫罪威胁她,逼她在伪证上签字时,她嗤之以鼻,弗雷德用钱收买她,她不为所动,她选择了正义;但当老奸巨猾的参议员克拉克花言巧语,以托马斯母亲的名义,以国家的名义来引诱她时,她作出了在伪证上签字的决定,这是一次违心的选择。黑人再次出现,莉吉不但把他藏起来,而且保护他逃走,并把枪口对准弗雷德,她又进行了一次真正的选择,因为她看清了弗雷德的真面目。可是面对弗雷德的花言巧语,莉吉改变了打死他的念头,甚至又投入他的怀抱,这也是莉吉的真实选择,她合乎一个弱女子和妓女的身份。戏剧这种看似飘忽不定的选择,实际上是荒谬社会、荒谬境遇造成的。萨特认为在荒谬的社会里,莉吉是真正的白人,她的正义和良心必然激起作为真实人的同情心,所以作出合乎自己内心真实感受的选择;但作为人,境遇必然要求人考虑自己的选择是否有利,因此他们往往作出违心的选择,莉吉就是萨特按照存在主义理论塑造的人物。

这个剧本从传统意义上说,具有强烈的批判意识,而从塑造人物的方法上看,体现了存在主义的真实观。

该剧只有两幕,地点在一个房间,时间集中在早晨和黄昏。这和传统戏剧注意

巅峰之旅

情节的紧凑非常相似。而且戏剧的焦点是，冲突双方都要求莉吉作为证人为自己说话，而莉吉在这个旋涡中不得不紧张地作出选择，整个戏剧情节的发展围绕着她来进行。第一幕共4场，时间在早晨。登场人物共有8个，4个次要配角，4个具有性格的人物。第一场是黑人恳求莉吉讲述真相，并救他。第二场是弗雷德同莉吉从睡觉、给钱到要求她为托马斯作伪证的过程。第三场是警察和弗雷德威逼莉吉签字。第四场是参议员哄骗莉吉签字。从第一幕就可以看出戏剧结构非常紧凑，情节发展的线索单纯而又清晰，每一个环节都非常合乎生活的逻辑。这种时间和情节的安排，颇具法国古典主义戏剧的神韵：没有更广大的空间和时间，人物和事件的安排都与传统戏剧的特点紧密相关。这种结构特点，使得舞台上常常是两个人物对话，而在对话中，可以感受到人物心灵深处的矛盾。

本剧的语言较有个性化。一方面，它成了作者传播存在主义思想的工具；另一方面，它又是萨特刻画人物性格的手段。弗雷德是一个富有心计的白人阔少，他对莉吉说的话，显示了这个傲慢白人的全部性格特点。他瞧不起莉吉，当莉吉准备说出真相时，他说："好一个事实真相！一个身价只值10美元的妓女居然想说出事实的真相"，"你这个贱货！你这个魔鬼！和魔鬼在一起，就只能干出鬼事。他掀起了你的裙子，他打死一个肮脏的黑人，这没有什么大不了的，这是他不假思索而做出来的事。这算不了什么。要紧的是，托马斯是一位厂长。"而他的父亲克拉克是个会演说、有经验的参议员，因此说起话来极富鼓动性。"我以我们这座城市的1700个白人的名义，以我在这里所代表的美利坚民族的名义，对你深表谢意。"而莉吉是一个文化程度不高的妓女，她独特的生活经历，使她讲话有时直率坦白，有时又较粗鄙。

等待戈多：后工业时代支离破碎的梦

1969年，参加诺贝尔文学奖角逐的有103人之多，结果瑞典文学院选中了以创作《等待戈多》而闻名于世的爱尔兰作家贝克特。

在获诺贝尔文学奖的法语作家中，萨缪尔·贝克特是另类作家的代表。他和加缪、萨特、克洛德·西蒙等作家构成了20世纪法国文学中另一个子系统，即现代主义文学系统。在这个子系统中，他们代表了荒诞派戏剧、存在主义文学和新小说等五光十色的先锋主义文学思潮。也许瑞典文学院并没有意识到这种选择所具有的文学史意义，但从国别文学看，它客观上暗合了20世纪法国文学发展的多元化特征。而从诺贝尔文学奖发展本身看，瑞典文学院对这几位作家的嘉奖，又具有拓展"理想主义"内涵的意义。这些作家对当下人生存景况的关注，以及人类精神痛苦的揭示，达到了前所未有的高度。他们从另一个层面把人类对"理想主义"追寻的精神历程记录了下来。

贝克特是一位以否定面貌出现的作家，否定中充满了对人类未来的憧憬。瑞典文学院对贝克特戏剧中的悲观与一般的悲观的差异性进行了区分："一种是对一切都不以为然的悲观，另一种是必须面对痛苦、悲惨现实而产生的悲观。前者认为凡事都没有价值，因此这种悲观是有一定限度的；后者则是试图从相反的方面建立新的观念，因为物极必反。我们面对着前所未见的堕落，如果我们否定一切价值，堕落也无须证明了。但如果了解人的堕落会加深我们的痛苦，我们就更可以从中认识到人的价值，这就是内在的净化和贝克特悲观力量之所在。特别是这种悲观主义是以其巨大的同情心拥抱全人类的。"*

▲ 萨缪尔·贝克特

---

* 《诺贝尔文学奖要介》肖洛编 黑龙江人民出版社 1992年版 第829—830页

巅峰之旅

萨缪尔·贝克特1906年出生于爱尔兰首都郊区的一个犹太人家庭。中学时代，他就对戏剧产生了兴趣。1927年，贝克特毕业于爱尔兰知名的三一学院，1928年至1930年赴巴黎高等师范学校担任英语教师。这期间，他结识了知名的意识流小说家乔伊斯，乔伊斯对生活的认识和表现生活的方法对他产生了影响。1930年贝克特返回爱尔兰，担任三一学院的法文教师，同时研究笛卡儿的哲学思想。1932年，贝克特开始了他的第二次欧洲之行，1936年定居巴黎。"二战"期间，他曾参加法国地下抵抗运动。战后，他专门从事文学创作。1969年，"由于他那具有新奇形式的小说和戏剧作品，使现代人从困境中振奋"而获诺贝尔文学奖。

20世纪20年代末，贝克特开始了文学活动，主要从事诗歌、短篇小说创作和文学评论工作。1929年，他发表了短篇小说集《刺多踢少》，显示了作为一个现代主义作家的才华。1930年，他发表了长诗《婊子镜》。1931年出版评论著作《普鲁斯特》，对普鲁斯特的小说语言进行了详尽的论述，显示了他对语言交际作用的不确定性的复杂感受。但最能代表贝克特小说才华的是《莫尔菲》，主人公生活在一个没有爱、没有恨、不思考任何问题的漫无目的的状态中，从而感到快乐和自由。作者采用直白的叙事形式，滑稽幽默的语言，展现了痛苦孤立的世界景象。这部作品已经和乔伊斯的《尤利西斯》同归入爱尔兰城市史诗之列。除此以外，他还写了《瓦特》、长篇三部曲《马洛伊》、《马洛伊之死》、《无名的人》(1946-1950)等小说。50年代初，贝克特把主要精力集中在戏剧创作上，发表了一系列的荒诞派戏剧，主要有:《等待戈多》(1952)、《最后一局》(1957)、《哑剧》(1,2,1957-1959)、《最后一盘磁带》、《啊，美好的日子》(1961)等。最具有代表性的作品是《等待多戈》、《最后一局》、《啊，美好的日子》。

《最后一局》全剧只写了4个人物，汉姆、仆人克洛夫、汉姆年迈的父母。这4个人心智都不健全:汉姆四肢瘫痪而且眼瞎;克洛夫生了怪病，只能走动不能坐下;老父老母则没有腿，只能终身生活在垃圾桶里，不时伸出头来要东西吃，还拼命想拥抱、接吻，既丑恶又凄凉。汉姆让仆人推着他的轮椅在室内走动，就自认为是周游世界;让仆人把椅子推到舞台的中央，便认为自己是世界的中心。《啊，美好的日子》写一对老夫妻在荒凉的海滩上，女主角已半截埋在土里，还不时掏手提包、照镜子、涂脂抹粉，干些无聊的琐事，一开口就称"又是一个美好的日子"，还同身后半死的老头打情骂俏。当身子愈陷愈深时，依然唱着下流的情歌，高呼:"又是一个美好的日子。"这两个剧本都揭示了当下人醉生梦死的生存状态，也表现了人们身处荒诞的世界而对荒诞的人生毫无察觉的悲剧。

但真正能体现贝克特作为荒诞派戏剧大师艺术风格和获得世界性声誉的是他的代表作《等待戈多》。瑞典文学院认为这是一部杰作,"剧中的两个流浪汉必须面对的是以野蛮方式呈现的冷酷而无意义的存在。这是一部可以说极富人性的剧本,它表明没有任何法律比创造本身更残酷,而人在创造中所能拥有的就是加在他们身上的种种法律。"

《等待戈多》是贝克特的第一个荒诞派剧本,也是他获诺贝尔文学奖的代表作品。1952年一问世,就在巴黎连演300多场。在美国监狱里演出时,令数千名囚犯热泪盈眶。《等待戈多》从内容到形式都典型地体现了荒诞派戏剧的特点。没有戏剧冲突,没有剧情的发展,没有形象塑造,也没有性格刻画。人物思维混乱,对话杂乱无章,地点和时间含含糊糊。全剧只有两幕,内容几乎完全一样,结尾是开头的重复,终点回到起点,构成一个巨大的循环,整个剧本给人的是一大堆支离破碎的印象:茫茫的乡间小路。一天黄昏,一棵枯树,一对浑身发臭、衣衫褴褛的老朋友——爱斯特拉冈(又称戈戈)和弗拉基米尔(又称狄狄)——相聚等待戈多。第一幕,他们无事可做,便在一起闲聊起来,谈话漫无中心,也没有逻辑联系。一会儿要为他们的重逢"好好庆贺一番",一会儿又追问"昨晚在哪儿过夜",一会儿要忏悔自己的出世,一会儿要去死海欢度蜜月。在谈话时,他们还做出一些无聊的小动作。戈戈脱下靴子,往里瞧了瞧,又把手伸进去,再把靴子口朝下,想倒出什么东西,两只眼睛出神地望着远方。狄狄脱下帽子,往帽里看了看,伸手摸一摸,往帽子里吹了吹气。戈戈说:"咱们走吧。"狄狄提醒不能走,因为"咱们在等待戈多"。在等待的过程中,他们继续闲聊,玩上吊的游戏,品尝胡萝卜。然而,他们等待了许久,戈多并未出现。这时,奴隶主波卓和被他用绳子套住的"幸运儿"来了。两个流浪汉以为是戈多来了,原来,他们苦苦等待,却不认识自己要等待的人。最后一个小孩告诉他们,戈多今晚不来了,明天晚上来。于是他们把希望寄托在明天。

戈戈和狄狄又聚在一起继续着昨天的等待,但他们已失去了对昨日的记忆,只有枯树才使他们想起了昨天。因为说了许多空话,再也无话可说,便只有沉默。可是无名的恐惧使他们无法保持沉默,两个人同时说话,只是为了"不听"和"不想"。就在他们为等待而厌烦的时候,波卓和幸运儿来了,波卓瞎了,而幸运儿也莫名其妙地哑了,4个人最后倒在地上,像蛆虫一样满地乱爬,胡言乱语。最后,一个小孩来传话,告诉他们说,戈多今晚不来了。他们痛苦得想自杀,没有上吊的绳子,

巅峰之旅

想不再理会戈多,却又怕戈多惩罚他们,只好相约明天再等戈多,"因为戈多来了,咱们就得救啦"。

关于这部戏的主题,历来众说纷纭。1958年,该剧在美国上演的时候,曾有人问贝克特,戈多究竟指什么,贝克特委婉地回答说:"我要是知道,早在戏里说出来了。"这实际上也算是一种回答,他表明该剧的主题就在于说明世界的不可知,人的命运的不可知。人们怀着渺茫的希望苦苦等待,结果总是幻灭,而且我们不知道到底等待什么,就像始终不知道神秘的戈多一样。戈多不是一个具体的人,而是一种思想情绪,一种绝望之中人对未来期望的指向。其实,对该剧的理解并不在于戈多是谁,而是对于"等待"的把握。应该说,作家表现的主题就是"等待"。剧中的"狄狄"说:"咱们不再孤独啦,等待着夜,等待着戈多,等待着——等待。"全剧充满着由等待意识派生出人的焦虑、不安、无奈与绝望。两个流浪汉的不安等待,实际上体现了现代西方人最基本的生存状态,戈多并不存在于他们之外,而存在于他们内心,是他们极度空虚的心灵的外化物,明知戈多不会来,还要痛苦无奈地等下去,这是信仰危机时代的悲剧人生态度。

因此,戈戈和狄狄是两个现代受难者的形象。他们的处境正是人类生存困境的象征。人在世界上处在孤立无援、恐惧幻灭、生死不能、痛苦绝望的境地。两个流浪汉,浑身发臭,衣着破烂,生活在焦虑、痛苦与无聊中,他们常年吃萝卜,不是红萝卜就是白萝卜,甚至品尝不出萝卜的滋味,但还得继续吃下去。当波卓扔下一块骨头的时候,戈戈"一个箭步蹿上去,捡起骨头,马上啃起来",以后还念念不忘,回味无穷。戈戈是不是对自己的处境不了解呢?不是的,他非常愤懑地说:"我他妈的一辈子到处在泥地里爬!——瞧这个垃圾!我这辈子从来没有离开过他!"但他们只能忍受。"我们失去了自由的权利。"剧中波卓和幸运儿是等待意识的延续,他们从另一个角度渲染了人生的痛苦和毫无意义。这两个人构成一种奇异的主仆关系,两人无法摆脱对方而独立存在,波卓扬言要赶走幸运儿,但是他的每一个意愿必须由幸运儿去完成。两人的关系,体现了存在主义的观点:现实社会中每个人都有被他人奴役和奴役他人的可能,只有把他人看成某个确定的角色,自己才能获得相对确实的存在。波卓和幸运儿如果失掉了对方,也就失去了自我存在的价值。应该说4个人都在等待,等待着某种力量拯救自己。尽管到剧终,我们依然不知道戈多的身份,就像我们生命结束时,依然不知道生命的结束点在什么地方一样。我们从剧中看到人生的残酷,但我们从剧中还获得了一个启示:无论面对怎样的困境,经历怎样的磨难,我们心中的希望是永远不会消失的。《等待戈多》概括地描绘了人类面对永远的、不可知的等待所作的形而上的抉择。

《等待戈多》荒诞的内容和荒诞的形式和谐一体,较为完备地体现了荒诞派戏剧的一般性特点。首先,该剧具有较强的象征性。剧中的两个人物是极端孤独、绝望的受难者的形象,但他们又不是具体的人,他们没有具体的生活环境、具体的历史和文化背景,他们是抽象的、超越时空的人,是人类命运的缩影。该剧的场景安排在一条乡间的小路上,路本身就隐含着不确定的因素,暗示着剧中人无法找到真正的归宿,只能做精神上的流浪者。其次,该剧没有传统戏剧的曲折的故事情节,仅存的一些情节片段彼此之间毫无逻辑联系,根本构不成情节发展线索。戈戈和狄狄开始做什么、结尾做什么几乎没什么变化。开始等待戈多,到戏剧结束时还在等待戈多,一切都显得徒劳无益。再次,该剧使用了循环式的独特结构形式。整个剧本在幕与幕之间内容是重复的。第二幕与第一幕的内容几乎一样,时间是一样的,都是薄暮时分。结尾是一样的,都是由一个男孩带同样的口信。两个流浪汉在两幕中的动作也几乎一样。这种重复,给观众的印象仿佛时间和空间凝固了。作家通过这种循环,告诉我们在人与世界处在荒诞的时候,人生命的过程实际上是一个痛苦和没有意义的重复的过程,一切都是空虚的。

贝克特长期过着孤独的隐逸生活,除了他的出版商林东先生和几位遁世归隐的好友外,他不见任何人。当瑞典文学院发出邀请时,他到很远的纳布尔村去了。该村因发洪水已与世隔绝。他怕为盛名所累,采取了种种防范措施,但还是被嗅觉灵敏的记者们找到了。苦苦思索了几天,他才"身不由己"地答应接受这项奖,但因身体欠佳,无法前往斯德哥尔摩。舆论界对这位"满心不情愿"的获奖人大加赞美,爱尔兰却愠怒异常,愤激地否认他是爱尔兰人,因为他不用祖国的盖尔特语而用英、法文写作。贝克特电告瑞典文学院,不希望按惯例由爱尔兰外交代表代他领奖,而让他的出版商代理。可在颁奖典礼后的传统性宴会上,爱尔兰大使坚持要代表他那光荣的同胞与瑞典国王古斯塔夫同桌而坐,林东先生只好坐在国王的另一侧。

真的是东方叛逆者的荣誉吗?

迄今为止,俄罗斯共有4位作家获诺贝尔文学奖。他们是布宁(1933)、帕斯捷尔纳克(1958)、肖洛霍夫(1965)、索尔仁尼琴(1970),这还不包括在俄罗斯生活和创作,后来流亡美国的布罗茨基(1987)。除肖洛霍夫获奖引来东西方共同喝彩以外,其余几位作家的获奖总是招来非议和猜测,甚至把它看成是非文学因素的结果。

相对于西方,这些作家来自地球的另一边,在相当长的时间内,他们生活在另一种文化背景下,或者说他们是在共产主义意识形态影响之下进行创作的。而他们的获奖自然要突破两种相互对立的意识形态,有时无法沟通是难免的,但政治因素在其中的作用也是比较明显的。轰动一时的帕斯捷尔纳克事件,至今仍深留在人们的记忆中,而索尔仁尼琴和布罗茨基的遭遇,使人自然联想到政治力量的干扰作用。

确实,俄罗斯文学家与诺贝尔文学奖之间的关系已构成了一种独特的文化现象。5位获奖作家与苏维埃政权的亲疏关系直接反映出他们不同的政治立场和价值取向,而这种政治立场和价值取向,又反过来对他们的人生经历和创作风格产生了影响。他们和苏维埃政权的关系,也在很大程度上影响了瑞典文学院对他们的评价。这种现象表明:在相互对立的意识形态中,绝对公正的、独立于任何政治观念之外的评奖是不现实的,同时这一现象也反证了文学与政治之间有着密不可分的关系。政治总是通过政府行为对作家的创作观念进行潜移默化的影响,甚至直接干预,而作家则对政府的干预作出不同的反应。因此,在俄罗斯获诺贝尔文学奖的作家中,其政治观念成为研究作家创作个性不可忽略的一部分。

逃避或反叛：人生的选择

俄国十月革命，一下子使世界上这个横跨欧亚的大国成为人们关注的热点。在这片幅员辽阔的土地上诞生了第一个无产阶级领导的以工农联盟为基础的新政权。随之而来的是体现无产阶级愿望和要求的文学由边缘走向意识形态的中心。1934年，苏联将"社会主义现实主义"作为普遍遵循的创作法则确定下来，这一新的文学法则深深地影响了作家的创作和生活。在巨大的历史事变面前，每一位作家必须首先在政治上表明自己对新政权的态度，而获诺贝尔文学奖的几位作家对苏维埃政权的态度恰恰代表了在历史风暴面前作家的多向选择：有的紧跟时代，成为历史事变的参与者（如肖洛霍夫）；有的欢迎新政权，但无法理解革命过程和革命后的阴暗现实，最终将自己封闭在革命的现实生活之外（如帕斯捷尔纳克）；还有自我放逐到国外，以逃避作为自己的人生选择（如布宁）；当然也有直接与革命政权相对抗的（如索尔仁尼琴、布罗茨基）。

先看布宁，这位跨世纪的作家出身于贵族家庭，贵族气质和观念给他的诗歌和小说以巨大的影响。十月革命爆发之后，面对贵族生活的崩溃，他无法接受现实的巨变，从莫斯科逃到白俄控制下的南方，最后逃到意大利和法国。对俄国革命动荡现实的恐惧和不理解使他远离祖国，远离苏维埃政权。这一选择使他后半生的创作再也无法反映出鲜活的俄罗斯生活，死亡和爱情成了唯一的主题，弥漫于他创作中的那种悲凉、惆怅、绝望的情绪显然与他远离故国、孤独寂寞的流亡生活有关。当然，作为基本的文化生活背景，19世纪末和20世纪初败落的贵族阶级的生活也增添了布宁文学创作中忧郁的情愫。在出走法国的邮轮上，布宁创作了短篇小说《完了》，表达了那些即将开始过流浪生活的俄罗斯贵族作家的绝望心情。"俄罗斯完了，一切都完了，我过去的全部生活也完了，哪怕出现奇迹，我们竟没有葬身这凶恶、冰冷的大海的旋涡之中，也是如此。只是我原先为什么没有理解这一点呢？"* 对于布宁来说，过去的体制、过去的生活已不复存在，他变成了无根的浮萍。现在的问题是，他应该认同什么？身归何处？在以后漫长的岁月里，在无法找到认

---

* 《外国文艺》上海译文出版社 1979 年第 3 期 第 266 页

同的皈依之地时,他只能不断挖掘记忆的深井。在那被抛弃的生活里,能找回一丝对祖国的怀念。

　　帕斯捷尔纳克是另一类型的俄国知识分子的代表,他以渴望新生活的姿态来欢迎革命,但他不是革命的直接参与者,而只是革命的旁观者,因而他不具有革命者应有的思想觉悟和素质。他虽然毕业于莫斯科大学历史哲学系,可对历史唯物主义知之甚少,倒是家庭的宗教氛围使他同基督教信念更容易产生亲和感。他自己就说过:"我1910年到1912年最受基督教思想的影响,那时形成了……我对事物、世界、生活的看法。"*基督教教义中的仁慈博爱、道德完善、自我牺牲、人性至高这些抽象的概念和理想,决定了作家帕斯捷尔纳克认知外部世界的方式。善、人类正义和爱等所谓"永恒的范畴"成了他理解世界、观察时代的尺标。他最初欢迎革命,因为他渴望革命"除旧布新",使人类精神生活走向完美。但当内战的残酷现实和革命所带来的暂时混乱与他所坚守的信念相矛盾时,帕斯捷尔纳克没有意识到除旧布新是一个从无序到有序的过程,完成这一过程需要时间。他没有认同现实,而是渴望现实按照他勾勒的理想去发展。当现实未能按自己的理想向前发展时,他放弃了现实,退回到自己的内心,以抽象的正义笼统地反对暴力,包括革命的暴力。可是时代和历史的发展不以人的意志为转移,最后,他只好带着疑惑和痛苦,把自我和苏维埃政权隔绝开来,拒绝接受苏维埃的宣传。他的代表作《日瓦戈医生》记录了个人的价值观和新时代无法调和的矛盾,是一曲独立于主流意识形态之外的个人主义哀歌。

　　与布宁的逃避和帕斯捷尔纳克的自我封闭相反,1965年获诺贝尔文学奖的肖洛霍夫是一位坚定的革命者。十月革命以及随之而来的国内战争锻炼和培养了他,他较早地接受了马列主义的观念,对历史与现实的发展方向有着清醒的认识。虽然他从人道主义观念出发,对内战中过火的革命政策有过犹疑和不满,但他从未动摇过对布尔什维克的信念,因而创作出了反映历史转型期的史诗性作品《静静的顿河》、《被开垦的处女地》、《他们为祖国而战》、《一个人的遭遇》。肖洛霍夫认为只有把个人的命运和人民的命运紧密地联系在一起,个体生命的价值才能真正体现出来。他也对革命过程中的失误和杀戮流露出深深的忧郁,但他能站在历史发展的高度,看到历史发展的必然性,因而,他能理性地将革命的主流和支流严格

---

* 《从早期散文创作到〈日瓦戈医生〉》薛君智《苏联文学》1987年第5期 第86页

地区分开来,并对革命的前途充满信心。格利高里最终回到大地、回到故乡是作家这种观念的反映。肖洛霍夫提供的答案,正是帕斯捷尔纳克苦思而不得的。无论从历史还是从现实看,肖洛霍夫所提倡的价值观是最具有意义的。

作为前三位作家的后继者,1970年获诺贝尔文学奖的索尔仁尼琴,是俄罗斯在20世纪下半叶获此殊荣的作家,也是下半叶俄罗斯历史的见证人。他受过高等教育,亲历了苏联时代种种历史性事件:农业集体化运动、肃反扩大化、卫国战争、斯大林之死、赫鲁晓夫的改革和文学的"解冻"。1962年《伊凡·杰尼索维奇的一天》的问世,正得益于"解冻"后的宽松氛围。这部作品大胆揭露了斯大林时代集中营的内幕,从而为他以后的创作定了位:揭露斯大林时代对人性的粗暴践踏,捍卫人的价值与尊严。他的创作与当局发生冲突,最终以"持不同政见者"的身份被逐出苏联。布罗茨基也是如此,在一个没有迁徙自由、没有职业选择自由的时代,他喜欢四处流浪并钟情诗歌,结果几次以社会主义的寄生虫的名义被劳动教养,最后不得不远走美国。

由于个人的人生经历、艺术修养和政治观不同,5位获诺贝尔文学奖的作家在创作上也各具特色。布宁是一位停留在旧时代的知识分子,在时代巨变面前,他采取了逃避的态度,这使他的作品萦绕着死亡的阴影,令人压抑绝望,同时为一个被时代抛弃的阶级唱了一曲无尽的挽歌。帕斯捷尔纳克虽然亲身感受过时代的巨变,但仅从旁观者的角度来领略新时代的气息,因而作品充满了怀疑精神和思辨色彩,面对无可奈何的现实时,他总在寻找一块逃离人生纷乱喧嚣的净土。肖洛霍夫的作品悲壮高昂,高扬着时代的主旋律,代表了俄罗斯20世纪主流文学的发展成就。索尔仁尼琴和布罗茨基的创作则始终洋溢着强烈的批判意识,贯注于作品中的人道主义精神和尖锐的批判力,和19世纪俄罗斯批判现实主义文学接轨。

5位获奖作家的获奖过程构成一种独特的文化景观,而他们的创作则显示了一个民族的文学成就。

巅峰之旅

在丰沃的土壤里扎根

如果排除政治要素的影响，我们仍可以说，这5位作家作为俄罗斯文学的代表进入诺贝尔文学奖家族是当之无愧的，因为他们的创作从两方面显示了作为20世纪俄罗斯文学的代表作家的权威性：其一，作为现实主义作家，他们以惊人的勇气，对风云变幻的20世纪俄罗斯历史与社会生活进行了多层次多方位的反映。其二，几位作家在传达对现实思考的同时，注重文学自身的审美特性，在政治挤压文学的时候，保持了文学独到的艺术品格，使他们的作品既具有现实性又具有超越性。他们以顽强的艺术勇气继承和拓展了19世纪俄罗斯文学的优秀传统，在直面现实的同时，兼容了其他流派的手法。无论是布宁的神秘还是帕斯捷尔纳克的心理刻画，都显示了现实主义的开放性特点。5位获诺贝尔文学奖作家的创作基本上勾勒了俄罗斯文学发展的概貌，也折射出20世纪世界文学发展的一般性特征。

现实主义是20世纪俄罗斯文学的主体，这是不争的事实。但是，20世纪俄罗斯文学又表现出一种复杂的局面来，随着苏联的解体和许多文学史实被披露，在俄罗斯文学的历时性发展过程中，有许多独特的文学现象。不管这些现象是从哪一视角给予命名的，有一点不容置疑，他们都是依据作家对新的无产阶级意识形态的态度来把握的。大致说来，20世纪俄罗斯文学可以分为社会主义现实主义文学和独立于主流意识形态之外的自由主义文学。对于前者，我们无须在范围的界定上给予明确，因为20世纪处于主流的俄罗斯文学都属于这一范畴。对于后者，我们可以将流亡海外的侨民文学和国内的地下文学归入其中。那么，布宁、索尔仁尼琴和布罗茨基无疑是后者的杰出代表。自由主义文学从两方面显示了同主流文学的不同特点。首先，从作家介入生活的立场看，他们与主流意识形态保持距离，坚持个性化写作，即以自己的感受和思考作为反映生活的出发点，而不是以某种观念为出发点。其次，他们高举批判现实主义的旗帜，对被粉饰的现实中的种种罪恶进行了大胆的批判。他们的创作丰富和补充了俄罗斯主流文学，也从另一层面更深刻地反映了俄罗斯新政权下生活的各个方面。

5位获奖作家几乎是以获奖的先后排列来延续着对20世纪俄罗斯复杂多变的生活的反映。布宁世纪初的小说，如《安东诺夫卡苹果》、《梦》、《扎哈尔·沃罗比耶夫》、《弟兄们》以及中篇小说《乡村》，真实地描绘了19世纪末20世纪初的俄罗斯现实。尽管由于社会视野的褊狭和封建贵族偏见的影响，有把地主庄园理想化的迹象，而且把地主庄园田园诗般的生活的毁灭归结于资本主义在俄罗斯的复兴，从而使他的认识存在着偏差。但作为现实主义作家，他客观真实地描绘了时代将要发生变化的前夜俄罗斯社会将面临解体时动荡不安的气氛。地主庄园的没落，俄罗斯乡村的黑暗野蛮、迷信守旧和农民生活的悲惨，以及农民对现状的不满等等生活场景，让我们每一个人都感觉到一种真实的力量。而且作为一位有独特感悟力的作家，布宁对新兴资产阶级贪婪、残酷和精神上的空虚也有所关注。强烈的忧患意识和对现实的敏锐观察，使他成为本世纪初与高尔基、阿·托尔斯泰并列的大作家，成为俄罗斯现实主义复兴的旗帜。高尔基不止一次称赞这位同时代的大作家："在布宁之前，还没有哪位作家这样历史地描绘过俄国农村。"高尔基要求出版界"应当出版布宁的小说《乡村》"，"他对革命前的农村的描绘是极端真实的。"* 诺贝尔文学奖评选委员会对布宁的评价、把握与高尔基毫无二致："他继承了19世纪以来的光荣传统并加以发扬光大，至于他那周密、逼真的写实主义笔调更是独一无二。"** 布宁的诗歌小说，由于他逼真的写实，为我们了解革命前夕农村状况和知识分子的心态提供了形象性的资料。肖洛霍夫和帕斯捷尔纳克衔接了布宁所反映的时代和生活。《静静的顿河》是处在社会大变动时代俄罗斯生活的真实记录。在这部史诗性的作品中，作者以顿河为背景，以哥萨克的暴动为主线，对1905年革命、第一次世界大战、1917年十月革命、国内战争等重要的历史事件都进行了准确的描述。帕斯捷尔纳克的《日瓦戈医生》尽管思想认识上存在偏差，但作者对现实原则的恪守使我们从一个侧面看到被人忽略的苏联国内战争时期的某些社会现实。《被开垦的处女地》则是对30年代苏联大规模农业集体化运动艰难曲折过程的记录。至于《他们为祖国而战》和《一个人的遭遇》，更是记述了苏联人民在空前惨烈的卫国战争中英勇无畏的爱国主义精神以及作者对战争本身的思考。索尔仁尼琴以《伊凡·杰尼索维奇的一天》为发端，在《古拉格群岛》、《第一圈》中表现了苏联生活中鲜为人知的阴暗面，《癌症楼》则从一个侧面反思苏联农业集体化的失误。所以我们说，4位作家成了20世纪苏联生活的书记官，俄罗斯每一次历史性的大事变，都在这些作家笔下得到了鲜明生动的反映。透过他们的笔触，我们能了解俄罗

---

* 《俄罗斯文艺》2000年第2期 第53页
** 《诺贝尔文学奖 颁奖演说集》百花洲文艺出版社 1993年版 第281页

巅峰之旅

斯的过去与今天、历史与现实的某些必然联系。

从20世纪俄罗斯几位获诺贝尔文学奖作家的人生遭遇来看,也具有一种深沉的历史感。它与俄罗斯独特的历史文化紧密相连。在文学史上,没有哪一国的作家像俄罗斯作家那样承载着那么多的苦难。19世纪革命民主主义的先驱赫尔岑在谈到俄罗斯作家的命运时说:"在我们这里,谁敢把头伸到沙皇权力标杆所规定的高度之上,可怕而悲惨的命运就会落到他身上。……我国文学的历史不是殉难者的列传,便是一系列苦役的实录。"* 确实如此,19世纪俄罗斯作家从普希金、车尔尼雪夫斯基到列夫·托尔斯泰的遭遇便是一个个生动的例证,他们宣传自由的历史就是充满了压迫的流放史。但另一方面,我们又看到即使身处苦难之中,他们依然思考着民族的命运,关注着历史发展的走向。20世纪俄罗斯政治巨变是在传统的土壤上进行的,传统文化的惰性力量仍然在起作用。古典俄罗斯作家的那种庄严的使命感和忧患意识被这4位作家所继承,20世纪的每一次大事变,都在他们笔下鲜活地呈现着。20世纪俄罗斯文学与现实的紧密联系,成为我们研究20世纪俄罗斯文学思潮的重要资料。俄罗斯作家从未把个人命运放在第一位来考虑,他们始终将社会的进步作为自己的思考中心。"他们全身心地感到,应当不是'单纯活着',而是为什么活着。典型的知识分子认为,这个为什么就是为了加入完善世界和最终拯救世界的共同事业。"** 俄罗斯文学具有丰富的现实主义传统,正是这种执著于民族前途和民族命运的探讨,使20世纪的俄罗斯作家很少关注个人的世俗生活的享乐和追求,在对纯美精神追求时常常流露出强烈的宗教情怀。帕斯捷尔纳克的人生历程和灌注在《日瓦戈医生》中的宗教情绪,使我们联想到19世纪的托尔斯泰、陀思妥耶夫斯基等大家。

俄罗斯获诺贝尔文学奖的5位作家不仅承载了生活的苦难,而且用自己的笔把这种苦难传达给读者。他们在注重文学作品内容的精深的同时,更注重文学本体的特性。相对于正统文艺观念指导下的公式化、概念化作品而言,俄罗斯获诺贝尔文学奖作家的作品更具有诗性特质。诺贝尔文学奖评选委员会从思想内容、艺术技巧等方面来评价这几位作家,而且特别看重他们与俄罗斯文学传统的渊源关系。布宁"由于继承了俄罗斯散文写作的古典传统",因而他的创作表现出"严谨的艺术技巧"。诺贝尔奖评选委员会对布宁在世纪初坚持直面现实的文风颇为欣赏。

---

* 《文化译丛》1985 年第 1 期 第 61 页

** 《俄国知识人与精神偶像》弗兰克 学林出版社 1999 年版 第 176 页

"他始终沿着写实主义的道路进行创作,……保持着荦然独立的风格。""他继承了19世纪以来的光荣传统并加以发扬光大;至于他那周密、逼真的写实主义笔调,更是独一无二。对于像他这样一位富有抒情气质的作家,他的词句却毫无夸张矫饰;平实的风格、朴素的言语使他的作品显得更诚挚动人,即使通过翻译,读来也令人如饮醇酒。"*而对帕斯捷尔纳克的激赏,也是"由于他在当代的抒情诗和伟大的俄罗斯叙事文学传统方面都取得了重要成就"。评委们对肖洛霍夫的肯定更是源自于他的现实主义精神,"作者在描写上丝毫没有美化的痕迹,他把哥萨克的粗野和残忍等特征描写得淋漓尽致,既无隐瞒又不粉饰;与此同时,所有这些描写给人的感觉是作者心灵深处对人性的崇高敬意"。因为在《静静的顿河》中,作家"以强烈的艺术力量和正直的创造性,真实地反映俄罗斯民族生活的一个历史阶段"。在颁奖词中,特别肯定了肖洛霍夫的现实主义技巧,"他以有力的、平稳的叙事诗的笔法,使《静静的顿河》在许多感觉上成了一条汹涌澎湃的'大河'"。索尔仁尼琴是"由于在他的作品中反映的道德力量,使俄罗斯不可或缺的传统得到了继承和发扬"。4位作家既根植传统,又弘扬了传统,他们的文学成就是深厚肥沃的现实主义传统哺育的结果。离开了传统,离开了人们恪守的现实主义美学原则,他们不可能获得世界性声誉,不可能为瑞典文学院承认。

　　作为20世纪世界文学的一个重要分支,我们不能不面对俄罗斯纷纭复杂的文学思潮和作家。当我们把5位获诺贝尔文学奖的作家作为一个系统来考察时,不难发现,他们是20世纪俄罗斯文学最具有代表意义的个案。布宁是19世纪俄罗斯批判现实主义余波在20世纪的延续。一方面,他的创作深刻地反映了19世纪后期20世纪前期的俄罗斯的社会面貌和精神面貌;另一方面,他作品的阴郁、悲观又和世纪末整个传统文学的思想情绪相吻合。帕斯捷尔纳克从"白银时代"弥漫开来的自由主义文学思潮中走过来,他的出现无疑连接了革命初期和七八十年代之间那种追求自由表达自己思想和审美理想的一派作家。这派作家以自己的创作实绩承接和丰富了俄罗斯文学的传统。同时,他们对当下现实的理性思考,成了我们追溯一个时代的重要思想史料。5位作家连在一起,基本上能呈现出20世纪俄罗斯文学的概貌。

---

* 《诺贝尔文学奖颁奖演说集》百花洲文艺出版社 1993年版 第277页

巅峰之旅

描写顿河生活的大师

在20世纪俄罗斯文学史上,肖洛霍夫是一个非常幸运的作家,他18岁开始创作时,即受到老作家绥拉菲莫维奇的提携。在《顿河故事》前言中,老作家指出肖洛霍夫创作的短篇小说"像草原上的鲜花一样生机勃勃,色彩鲜艳,朴素,鲜明,所讲的故事,感同身受,如在眼前……作者对于所讲述的事物具有广泛深刻的了解,眼光敏锐,能抓住事物的本质,善于从许多特征中挑选出最典型的特征"。并预言他"将会成为一个可贵的作家"。[*]他在23岁时就发表了《静静的顿河》第一部,高尔基称赞他"是个有才能的人"。此后肖洛霍夫一帆风顺。1940年俄罗斯许多地方为其举行35岁诞辰,1941年获斯大林文艺奖,1946年获诺贝尔文学奖候选人提名。他曾获一级卫国战争勋章,5次获列宁勋章,2次获苏联社会主义劳动英雄称号。1981年苏联政府还在其故乡为他立了半身像。有人统计过,到1983年1月1日,他的作品共有80多种语言的版本,出版了1008次。

▲ 肖洛霍夫

在肖洛霍夫漫长的人生中,有些生活经历与其创作有着直接的关系。其一,他出生于顿河的维约申斯克镇,并在那里度过童年。那里是哥萨克的居集区,哥萨克的历史与传统、现实和未来很早就融进了他的血液中,成了他生活中的重要部分。其二,他较早参加革命,15岁时就成为苏维埃队伍中的一员。他当文书、扫盲教师,做人口登记,还编写剧本,并参加苏维埃征粮队,在草原上与敌人周旋。征粮队的亲身经历和国内战争中的各种事件都成了他创作的素材。其三,与斯大林的交往。1930年,斯大林约见了肖洛霍夫,称他是"当代的著名作家",并和25岁的作家谈到全盘集体化政策,要作家写农村集体化问题。正是斯大林的要求,才有《被开垦的处女地》的问世。其四,卫国战争给他的创作注入了新的灵感。1941年,德军进攻苏

---

[*] 《肖洛霍夫研究》孙美玲编 外语教学与研究出版社 1982年版 第14页

联的第二天,肖洛霍夫就对德国的侵略行径发言声讨。同年7月份,他应征入伍,直到1945年12月才复员。作为战地记者,他以大量的特写记述了苏联人民抗击德国侵略者的英雄行为。战争期间,他还创作了著名的《学会仇恨》、《他们为祖国而战》等小说。

肖洛霍夫始终和人民站在一起。在诺贝尔文学奖授奖仪式上,他说:"承认我,也意味着完全承认苏联文学。"他宣布自己的现实主义创作观:"要诚恳地和读者说话,要向人民说实话。实话有时候是冷酷的,但总是勇敢的。要增强人民心中的信念,使人们相信未来,相信自己有力量创造未来。"

作为顿河地区的史诗作家,肖洛霍夫以顿河地区作为表现时代的载体,完整地记录了苏维埃政权建立、巩固和发展的过程。将历史大动荡、社会的急剧变革以及革命后人民的生活都浓缩在顿河这块土地上,为我们提供了苏联国内战争、农业集体化运动和卫国战争各重要历史阶段的壮丽画卷。

当然,肖洛霍夫的代表作是《静静的顿河》,但作为史诗作家,他的处女作《顿河的故事》也颇值得研究。这部短篇小说集中,有一部分作品是作者18岁就开始创作的,它以国内战争为背景,展现了顿河地区革命政权建立和巩固的复杂过程,真实地描绘了革命对哥萨克生活的影响,表现了哥萨克的优良品质和顽强的抗争意识,已经显露出史诗的雏形。作者的视角聚焦于战争的残酷性,特别是革命带来的阶级分化,在残酷的阶级斗争中重新检验着父子、兄弟、夫妻等人伦关系。如《旋涡》写一个哥萨克家庭的故事,老贫农父亲和两个大儿子参加了红军,小儿子却参加了白军,后来父兄在作战中被白军俘虏,而当白军的小儿子竟枪杀父兄。《胎记》也描写父子残杀的惨景。当白军的父亲遇上了已经是红军连长的儿子,在一个清晨,父亲意外枪杀了儿子。当然,作者并不停留在对内战的恐怖描绘上,而是将人放在血与火的大搏斗中展示人性的魅力。《粮食委员》写波嘉庚回家征粮,他枪毙了曾杀死过红军并煽动拒交粮食的父亲。但这位铁石心肠的革命者为拯救一个濒于死亡的小孩,却献出了自己的生命。《希巴洛克的种》中,普通的红军战士得知自己所爱的女人是混进红军队伍的奸细时,他报告上级,毫不犹豫地执行了上级的命令,将其杀死,为同志们报了仇。但他非常疼爱刚生不久的小孩,立志要把他培养成红军战士。以上所举的例子中,我们可以看出阶级分化导致的骨肉相残,但作者的褒贬爱憎极为明显。对战争残酷性的认识,对血与火的斗争中人性的魅力的重视成为以后作品中常截取的生活面。因此可以说,习作《顿河的故事》为《静静的顿

巅峰之旅

河》这部史诗性巨著的创作打下了坚实的基础,为它作了语言、素材等方面的准备。

正是因为有几年时间的准备和积淀,《静静的顿河》才能一下子显示出史诗巨著的辉煌来。《静静的顿河》的开头就十分吸引读者:

> 麦列霍夫家的院子,就在村子的尽头,牲口棚的小门朝北,正对着顿河。从绿苔斑斑的石灰岩石头丛中往下坡走八丈,便是河沿,那星星点点的贝壳闪着珍珠般的亮光,河边的石子被河水冲得流出灰色,就像一条弯弯曲曲的花边儿;再往前,便是奔腾的顿河水,微风吹动,河面上掠过一阵阵碧色的涟漪。*

这是一幅田园牧歌式的画面,人和顿河首先定格在读者的记忆中。在伊甸园般的顿河岸边,生活着主人公格利高里·麦列霍夫一家,小说以人物的命运为线索,展示格利高里在第一次世界大战、二月革命、十月革命和国内战争中所走过的历史道路。

格利高里天生具有反叛性。他爱上了邻居阿克西尼亚,不惜和父亲发生冲突,丢下娜塔丽亚和情人一起远走他乡,当雇工度日。第一次世界大战爆发后,格利高里应征入伍。在医院中,贾兰沙的教导使他认识到战争的荒谬性,他以不礼貌的方式表达自己对皇族的轻视。十月革命后,他加入了红军,作战英勇,可严酷的阶级斗争现实,让他心灵陷入极度的焦虑之中。他很难接受红军的一些做法,特别是不加审判就枪杀俘虏,更使他痛苦迷茫。负伤回家后,他被动地卷入了白军队伍,但白军中的生活很快使他厌倦,而苏维埃对待哥萨克过火的政策促使他逃出村子,参加顿河地区的哥萨克暴动。他以为自己找到了一条正确的道路,然而当白军无可挽回地溃败时,格利高里又悔悟自己走错了道路。他再次加入红军,为赎罪而英勇苦斗。苏维埃政府并不信任他,妹夫柯晒沃依要逮捕他。在经历了一系列的痛苦事件后,格利高里对一切都失去了信心,他只想带着阿克西尼亚远离纷争的土地,然而心爱的人被流弹打死。格利高里彻底灰心了,他像幽灵一样游荡了三天三夜,最后决定回家。

---

* 《静静的顿河》第1卷 力冈译 漓江出版社 1986年版 第3页

第二天早晨,他来到鞑靼村对面的顿河边,他朝着自家的院子望了半天,因为又高兴、又激动,脸都白了,……在村子下边,他踏着已经化得千疮百孔的3月的青色残冰,过了顿河,大踏步朝自己的家走去,他老远看到米沙特卡在河边的斜坡上,好不容易控制自己,才没有朝米沙特卡跑去。……格利高里抱起儿子,用干干的、热辣辣的眼睛,如饥似渴地看着儿子的脸,这就是他这一生仅剩的东西,有了这东西,他才感到大地,感到这广阔的,在阳光下闪闪发光的世界是亲切的。*

　　这部作品鲜活而丰富的内容很难用语言述说,而小说思想倾向的独特性和复杂性更是令研究者着迷。瑞典文学院也对此给予了关注:"这篇巨著的4大部,是在1928年至1940年这段相当长的时间中先后发表的,受到批评家的长期关注,这些批评家出于政治上的原因,很难全盘接受肖洛霍夫对待哥萨克起义反抗中央集权这一主题的客观求实的态度;肖洛霍夫如实地描述了哥萨克反对征服、维护独立的反抗精神,在客观上维护了这种精神,对此批评家也不会轻易接受。"**

　　那么,20世纪的文学批评家们是怎样解读这部作品的呢?简要归纳起来有3类:"拉普"认为,作者站在白军和富农的立场上,为顿河哥萨克暴动进行辩护,与无产阶级格格不入。而纳扎耶夫认为《静静的顿河》是"哥萨克反抗的史诗"。"这些难以驾驭的旧世纪边民的子孙,无法使自己顺从于莫斯科式的社会主义,他们向苏维埃展开了殊死的斗争。""作者十分动人地描述了哥萨克的崩溃、屈服和失败,表达了对共产主义和教条的某种怀疑。"另一种观点认为,作为无产阶级作家,肖洛霍夫歌颂了红军对白军的胜利,作者用历史唯物主义观点和阶级分析的方法,再现了历史的客观进程,表现了战争胜利的客观性。我国有学者也提出了自己的看法:肖洛霍夫站在哥萨克农民的立场上,作家是苏维埃时期哥萨克农民思想情绪的表达者。肖不反对新社会,但作为小生产者的代表,他对一切感到太残酷,因此表达了怀疑和不满。他主观上同情更多的是小有产者的苦难和悲剧性方面。这种说法是有道理的。高尔基也曾指出这一点,即作者不能将自己的立场和小说主人公的立场分开。

---

* 《静静的顿河》第4卷 力冈译 漓江出版社 1986年版 第2073页
** 《静静的顿河》第4卷 力冈译 漓江出版社 1986年版 第2076页

巅峰之旅

为什么对一部作品有截然不同的认识呢?我以为,这与小说自身的特点很有关系。小说时间跨度长,而且又是产生于风云突变的政治性时代,事件本身的不确定性,给人们描述客观现实时留有很大的空间。作家本人的思想倾向性较为隐蔽,东西方评论家对肖洛霍夫冷静、客观地表现生活原生形态感到惊讶。格雷厄姆·格林就曾说:小说"既无同情,也无谴责,他们在作家笔下自然而然存在着"。这种审美效果实际上与作者独特的美学追求分不开。肖洛霍夫的美学理想就是要求作家对读者诚实,向人民展示真实。就是要在关注现实、把握生活时,应该关注崇高的理想。肖洛霍夫认为这是"作家的天职和使命"。他希望用自己的作品"帮助人们变得更好些,心灵更纯洁。唤起积极为人道主义理想而斗争的意向"。因而,他的创作与当时流行的小说不同,他把两大阵营之间的殊死搏斗作为人物活动的背景,主要写搏斗中人物的命运,并展示了内战的恐怖混乱和革命过程中所犯的错误。为什么这样写呢?他在给高尔基的信中指出:"我应该反映斗争哥萨克的政策和欺压中农哥萨克的错误方面。因为不这样写,就不能揭示暴动的原因,不然就这样无缘无故的连跳蚤也不会咬人的。"这表明,他不避讳,直书真实,而且判断准确。连苏共党史也承认:"苏维埃政权对哥萨克中农所犯的错误和过火行为,导致维约申斯克的暴动。"因而作者通过对内战过程中敌对双方的描写,从道德的角度提出人道主义的重要性,并展示了革命过程的复杂性和艰巨性。作品通过动摇的中间人物的悲剧命运,告诫人们在历史的巨变面前,应该认清形势,任何动摇和犹豫都可能招致毁灭,即使他们的毁灭过程是一种美丽。在作品中,作家站在历史发展的高度,肯定革命把哥萨克从传统方式、等级偏见中解放出来,同时又对他们在追求新生活过程中付出的巨大代价和损失深表惋惜。而对历史由无序到有序过程中的种种残忍行为进行了明确的否定、揭露和谴责。作家思想意识深处,有一种理想革命的蓝图,当这种蓝图与现实相矛盾时,作品中便充溢着一种排遣不开的忧郁。但作家还是如实地写出残酷的不可避免性。这是作家理性精神的胜利,是现实主义的胜利。

小说为我们塑造了众多性格丰满、各具特色的艺术形象,特别是小说的主人公格利高里·麦列霍夫。对于他的理解有助于对整部作品的理解。肖洛霍夫曾就这一形象多次阐明了自己的意图。1929年他指出,格利高里是个动摇不定的人,是顿河哥萨克独特的象征,是现实中存在的人。他说:"我不愿离开历史的真实。"1934年又解释说:通过这一人物,"探索陷入1914-1921年事变的强大的旋涡中的个别人的命运"。1935年他又指出:"格利高里有着十分特殊的个人命运。我将把他从白军中夺过来,但我不准备把他变成布尔什维克"。从作者的意图可以看出,作家所要表现的是"强大的旋涡中的个别人的命运",而这种个别命运在整个哥萨克中又具有典型意义。格利高里的性格内核就是摇摆不定:在爱情生活中,他动摇于情人和妻子之间;在政治生活中,他动摇于红军和白军之间。这种动摇、游移是他悲剧命运的促成因素。那么,格利高里性格中的动摇又是什么原因促成的呢?

  格利高里是典型的哥萨克的代表,哥萨克独特的文化传统决定了他所扮演角色的双重性。他是农民,有农民的耿直、纯朴,甚至憨厚和狭隘。生存环境的闭塞和与土地的联系限制了他的文化视野。他以农民对待土地的真诚来对待人与人、人与社会的关系。这使他无法用理性和历史的眼光来审视社会的发展方向。对社会的无序到有序的过程的曲折性和复杂性,他缺乏历史的眼光,更无法获得一种正确的历史观念。也就是说,他对现实的认识是农民式的。另一方面,哥萨克独有的生活方式使他天然地继承了军人的职责:勇猛、爱护荣誉、崇尚自由。这双重角色的矛盾,使他性格中存在着许多相互矛盾的因素:在一定条件下,他忠诚、勇敢、爱护荣誉、待人热忱、同情弱者;而在另一些场合,他背叛、怯弱、玷污荣誉、欺凌弱者。当他选择正确道路时,他性格中的善被扩展了;而当他选择了错误的道路时,性格中恶的因素就有可能被放大。而关键的问题是,处在一个大动荡的年代,作为一个几乎没有接受教育的农民,他不知道哪些是正确的选择、哪些是错误的选择。他只凭着农民的直觉行事,这种直觉就是对人的价值的尊重。而阶级斗争恰恰是人性善、恶充分暴露的时代,完全理想的革命是没有的。一个农民面对复杂的情势,无所适从是在所难免的。

  格利高里是独特的"这一个",从农民式的军人身上作者展示了他的魅力,战争强迫他改变农民角色,但无法抹去他作为正直农民的心。他砍死奥地利士兵时,"心里觉得又痛苦、又厌恶,心情十分沉重","明显地消瘦下去"。在同伴强奸波兰姑娘时,他挺身而出,与他们搏斗。而对人的尊重表现在对待俘虏的态度上:"秃子"杀俘虏,格利高里要宰杀"秃子";白军上校库金诺夫逮捕红军家属,以吓唬红军,格利高里挺身而出,释放了100多名红军家属,并警告库金诺夫"给我小心点儿,要不马上把你宰了"。而在红军队伍中,他对波得捷尔科夫不加审讯地枪毙40名白军军官而大动肝火,"用充血的眼睛直盯着波得捷尔科夫",操起了手枪。尊重人是他评价周围事物的标准。在动荡的年代,人性必须屈从于阶级性,超阶级的人性是不存在的,所以他与时代格格不入,这注定了格利高里的毁灭。政治上的摇摆

巅峰之旅

不定,注定了他像浮萍一样漂漂,而在个人生活上,他寻找爱情幸福而不可得,犹疑不定的性格导致他最后走向毁灭,也展示了丰富复杂的人生。

小说中另一个形象是阿克西尼亚。她随着小说情节的发展而渐渐地显露出来。她从旧时代走出来,却敢于反抗传统,追求爱情。与中国文学中高尚的女性形象不同,作者写到她在道德困境中的抗争,这使得她显得真实可爱。她的人生充满了苦难。还未成年时,即遭到父亲的遗弃。17岁远嫁斯捷潘,结婚第一天就被痛打。丈夫行为放荡,不务正业。孩子死后,她的生活缺少欢乐。在冷冰冰的环境里,格利高里唤醒了她被压抑的热情,尽管她竭力抗拒这种爱情,但人性的力量最后战胜了腐朽的婚姻观。"女人晚熟的爱情并不像紫色的花,却是像道旁迷人的野花。"于是她昂首挺胸,捍卫自己爱的权利。和潘苔莱争吵,与格利高里度过了生活中最快乐的日子。她和格利高里3次出走,"你上哪儿,就上哪儿。就是去死,也心甘情愿"。后来真的去死了。格利高里的最后一根精神支柱倒塌了。她的死强化了格利高里的悲剧命运。作家从多侧面表现阿克西尼亚健康迷人的风姿。她有着"火焰般的黑眼睛,爱恋地放着光,两片多情的红色嘴唇,散发着一些淡薄诱人的香气"。她是大自然的女儿,像顿河草原上的鲜花一样,生机勃勃。为了强化这种意念,作者多次说她是"迷人的野花"、"叛逆的花朵"、"金色的黄花"。在最后的出逃中,她以为幸福在召唤,像孩子似的摘了一捧花,编成花冠,放在熟睡的情人身边。这位天真浪漫而又有几分野性的女性,对情人像狗一样的忠实,对丈夫冷淡敷衍,对情敌冷嘲热讽、骄傲蛮横。娜塔丽娅想让她放弃格利高里,没想到她毫无羞耻,直逼娜塔丽娅:

> 哼,你呀,心好毒!是你从我手里把格里什卡抢走的,是你抢我的,不是我抢你的……你早就知道他在跟我过,你为什么还要嫁给他?我有我跟他生的孩子,可是你……
>
> 她带着强烈的仇恨望着娜塔丽娅,双手乱舞,说出的每一句话,就像熔透的铁渣:"他能要你吗?瞧吧,你的脖子歪啦!你以为他能看得上你吗?你还好好儿的时候,他都不要你啦,你残废了,他倒是能看上吗?你想不到格里什卡啦!这是我说的,滚吧!"

但阿克西尼亚在娜塔丽娅死后,像母亲一样抚养情敌的儿女,充满了慈爱之心。娜塔丽娅是作为阿克西尼亚的对照来写的，她与富有叛逆精神的阿克西尼亚不同，更具有传统性的一面。她是富农米伦·阿尔叔诺夫的女儿，从小养成了孤僻、忍耐、深沉克制、稳重清高的性格。见到格利高里后，她便立誓要嫁给这位品行有"污点"的男子，而不顾家人反复规劝。过门后，她是个好媳妇，"不管是固执的公公，还是严厉的伊莉尼奇娜，或是好激动的冬尼亚，都对她产生了好感"。但她却无法得到格利高里的心。她忠于丈夫，却被欺骗和遗弃。她只能委曲求全，以保持家庭的体面。对于她来说，命运沿着一条奇异的轨迹前行：愈得不到，愈想得到；愈被遗弃，愈想唤回丈夫；愈想维持体面，愈失体面。爱成了痛苦和欺骗的代名词。最后，她打掉格利高里的孩子以示对不忠的丈夫的报复，是她觉醒的表现。但这种报复是以自我牺牲为代价的。她的悲剧是传统旧习俗和宗法制婚姻酿成的恶果。它使真心相爱的人无法结合，而不爱的人却紧紧地捆绑在一起。

这部史诗性的作品，除了人物描写得生动丰富外，农家生活的点点滴滴无不跃然纸上。

格利高里的父亲知道儿子与女邻居的私情后，十分恼火，跑到女邻居家叫喊道：

> 你是怎么搞的……嗯，你男人的脚印还热乎着，你的尾巴就歪了！你们干出这种事，我要把格里什卡活活打死，还要写信给你那斯捷潘！哼……你这个骚货，把你打得太少啦！

但阿克西尼亚并没有害怕，她吼叫道：

> 你怎么来的，还怎么给我出去！至于你那格里什卡，只要我愿意，我连骨头都把他吞下去，也用不着对你说一声……格里什卡是我的人，我的人，现在我抓在手里，以后还要抓在手里！

结果格利高里的父亲落荒而逃。像这种既富有生活气息又幽默风趣的场面比比皆是。它使读者在阅读时常常发出会心的微笑。

诺贝尔文学奖评选委员会更推崇肖洛霍夫对顿河地区自然风光的描绘："无论是在个人之间错综复杂的关系背后，还是军旅生活中的一系列人物背后，乌克

巅峰之旅

兰壮丽的风光都隐约可见。随着季节的变化而变化的草原,牧场上飘散着牧草的香甜,马吭着草的村落,青草随风荡漾的河堤,以及永无休止的小河的细语。肖洛霍夫孜孜不倦地描写着俄罗斯的草原。"

肖洛霍夫继承了俄罗斯文学的现实主义传统,但他也汲取了现代主义的某些表现手法,如梦境与象征,这样增强了语言的张力。

主流意识形态下的个性化写作

帕斯捷尔纳克是以诗人和小说家的双重身份获诺贝尔文学奖的。但由于种种原因,他的小说《日瓦戈医生》比他所创作的全部诗歌更有名气。也许是因为这部小说的出版掀起的轩然大波吸引了人们关注的目光,也许是小说中与苏联主流意识形态格格不入的观念。总之,这部小说今天成了帕斯捷尔纳克的艺术生命力恒久的见证。

1890年2月10日,帕斯捷尔纳克出生于莫斯科高级知识分子家庭。父亲是美术学院院长,母亲是音乐学院教授,家中出入的都是高级知识分子及艺术界的人士。他与列夫·托尔斯泰有交往,并深受列夫·托尔斯泰的影响。1900年,在列夫·托尔斯泰的家中,帕斯捷尔纳克认识了德国象征主义诗人里尔克,在以后的交往中,两位作家相互影响,在对大自然和人类的热爱方面,在反对战争和暴力等方面,在人与宇宙、人与死亡之间,他们产生了强烈的共鸣。这种家庭出身,至少从三个方面给予他创作以巨大影响:其一,使他有机会受到良好的教育,具备文学、哲学、历史、宗教等多方面的知识。其二,因为出身社会精英阶层,使他缺乏和下层人们交往的机会,无法感受下层民众的需要,他只能从知识分子的个人眼光来看待生活,善于独立思考,希望通过自己的探索,寻找解决现实问题的答案,而不愿人云亦云。其三,他自小热爱诗歌,并从事诗歌的创作、翻译,以诗歌创作的实绩奠定了自己在文坛上的地位。这种艺术经历为他的小说创作打下了基础,使他的小说富有诗的意象和韵律,读起来略显艰涩。

▲ 帕斯捷尔纳克

帕斯捷尔纳克获得诺贝尔文学奖,在东方和西方同时引起震动,酿成了后来被称为帕斯捷尔纳克事件的风波。

巅峰之旅

早在1947年,帕氏就获得了诺贝尔文学奖提名。其时,瑞典文学院是想表彰他在现代诗歌创作和翻译古典文学名著方面的成就。1953年,他再次获得了候选人提名,但瑞典文学院以他是"生活在苏联的俄罗斯作家"为由拒绝了他。1955年帕斯捷尔纳克把自己多年对苏联现实的思考写进长篇小说《日瓦戈医生》,在一派解冻声中,他把小说寄给了《新世界》编辑部。但《新世界》编辑部很快寄回了原稿,并附有一封措辞严厉的谴责信:

"你的小说精神是仇恨社会主义——小说中表明作者一系列反动观点,即对我国的看法,首先是对十月革命头十年的看法,说明十月革命是个错误,支持十月革命的那部分知识分子参加革命是场无可挽回的灾难,而以后所发生的一切都是罪恶。"

帕斯捷尔纳克并没有意识到自己的作品会像编辑们认为的那样有错误。1956年6月,他把手稿寄给意大利出版商费尔特里内利。费尔特里内利是位共产党员,他为这部作品深邃的思想所震撼,迅速组织人翻译成意大利文,当年11月就出版了。英译本和法译本也随即在欧美国家发行。

人们以惊讶的目光注视着这部在苏联不能出版的小说。意大利《现代》杂志主编尼克拉·奇亚洛蒙特认为,帕斯捷尔纳克概括了俄国最为重要的一段历史,"继《战争与和平》之后,还没有一部作品能够概括一个如此广阔和如此具有历史意义的时期"。英国作家彼得·格林认为《日瓦戈医生》是一部不朽的史诗,并把《日瓦戈医生》的出版称为是"阳光穿透云层"。

1958年,鉴于《日瓦戈医生》所取得的艺术成就,瑞典文学院再次考虑帕斯捷尔纳克,几经周折终于获得通过。但为了淡化意识形态的对立与影响,在获奖理由里,没有直接提及这部小说,只表彰他"在现代抒情诗和俄罗斯伟大叙事诗传统方面所取得的重大成果"。所谓"叙事诗传统",实际上是《日瓦戈医生》的别名。帕斯捷尔纳克在获悉自己得奖后,很快致电瑞典文学院,表达了自己的喜悦之情:"无比感激和激动,光荣,惶恐,羞愧。"

但接下来的情况却变得微妙起来。有关小说问题的政治化倾向越来越明显,西方有些人借小说中的某些情节和字句攻击十月革命,攻击苏联。苏联人也开始反击。诗人特瓦尔多夫斯基谴责帕氏把书交给外国人出版,"玷污了苏联作家和公民的起码荣誉和良心"。政论家萨拉夫斯基在《真理报》上撰文指出:"反动的资产阶级用诺贝尔奖金奖赏的不是诗人帕斯捷尔纳克,也不是作家帕斯捷尔纳克,而是社会主义革命的污蔑者和苏联人民的诽谤者帕斯捷尔纳克。"

一时间气氛紧张,那些从未读过这部小说的人也开始批判起帕斯捷尔纳克。高尔基文学院的学生跑到帕氏的住处,用石块砸他家的窗户;共青团第一书记谢米恰特内骂帕氏是"弄脏自己食槽的猪",并要求帕氏到"资本主义的乐园去"。果然,11月4日塔斯社授权声明,如果帕氏出席颁奖大会不再回国,苏联政府决不挽留。帕斯捷尔纳克对事态的发展毫无思想准备。早在10月29日,他宣布拒绝领取诺贝尔文学奖,再次致电瑞典文学院:"鉴于我所从属的社会对这种荣誉的用意所作的解释,我必须拒绝这份已决定授予我的不应得的奖金。希勿因我的自愿拒绝而不快。"

为保留自己的国籍,在塔斯社授权的第二天,他发表了致《真理报》编辑部的公开信,表达了自己和祖国深深的血缘关系:

"我生在俄罗斯,长在俄罗斯,在俄罗斯工作,我同它是分不开的,离开它到别的地方去对我是不可能的。"

接着,他按官方的口吻进行了检讨:

"《新世界》杂志编辑部曾警告过我,说这部小说可能被读者理解为旨在反对十月革命和苏联制度的基础。现在我很后悔,当时竟没有认清这一点……我仿佛断言,一切革命都是历史地注定是非法的,十月革命也是这种非法的事件之一,它给俄罗斯带来灾难,使俄罗斯的正宗知识分子遭到毁灭。"

帕斯捷尔纳克的委曲求全,终于起了作用,在世界舆论的压力下,他仍留在自己的祖国,住在莫斯科郊外的一个小村庄里直至1960年5月30日病逝。

他是唯一的一位诺贝尔文学奖未给他带来荣誉,却给了他耻辱的作家。对于一个看重人格的知识分子来说,他的检讨无疑是一种慢性自杀。

个性化的写作影响了帕斯捷尔纳克对现实事件的评价和审视点的切入。

为什么会在认识同一部作品时东西方的看法分歧如此之大呢?我们以为这是帕斯捷尔纳克坚持个性化写作的结果,他不屈从于任何政治观念,而是从自己的价值立场来反映苏联的生活。正如加缪所说:《日瓦戈医生》这一伟大的著作是一本充满了爱的书,并不是反苏的。它并不对任何一方不利,它是具有普遍意义的。"英国数十位作家联名电中也表达了对这种个性化写作的尊重:"《日瓦戈医生》是一个动人的个人经历的见证,而不是一个政治文本。"

《日瓦戈医生》反映的时代背景和《静静的顿河》基本一致,主人公的经历也一

巅峰之旅

波三折。日瓦戈自幼丧母，舅舅克罗米科教授把他抚养成人，并把他培养成救死扶伤的医生。第一次世界大战中，他在沙皇军队中服役，亲眼目睹了战争中的流血、伤亡和广大士兵的苦难。十月革命爆发的那一天正是星期日，几天后，苏维埃政权宣布成立。日瓦戈从报上得知这一消息，兴奋不已。他说："多么高超的外科手术！一下子就娴熟地割去了腐臭的溃疡，直截了当地为一个世纪以来的不义下了判决书——这是从未有过的壮举，这是历史上的奇迹！"

日瓦戈工作的医院里，许多人走了，他却坚决要求留下来，并对那些嘲笑他的人说："我是替他们工作，以我们的苦难为荣，并敬重那些赐予我们荣誉、把苦难加在我们身上的人。"

但革命并没有带来日瓦戈期待的景象，革命带来的是饥饿和混乱，日瓦戈一家都到了快要饿死的地步。这引起了他的思索。他与别人进行争辩：

"你瞧，你是布尔什维克，可你也不否认这不是生活，而是某种从未出现过的东西，荒诞的现象，荒唐的事。"

他开始思考另一种解决问题的办法："我一向很革命，可现在用暴力什么也不能获得。只有善才能获得善。"革命破坏了正常的生活秩序，日瓦戈无法行医也无法写作，他以此为思考问题的出发点。

"是什么妨碍了我行医和写作呢？不是贫穷和流浪，也不是生活的不稳定和变化无常，而是到处盛行的说空话和大话的风气，诸如此类的话：未来的黎明呀，建立新世界呀，人类的火炬呀。刚一听到这些话你会觉得想象力开阔和丰富了许多！可实际上却是由于缺乏才华而故意卖弄辞藻。"

日瓦戈住在瓦雷金诺，过着世外桃源般的生活。有一天去尤利亚金市返回时，被红军游击队员截住。游击队里缺乏医生，他们强迫日瓦戈做医生。就这样，他和妻子分手了，在游击队里他待了一年多的时间。游击队领导人希望他参加革命，经常做他的思想工作，并想让他参加学习班，改造思想，不再高傲。日瓦戈说：

"我并不高傲，可你那套话我早听腻了。首先，十月革命后流行的普遍改进的思想早已打动不了我；其次，这离付诸实施还很遥远，可仅仅为这些理论就血流成河，目的抵挡不了手段；第三，这也是最主要的，我一听你们改造生活就无法控制自己，陷入绝望的深渊——生活从来不是材料，不是物质，它能改造——生活永远自我改进。"

日瓦戈从游击队里逃出来后，回到瓦雷金诺，但妻子和儿子回莫斯科去了。日瓦戈再次回到了尤利亚金市，住在他情人拉娜的房子里。尤利亚金市的紧张气氛和饥饿使他无法待下去，日瓦戈又和拉娜回到瓦雷金诺。没有粮食，没有劈柴，一旦从城里带来的粮食吃完，他们便会饿死。日瓦戈想在这儿译书或写作，以稿费维持生活。每天夜里，听着狼的嚎叫声，日瓦戈伴着油灯写作。但他们一起只生活了20天，随后，拉娜被一个神秘的人接走了。日瓦戈望着拉娜的雪橇消失在树林尽头，不停地低声说："再见吧，我唯一的爱人，再见吧，我永远失去的爱人。"

日瓦戈回到莫斯科。8月末的一天，他准备到一家医院上班。他上了一辆拥挤不堪的电车，电车总出毛病，停停走走。日瓦戈感到头晕，透不过气来，想打开车窗，但车窗钉得死死的。日瓦戈好不容易挤到车门口，刚从车踏板迈到石板路上，向前走了两三步便倒在地上，从此再也没有起来。

一个历尽苦难、勤于思索的生命就这样结束了。

日瓦戈由欢迎十月革命到转而成为革命的陌路人，是一个时代知识分子心路历程的真实投影。事实上，那个时代对革命产生疑虑的不只是帕斯捷尔纳克一人，而是一种普遍的社会心理。无产阶级文学的奠基人高尔基就曾在1917—1918年发表了一组政论文章《不合时宜的思想》。认为列宁是在进行"残酷的实验"。所以列宁非常形象地解释了在大动荡时代由无序走向有序所必经的过程，"在这样凶残的战斗中"，"在打架的时候，你用什么标准判断哪一拳是必要的，而哪一拳是多余的呢？"列宁指出："我们这一代已经完成了一桩在历史上具有惊人意义的事业，我们生活中的残暴是由种种条件逼出来的，将来一定会被了解，并且证实是正确的"。

帕斯捷尔纳克显然不具备辩证唯物主义历史观。他从小深受基督教哲学思想的影响，总是试图以超阶级、超时代、超社会的永恒人性去评判眼前的现实。这里，主人公评价生活的立场就是作家判断生活的立场。日瓦戈与时代格格不入，意味着作家与时代产生了深深的隔膜。他固执于自己基督教人道主义的信念：要维护人格尊严，保持个性，自由主动，积极向善。社会的发展应该以这些观念为基础，应该维护这些观念。在这种观念的支配之下，日瓦戈最初欢迎革命是从审美的角度去看待人类历史上这场巨变的。他错误地认为只要革命了，他的基督教人道主义就会变成现实。但是革命是一个漫长的过程，正像人类不断地完善自我需要一个漫长的过程一样。这个过程包括暴力、流血、饥饿和混乱，这种暂时的现实与日瓦戈所持的观念相矛盾。他不是去理解现实的本质，而是恪守自己的原则，退回到自

巅峰之旅

己的内心世界中去，并错误地认为，"革命本身就是一架失控的机车"。他目睹了"普遍的暴行"：革命的牺牲与革命的失误。红军与白军激战的结果是一样的，使人民徒然流血。而且他也目睹战争导致人与人之间关系的分化和紧张。人成为机器，再也没有亲情了。帕沙和加利乌林本是童年好友，现在互为死敌。工人安季波夫毫无人情味，却为苏维埃所欣赏。日瓦戈感到，在这个混乱的时代，革命把人的个性存在、个性自由看成是不重要的东西，个性人格是渺小的，社会需要的是阶级觉悟、时代精神。日瓦戈无法认清时代的本质，尽管得出的结论是错误的，但他的探索是真诚的。

日瓦戈是一个独特的俄罗斯知识分子的形象，是俄罗斯文学史上"多余人"在新时代的延续。他善于深思而疏于行动，始终孤独痛苦地徘徊于社会生活之外。但这个人物有俄罗斯知识分子的共同性：热爱祖国，关心民族和人民的命运。虽然他从来不了解人民，脱离时代，但在阶级斗争激烈剧变的时代，他却固执地追求"永恒的人性"。当外部生活的巨变与他的观念契合时，他就欢迎；而当革命与自己的观念抵牾时，他就厌恶、逃避。日瓦戈的悲剧在于他不能把个人的命运和整个国家时代的命运结合起来，把自己的信仰放到实践中去检验，不断地修正不合时宜的东西，而是固执地保有自己的信念，从不考虑这种信念是否符合历史发展的客观实际。日瓦戈性格丰满，他珍视家庭道德，和冬妮亚情同手足，有着强烈的责任心，但又追求永恒的爱情体验。他爱拉娜，无法在两种不同的爱中找到平衡点，因而常陷入痛苦和自责之中。而在与现实世界的联系中，也表现了他人格的矛盾。他思考着历史和人生的哲理，却在现实生活面前走入迷惘。他无法放弃自己坚守的人生信条，只能对现实采取逃避和不合作的态度，因而无法接受社会生活的巨变，终于在自我封闭的环境中走完了人生旅程。

我们说过，帕斯捷尔纳克首先是位诗人，西蒙诺夫曾说他是"20世纪最伟大的俄国诗人之一"。他的小说也充满了诗意，这使小说的语言具有双重意蕴：一个是具体的、写实的世界，另一个充满了象征的、需要想象参与的世界。作家以画家的眼光去观察捕捉大自然的气息，以音乐家的敏锐和细致去谛听大自然的声音。他把一幅美妙动人的大自然画面呈现在读者面前，树林、溪流、明月、静夜、晚风、雨雾等属于诗歌的场景被带入到小说中来，丰富的意象增加了小说意蕴的深邃感。在诗人具体描摹的外部世界里，还包括了作家深沉的思索，以及对人生的领悟。

小说弥漫着对生命的追寻和迷恋。医生这一身份的赋予，使主人公与生命的

奥秘联系加深了。日瓦戈在作品中就常常让思绪离开残酷的现实,注视一片日光或一处风景,感受到生命的力量:

  生存多么甜蜜,活在世上并热爱生活多么甜蜜。唉,多想对生活本身、生存本身说一声谢谢呀!

  一支点燃的蜡烛是小说中关于生命的又一象征。日瓦戈、拉娜、帕沙等主人公的命运有浓厚的宿命色彩。一支点燃的蜡烛则预示着自己的、弱小的个体与强大的社会的抗争。
  此外,小说的结构严整,细节的描写和主人公思想的变异过程联系紧密,富有内在的逻辑力量。其中的辩论显得十分精彩而有哲理性。
  日瓦戈和妻子在去瓦雷金诺的路上,遇上了姓萨姆捷维亚托夫的人。两人就马克思主义是否科学进行论辩,日瓦戈说:

  马克思主义也算科学? ……作为一门科学,马克思主义现在控制不住自己了。科学要平稳得多,马克思主义是客观的吗?我不知道还有哪种思潮比马克思主义更封闭,更远离事实。每个人操心的只是在经验中检验自己,而当权的人操心的只是自己是否绝对正确,并拼命摆脱它,政治不能对我说明任何问题,我不喜欢那些对真理无动于衷的人。
  你,你是布尔什维克,可你也不否认这不是生活,荒唐的事。……我一向很革命,可现在认为暴力什么也不能获得,只有善才能获得善。

  《静静的顿河》和《日瓦戈医生》两部作品在表现内容和艺术手法方面,都具有史诗性特点,有很多可比性。
  先看两位作者对待时代巨变的态度:肖洛霍夫作为一位革命的知识分子,始终紧跟时代步伐,理解革命的历史意义。在《静静的顿河》中作者直面现实,描写了革命的残酷性和革命所带来的阶级分化,对革命中出现的种种失误表示真诚的痛惜,而且对主人公的悲剧性命运表示同情。但作者毫不掩饰地展示主人公的性格弱点,并认为革命是历史发展的必然,从未谴责和否定革命。而帕斯捷尔纳克却处处保持着知识分子的清高,从未投身到革命的洪流中。他更多是从旁观者的视角来审视革命的,而不是亲身去感受它。这就很难站在历史的高度去深刻地理解十月革命以后一系列的重大事变。他把革命中的某些消极因素看成是革命的必然结果,通过日瓦戈医生之死对革命表示了否定。

其次,两位作家都高扬人道主义旗帜,要求尊重人的个性。作家都写了主人公的人性与时代变革之间的矛盾,写革命理想与自我价值观冲突和主人公在冲突中的痛苦抉择。但肖洛霍夫能用阶级分析的方法来处理人和事,他既写出了红军战士的错误,又写到为大众解放献身的崇高牺牲精神,而对白匪和地主富农的描写却带有明显的憎恨之情。而帕斯捷尔纳克却完全用抽象人性论来衡量革命,把革命者写得狂热而缺乏理性,每个人都被风暴裹胁着不知道飘向何方,读者无法看到历史发展的方向。肖洛霍夫用历史辩证唯物主义的方法审视历史发展过程中的变化,他对革命过程中的过火行为进行了谴责,但把它看成是革命过程中的暂时性现象,而且将个别人的错误行为与整个革命区别开来,这符合历史发展的根本规律。《静静的顿河》告诉人们,革命要经历从无序到有序的过程,尽管有战争和流血,但最终将使人民获得彻底的精神解放,人们从此将走上幸福的大道。而帕斯捷尔纳克却把革命的消极因素与整个革命画等号,把十月革命同历史上任何革命等同起来,革命只会流血、杀戮,"它使人们从平静的、无争的、有条不紊的生活跳入流浪与哭号中,跳入每日每时的杀戮中,这种杀戮是合法的并受到赞扬,致使人因发狂而变得野蛮"。他厌恶、否定革命。

通过比较我们看出,由于肖洛霍夫与帕斯捷尔纳克阶级立场不同,把握历史事件的角度相异,这决定了两部作品的思想价值和认识高度上的差异。

走出铁幕的索尔仁尼琴

索尔仁尼琴获得诺贝尔文学奖的过程颇为顺利,与那些被提名几年、十几年甚至几十年的作家大不相同。1970年瑞典笔会决定推荐索尔仁尼琴为诺贝尔文学奖候选人,这是他第一次获得提名,结果也就在这一年他即获得诺贝尔文学奖。10月8日,文学院评选委员会在没有对他的全部创作进行深入分析、研究的情况

▲ 索尔仁尼琴

下,即决定将诺贝尔文学奖的桂冠戴到这位出名没几年的俄罗斯作家头上。许多年以后,一位评委在回顾1970年的评选工作时,透露了颁奖以外的因素:索尔仁尼琴当时处境危险,在对他创作进行肯定的同时,也想通过颁奖这一举动来拯救他的生命。

就像索尔仁尼琴获诺贝尔文学奖充满了偶然性一样,索尔仁尼琴的一生也充满了许多戏剧性事件。他与苏维埃共和国同龄,1918年12月出生于北高加索的基斯洛沃茨克市。严格地说,他是一个遗腹子,因为他在娘肚子里3个月时,父亲在前线去世。这仿佛是他后来命途多舛的象征,他总是面对人生的各种苦难和不幸,整个人生充满了传奇色彩。

索尔仁尼琴从小爱好文学,1941年从罗斯托夫大学物理系毕业后,进入莫斯科文史哲学院函授班学习文学。这一年6月22日,德国人突然闪电袭击苏联,卫国战争爆发。参战后由于他作战英勇,机敏过人,曾获得过红旗勋章和红星勋章。以后在同部队进入东普鲁士时,他所在的炮兵监听连陷入德军重围。他凭着作战时的丰富经验,不仅率部成功突围,而且把所有的设备完整无损地带了回来。凭着这一功绩,他理应得到第3枚勋章,但令他吃惊的是,他被逮捕了。他的大尉肩章被当

巅峰之旅

场撕下，同来执行逮捕令的旅长很委婉地问他："你兄弟是不是在乌克兰第一线作战？"索尔仁尼琴这才明白，是因为他在同乌克兰前线的一位同学通信中对斯大林的不敬引出了这场飞来的灾祸，因为那封信被内务部截获了。

厄运开始降临到他本来辉煌的前途上，他以后的生活就因为信上的放肆话语而变得坎坷不平。

1945年6月7日，当人们为苏联红军的节节胜利欢欣鼓舞时，索尔仁尼琴却被判处8年徒刑。在这漫长的8年时间里，他从一个劳改营到另一个劳改营，和各种犯人、管教干部打交道。像流放中的陀思妥耶夫斯基那样，他对劳改营的生活、犯人的心理和看守的行为方式极为了解。1953年6月，他出狱后又被流放到哈萨克斯坦江布尔州的科克-杰列克村，那是一个贫困、闭塞的小村，全村只有几户人家。这令索尔仁尼琴感到痛苦和绝望。

1955年，他患上了恶性肿瘤，在那样的年代和环境里，得这种病无疑被宣判为死刑，但他却奇迹般的活了过来，并以这次癌病的经历创作了长篇小说《癌症楼》。

几次死里逃生和命运的磨砺，使索尔仁尼琴变得达观起来，为了纪念过去那段不堪回首的日子，他立誓要把它记录下来，作为受难者的纪念碑。1956年2月，他获得了平反，和妻子居住在梁赞市，担任数学教师。这对于他来说是一件轻松而惬意的工作，因为在大学时代他就显露了数学方面的天才。环境变好了，他有时间从事创作。1959年，他完成了《第一圈》和《伊凡·杰尼索维奇的一天》，主要揭示苏联劳改集中营中生活的阴暗面，后来创作的《古拉格群岛》仍延续着这一主题。本来在当时的环境和条件下，索尔仁尼琴没有准备出版这些作品，因为当时的政治气候是不容许这样的作品问世的。

但命运再次表现了它的传奇性。随着反斯大林个人迷信的深入和斯大林独断专行所造成的灾难性后果被揭露，特别是1962年苏共二十二大以后，索尔仁尼琴的创作与政治对文学的要求相吻合。1962年，索尔仁尼琴通过劳改营的难友将短篇小说《伊凡·杰尼索维奇的一天》转给了《新世界》杂志社主编特瓦尔多夫斯基。这位对斯大林个人迷信及其严重后果非常不满的诗人一下子激动起来，一夜未眠，但他还不能做主，不知道能不能发表这样一部独具特色的集中营文学作品，便把手稿直接给了赫鲁晓夫。没有想到赫鲁晓夫对这部小说大加赞赏，亲自过问小说的发表事宜，又是签字又是打电话，俨然是索尔仁尼琴的知音。

不管赫鲁晓夫的政治用意如何，反正索尔仁尼琴一下子出名了。这部作品在

《新世界》1962年第11期发表后,震撼了整个苏联。一向被称为铁幕的苏联社会生活,被一位名不见经传的作家掀开了一角。与帕斯捷尔纳克怀疑十月革命的生活描写不同,这一次揭露的是刚刚逝去的斯大林时代最阴暗的一角,这在冷战时代引起轰动便见怪不怪了。索尔仁尼琴一下子便具有了世界性影响。国际国内都是一片叫好之声。索尔仁尼琴第一次品尝了成功的喜悦。

但是波折又来了。1964年10月,赫鲁晓夫被赶下台,政治风向改变,索尔仁尼琴受到压制。围绕着他的总是没完没了的是非。1965年,他的《伊凡·杰尼索维奇的一天》未能被授予列宁文学奖,因为有人造谣说他是逃兵、伪警察,而且是在评委会上提出来的。虽然此事被平息,但给索尔仁尼琴人格上带来了极大的侮辱。他给勃列日涅夫写信,恳请出版他的长篇小说《癌症楼》,结果石沉大海。

以后索尔仁尼琴和苏联作家协会闹得很僵。他借《癌症楼》不能发表,写信给作家代表大会,指责作协是克格勃迫害作家的帮凶。这封信传到西方,很快便掀起了一股反苏浪潮。1968年索尔仁尼琴想在国内发表而不能如愿的《癌症楼》在瑞士出版了。1973年,他的《古拉格群岛》又在巴黎出版。一个苏联作家,总是把自己的作品拿到西方去发表,并引起了是是非非,使苏联政府对他不再宽容。1974年2月13日,苏联最高苏维埃决定剥夺索尔仁尼琴的公民权,将他一家驱逐出境。1976年,索尔仁尼琴移居美国,开始了他漫长的流浪生涯。

索尔仁尼琴进入诺贝尔文学奖殿堂虽然有政治方面的原因,但主要得自他的艺术成就。这从一个侧面就能看出来。首先,从俄罗斯深厚的批判现实主义文学传统来看,俄罗斯作家具有很强的英雄意识,有为人民立言的光荣传统。他们以人道主义为武器,揭露种种违反人性的恶行。到了苏维埃时代,这种批判意识弱化了,在政治意识形态的支配之下,批判意识为歌颂欲念所取代。索尔仁尼琴在文学的人民性立场缺失的情况下,大胆运用批判现实主义的表现方式,揭露了劳改营中的种种非人道行为,从某种程度上恢复了批判现实主义透视生活的笔力。其次,在俄罗斯,从车尔尼雪夫斯基、陀思妥耶夫斯基到契诃夫,几乎不同程度地关注过牢狱题材,而且在这个题材里思考俄罗斯的命运。索尔仁尼琴承继了这一探索的方式和传统。其三,我们从另一角度也能看到索尔仁尼琴的魅力。他的《伊凡·杰尼索维奇的一天》、《癌症楼》曾受到苏联不同美学观念的作家的肯定。西蒙诺夫、爱伦堡、特瓦尔多夫斯基、波列伏依、卡维林等人都是一流的作家,他们虽然受意识形态观念的束缚,但应该能分清艺术珍品和政治宣传品之间的区别。西蒙诺夫在论

巅峰之旅

及《伊凡·杰尼索维奇的一天》时,尖锐地指出了其深刻的批判精神,认为索尔仁尼琴写出了"斯大林个人迷信时期的那些痛苦而黑暗的篇章中的一切最重要的东西"。

实际上,我们从他的《癌症楼》中能体悟到他思想的深邃和艺术上的创新。这部小说给人最深的感受是对专制时代扭曲人性的大胆揭露。

小说的主人公科斯托格洛夫像索尔仁尼琴一样,被生活抛出了正常轨道。他坐了7年牢,最后被流放到苏联中亚地区。主人公活动的背景正是苏联三四十年代极不正常的时代环境。作者通过人的性欲的恢复和放纵,隐晦地表达了对现政权的批判态度。科斯托格洛夫被流放后身患癌症,从流放地到塔什干一家医院治疗,随着生理机能的日渐恢复,他对医院实习生卓亚和医生薇拉产生了"纷乱的、流俗的欲望"。卓亚是个金发姑娘,洋溢着青春的活力,在情欲支配下,他很快便对卓亚一见钟情,但对医生薇拉却从浅薄的好感升华到丰富的爱情。小说没有着重去描写三人之间的感情纠葛,而是从科斯托格洛夫对爱情和情欲的恐惧感中,表现一个不正常年代人的情欲被剥夺以及恢复后的惶惑。主人公时常为自己的强烈情欲而惴惴不安,他认为自己过去纯而又纯,从不对女人品头论足,因为那是"庸俗无聊的事"。可是在战争和苦役之后,在青春年华丢失之后,他步入中年,却复活了强烈的情欲。"就像秋天的草木急于吸干土地的最后几滴水,以追悔夏季没有及时喝足一样","他急于看到女人,恨不得把她们吞下去——包括不便对她们说的那种'吞噬'。女人身上有些什么,他比别人更敏感。因为他多年没有看见女人,更没有这样接近过。"科斯托格洛夫的病态情欲是正常情欲被压抑的写照,而正常情欲得不到宣泄又衬托出时代的荒谬可笑来。索尔仁尼琴从一种惯常的感情纠葛中透出时代内容,表达了对违反人性的社会的批判。

作者通过主人公健康心灵病态化后的种种心理反应,表现了那个特定时代的个人悲惨生活,即劳改营阴影对人心灵永久的伤害。他的思想被禁锢了,他似乎永远也无法走出那可怕的岁月。

小说写到"解冻"后新气象唤起了主人公的生活信心,他渴望重返生活,回到梦魂萦绕的故乡。但生活中的每一点新刺激却勾起了劳改营的记忆。科斯托格洛夫出院那天,在商店里听到有人询问某种领子号码的衬衣时,他当时感觉"好像被人用锉刀同时在左右两侧狠狠地锉了一刀",因为在劳改营谁还能像眼前这位"纤尘不染的小子"一样记住领子的号码呢?当他去动物园时,看到一动不动的山羊,想到的是"具备这等性格不愁经不起人生的波折"。看到关在笼子里的熊,他又联想到"隔离室"。总之,他的头脑扭曲得已经什么也不能按本来面目不带成见地来接受了。作者独特的审视生活的视角,有力地揭示了斯大林时代肃反扩大化对人心灵意志的摧残,以及给人心灵的永久的影响。《癌症楼》内容丰富,结构严谨,作者淡化情节,着重描写人物心灵的纤细反映,在厚重的时空和独特的观察点上,及时迅速地反映重大的社会生活问题,显示了其概括生活的非凡本领。

不过,今天人们谈论比较多的还是他的成名作《伊凡·杰尼索维奇的一天》(后文简作《一天》)。小说的主人公是一位普通的俄罗斯农民。索尔仁尼琴认为正是在这些生活在社会边缘的小人物身上,体现了俄罗斯民族的道德水准,他们的精神状态将决定俄罗斯的未来。小说通过主人公舒霍夫既平凡又不寻常的经历,折射了20世纪俄罗斯民族悲壮的历史进程。舒霍夫出生于1911年,生活在典型的俄罗斯乡村,他经历了俄罗斯动荡年代几乎所有的重要的历史性事件。他接受了新时代的价值观,像所有的士兵一样,他为保卫俄罗斯而战斗;负伤还没有完全好,他就上了前线;在经历了最初的溃退以后,他成了俘虏;他非常幸运地逃了出来,但他又被莫名其妙地投入到自己人的劳改营,罪名是怀疑他曾经帮助德国人完成侦察任务,"是什么任务,舒霍夫自己想不出来,审判员也想不出来。就这么简单判了,是任务"。在自己的劳改营里,这个普通的俄罗斯人依然保持着人的尊严和优秀的品质。他从不低声下气去求人,从不占小便宜,也不去打别人的小报告。在超强度的劳动中,他从不装病,即便生病了,也好像自己犯了什么错误似的。作者把这个普通人的优秀品质放置在艰苦的劳动场景中加以刻画,他热爱劳动,学习各种技术,在劳动中找到人的价值和尊严,也寻找到精神的自由。索尔仁尼琴认为,监狱是大恶,是暴力,但在更为恶劣的生存环境下,受难和同情他人,也能让人获得道德上的净化。他还要向世人表明,人的心灵是无法被囚禁的,也是无法被剥夺自由的。

小说和肖洛霍夫的《一个人的遭遇》在精神气质上非常相似,通过小人物的苦难和英雄行为,表现时代和民族性格;都注意小说的史诗性特质的把握,在强调极端的生活真实时,又注意对时空的超越。《一天》中,有许多是生活中的素材直接进入到作品中。但作家在最大限度追求生活细节的准确的同时,更重要的是表现对现实生活的超越。比如作者对苏联历史的反思,不是仅仅停留在舒霍夫个人的冤屈上,也不是从1937年"斯大林对国家和党的生活的破坏"入笔,而是透过历史的

巅峰之旅

帷幕,直逼苏维埃政权建立时期的混乱。从舒霍夫难友的服役期限看,几乎每一个年代都有错误和不公正出现。小说中写到一个没有名字的老囚犯,他在苏维埃政权建立时,就被投入到劳改营,非人的折磨几乎让他成了一块深色的石头。第一任劳改队长1929被逮捕,而现任队长是1933年被投进劳改营的。在苏联主流舆论的表述中,这一年是"集体农庄制度胜利的一年"。劳改营里几乎每一个人都有不平凡的过去和痛苦的现在。一个在抗击德寇中英勇作战的红军战士,被敌人俘获坚贞不屈,侥幸逃出后,得到的奖赏是10年苦役。一个洗礼教派的信徒,因为信上帝而被关押。还有些人莫名其妙地被关押。在这里,人的尊严和生命的价值被践踏了,正确和错误也被颠倒了,作者超浓缩地用一天的时间,把掩藏在铁幕后面的严酷真实展现在阳光之下,而这一切在过去的主流媒体上是无法见到的。作者从普通人身上找到抗击错误和邪恶的精神力量,因为这些受尽冤屈的人们依然保持着俄罗斯民族的优秀品质。他认为邪恶只是暂时的,而强大的俄罗斯将在人们的推动下前进。

小说具有较高的艺术技巧,除了通过一天的生活展示一个特定时代的史诗性特点外,我们还可以看到高度的细节真实。作者运用了电影布局的方式,将各种能表达主题的细节通过巧妙的剪辑构成了传达思想深意的情节。比如作者细致地写主人公怎样穿衣、戴口罩,怎样把汤里偶然出现的一条小鱼吃得只剩下骨头。作者为了营造一种氛围,还用电影中的镜头技术由面到点地写到汤里漂着的鱼眼睛。这些细节看似与主题无关,但我们能够感受到,在恶劣的环境下这些不经意的事情可能关乎人的生死,而舒霍夫的全部生活就是怎样活下去。因为情感体验的真实,我们不会觉得小说情节缓慢,而是和舒霍夫分享着生活的快乐与忧愁。

由于小说是作者刻骨铭心的经历和思考,因而始终灌注着一种叙述的激情。索尔仁尼琴用句简短,多用句法上的重复、感情色彩鲜明的感叹句和问句。作家把自己的感受和小说主人公的感受融为一,我们能够深切体会人物生存环境的恶劣和面临的危险。同时作者运用一些特别的意象来扩大小说的象征性主题。一天的苦难与人的一生紧密联系在一起。劳改营本身也具有象征性意义。被折磨的犯人形成一种病态心理,他们害怕房屋之间的空地,因为在那个没有被遮挡的空间里,会被别人看见。当别里科夫把自己装进套中时,我们能感受到外在异己力量的强大,个人的渺小和卑微。《一天》中的囚犯拼命躲进工棚,把它看成是能够拯救生命的安全场所,其折射出的批判力量显得非常深刻。在这一点上,索尔仁尼琴沟通了久被压制的俄罗斯批判现实主义传统。一位俄罗斯评论家谈到索尔仁尼琴小说的象征性特点时说：他"讲的是善与恶、生与死、政权与社会这些范畴的内容——他讲到一天、一件事、一户院子，但索尔仁尼琴的一天、一件事、一户院子是一种隐喻，指向善与恶、生与死、人与社会的关系"。

正是这些尖锐的社会内容和艺术上的探索，使索尔仁尼琴无愧于诺贝尔文学奖的殊荣。

索尔仁尼琴注定要成为20世纪的弄潮儿，注定要和俄罗斯的政治文化史联系在一起。

时光进入20世纪90年代，索尔仁尼琴又再度成为舆论的中心，人们更多的把他当成预言家。1974年，在被放逐的那天，登上飞机前，他自信地对身边的人说："我会回来的，我回来的时候，人们会以隆重的礼仪欢迎我。"

当时，人们听着这话的时候，不仅认为他在说大话，甚至怀疑他有精神病。但历史似乎故意给人难堪。1994年5月，即被放逐20年后，他真的实现了归国的梦想。

世事沧桑，那个与他过不去的庞大帝国已不复存在了。历史翻开了新的一页。

1994年5月27日，索尔仁尼琴从美国的佛蒙特州乘飞机直抵俄罗斯东部的港口城市海参崴。他的到来使这座宁静的海滨城市一下子处在了舆论关注的中心，世界各地300多名记者赶来了，市民自发地参加迎接他的盛典。20年的隐居生活使这个火爆脾气的作家改变了不少。他更具有外交家的风度，一下飞机便亲切地向观众致意，对记者也彬彬有礼，以征询的口气说："请照相吧！正面？侧面？要不要转过身去？拍几张？50张够了吧？"

人们把索尔仁尼琴的归来比作高尔基1928年5月归国。索尔仁尼琴知道后十分生气，他说："你们休想把我比作高尔基。他是为斯大林制度效犬马之劳的，手握权杖，谁不听话就给谁一棒。而我回来是为寻找使俄罗斯爬出泥坑的途径的。"

看来，斯大林时代的遭遇成了他心中永远的痛，他永远不会在这一点上放弃偏激观点的。但他终于走出了苏联时代的铁幕，他的作品也可以在自由的天空下自由地阅读和欣赏。当然，我们在阅读的时候，可能更多的想到作品以外的故事。当我们把作品和作家的命运联系到一起的时候，就更能深入地理解作品中的批判意义了。

世界是多元的，文学也应该是多元的

　　如果仔细浏览一下第二次世界大战以前的诺贝尔文学奖名单，我们就会发现，除1913年泰戈尔是一位亚洲作家外，几乎所有的获奖者都是欧洲的作家，而且大部分集中在西欧和北欧。很显然，诺贝尔文学奖的评委们在潜意识中还有一种欧洲优越感。这给世界性的大奖留下了地区狭小的局限，也使得诺贝尔遗嘱中的全球化观念没有得到很好的贯彻。

　　好在这种局限很快便被克服。1945年，智利女诗人米斯特拉尔以拉丁美洲文学代表的身份进入诺贝尔文学奖圣殿。全世界为这一选择而欢呼。也许是世界舆论的良好反应使瑞典文学院从此开始留心印欧语系之外的文学吧！评奖进入50年代中后期，一大批非欧洲作家获得了最高荣耀。诺贝尔文学奖的世界性观念变得越来越明显。它真正组成了危地马拉作家阿斯图里亚斯说的"高擎光明火炬的诺贝尔奖家族"。

　　许多优秀作家以民族文学的杰出代表而摘取诺贝尔文学奖的桂冠。由于他们的加入，世界文学变得多元而丰富起来。诺贝尔文学奖多元共构的状态，表明在人类这个大家庭中文学艺术没有优劣之分，只有艺术滋养的相互吸纳和补充。

　　它同时也表明，在一个信息高度发达的时代，隔绝和轻视已经被交流和尊重所取代。如果把这种全球性因素的增加放到六七十年代社会的大背景中去考察，我们就会发现，在世界受压迫民族反帝反殖民反封建走向现代化的过程中，瑞典文学院以授奖的形式支持了争取民族解放斗争的人们。比如，1967年当危地马拉人民为反抗独裁而英勇斗争的时候，瑞典文学院授奖给她的杰出作家阿斯图里亚斯。1991年,南非人民反种族隔离斗争进入关键时刻,瑞典文学院将诺贝尔文学奖授予一直为消除种族隔离而斗争的女作家纳丁·戈迪默。1995年,当北爱尔兰和平进入关键时刻,瑞典文学院将诺贝尔文学奖授予爱尔兰诗人谢默斯·希尼,表明了瑞典文学院对北爱尔兰和平的良好祝愿。

瑞典文学院以自己的行为高扬着理想主义的旗帜,也使诺贝尔文学奖家族变得更具有世界文学的代表性。

那么,让我们欣赏在多元世界中,多个民族、文学的艺术魅力吧!

巅峰之旅

一座桥和一个民族的历史

1961年,前南斯拉夫作家伊沃·安德里奇获诺贝尔文学奖。这位作家的巨大才气表现在对一座大桥的描绘上。时间在流逝,人们在生生死死中变换,历史也随着时间的流逝而变化。但这一切都是从一座桥的历史兴衰中表现出来。桥成了历史的见证,桥成了一个民族历史的象征。

伊沃·安德里奇是前南斯拉夫地区塞尔维亚的知名作家,也是巴尔干地区唯一一位诺贝尔文学奖获得者。评论界认为他的作品兼有托尔斯泰纪念碑式的气派和屠格涅夫的抒情风格。他的获奖很大部分原因是因为他高尚的人格和历史小说"波斯尼亚三部曲","由于他的作品以史诗般的气魄从其祖国的历史中摄取题材,来描绘这个国家和人民的命运"。

安德里奇的一生极为坎坷。1892年,他出生在波斯尼亚一个贫苦的手工业者家庭,还不满两岁,父亲就去世了。坚强的母亲挑起了全家的生活重担,咬着牙送他外出求学。他先在萨拉热窝读中学,以优异的成绩毕业后,又想继续深造。母亲坚决支持儿子,使他得以在萨格勒布读大学,但经济的艰难常会使他无法安下心来。后来他又转到克拉柯夫、维也纳等地读大学。

▲ 安德里奇

巴尔干半岛在20世纪初犹如装满烈性炸药的火药桶,民族矛盾和阶级矛盾十分尖锐。受过现代文明熏陶的安德里奇年轻气盛,积极参加反对奥地利占领的民族解放运动,成为"青年波斯尼亚"的重要成员。"青年波斯尼亚"集聚了无数爱国志士,他们为了民族敢于抛头颅、洒热血。热血青年加夫里洛·普林西普也是这个组织的成员,1914年他刺杀了奥匈皇储菲迪南大公。这件事成为第一次世界大战的导火线。安德里奇在后来的大搜捕中受到株连,刚获得律师资格时便被奥地利当局逮捕,整个第一次世界大战期间他都是在拘留所中度过的。严酷的政治环境和恶劣的牢役生活,给他以后的创作以巨大的影响。酷刑和暴政成了他抹不去的记忆。战后,在全国大赦中安德里奇获得自由,并完成学业。他潜心研究波斯尼亚文化史和巴尔干地区民族的演进史,并以《波斯尼亚文化史论》获得葛拉兹大学的博士学位。从1921年起,他进入外交界工作,同时进行文学创作。第二次世界大战爆发前夕,他出任南斯拉夫驻德国大使。大战爆发前几个小时他才撤回。这年夏天,南斯拉夫民众组织了一次抗议德军的占领游行,德国占领当局要求塞尔维亚族知名作家签名谴责抗议行动。由于安德里奇拒签,结果整个战争期间遭到软禁。安德里奇坚强不屈,他把整个身心投入创作,完成了"波斯尼亚三部曲":《德里纳河上的桥》、《特拉夫尼克纪事》和《萨拉热窝女人》。1945年当德国法西斯被消灭、世界人民的和平事业获得胜利之日,他的三部曲发表了。这三部作品为他赢得了世界性声誉。

40年代后期,他又发表了《宰相之家》、《万恶的庭院》和《帕沙的嫔妃》。诺贝尔文学奖评选委员会主席认为,《万恶的庭院》中具有丰富的、井然有序的东方式幻想的特质,"从艺术的观点来看,这是我所读过的这位作家的作品中最完美无瑕的一部"。

但真正使诺贝尔文学奖评选委员会垂青的,还是他的代表作《德里纳河上的桥》。这部小说又名《维舍格列纪事》。小说时间跨度为400余年,以一座桥的建造和桥上所发生的故事为线索,描绘了波斯尼亚人民在异族统治下悲惨的生活和可歌可泣的斗争。德里纳河畔有座小城叫维舍格列,从16世纪起这座小城便在德里纳河上建桥。作者把近400年的历史浓缩为六七个小故事。这些故事可以独立成篇,合起来又是一个完整的故事,因为有这座桥把它串在了一起。六七个故事中的主人公虽然命运各异,但都是在桥上悲惨地死去的。不同时期人物的苦难串联到一起,与大桥一起承担历史代言人的角色。大桥经历水灾、战争的考验,依然屹立着。它成为一个民族的苦难与反抗的象征。它在地理上连接着东方和西方,在时间上连接着过去和现在,作家以桥的独特地理位置,把自己对民族的热爱、对异族统治的仇恨巧妙地展现在读者面前。

作者有意识地强化桥的主人公身份,并赋予它深重的历史沧桑感:

> 这座大桥和维舍格列城居民的生活有着悠久的密切关系,二者紧密地联系在一起,在任何场合都不能截然分开。因此关于大桥的建成和变迁的传说,也就是一部维舍格列城及

巅峰之旅

其世世代代居民生活的历史。这样，每当人们谈到维舍格列时，就必须要联系着十一孔大石桥，而桥上的加比亚台则是该城的一块不朽的丰碑。

小说首先写了大桥的兴建过程，从而揭示出土耳其对南斯拉夫人的血腥奴役的历史。15世纪初，土耳其人占领了巴尔干半岛全境，建立了奥斯曼帝国，以伊斯兰教来统治基督教，历时300余年。作家写到了异族统治的最典型方式——血贡制度，即在非伊斯兰教地区每隔一定时间交纳若干儿童作为贡税，让他们到伊斯兰地区接受教育，以便把异教徒培养成穆斯林，为今后的统治创造条件。小说开篇就把这种残酷的宗教纷争和统治者的残暴从面到点上加以表现。

上一次征收"血贡"，距今已经六年了。所以这一次挑选比较顺利，而且有选择的余地，不费什么周折，就征集到了足够数量的男性，健康、聪明、五官端正的10岁至15岁儿童。不过仍有许多父母把孩子藏在树林里，叫他们装傻子、装跛脚，给他们穿破烂的衣服，把他们弄得蓬头垢面，比如割去他们手上的一个指头，生怕土耳其长官看中。

那些被选入的儿童的父母更加悲惨。他们面对突然到来的分别只能以眼泪来抗拒。

马队后面，相隔一定距离，跟着一大帮人，他们是孩子们的父亲或是其他亲属……她们走近时，土耳其长官的马队使用皮鞭把她们赶走，一面狂叫着，纵马向她们直闯过来。她们于是向四面奔跑，躲藏到道旁的树林里，但过不多久她们又在马队后面集聚起来，极力想透过那充满泪水的两眼，再看一看露在筐子外面被夺走的亲生骨肉的面孔。她们痛不欲生，像送殡一样号啕痛哭，袒着胸，披着发，深一脚、浅一脚，不顾一切地跟在后面奔跑。有的母亲几乎精神失常，她们像临盆时腹痛欲裂一样，呻吟不绝，高声吼叫……

一座桥和一个民族的历史

作者为强化土耳其人统治的残酷,塑造了造桥总督阿比达加。作者描写这个外表猥琐、内心歹毒的土耳其统治者,表现了自己对异族统治者的憎恨。这个身材结实、面孔红得不正常、眼睛发绿的人,"如果发现有人工作拖拖拉拉,马马虎虎,他就用长棒向他一指,监工便立即向那人扑上去,拳打脚踢,把他打得遍体鳞伤,昏迷不醒,然后再泼凉水把他弄醒,打发他再去干活"。

即使再残暴,塞尔维亚人的反抗也并未停止。他们用怠工来对抗压迫,并组织起来毁桥。作者写到了代表善行的乌尼得人拉迪萨夫,这位棕色脸膛、双目炯炯有神的小伙子,从民族利益出发,号召大家团结起来。"这种日子我们受够了,我们应当起来自卫,谁都看出来,这个工程会把我们的命送掉,每一个人都不能幸免,就算我们当中有人能够活下来,孩子们也免不了要到这里来服劳役、受死罪。人们这样对待我们,完全是为着把我们搞死。我们这些穷光蛋、基督徒要桥有什么用?土耳其人才需要桥呢!"

在那种血雨腥风的年月里,他们的反抗需要超乎常人的勇气,正因为如此,作者以悲剧的情感写到他的受刑,他忍受着圣徒般的苦难,并且从不放弃反抗。土耳其人命令用烧红的铁链绕在这位英雄的身上,拔掉他的指甲,用包铁尖的木桩从肛门钉进,不伤心肺地从肩胛骨旁出来:

> 河两岸寂静无声,每一槌及它在山崖激荡过来的回声都听得清清楚楚。近处的人,甚至可以听到他们上额碰撞木板的声音,以及一种令人瞠目的声音,这声音既不像出自呻吟或悲痛的呼喊,也不像临终前的喘气。……他上身裸露着,仰着头,挺着胸,固定在木桩上。人们从这处可以隐约看到木桩从他身内斜穿而过,两脚被绑在木桩上,双手反绑在背后,恰似一尊立于河水上空、紧挨脚刑架的塑像。

作者不仅将抗暴英雄的殉难写得极悲壮,更主要的是描写了这种悲壮给敌人的震撼。负责执行刑罚的队长被拉迪萨夫的气势逼疯了,而拉迪萨夫被人们颂扬为山神。

小说的前4章写了土耳其人在建桥时的暴政,随后较为简洁地叙述了大桥作为历史见证人所经历的一切。

巅峰之旅

作者写了山洪暴发时不同种族、不同信仰的人们和衷共济的和谐场景,还写到在桥上抗婚的具有民谣传说的花姐的故事以及赌徒米兰的故事,但这一切只是作为塞尔维亚民族300年来受土耳其压迫的补充。

在13章以后,作者写到南斯拉夫人对奥匈帝国的反抗,但在对史实给予形象性描述时,凝聚着作者对祖国未来前途的深沉思考,提出了如何面对新时代,以便确立民族的未来。

奥匈帝国对南斯拉夫的占领,较之于土耳其人要文明得多,他们开办银行,建造铁路,铺设供水管道,使维舍格列小镇披上了欧洲式的新装。过去的农妇而今成了廉价劳动力,物价不断上涨,赋税越来越多,金钱成了赌徒和善良少年追逐的对象,美酒女色吸引着人们,甚至出现了"白杨树下"妓馆。掠夺带来的依然是贫困,而新生的革命力量已经诞生。年轻工人和知识分子开始讨论社会主义的问题、"世界无产阶级的目标和道德问题"。作者显然对民族的苦难和异族的入侵有了新的认识,爱国不是墨守成规,而是要学习西方人的长处,同时又要保持清醒的民族意识。因此作者在小说后半部塑造了阿里霍扎的形象,作者对他坚守传统表示赞许,但对他的立场又不苟同。

阿里霍扎出身名门,为人忠厚、坦率,愿意为大家办事。面对现代物质文明的入侵,他依然恪守老传统。"他是镇上少数对新鲜事物不感兴趣的土耳其人之后,不论衣着、谈吐或者经商方式,一概不改旧习。奥地利人带来的新作风、新措施,他也反对",他认为奥国人借修桥来表现狂妄,而铺自来水管"是罪恶之源,是本镇罪恶的象征"。修铁路到萨拉热窝由2天变成4小时他也不同意:"省时间有什么用?省下的时间又能做什么?如果你把省下的时间拿去干坏事,那还不如不省。"

这种拒绝与外部世界的融合,拒绝接受新事物,显然有悖历史发展的新趋势。作者让阿里霍扎和旧时代一起死去,而新的一代则开始成长起来,他们敢想敢说,豪气凌云,也许他们将成为更成熟、更努力、更能掌握生命的下一代。作者刻画这一群人物,代表着未来许多青年。正是他们,将用革命手段来完成国家的统一,实现民族的解放。"把民族团结起来,建设一个强大的现代国家。"作者用历史事实告诉我们,资本主义的殖民统治产生了它们的掘墓人,觉醒了的被压迫民族用民族革命战争摧毁殖民制度。小说结尾,塞尔维亚野战炮从巴诺山向大桥开炮,奥匈帝国的兵营成了火海,大桥被毁,新的时代随着苦难历史的结束而诞生。

《德里纳河上的桥》是一部构思奇巧的书,从体裁、结构到人物、叙述风格都显示了与塞尔维亚民族独特的地域环境紧密相连的审美特性来。

　　首先,作为历史小说,它以时间为经,以事件为纬,有条不紊地将人物和事件编排其中,但最后的落脚点不是王朝的更迭,而是一座桥的兴衰史实。通过一座桥和周围地区人的命运,展示了一个民族300余年的历史。桥超越了时间的制约,观察着由土耳其人到奥地利人统治的漫长岁月,同时又将这些或悲壮或残酷的事件巧妙地联系在一起,构成了包含宗教、文化、民族、政治等诸方面内容的,博大精深的民族史诗。小说中,每一个时间段的人物,从不同的侧面折射时代的特点,因而他们既是特定环境中的人,又是一个时代苦难历史的象征。而最具有意义的是大桥。正如书中所说:"有些人死了,有些人活得很好,有些人倒下了,有些人青云直上……大桥的存在及其伟大意义是永恒的,……月亮圆了又弯,弯了又圆,人类也世代相传,繁衍不息,它都永葆青春,如同桥下流水,年年如此。"人间沧桑变化,维舍格列城历经战乱饥荒的浩劫,都成了与大桥融为一体的材料,这些材料既是人的历史,又是大桥的历史,而大桥上所经历的一切,正是塞尔维亚民族的苦难和反抗历史的缩影。

　　小说在叙述过程中,做到点面结合,把握得较好。如对面的描绘,母亲们的悲痛是泛写,而作者在泛写之后又详写一两位母亲:

　　　　"拉岱,我的儿子,不要忘了你的母亲!"
　　　　"伊利亚!伊利亚!伊利亚!"每一个妇女拼命用眼睛找那亲爱的熟悉的面孔,不停地这样叫着,好像要把这基督教的名字深深印入孩子的脑海中,因为几天以后,这个名字就永远不再归她所有了。

　　这样写无疑加强了这悲剧性分离的具体感。土耳其人在建桥过程中的残暴是泛写,而对拉底斯拉夫则是详写。一方面突出了英雄悲壮性的死亡,另一方面也揭示了土耳其人的残暴。

　　作者大量引用民间文学素材和民歌,增强了小说行文的活泼,花姐的故事极具民间故事的色彩。而这种特别的表达方式又展示了塞尔维亚民族的文化历史的独特魅力。

　　"俊俏的花姐阿里达吉娜,你是多么聪明,多么美丽啊!"这支歌把花姐悲凉的

巅峰之旅

民间故事衬托得优美、清新,成为世世代代的佳话。

"萨拉热窝和波斯尼亚军等地,母亲们伤心悲戚,目送儿郎,去为皇帝当兵服役。"用民间小调感染妇女的悲恸。

酒店中民间歌手唱起了"小的香草如泣如诉:可爱的,为何不在我身上降落?"

小说对于时间的安排由远而近,详略得体。前10章写土耳其人的生活,后14章着重写当代生活。前10章只是对苦难的叙述,而后14章就是对民族前途的思考与探索。

《德里纳河上的桥》的精妙构思,为一切热爱文学的人们所击节赞叹。瑞典文学院在获奖评语中指出,授奖给他是"由于他的作品以史诗般的气魄从其祖国的历史中摄取题材,来描绘这个国家和人民的命运"。

我在美丽的日本

川端康成于1968年获诺贝尔文学奖,是继泰戈尔后第二位获得诺贝尔文学奖的亚洲作家,时间间隔长达55年。可以说是亚洲自己的文学实绩,再次吸引了世界的目光。在题为《我在美丽的日本》的答谢词中,川端康成向西方人详细介绍了对东方文化影响极深的禅宗。详读他的作品,无论是描写大自然,还是描写人物,抑或是描写人的悲哀卑微或颓废情绪,我们总能感觉到一种空灵的美。这种空灵的感觉洋溢于字里行间,构成一种独特的艺术韵味。那么,这种东方山水画般的空灵风格又是怎么形成的呢?

这与川端康成独特的人生经历分不开。

川端康成出身于大阪府三岛郡丰川村的一个名门世家。但到了他这一代不仅家族没落,财产散尽,而且家族成员大多身体羸弱。历史的辉煌和现实的破败形成了强烈的对比,总给人一种苍凉悲怆之感。在《临终之眼》中,他谈到这种家庭背景和创作的关系。"我认为艺术家不是一代人可以造就出来的。先祖的血脉经过几代人的继承,才能开出一朵花来……世家代代相传的艺术教养流传下来,最终只能产生一个作家;而另一方面,也可以说世家的后裔大抵体弱多病,犹如残烛之焰,即将熄灭,临末闪亮一下,于是出现一个作家。这已经是悲剧了。"这种衰败感使他极易产生消沉、失落的情绪,让他几乎习惯性地将目光投注在悲哀、颓废和虚无的情感上。

川端康成的童年生活对他的创作影响很大。他自幼失去双亲,与祖父相依为命。而质朴的乡民总是用怜悯的眼光看待他的遭遇。祖父去世时的情景给他印象极深。"夸张一点说,在祖父的葬礼上,全村五十户人家都怜悯我,为我伤心。送葬队伍行到穿过村子时,每一个十字路口都站着村里人。我走在棺柩前沿,从他们面

巅峰之旅

前走过时,女人便放声大哭,并且在嘴里念叨着:'可怜哪,可怜哪。'我只是感到不好意思,觉得很不自在。"留在童年记忆中的灰暗多悲的印象给他的创作风格带来了十分微妙的影响。一方面,怜悯使他自卑,有一种被排斥在幸运之外的感觉。等他一步入社会,便对被排斥在社会生活之外的人们有一种天然的亲近感。在这些社会边缘的小人物中,川端体验到了平等、亲密和兄妹般的深情。而另一方面,被生活抛弃又让他感到寂寞和悲哀,无法和外部世界沟通。所以他说:"我在世上无依无靠,独身一人过着寂寞的岁月,有时甚至嗅到了死亡的气息。"

在这种寂寞、悲哀心态的支配下,川端对佛教教义产生了浓厚的兴趣。自从佛教传入日本后,文学很快同佛教思想和佛教文化发生联系。作为社会文化一部分的佛教对日本人的思想行为发生了较大的影响。川端在《文学自传》中说:"我相信东方的经典,尤其佛经是世界上最伟大的文学。我并非把经典当作宗教的教条,而是作为文学的理想予以尊崇。"佛教文学与日本文学传统有着密切的关系。而传统文学又熏染了川端康成。这一切构成影响他创作的又一个重要因素。川端以现代人的眼光来审视它,试图将西方现代的表现技巧和日本古典文化的精髓相结合,使日本文学在当代获得世界性的意义。

川端康成的创作以中短篇小说为主,还有文学评论及散文。我们根据其创作内容和风格的变异分为前后两个时期:

早期创作主要是以自己的青少年经历为素材,描绘孤儿的悲凉境遇和青春萌动的情感体验。小说被抹上了淡淡的哀愁。他塑造了一些处于生活边缘的女性形象,她们美丽、善良,却总是被贫困的生活困扰,作者对她们的命运充满同情。主要代表作品有《16岁日记》、《致父母的信》、《伊豆的舞女》、《温泉旅馆》。

《伊豆的舞女》是这个时期的代表作,有很强的自传色彩。小说以"我"对13岁的流浪艺人熏子的感情为线索,展现了熏子质朴、天真、娇美的内在气质。熏子优美的形体曾让"我"产生邪念,而"我"在目睹熏子一家的遭际并与熏子谈话后,发现她纯洁、高尚,因而对熏子产生了爱怜与同情,那种邪念被净化了,心中不由自主地升起一股孤独的愁绪。

作家在小说里不仅描绘了伊豆半岛秀丽的风光,而且将大自然的秀美与纯朴美好的人情融合在一起。当"我"听见舞女和她的嫂子低声夸奖自己是个"好人"时心情激动,大自然也因之亮丽起来。"我抬起头来眺望周围明亮的群山,眼睑微微作痛。"

川端将悲凉与美、大自然和人的心情糅合在一起,给人一种水乳交融的感觉,爱与分离相随相伴,小说的结尾把这种情调推到了高潮:

> 舢板猛烈地摇晃着,舞娘依然紧闭双唇,凝视着一个方向。我抓住绳梯,回过头去,想向舞娘说声再见,但话到嘴边又咽了回来,然后再次深深地点了点头……直到船儿远去,舞娘才开始挥舞着手中白色的东西。

这是一幅凄美的图画,大海的辽阔衬托出少女的柔弱,少女未来的迷茫和白色的手绢构成了悲伤的氛围。

川端康成的后期创作中,悲伤的色彩更为浓重,而且颓废倾向和没落情趣弥漫于字里行间,是作家早期不健康情感体验的扩张。他笔下充斥着追求感官刺激的上层社会男女。有人说作者江郎才尽,实际上这与他独特的美学观有关。他在《文学自传》中说:"我的作风虽不锋芒毕露,其实却颇有一些违背道德标准的倾向。"到了晚年,这种反道德倾向几乎成了一种意识上的自觉。在《夕阳原野》中,他宣布:"作家应是无赖、放浪之徒。""所谓小说家者,必定要敢于有'不名誉'的言行,必定要敢于写违背道德的作品,否则会导致小说家的死亡。"甚至在接受诺贝尔文学奖时,他对自己的美学观也直言不讳:"风花雪月是表现包罗万象的人类感情的基本思想。"

恪守这种思想观念,使他后期作品《雪国》(1935–1947)、《千鹤》(1952)、《山之音》、《睡美人》(1961)、《古都》(1962)等充满了性变态的描写。

《千鹤》是继《雪国》之后反映作家追求颓废美的作品。作者把菊治和太田夫人母女的关系,置于道德和非道德的矛盾旋涡中。菊治和太田夫人有了不正常的关系后,道德感常使他心怀内疚,诅咒自己简直是罪人。太田夫人之死以及文子的失踪,都让他有一种罪孽深重之感。他坠入"畏罪"、"请罪"的感情陷阱中而不能自拔,但人的本能情欲是无法用道德来约束的,矛盾的心态是通过官能的病态来表现的。作者这样设置情节,似乎想在道德与非道德的矛盾之间寻找平衡点,并向人们表明:爱情是人的自然天性的流露,只要出于自然、至诚,便是纯洁的、美的。爱是一种精神慰藉的最高形式,虽然是人的性本能宣泄,但它给人的精神安慰占有更重要的地位。基于此,作者没有直接写人物的性关系,而是着重写人物矛盾心态

巅峰之旅

的变化脉络。作者所关注的是人物内心的美与丑,理智与情欲,道德与非道德的对立和冲突,以及深藏在心中的孤独与悲伤。

《山之音》着重描写因战争创伤而导致人的心理失衡。作家试图以一种违背人伦的精神生活方式来恢复心态的平衡。作品将尾形信吾一家的几个主要人物置于战后日本家族主义制度崩溃的大背景下,家族人员的行为显示了彼此之间感情的淡漠。作品试图通过家族内部结构的变化,反映战后社会变迁和国民心理的紊乱。小说中的人物性格都因为经历了战争的残酷和战后艰苦的环境而被扭曲了。信吾一家始终笼罩着一种阴沉的气氛。信吾知道儿子、儿媳、女儿的不幸,却不知道如何处理他们的不幸。他也知道自己不能承担儿女的不幸,却一味地陷入悲哀之中。悲哀让他孤寂、颓丧,不断出现视听幻觉。作者还写到信吾对儿媳"异常的心态",但只停留在"精神上的淫乱"。《千鹤》和《山之音》依然延续着作者爱情与道德冲突的主题。一方面,川端康成试图抹杀道德上善与恶的分界线,宣扬超越道德之外人性的真挚与纯洁,并试图重建一种新型的人伦关系;但另一方面,他又囿于社会现实、传统道德和法纪规范,写本能的情爱却又没有违背传统的道德关系,只是接近于违背传统道德观念危险的边缘。他始终停留在自然爱情和精神放纵上,追求一种幻想的美,而且常带着一种"罪恶感"和"后悔感"。我们可以看出川端康成的矛盾:既渴求一种自然的爱情,又为传统道德所苦,无法调解这种感情的矛盾。他不以传统道德来规范小说人物的行为,而是从道德的反叛中寻找新的道德标准,以确立自己的感情归宿。

川端康成晚期的作品,尽管内容很少与当时日本的现实生活相联系,但因为艺术表现细腻、雅致,能给人一种全新的审美感受。这样的艺术境界的形成,与川端康成将日本古典文学传统同西方现代主义艺术娴熟地糅合在一起是分不开的。瑞典文学院特别强调这种东西方文化精神的完美融合。"川端康成虽然受到欧洲近代现实主义文学的洗礼,但同时也立足于日本的古典文学,对纯粹的日本传统加以维护和继承。在川端康成的叙事技巧里,可以发现具有纤细韵味的诗意。它的起源,可以上溯到11世纪日本的紫式部所描绘的人生风俗画。""他追求纤细的美和充满悲哀的象征性的语言,在悲哀中又显示了自然的生命和人类社会的现实。"*

《古都》、《雪国》、《千鹤》是川端康成得以获得诺贝尔文学奖的重要作品。《古

---

* 《古都 雪国 千鹤》叶渭渠译 译林出版社 1996年版 第356页

都》完成于1962年，故事情节并没有什么新奇的地方，但川端康成却在平淡中显示了自己对生活的独特认识。父母为贫困所迫，把幼小的千重子遗弃了，千重子为商人太吉郎收养，并在日本的传统道德中长大成人。千重子为人正直、善良，还有些多愁善感，按照日本的迷信说法，被抛弃的孩子终身都会被苦难所困扰，而千重子是孪生子，更会被打上耻辱的烙印。一天，千重子遇上了京都郊外北山杉树村的一位美丽的姑娘，千重子凭直觉感到姑娘就是自己的孪生姐妹。身体强健的苗子和纤弱的千重子开始了交往，由于两个人长得非常相像，引起了一些非常混乱的局面。作者把故事的背景选在京都，从樱花盛开的春天写到大雪纷飞的冬天，神社佛阁、旧式街道、庭院、植物园等景观都被川端用生动感伤的笔调描写得淋漓尽致，流露出别具风韵的诗意。

《雪国》被评论界公认为是"川端作品中的第一杰作"。已被翻译成英、法、德、俄、中等30多国文字出版。即便在今天，它依然拥有广泛的读者。"川端善于观察女性心理，这一点尤其值得赞赏，在他的中篇小说《雪国》和《千鹤》中，我们可以发现他那给男女情长谱上光泽的优异才能，纤细敏锐的观察力以及带有神秘色彩的精确技巧，和常常超越欧洲作家的描写技巧。也就是说，川端康成的描写有时让人想起日本的画。"*

这部小说的情节极为简单，写的是东京一位舞蹈艺术研究家岛村，三次去多雪的北国山村，以及他和当地一位名叫驹子的艺妓之间的情爱。小说从岛村第二次去雪国入笔，在火车上岛村和一个名叫叶子的姑娘萍水相逢，尽管两人没有什么言语交谈，但岛村依然对叶子产生了强烈的倾慕之情。从此他的感情无法安定一端，与驹子的肉体之欢无法让他满足，而与叶子的精神交流不断激发他的精神向往。岛村第三次到雪国时，叶子要求岛村把她带到东京当女佣。几天后，一场突如其来的大火使叶子香销玉殒。岛村满心颓丧地离开了雪国。

《雪国》的主题是什么，历来众说纷纭。在日本，有人从小说的社会学意义上考察，认为是爱与美的颂歌：《雪国》在岛村和驹子的关系上，由于描写了岛村的引诱和逃避，反而使驹子纯粹、赤裸裸的爱情变得更加绝美，更加高尚，更加清澈。"还有人认为："岛村是川端以自己为素材描绘日本的知识阶层的彻底的滑稽画，是对知识阶层的批判。"也有人从分析岛村的心态入手，认为揭示了人生的虚无："岛村和驹子若即若离，似恋非恋，是《雪国》的重心。说到底，这是一场以岛村的心灵

---

* 《诺贝尔文学奖要介》肖涤编 黑龙江人民出版社 1993年版 第808页

巅峰之旅

为观察点的虚无游戏。"

西方有人认为小说描写的是人与大自然的融合:都市现代人岛村怎样让文明筑构的个性外壳消解,通过可以同为雪国精神的驹子和叶子交流而完成同大自然的融合。岛村是《雪国》中真正的主人公,这部作品描写了岛村从大人向小孩子的逆转成长。《雪国》的主题是要寻回人们留在记忆中的纯真性,憧憬着光明。我们认为小说表现的是虚无:人生的虚无,爱的虚无,美的虚无。

小说处处充满着这种虚无情绪,强调人生虚幻之感。先看岛村,舞蹈是岛村追求虚幻美的一种外在形式。而岛村同驹子的关系,也表现作者对情欲的一种虚无感。驹子爱岛村,但岛村却无法唤起感情:"突然间,岛村脸上起了鸡皮疙瘩,一股冷意透彻肺腑……他被虔诚的心所打动,被悔恨的思绪给洗刷了。"岛村心想:"啊,这个女子在迷恋着我呢。这又是多么可悲啊。"

驹子也是如此。她的美被岛村发现,但她的生活经历和文化背景却与岛村不同。她只能生活在一个与上层社会完全不相干的世界里,她永远也不可能走进岛村设置的那个美丽的感情世界,因此她的爱给人一种徒劳努力的悲凉感。而岛村构想的世界是和现实没有任何联系的虚幻的世界。"岛村发现了这些女子真正的美,并以此作为自己的世界,要栖居其中。可是女子们的生活背景与岛村是完全不相同的。女子们如果不让自我分裂,就不能生存于岛村的美感世界里。"

虚无感几乎和所有人的命运联系在一起。小说以岛村的见闻感受来结构全篇。他是位坐吃祖产、玩世不恭的纨绔子弟,是一种虚无情绪的体现者。他追求的对象也被涂抹上了虚无的色彩。他研究西方舞蹈,但不看栩栩如生的舞蹈表演,只欣赏自己想象的舞蹈的幻影。而且他还将虚无徒劳之感带入到世俗生活中。他追求驹子,当驹子恋着他时,他却再也没有了热情,只有单方面的"徒劳"。他倾心叶子,但叶子只是一个想象的美的幻影,与其说叶子的美是映在黄昏时节飞驰的火车玻璃窗上,还不如说是作者大脑幻化出的无法捉摸的面影。虚无是岛村性格的核心。他不远千里去与驹子相会,想摆脱生活的寂寞,但虚无感支配着他,他不可能从与驹子的交流中获得解脱,相反他收获的是更大的寂寞和哀伤。日本评论家濑沼茂树对这一人物的评价非常到位:"以基督教的道德标准来说,岛村是不能容忍的恶魔、唐璜式的纨绔子弟,而从民主主义的市民道德以及晚近的小家庭主义来看,他也是不可原谅的轻薄儿。"

小说中的驹子是作者写得比较深刻的人物,因为她和世俗生活紧紧相联系。

她既有美的外表,又有美的心灵。雪国的清澈、洁净的空气培植了她作为大自然的女儿的基本色调。她聪颖刻苦,心地善良,富有自我牺牲精神。她从未接受过行男,也没有许过婚,但当行男病重,师傅又中风,一家生活困难无着时,她下海当了艺伎。作者在塑造这一人物时描绘了她多侧面的性格,既有常态的美,也有病态的放纵。她的全部行为与其经历教养相吻合。但在她身上也表现了虚无情绪。她爱岛村,因为岛村有教养,但那是没有回报的爱情。

《雪国》取得了较高的艺术成就。正如日本评论家长谷川泉所说,它是"近代文学史上抒情文学的顶峰"。作者注重于真切感受的传达,将具有空旷之美的瞬间感受描绘出来,用象征、隐喻等具有多重意象的词来表达感受。如小说第一句:"穿过县境长长的隧道,便是雪国,夜空下,大地一片莹白。"隧道中的黑暗与雪国的莹白对照,隧道的狭小与雪国的空阔相对照,给人一种豁然开朗的感觉。而两次镜中人物的影像,再现了一个虚无的凄美的世界。一次是飞驰的火车玻璃窗上叶子的映像与窗外流动的景物,镜子的衬底是流动着的黄昏景色。镜子里的影像与镜后的景物,恰似电影里的画面叠映缓缓移动。人物的出场与背景毫无关系。人物是透明的倒影,背景则是朦胧逝去的日暮野景。两者融合在一起,给人感觉好像不是人间世界的象征。尤其是姑娘的脸庞上,重重映出寒山灯火的刹那间,真是美得无可形容,简直使岛村的心灵都为之震撼了。这日暮野景寒山灯火给人瞬间的感受,既有淡淡的压抑感,又表明美是虚幻的、不可捉摸的,具有多重意韵。

小说还将西方现代主义意识流手法融入传统的情节之中,推动情节的发展。作家通过一些偶然性事件的激发,引起人物不连贯的自由联想。如小说借助火车窗上的玻璃和旅馆的梳妆镜把岛村带入幻想的世界。岛村从夕阳映照的火车玻璃窗中,窥见叶子的脸庞,引起对驹子的回忆。到了雪国后,在清晨从梳妆镜里白雪映着驹子的红颜青丝中,又勾起对映在火车玻璃窗上叶子的脸的回忆。小说中人物意识的流动是一个多层次的翻动。岛村的回忆——回忆中驹子的意识——驹子意识中岛村的意识。这种意识流动使作品虚实相映,梦幻世界与现实世界相结合,给凄美的故事添上了扑朔迷离的要素。

小说还发展了《伊豆的舞女》中情景交融的手法,将日本四季的变化与人物的情感变化融合为一。雪国本身就给人一种开阔、洁净之感,但茫茫雪野又给人冰冷、孤独无助之感,这使得人的苍凉感和冷寂的大自然之间形成了互相映照的关系。寒冷的环境强化了个人的悲凉、空虚的心境,使一种抽象的情感具象化了。

巅峰之旅

人类之树:一个遥远大陆的风景

1973年摘取诺贝尔文学奖桂冠的是一位来自澳大利亚的作家,名叫帕特里克·怀特。由于他的获奖,澳大利亚文学也纳入了诺贝尔文学奖体系。

澳大利亚的建国史与美国相似,由于政治上它是英联邦的一部分,人们习惯把澳洲文学看成是欧洲英语文学的延伸。诺贝尔文学奖的光辉尚未照到这块大陆之前,南半球这块大陆上已经活跃着一大批卓有成绩的作家,如亨利·劳森、亨利·理查生、马丁·博伊德、艾伦·马歇尔、朱达·沃顿等作家。正是这些作家的努力,使大洋洲文学开始挣脱欧洲文学的影响,成为一种崭新的本土文学。但从世界文学的视角来看,澳洲文学尚未产生更大影响。特别在中国,人们对澳洲文学的认识是相当肤浅和有限的。

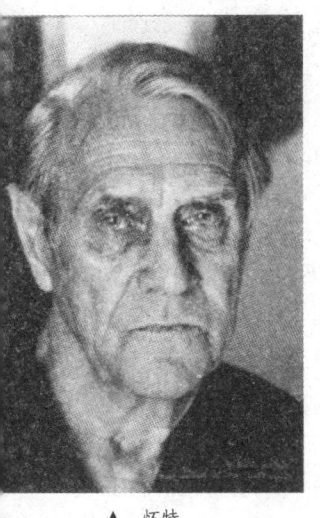

瑞典文学院注意到为澳洲本土文学成熟作出贡献的诸作家。1973年在颁奖给帕·怀特时,没有忘记站在他身后的澳洲作家群,对他们的努力由衷地嘉许:"由于作家接连不断地出现,已赋予澳洲文学以明显的特殊性和独立性,就世界性的眼光来看,他们的努力已将澳大利亚文学提升到一个新境界,并被重新评估为不再是英国式传统文学的余波。"[*]

▲ 怀特

颁奖词中这段话显然是试图扩大授奖帕·怀特的实际意义,即肯定以怀特为代表的、为澳洲本土文学形成作出卓越贡献的所有澳洲作家。而怀特的功绩在于:"他的作品以史诗般的气派和刻画人物心理的叙事艺术将一个大陆带到世界文学中来。"可以这样说,帕·怀特将遥远的大洋洲文学带到世界文坛上,而诺贝尔文学奖的权威性又将人们的目光带到了澳大利亚。由于诺贝尔文学奖的推动,帕·怀特的作品被译为法、德、俄、汉、日、西班牙、捷克、瑞典、芬兰等国文字。因此我们将他作为澳洲文学的杰出代表来研究,理由是充分的。

---

[*] 《诺贝尔文学奖颁奖演说集》毛信德 蒋跃 韦胜杭编 百花洲文艺出版社 1995年版 第592页

帕·怀特1912年生于英国，其时他的双亲正在英国旅行，长到6个月，双亲才把他带回澳大利亚。他在悉尼度过了童年，从小即表现出对文学的浓烈兴趣，13岁时，帕·怀特又被父母送到英国接受"英国式"教育，因为把子女送到英国本土受教育是当时一般中产阶级家庭常采用的一种方法。4年后，怀特返回澳大利亚，并尝试创作。1932年，他再度赴英国，在剑桥大学研究现代语言，接触到德、法文学。怀特曾想当画家，但未能如愿。不过，对绘画的爱好给他的文学创作以巨大影响，他的作品无论是人物性格刻画还是场景的处理都隐含着绘画技巧。

在《回头浪子》中，怀特曾谈到自己由"欧洲人"向"澳洲人"回归的思想历程：

> 我从小所受的教育使我相信这样的格言：唯不列颠人正确。早年，我确实接受了它，在一所英国公学里，我被熨得平平整整……直到1939年，我独自漫游了西欧大部，以及末了还逛了大半个美国以后，我才开始成长起来，开始独立思考。而战争则完成了我性格其余部分的改造。本来似乎是多彩的、理性的、称心如意的生活，令人痛心地变成了毫无意义的寄生生活。……他第一次体会到那无所依傍的感觉。阿利斯特·克肖曾对这种感受表示哀叹，并把它解释为一种谋求再度用鼻子触摩母国仁慈的乳头的愿望。

在漂泊的人生中，怀特体验到故乡在精神深处的重要性，他需要重新认知故乡，于是他把澳大利亚看成是现实的精神故乡。他说，一个作家必须依赖故土，"即便这是墨尔本人行道上的尘埃或悉尼阴沟里的垃圾"。

故乡澳洲锻造了怀特。回到祖国不久，他便迎来了作为"澳洲作家"的创作高峰期。五六十年代，他佳作迭出。如《人类之树》(1955)、《沃斯》(1957)、《乘战车的人们》(1961)、《烧伤的人》(1964)、《坚实的曼陀罗》(1966)、《风暴眼》(1973)。

独特的人生经历显然是怀特走向成功的不可或缺的因素。

帕·怀特一生主要活动在欧洲、北美洲和大洋洲之间，漫游世界的经历开拓了他的生活视野，使他有机会了解世界文坛的最新动态，特别是二三十年代盛行于欧美的各种现代主义思潮。而飘零本身作为一种情感体验，使他痛切地感受到现代人的孤独、隔膜、无法沟通和无所归属之感。这样，他对现代主义从思想内核到

巅峰之旅

表现技巧都有一种亲和感,因而他的创作有浓郁的现代主义色彩:传统意义上的情节被淡化了,展现在读者眼前的文字只能建构零碎的、缺乏逻辑联系的、跳跃性画面。这显示了怀特对世界性文学思潮的敏锐感受力和学习借鉴的宽阔胸襟。一位澳大利亚作家在谈到怀特时说,怀特的作品中有两种截然相反的属性。由于他的国际游历背景,"他的作品所表现出来的文化的、理性的、乃至个人影响都是世界性的"。他的作品经常把欧洲作为人物活动的背景,表现背井离乡人的左右为难的窘境。另一方面,他的作品表现了"鲜明的澳大利亚属性"。怀特的代表作品不仅以澳大利亚为背景,更重要的是,他表现了澳大利亚生活的独特之处,"五彩缤纷的内心世界的感知,澳大利亚乡音和语言的特殊结构,澳大利亚喜剧式的社会生活的精巧优雅,以及澳大利亚人理念中阴郁的思辨哲学。我以为这正是怀特作品的价值所在"。

站在故国的土地上,怀特不可能像西方现代主义作家那样,完全置身于形而上的沉思中,"澳洲本土作家"这个角色所承担的使命,要求他自觉地为创造澳洲文学而努力,他必须以文学为手段,为现实生活中各种问题寻找答案。实际上,怀特一踏上故土,就意识到现实对作家的紧迫要求。因为澳洲人的物质生活水平和欧洲大陆接近,而精神领域却是贫乏而苍白的。"在那里,思想是最空洞的;在那里,富人就是重要的人物;在那里,教师和新闻记者统治着一切精神领域;在那里,漂亮的青年男女透过毫无判断力的蓝眼睛注视着生活。"人们倾慕的是物质财富,而忽视了对精神世界的关注。面对这一现实,怀特试图从澳洲不长的文明史中发掘那些支撑一个民族壮大、创新的精神力量。或者说,寻找被移民淡忘了的开拓本土的民族精神。这种探求,使他的创作主题呈现出两个鲜活的层面:其一,弘扬先辈发现澳洲时那种执著坚韧、顽强的探索精神;其二,与这种鼓舞人向上的精神相对照,作家洞察当代人的精神困境,提出解救之道,同时对当代人的金钱贪欲进行了批判。这两个主题层面的指向是一致的,即确立澳洲文学的主体精神,促使人们关注人类精神的深度,走向道德的至纯。怀特的整个创作都贯穿着这两个层面的主题,实践着作为澳洲作家的责任。晚年,当有人问他是否会离开澳洲时,他说:"我希望在这里继续生活,希望在我有生之年以我力所能及的方式填补澳大利亚这块空白。"

表现澳洲人的拓荒史,以确立澳洲民族精神,这是怀特小说主题的主导面。其代表作是从欧洲回归澳洲故土后创作的《人类之树》、《沃斯》。从内容上看,《沃斯》

表现的是澳洲的发现,而《人类之树》描写的是发现后的开拓,两部作品都有史诗般的气派。

《沃斯》把19世纪中叶德国探险家对澳洲的探险描写得气势磅礴。作家选择这一题材并非偶然,要寻找民族进步的精神资源,必然要从民族的历史中去发掘。而澳大利亚的历史渊源是与探险、发现澳洲的先辈们联系在一起的,因为探险活动是发现澳洲,使澳洲步入文明社会的关键。在先辈的拓荒史中,洋溢着不屈的进取精神,而这是现代人精神世界中所缺乏的。沃斯是拓荒精神的体现者,他抛弃了悉尼市区优裕的生活,实际上是对安逸和享乐的人生的鄙视。而面对人间的苦难时,他显示出坚韧、谦恭、无私等性格。在探险队进入澳洲中部沙漠时,他忍受着饥渴的煎熬,还为腹泻不止、臭气熏天的队友擦洗身体。尽管大多数队友死于疾病和饥饿,沃斯本人也因受土人袭击而身亡,探险队以失败告终,但在追求过程中表现出的精神却是高尚的、悲壮的、鼓舞人的。小说中,沃斯被赋予了积极的、坚强的、有目标、有信念的性格,作者也写了官吏、商人、教士等角色,但作者突出的是开拓者的坚韧不拔。他们面对茫茫沙漠,精神世界却获得了净化和超越。作者确认了以坚毅的意志抗拒苦难对人精神臻于完美的意义,同时也确证了忍受磨砺、永远进取对于一个民族所具有的现实意义。正如《幸福谷》扉页引用甘地的话所说的:"进步以受苦多少为衡量标准……苦难愈纯粹,进步就愈大。"

如果说《沃斯》是对发现澳大利亚过程中所表现出来的坚毅、勇敢、不屈不挠等新的民族精神进行讴歌的话,那么《人类之树》则通过一对澳大利亚普通夫妻半个世纪的经历,表现了澳大利亚从农牧业殖民地发展成现代化国家的过程。作者从另一个角度对澳洲的拓荒史进行肯定:普通的澳洲人是怎样在这块新垦地上休养生息,为这块土地的繁荣发展作贡献的。

斯坦·派克是一个铁匠的儿子,他为人朴实、少言寡语,但他有自己的思想和信念。他没有继承父业,因为他不喜欢城镇的生活,他更愿意当一个农民。为了实现自己的梦想,他决定离开刚刚兴起的小城,开始自己的事业。也就是在这时候,斯坦·派克认识了艾美,一位失去父母、寄人篱下的孤女。他爱上了孤女艾美,携手和艾美一起向丛林深处走去。在荒凉的丛林中,他们度过了短暂的蜜月,随后便开始了艰苦的创业历程。在拓荒的日子里,他们相互鼓励,相互支持,经历了干旱、山林失火和洪水,也经历过感情危机,但他们不离不弃,最终在荒凉的丛林中建立了自己的家园,还将一双儿女抚养成人。小说的前半部,怀特象征性地描写了澳洲的

巅峰之旅

拓荒历史,派克夫妇是澳洲拓荒史的缩影。而小说的后半部则表明了作者对现代文明的态度。随着工业化和大城市的出现,迁居到丛林深处的人们越来越多,而随着拓荒的发展,荒芜的地方变成了城市郊区,此时工业化和大城市对丛林中人们的生活也带来了影响。女儿塞尔玛不再愿意像父辈那样生活,她迁居到城市,嫁给了一个律师。而儿子也挡不住城市生活的诱惑,离开了乡村,进入到城市里,但城市文明不是快乐和幸福,而是接连不断的欺骗和打击,他最后陷入了黑社会组织,丢掉了性命。派克选择的生活方式也开始发生了变化,原来的丛林深处,经过几十年的发展,成了悉尼的郊区,奋斗了一生的斯坦·派克死在自己花园的小路旁。

《人类之树》颇有欧洲"长河小说"的气韵,时间跨度长,描述的生活和时代大约有半个世纪。人物也非常多,怀特写了斯坦·派克一家三代人的经历。小说中的重要人物有三四十个,但作者将情节和人物安排得井井有条,使得小说的结构不蔓不枝。不过和欧洲长河小说相比,《人类之树》具有怀特和澳洲的特点,小说不是以情节的曲折来吸引读者,而是将现代主义表现手法与传统的美学观融合为一。斯坦·派克是丛林中的拓荒者,但作者给他赋予了更多的文化信息。他是坚定、执著的拓荒者,他身上所体现的真实的力量,显示了澳洲大陆开拓进取的精神力量。但与此同时,他又是人生真谛的探索者,人类孤独情感的表达者,从这个意义上说,怀特塑造的斯坦·派克表达了20世纪现代主义文学惯常表达的主题:人是孤独的,人与人是隔膜和无法沟通的,人生是空虚的。这样在整体上,小说显得非常厚重,象征意味浓郁。一方面,澳洲拓荒和发展的历史得到了很好的呈现;另一方面,表达了作者对人类一系列问题的哲学性思考。因此,小说在细节、人物的安排上实现自己的构想。比如小说开始,斯坦·派克与孤女艾美的故事,就很有《圣经》中亚当和夏娃故事的意味。怀特似乎想将斯坦·派克和艾美的故事演绎成人类故事的缩影,作者用树的意象表明,我们人类就像扎根在肥沃土地中的大树,连绵不断地生长着,不断地将绿荫扩展开去,并庇护着幼小的树苗。小说中,为了强化树的意象,作者还特别反复地描写到斯坦·派克住宅旁的野蔷薇,当主人最后死亡的时候,这棵野蔷薇已经长成参天的大树了,野蔷薇就是人类生命延续的一个象征。

诺贝尔文学奖家族中,不同地域、不同文化背景下的作家,塑造了一组精神气质极为相似的劳动英雄形象,如挪威作家哈姆生的《大地的成长》,美国作家赛珍珠的《大地》,冰岛作家拉克斯奈斯的《独立之子》。这些作品中的主要形象艾萨克、王龙、毕亚特,还有《人类之树》中的斯坦·派克,他们有着共同的特征。论身份,他们是农民,没有很高的文化素养,但他们眷恋大地,在大地上开拓创造,并在创造开拓的过程中获得精神的安宁和自由独立的感受。而对大自然的回归使他们把都市文明看成是罪恶的渊薮,本能地加以排斥,几位作家都试图从纯粹劳动者的身上找到抵御现代社会人欲横流、世风日下的精神资源,重建人与人、人与自然和谐宁静的关系。哈姆生描写的人生存的理想境界是颇有代表性的:"这里只有高原和岩石的山峰,人们的生活与天地相接触,与它们合而为一。……人们的手上不用刀剑,只用赤裸的手无怨地生活,生活在伟大的仁慈中,人跟自然不相互攻击杀伐。而是互处和谐,他们不竞争,不比赛,而一同前进,高原、森林、沼泽和草地就是他们超衡量的财富,人们在这里能得到纯正的生活,对得起一切人的生活,没有任何东西可以把这儿的人置于它的命令之下,主使他们。他们有和平,有权威,有伟人的光芒。"在人欲横流,为权势、利益、金钱而搏杀的年代,对劳动英雄质朴、恬淡的生活的赞颂,无疑是作家人生理想的外化,它也不失为当代社会困境中的一种解救之道。

小说的主人公斯坦·派克无疑倾注了怀特的人生理想,他渴望从这位坚韧、朴实甚至有几分木讷的人物的性格中,寻找属于澳洲本土的精神特征。作家旨在表明澳洲的拓荒史就是具有健康心灵、健全人格的家族发展史。因而斯坦·派克与艾萨克、王龙、毕亚特不同,人与社会的关系被简化为人与自然的关系。他们身上没有租佃契约的关系,没有阶级压迫,更没有兵荒马乱的困扰。他过的是独立、稳定、自给自足的田园生活。怀特在描写人与自然的关系的时候,特别强调人与土地的平等关系,人开拓土地的过程中,也是体验生命的过程,体验人和土地建立和谐关系的过程。从这个意义上说,人开拓土地的过程也是一个完善自己的过程,土地和丛林成为人必需的生活环境,人从土地和丛林中获得滋养的同时,也改造着自己。这揭示了人类与土地的亲和与根性关系。正是这种广阔的视野,使得怀特在具有民族特色的同时,也具有超越民族特性的世界性意义。

怀特在《人类之树》的后半部分,揭示了乡村都市化后对人性的腐蚀和人如何在堕落中生活。在怀特看来,丛林和大地代表了人与人、人与自然的和谐关系,但城市却把这种和谐关系破坏了,人们对物质享乐的过度追求,丧失了斯坦·派克那一代人积极健康的开拓精神。占有索取的过程也就是欺诈堕落的过程。到了晚年,怀特在高扬民族的正向价值的同时,又对扭曲的占有所带来的堕落进行了鞭挞,特别是金钱对人性的腐蚀和由此引发的精神困境是他关注的焦点。

巅峰之旅

在《镜中瑕疵》中，他表示了对现实的关切："当我们迅速越过60年代进入70年代时，社会气候发生了变化。"引起怀特敏感反映的是资本主义市场经济的迅速成熟给社会关系带来的调整，利益的驱动使人们只认识手中的金钱。"处于社会高级阶层的妇女开始跟与她们社会地位相当的和比她们低的人一样做菜，如果有人肯给钱的话。金钱成了一切，成了庸俗的时髦，骗子恶棍只要囊中有钱便可以逃避惩罚。"对金钱魔力的批判构成怀特后期小说的重要主题。这类作品以1973年发表的《风暴眼》为代表。

像怀特的其他小说一样，《风暴眼》的情节很简单：亨特老太太行将就木，儿子和女儿匆匆从海外赶来。驱动他们回家的不是骨肉亲情，而是老太太的遗产。面对儿女为遗产明争暗斗，饱经沧桑的亨特太太一语中的："你们飞来……无疑是要看我死，或者向我要钱。"小说不仅描写兄妹之间为遗产所施展的种种手段，而且还深入到女儿多罗茜心灵的深处，展示金钱观念是如何腐蚀人的心灵："就是要从一个老太婆手中骗取一笔数目可观的钱财，而这老太婆碰巧是我母亲。有时，我固然爱她，但有时又恨她。(天啦！确实恨她)所以一旦诱骗不成，勒索就比较顺理成章，可以原谅。何况，她自己就是一个最大的恶棍。而如果诓骗和勒索均告失败，将一个老太婆或者说母亲置于死地又算得了什么呢？"

这种鞭辟入里的描写印证了马克思所说："资产阶级撕下了笼罩在家庭关系中温情脉脉的面纱，将人与人之间的关系变成了纯粹的金钱关系。"

我们应该看到，怀特对金钱的批判，并不是简单地对19世纪批判现实主义文学主题的重复，更不是对巴尔扎克、狄更斯某些小说的改写，而是灌注了20世纪人们普遍关心的问题：人的孤独、隔膜、无法沟通，以及试图寻找精神家园的努力。这一主题的拓展，使怀特的小说更具有当下性意义。小说中，不管是亨特太太还是她的儿女，都有一种"精神流浪"的特征，而精神家园的丧失与寻找是现代人所面临的共同问题。从这一意义上看，《风暴眼》超越了澳洲本土，涵盖了世界性主题。

亨特太太是如何寻找精神家园的呢？她的一生都处在不断地寻找与否定的过程中。她天生丽质却出身寒门，为摆脱贫困，她嫁给了富有的农场主休·伯特，但物质的享受不能带来精神的自由。她感叹道："漂亮的脸蛋和物质生活的富足并不能赶走孤独和失望。"她渴望摆脱精神上的困境，把自己的生活织入别人的图案。她希望有人做伴："什么人都好，哪怕是头脑极其简单、非常蠢笨的人。"但她仍处在精神的迷失之中，亨特太太对现代人的孤独感和隔膜感体会得极为深刻："人人都是海岛,尽管有海水、空气相连,但谁也不会向谁靠拢。"而且"最冷峻、最褊狭的海岛莫过于自己的儿女"。

那么人怎样才能摆脱孤独感呢?其实,作者在《人类之树》中已通过斯坦·派克这一形象作了回答。人应当选定一个高尚的目标,努力为之奋斗,并保持质朴纯真的品格,回归到自然人状态。《风暴眼》中,亨特太太也体验过做自然人的快乐。风暴将她置于生与死的中心,这个时候生存成了唯一的必须,一切其他的欲念都显得多余和可鄙。尽管风暴撕碎了衣衫,划破了脸面,但她却体验到从未有过的快乐,因为她只是一个存在物。在风暴眼中,人摆脱了纷繁复杂的社会,与大自然融为一体,人性得到了净化。这与派克远离尘嚣、以纯朴的劳动获得生存在精神上是相通的,世俗的东西被抛弃了,生活变成追求高尚的过程。所以我们说,不管是讴歌还是鞭挞,怀特小说主题的两个层面的精神价值取向是一致的。

读怀特的小说,最直接的感受是仿佛在吃核桃,必须耐着性子敲开它坚硬的外壳,一旦吃到内核部分,越咀嚼越清香,韵味悠长。相对于传统小说重情节、重性格刻画来说,怀特更关注的是心灵的真实。早年游历欧美,意识流小说给他的表达方式以影响,进而影响到他的美学观,他说:"艺术并不是把人们已经知道的事情告诉人们,而应该高于生活。"在这种观念的支配下,怀特不看重对外在的、人们熟知的现实的摹写,却把人们忽略的意识和下意识作为描摹的对象,情节的推进以人物的自由联想为线索。这样,外在的现实经过主人公筛选、联想才被呈现出来,因而显得凌乱。《风暴眼》的情节是以亨特太太躺在病床上对一生的追忆呈现出来的,这种追忆并没有逻辑联系,而只是片断的衔接而已。

怀特的小说还经常使用象征、隐喻,以期扩大语言的意义边界,从平凡的现实背后"发现不平凡,发现神秘和诗意"。语言信息量的扩大增加了小说的语义层次,也增强了小说的厚重感。以象征为例,小说中以各种形式出现。有时是书名,如《活体解剖者》用"活体解剖"来象征艺术家,揭示艺术家的职能。而《人类之树》则通过树与土地的关系,确立人与大地关系的密不可分,通过这一意象,以期表明人与大地简朴和谐的关系是摆脱现代人所面临的困境的唯一方法。还有些象征是应用在细节上,使细节具有双重功效:既具有写实性意义层次,还具有象征性意义层次。

一些怀特研究专家注意到怀特语言的独创性。确实,怀特小说的独创性很大程度上源于言说方式的独特性。他将传统的语言句式打碎重构,创造别具一格的句式。比如为了达到句意的新颖,怀特喜欢将不同的概念糅合在一起,具体的事物

巅峰之旅

和抽象的情感并列:

"他从未像现在这样满足过,孩子们和椅子在和他亲密交谈。"(《乘战车的人们》)

"他们迎着傍晚的潮水游过去,他们的动作受到焦虑和草丛的无情的阻拦。"

怀特已经不在这个充满喧嚣的世界上了,但他的创作为澳大利亚文学的繁荣作出了贡献,他成为澳洲文学达到世界水准的一个标尺,一个象征。诺贝尔文学奖家族也因吸纳了这位大作家,使文学的"理想主义倾向"涵盖到了遥远的大洋洲,从而使诺贝尔文学奖更接近"世界文学"的概念。

尼罗河絮语

1988年,作为阿拉伯世界的文学代表,纳吉布·马哈福茨终于获得了诺贝尔文学奖。瑞典文学院特别强调马哈福茨对于阿拉伯文学世界的代表性意义,"在阿拉伯文学中,小说实际上到20世纪才出现"。"正是他,一步一步地使小说这一形式趋于成熟,其代表作有《米格达胡同》、《三部曲》、《我们街区的孩子》、《小偷与狗》、《尼罗河上的絮语》、《尊敬的阁下》和《镜子》等,这些小说形式各异、内容多样,部分还带有探索性。从心理现实主义到寓言性和神秘的玄学构想,他都广泛涉足。""由于他在所属文化领域的耕耘,中长篇小说和短篇小说的艺术技巧均已达到国际优秀标准。这是他融会贯通阿拉伯古典文学传统、欧洲文学的灵感和个人艺术才能的结果。"*应该说,瑞典文学院选择马哈福茨作为阿拉伯文学的代表是符合阿拉伯文学世界的现状的。他的获奖引来埃及和阿拉伯世界的一片欢呼就是最好的明证。

▲ 马哈福茨

马哈福茨1911年12月1日出生于开罗一个公务员家庭。兄妹5个中,他排行最小,因而深受父母宠爱。从幼年开始,马哈福茨在父亲的指导下,广泛涉猎埃及历史和英雄人物的故事,培养民族的自豪感和责任感。而家庭生活中严格的宗教氛围,也使他信仰真主安拉。马哈福茨自豪地说:"我是两种文明的儿子,在历史上的一个时期里,这两种文明结下了美满姻缘。第一种是已有7000年历史的法老文明,第二种是已有1400年历史的伊斯兰文明。""我命中注定出生在这两种文明的怀抱中,吮吸它们的乳汁,汲取它们文学和艺术的养料,畅饮它们迷人的文化美酒。"**

1930年马哈福茨中学毕业后,旋即进入开罗大学文学院学习,并于1934年毕业。以后在埃及宗教基金部和文化指导部任职。曾任埃及文学艺术最高理事会理

---

* 《街魂》关偁译 漓江出版社 1991年版 第532页
** 《街魂》关偁译 漓江出版社 1991年版 第535页

巅峰之旅

事、电影局局长、文化部顾问等职。1971年在《金字塔报》编辑部工作。

从1938年出版《疯语》到1988年获诺贝尔文学奖,在长达半个世纪的创作生涯中,马哈福茨共创作了50多部中长篇小说。这些小说多以埃及开罗为背景,探讨在法老文明和伊斯兰文明背景下,埃及走向现代化的艰难历程。瑞典文学院对他笔下的理想主义的解释是:"以开罗的市区街巷作为小说的背景和人物活动的舞台,展示了埃及人社会生活的广阔画卷,对时代本质的密切关注和对中下层人物平凡生活的描绘相结合,在神圣的伊斯兰教信仰的崇敬中,又闪耀着世俗生活的光辉。曲折的情节和现实主义的入微刻画相结合,这种探索和创新,使阿拉伯世界的文学艺术越过了语言障碍而为全人类所欣赏。"* 由此可以看出,马哈福茨是凭着阿拉伯民族文学的深厚积淀而获得世界性声誉的。马哈福茨的创作大致可以分为三个阶段。

20世纪30至40年代是他创作的准备期,这个阶段作者热衷于历史题材小说创作。像世界其他被轻视、被侮辱民族的作家一样,马哈福茨关注埃及历史上的民族英雄。他凭着青春的激情,渴望以古人的辉煌唤醒现代埃及人的民族意识,为摆脱英法殖民统治进行舆论准备。较著名的作品有历史三部曲:《命运的嘲弄》(1939)、《拉杜比斯》(1943)、《迪拜之战》(1944)。作者丝毫不掩饰自己的创作目的:"当时埃及历史上唯一光辉的时代——法老时代的精神被继承下来。特别是我们处于英国和土耳其人的双重统治之下,我渴望像古代埃及人一样收复土地,再将土地分给农民。"三部曲以著名的第四王朝第二代法老胡福时代为背景,以胡福建造金字塔为线索,展示了古埃及文明的历史面貌,充满了强烈的民族情感和爱国热情,宣扬了以"法老主义作为埃及民族主义基础"的主张。

20世纪50至60年代马哈福茨进入了创作的鼎盛期。当时埃及社会正进入历史发展的关键时期:一方面,伴随着世界民族民主革命的潮流,埃及民族意识日益觉醒,传统的封建秩序和殖民主义价值观受到人们的唾弃;另一方面,民族民主革命在人民的推动下取得了胜利,但胜利后仍然困难重重,革命前的许多弊病并没有因为革命的胜利而彻底改观。复杂的社会状况使马哈福茨感到,一味地沉浸于辉煌的历史无法解决现实问题。而现实问题需要作家的思考和回答。在此背景下,他创作出一系列针砭时弊、讴歌民族独立和社会理想的作品。具有埃及史诗之称的

---

* 《街魂》关偶译 漓江出版社 1991年版 第532页

三部曲《宫间街》、《思宫街》、《甘露街》(1956–1957)就创作于这个时期。与此同时，作家还在表现手法上进行了大胆的革新。1957年他说："我不知何时写作，但可以肯定，当我重新握笔时，将运用一种新的手法。"正是在这种观念的引导下，1959年马哈福兹创作了《我们街区的孩子》。小说背景虽然还在开罗的陋巷，但它的写实性被淡化了。街区的演进史实质上是人类从蒙昧到科学时代的演化史。瑞典文学院在颁奖词中对这部小说的艺术成就"感到惊讶"，"它就像人类的一部精神史……犹太教、基督教和伊斯兰教的伟大人物——尽管呼之欲出——却把自己伪装起来应付各种紧张的新情况"。1967年发表的《米拉玛尔公寓》，也是"新现实主义"的力作。"公寓"实际上成了埃及1952–1962年土地革命的象征。小说中4位人物分别以第一人称展开叙述。过去的事因人而异，而现实是由不同的人站在不同的角度叙述的，整个社会的特点越来越清楚，人物形象随着多角度的烘托而得到丰满。写实和象征的双层语意的运用，使小说显得深沉、厚重，从而扩展了小说的表现领域。

20世纪70至90年代是马哈福兹创作的探索期，这一时期马哈福兹除保持五六十年代对现实中重大事件进行思考的特点外，还着重对小说作为叙述文本的特征进行探索。如：《爱的时代》(1980)表现了作者对小说叙述方式的改革。《千夜之夜》(1982)将《一千零一夜》这个古老的阿拉伯文学故事框架进行改造，赋予作品以现代意识。《王座前》是对《我们街区的孩子》的扩展。作家提倡科学，反对迷信，强调人要进行自我心灵的净化，告诫人们要自己动手，解决矛盾，不必等待真主安拉。所以也引起人们的辩论。

纳吉布·马哈福兹以自己的小说创作开创了现代阿拉伯小说的一个新阶段。不管在什么时候，他都没有脱离同埃及大地上的现实、人及其未来的联系。他目光敏锐，善于抓住要害，每逢重要的社会转折时期，均以作家的政治责任感和干预现实生活的勇气和魄力，提出自己的看法。所以，他的作品也被人们誉为高层次的政治文学。

我们以"三部曲"为代表进行分析。

三部曲《宫间街》、《思宫街》和《甘露街》，书名是埃及的几条街道之名。所展示的时代背景是1917年到1944年的埃及，即埃及由半殖民地半封建社会向民主独立的新时代迈进的前夜。这个时期，以王室为代表的大封建主、大资产阶级在英国的保护之下，对埃及人民实行残暴统治，而世界大战、经济危机也波及埃及，使人民生活极端困苦。另一方面，千百年沉淀而成的旧礼教、旧风俗禁锢着人们的精神，

巅峰之旅

束缚着人们的自由。但是在这个转型期,人们毕竟觉醒了,反帝反封建的斗争也如火如荼地开展起来。作家紧扣时代本质,借助"家族小说"的模式,以争取民族的自由独立和个人的自由为主线,通过对一个中产阶级家庭三代人的生活轨迹的剖析,真实地再现了这个重要历史时期埃及社会的动荡与变迁。

小说将民族的复兴和家族的演变扭结在一起,以1917年新国王福阿德登基为起点。外部社会变迁穿插于家族生活中,形成一种互动关系。我们看到了萨阿德等爱国者组织"华夫脱"党,到伦敦和巴黎和会上去"要求取消保护,争取民族独立"所具有的群众基础。随之而来的是学生罢课,工人小职员的罢工。开罗大街到处汹涌着反抗的浪潮。这实际上是埃及1919年革命的真实写照。作家曾谈到作为埃及现代史开始的1919年革命时说:"革命对埃及人来说,是一次复兴,一次从消极等死到积极求生,从四分五裂到民族团结,到真正信仰自由、独立和民主的复兴。"正是这场革命的启蒙,促使几千年的封建专制统治开始崩溃。

《宫间街》中的主要人物是艾哈迈德·阿卜杜拉·贾白德。他继承祖上遗产,经营杂货店,富有而专横。在家中,他极力维护男尊女卑、父尊子卑的宗法制统治。他不给妻子以任何自由,除了做家务,妻子还得侍候半夜从风月场中归来的丈夫。妻子仅有一次拜谒清真寺,还差点儿遭到他的遗弃。对儿女他更是摆出家长的威风,稍有不从便训斥或责打,对儿女的婚事也要乱加干涉。正如其小儿子凯马勒所说:"天上的事有真主,地上的事有爸爸。"但随着民主启蒙运动的深入,年轻人接受了新思想,封建家长制的绝对权威受到新一代的挑战。妻子艾米娜拜谒清真寺,迈出了"生活了四十年而一无所见"的街区。这只是反叛的前兆。接着是儿子法赫米参加学生运动,秘密散发传单,选择了为祖国独立而斗争的道路。而玩世不恭的长子亚辛,公开与被人休弃的玛丽结婚,并离家独居。

《思宫街》是以艾哈迈德的长子亚辛居住的街名命名的。亚辛继承了父亲放纵情欲的特点,但把老一代人的雅士风度抛到了一边。他既不信奉宗教戒律,也不讲求友谊和尊严。他所追求的是赤裸裸的满足。他的最大特点是"垂涎于女性的胴体",窥探女性的美色,情欲一来,不论美丑、黑白,只要身上某一个部位好看就行。他结婚的次数多,但每次蜜月未过完便腻烦,又出入于花街柳巷,用女人和醇酒来填补空虚。小说中还写到他由于嫖妓放纵,无意中抢夺了父亲的情妇祖努白,使艾哈迈德不再放纵,直至病重。小说中除对长子亚辛的描写外,还叙述了凯马勒的故事,描写了他复杂的思想变化过程。这部小说的起始点是《宫间街》所描写的时间的六年之后，结束于1926年。

《甘露街》起始点是1934年，结束于1944年。老艾哈迈德已经年老体衰，在小说中的作用被淡化了。他深切地感到"这个世界完全变了"，他的死是一个时代结束的象征。主要内容是亚辛的两个儿子的学习、工作和思考，展示了一代新人的精神风貌。同父辈相比，他们不再苦恼彷徨，反帝反封建斗争目标更加明确："希望能看到世界上所有专制独裁的暴君一个个完蛋。"作者塑造了小艾哈迈德这个人物。在信仰上，他尊重科学而否定宗教，他认为今天还恪守一千多年前的宗教，"这不符合生活发展规律"。他找到了共产主义，抢着"对一切为了在地球上建立新社会而尽义务的信仰"而生活。在爱情上他敢于冲破陈腐观念，同工人出身的苏珊结婚，还深入到工人当中去散发传单、演讲、给工人上课。面对当权者的逮捕，他无所畏惧，因为他坚信人活着就是不懈地工作，使生活向更高的目标发展。这个人物寄托了作者对新时代的理想与追求。

《宫间街》、《思宫街》和《甘露街》不愧是马哈福茨的代表作。它以恢弘的气派、雄健的笔力，横跨了30余年的历史，用生动感人的形象，将埃及历史上最重要、最复杂的时代展现在世人面前。通过一家三代人的兴衰生死的交替，展示了民族独立的艰难过程，艺术地再现了一个民族从封建主义旧意识向民主自由新思想转变的曲折历程，为人们提供了研究民族解放过程的鲜活材料。

这部鸿篇巨制为我们塑造了许多栩栩如生的形象：

艾哈迈德是本世纪初埃及社会中产阶级的典型。他的性格体现了旧时代人的价值观念和矛盾。在家里，"他像部落酋长"，庄重、严肃、冷酷、专横。这种专横表现在对妻子艾米娜以及儿女的严厉控制上。他的人生理想实质是旧时价值观的具象化。比如他关心的是"自我尊严"，"令人瞩目的地位和遐迩闻名的名声"。为了尊严和名声，他谦逊慷慨，平易近人，忠实于自己的信仰。"热情、坦然、愉快到恪守着包括礼拜、把斋、施舍在内的全部教功。"

作者塑造了蜕变时期这一人物性格的多侧面。他威严却又放荡。丰富的个性是通过风月场中的生活来表现的。他与数十个女人来往，但从来恪守自己的准则：友谊高于情欲。对所钟情的女性，他总是把野性的欲望和温柔的情感融为一体。作者还注意把这个人物放到时代的风浪中，展示他动摇、虚荣及其爱国的一面。比如看到英国人胡作非为，出于民族义愤，他不惜钱财支援革命。但当家庭中法赫米真正卷入革命后，并且危及他和儿子的生命，他便动摇："他梦想独立……但不要通

巅峰之旅

过革命、流血或恐惧来实现。"法赫米死后,他咒骂革命。可当人们把他视为英雄的父亲加以赞誉时,他又油然而产生自豪感。作家对这个人物的把握是深刻而准确的,展示了旧时代人们纷然杂呈的性格,从而预示了革命所背负的沉重负担和艰难历程。

艾米娜是封建宗法家庭中可悲可叹的妇女形象。她身受夫权、神权、政权等的压迫,人的自由和地位被剥夺了,家庭把她与外界隔绝了。"对她来说,开罗城甚至四周喧声不断的街道就是未知世界。"了解外界是站在"牢笼般的阳台上张望着楼下的马路"。作家通过这一人物塑造,展示了埃及妇女社会地位低下的惨状,揭示男女地位的不合理。她的非人处境实际上是宗教造成的,是宗教赋予男人绝对的支配权。"男人在家几乎成了真主,那时的妻子知道,一旦自己稍有不顺,就必然被逐出家门,而男人们找两个或更多的女人为妻是轻而易举的事。"尽管在家中的地位是如此低下,但如果失去了家的庇护,女性将失去依存之所。艾哈迈德的前妻海妮妲被遗弃后屡遭蹂躏,孤独死去,便是例证。作家通过艾米娜的遭遇,揭示出妇女解放的重大主题。艾米娜的悲剧实际上是源自经济地位低下和人格不平等。而要打破这种不平等的局面,妇女只有走出家庭,才能获得自我。

法赫米是经历1919年革命洗礼而成长起来的进步知识分子形象。在他身上体现了民族资产阶级知识分子的多重性格以及走向革命的艰难过程。他受爱国主义的感召,参加民族解放运动,散发传单,组织示威游行,成为最高学生委员会成员,最后为祖国献出了生命。这是其性格的主导面。但他不是被拔高的英雄,而是生活在一定文化传统中的活生生的人。比如父亲阻止他参加学生运动,他敢于反叛,但尊卑观念使他感到内疚。在示威时,他热血沸腾,但看见人牺牲、流血,他也害怕,甚至是"魂不附体",可是获救后又羞愧得无地自容。这一人物折射出时代的特征。它真实地展示了青年一代走向革命所遇到的社会和心理的羁绊。

凯马勒是具有自传性质的人物。作者曾说:"凯马勒反映了我的思想危机,我认为这是整个一代人的危机。"在这一人物身上,凝聚了作者对自己所走的道路的反思以及对人生的探索。从而从更深层次上展示时代和人是如何蜕变的,反映了时代的变迁过程。

凯马勒追求的过程实际上是个不断扬弃和寻找的过程。由于受父亲的压抑和对宗教的虔诚,他性格沉郁内向,但新启蒙思潮启发了他的觉悟,使他立志献身科学和真理。首先遇到的是门第观念对爱情的破坏。他爱阿伊黛,但这位贵族出身、受过西方教育的姑娘看不上商人家庭出身的他。而情人家庭中那种平等和睦的氛围又使他痛恨自己的旧式家庭。双重失落使他要在哲学中寻找答案。上大学后,他通过对亚当和造物主的痛苦思考,得出"人类是动物的后裔"的结论。他要成为现代宗教——科学的信徒。可是他却怯于行动,再次陷入惶惑之中。他试图在酒色场中麻醉自己,但神奇的醉意之后是忧愁。特别得知威严的父亲放纵与贪情后,他觉得精神崩溃了。他自责道:"你和亚辛对饮。你父亲又是个厚颜无耻的老朽。世界上还有什么真正的东西和非真正的东西?历史的价值何在?自由又算什么?"他希望摆脱过去,"给我一个没有历史的祖国和没有过去的生活。"最后他的政治信仰也破灭了。他曾支持华夫脱党,但正是华夫脱党的妥协与卖国,使得内部党派纷争不断。而他在现实中更是处处碰壁,教书受人嘲笑,写文章遭好友挖苦。于是他站到了新旧交叉点上,对自己经历的一切由失望而产生了陌生感:"我不再是这个星球上的居民,我是一个陌生者,应该过陌生人的生活。"无所归属的陌生感使他陷入怀疑和徘徊之中。

凯马勒的徘徊和怀疑是其性格弱点,比如他有崇高的理想却疏于行动,缺乏将理想变为现实的能力。这恰恰是埃及知识分子的弱点。因而凯马勒具有深刻的典型意义。而从更深层意义上来看,这个人物的悲剧是被新的文化思潮痛苦撕裂着的、"处于思想危机中的一代人"的悲剧。随着殖民主义的入侵,西方文化进入埃及,与传统的东方文化发生撞击,使埃及社会不由自主地进入一个新的文化阶段。"这个文化阶段是我们社会在应该具有合理的思想基础的文化层次上,没有任何心理准备的情况下迎来的一个新的文化阶段。"在这个阶段,青年人面临着如何既接受新思想又把握住传统。凯马勒是20世纪上半叶埃及知识分子的心灵史的经历者,也是作者深刻人生体验的再现。

《三部曲》十分典型地代表了马哈福茨的艺术风格。

首先,结构严谨。作品时间跨度三十余年,人物众多。但作家始终以家族为中心,以时间为经线,一步一步地推动着情节向纵深发展。头绪繁而不乱,人物多而不混。多角度、多层面地展示了埃及社会发展变革的历史画卷,让读者难以释卷。

其次,注重于人物性格的复杂性。马哈福茨笔下的人物没有一个是单线条的。比如我们分析的艾哈迈德就是这方面的代表。即使是次要人物也呼之欲出。

再次,作者将不同性格的人物安放在一起,使得他们彼此的性格在相互对照中变得明朗生动。每一个人物既是独特的、有血有肉的个体,又在不自觉中成了别

巅峰之旅

人性格的陪衬,在性格对照中,人物形象更加丰满。比如艾哈迈德与艾米娜,一个专横放荡,一个纯洁温存。艾哈迈德的专横对艾米娜来说,是一种衬托;而在艾米娜纯洁温存的映照下,艾哈迈德的大男子主义以及不近人情的行为,显得更加突出。法赫米和亚辛也构成了一种对照。法赫米严肃热情,亚辛却玩世不恭。第二代的凯马勒和第三代的艾哈迈德也是一种对比。凯马勒犹疑不定,优柔寡断,而作为新人的艾哈迈德则信仰坚定明确,行动果敢。从性格的演进中,还可以窥见埃及社会的变化。一位法国东方文学家说:"《三部曲》中的人物刻画得精细、生动、全面……使作者读完小说,立即对人物有了完整的印象,而且这些形象都具有埃及社会的价值和特征。"瑞典文学院对马哈福茨的艺术成就也进行了精辟的分析,认为他的创作超越了语言障碍,促使我们思考"生活中的重要课题"。*

---

* 《诺贝尔文学奖要介》肖涤编 黑龙江人民出版社 1992年版 第1036页

为消除人类的隔阂而斗争

1991年10月，当纳丁·戈迪默在美国为新作《跳跃及其他》作巡回宣传演讲时，听到自己获诺贝尔文学奖的消息。她说，这是最近两年里第二件令她激动的事，第一件是纳尔逊·曼德拉的获释。"也许它们代表了我生活中的两个方面。"这句话是颇为中肯的，对于戈迪默来说，她终身的追求便是取消种族隔离制，建立一个新的民主的南非。纳尔逊·曼德拉的获释，无疑是南非各阶层进步理想实现的第一步。而作为一个作家，她以笔为武器，揭示南非种族隔离带来的极端不合理的现实，诺贝尔文学奖既是对她的政治理想的确认，也是对她文学成就的确认，自然令她欣喜。

纳丁·戈迪默获得这一殊荣当之无愧。因为世界上关心人类自由、进步的人们正是通过她的作品了解种族隔离制度的罪恶和南非的现实。瑞典文学院也是通过对她的肯定，进而

▲ 纳丁·戈迪默

肯定南非人民反对种族隔离制的正义斗争，从现实层面上给南非人民以道义支持。

作为一个反种族歧视的斗士，纳丁·戈迪默从小就生活在种族隔离地区，目睹了种族隔离制度的反人性。所以她说："种族隔离不是上帝的安排而是人为造成的。"她觉得自己在生活中"和黑人有更多的共同之处"。因此积极投入到争取黑人权利的社会活动中。她参加南非非洲人国民大会，大声疾呼消除种族隔离，要求取消各种限制和压迫黑人的法律。她帮助成立黑人作家占98%的南非作家协会，并资助黑人作家。她还冒着生命危险，为黑人活动家和非国大成员作出庭辩护。所以南非大主教图图评价戈迪默获奖的政治意义："这个奖不可能发给更值得尊敬的人

了。对于她反对不平、反对镇压的强有力的斗争,这是一种卓越的确认。"但是戈迪默是以作家的身份参与政治活动的。她15岁开始了自己的文学生涯,在以后长达30年的创作中,她共写下了10部长篇小说、11部短篇小说集、160余篇杂文和评论,是一位勤奋多产的作家。

戈迪默的创作以1971年出版的《尊贵的客人》为界,分为前后两个时期。

前期作品主要是以现实主义的创作手法揭露种族主义的罪恶。在这些小说中,生活在隔离制度下的黑人与白人的心态得到了准确的刻画。从而让人们看到种族隔离制度是怎样扭曲和毒害人们健康的心灵。《缥缈岁月》(1953)中,女主人公刻意要打破矿工社区中种族隔离的禁忌,主动和不同肤色的人交往,但种族隔离制度造成黑人和白人之间的仇恨,不可能因个人的努力而化解,频繁的暴力冲突使她陷入孤立无援的境地。作者要告诉人们,只要种族隔离的大气候依然存在,单枪匹马是无法拆掉隔离的厚墙的。个人善良的努力只是一种缥缈的追求。客观上,它宣扬了这样的真理:只有全体南非人民团结起来,埋葬种族制度,大家和睦相处的生活将不再缥缈。《陌生人的世界》(1956)描写一位英国人来南非后面临既无法融入充满种族优越感的白人社会,又无法和黑人共处的困境,以及一个在英国求学的黑人知识分子和英国人之间的"不可能的友谊"。作者试图通过白人到黑人世界,和黑人到白人世界无法相处的窘境,以显示种族隔离制度不仅毒化了南非,而且毒化了整个人类社会。《恋爱时节》则显示了种族歧视对至性至纯的爱情的摧残。黑人和白人尽管相爱,最终不得不分手。因为种族隔离在人们之间横亘了一条鸿沟。1966年出版的《逝去的资产阶级世界》,则力图说明种族隔离制度伤害的不是个别白人,而是全体白人,因为它使白人生活在提防、仇视黑人的恐怖世界中。一天早晨,丽兹·凡登收到一封电报,说她的前夫迈克投水自尽了。迈克聪明、敏感,他希望作为一个有良心的正直的人活在世上,他有机会进入白人权力机构从事一项专门的职业,也可以走父亲的从政之路,但他放弃了出人头地的前景,却又为某种愿望得不到满足而产生失落感。他寻求开明人士和激进分子的友谊,但他又无法融入被隔离的黑人和苦役囚犯中去。在受到警察审讯时,他被迫出卖了白人的黑人同志,完全失去了自尊心,内疚使他除了自杀别无出路。种族制度也腐蚀了普通黑人的心,使他们被怨恨蒙住了眼睛,难以接受向他们靠拢的白人。迈克是种族隔离制度的受害者,而丽斯的遭遇是迈克悲剧的补充和延续。她的情人是个白人开明人士,她又为一个黑人革命者的风度所吸引。然而在隔离制度的大环境里,她不知道该爱白人还是爱黑人。小说结尾时,作者颇有深意地写道,丽斯听到自己的心跳声变成了"恐惧、偷生、恐惧、偷生……"。这种感觉正是生活在隔离制度中的人们生活的真实写照。

除了前面提到的长篇小说外,戈迪默还创作了《蛇的低语》(1952)、《六英尺土地》(1956)、《星期五的足迹》(1960)及《不宜发表》(1965)。

戈迪默这一时期的作品,特别是短篇小说,善于捕捉普通人生命中的某些瞬间,以作家的心灵、眼光、敏感来理解和感受这些瞬间中人物的感情和心态。然后以优美流畅的文字、细腻的笔触,生动地叙述描绘他们的痛苦和困惑,失望和迷茫,平凡和爱情,并揭示平凡瞬间深藏的内涵。

以短篇小说《幻想生涯》为例,可见戈迪默早期小说的特点。巴巴拉和阿瑟结婚后感情平淡,为了寻找生活的激情,巴巴拉有了外遇。这是一个古老的家庭故事模式,但作者却抓住了一个不被人注意的瞬间展示白人的恐惧,从而将南非白人生存的现实淋漓尽致地展开,展现他们对黑人的恐惧,对自身安全的恐惧:

可是现在屋门赫然开着,就像屋里空无一人一样,她也不由得相信了住在郊区的主妇都有的那种想法,觉得这一下子准有人要闯进来了。风那么大,他们进来也不会有人听见,持刀的黑人闯到里屋来了。活了大半辈子,从来没有起过这种担心的她,此刻似乎也听见他们一步步逼近了,连这些面蒙破布罩,头戴"粗索"帕的家伙直透粗气的声音都仿佛听到了。上星期在比勒陀利亚郊外的一户农庄上就有一个老人给他们杀了,有个女人,报上说是两个孩子的妈妈,凭着一根高尔夫球棒,在床前把他们打退了。那个老人可是受了多处刀伤哪。

她只是感到一片空虚,鼓不起一点力量,所能唤起的就只有这老一套的幻想,全城居民都有的幻想。她被这幻想迷住了心窍,躲在那儿只觉得自己心急火燎,巴巴拉盼望着——但愿他们直闯到我的家里,把我扎上一刀。连大叫一

* 《外国文艺》1992年第1期 上海译文出版社

巅峰之旅

> 声都来不及。一下子就完蛋。*

在这部小说中，作者运用了对比方法使小说的主题得以升华。巴巴拉与情人厄舍医生偷情不止一次，在家里、在诊所甚至在旅馆里，她都"觉得无所谓"，丝毫不怕丈夫、孩子发现。但是在狂风骤起的夜晚，她却害怕黑人的袭扰。"怕"与"不怕"之间，白人生活缺乏安全感的窘境展示了出来。因为南非白人政府坚持种族隔离制度的基本理由就是：隔离制度是为了保护白人的利益。但这个故事却告诉我们，种族隔离制度不仅伤害了南非黑人，也使白人生活在恐惧之中，从而显示了隔离制度的荒诞、背离人性。而白人潜意识中的恐惧感，是南非现实生活的写照。

70年代至今，是戈迪默创作的后期，这个时期，戈迪默作为社会活动家和作家的目标更明确。随着国际局势的变化，南非反种族隔离斗争受到全世界的支持和关注。在这一背景下，戈迪默的生活阅历更加丰富，看问题也更加深刻，她的创作不仅在思想上，而且在艺术手法上，更趋向成熟，并在国际和国内频频获奖。如1974年出版的《自然资源保护论者》获英国布克文学奖和南非CAN奖。1979年发表的《伯格的女儿》再获CAN奖。1981年出版的《七月的人民》第三次获CAN奖。此外，她创作了《自然变异》(1987)及《我儿子的故事》(1990)，还有结集出版的短篇小说集《利文思敦的伙伴》(1972)、《小说选集》(1975)、《准是某个星期一》(1976)、《士兵的拥抱》(1984)。诺贝尔文学奖评选委员会在谈到这些短篇小说集时指出："它们简洁紧凑、极为生动，显示了处于创作能力高峰的戈迪默……戈迪默独特的女性经历、她的同情心和出色的文体同样使她的短篇小说具有特色。"*

《尊贵的客人》是作者进入小说创作后期的标志。主人公是一位由英国派往中非殖民地的官员，因同情该国黑人领袖被召回国。10年后，该国独立，他被总统邀请作为贵宾去参加独立庆典，并担任了总统教育特别顾问。他目睹这个新独立国家面临的内部斗争和某些人的贪婪与野心，产生了很深的隔膜，最后在军警与罢工工人的冲突中被打死。

在长篇中，还有《自然变异》、《七月的人民》和《我儿子的故事》等优秀作品。

《自然变异》全书共19章，前6章主要描写女主人公海丽拉少年时代的生活：父母的离异，自己孤身寄居在两个姨母家，学校的生活，她和表弟沙萨的感情，到被迫离开第二个姨母家结束。7至12章写成长起来的海丽拉在社会上为求生存而奋

---

* 《七月的人民》莫雅平译 漓江出版社 1992年版 第424页

斗,后受情人雷伊的牵连不得不离开南非,从而有机会与大批南非流亡的革命者结识,并爱上了黑人革命领袖之一惠拉。后与惠拉结婚,惠拉因从事革命活动被人暗杀。最后7章写海丽拉在欧美及非洲为南非黑人解放事业奔走奋斗的经历,以及和第二个丈夫——非洲某国政变后下台,后来又复出任总统的黑人罗艾尔结识与结合的经过。以二人参加南非黑人新政府的成立典礼结束。最后小说写道:

> 城堡中响起了炮声。
> 正午。
> 海丽拉正注视着一面旗帜缓缓升起,旗子仍蚕蛹般合拢着,露出了皱皱的一角,然后——啊——它最后扭动了一下,便迎风展开,被风的巨拳托得平展展的。惠拉祖国的旗帜。

小说的主人公海丽拉单纯、天真,甚至有几分放任,总喜欢凭直觉行事。但在家庭环境和南非的政治现实的双重影响之下,她逐渐成为一位为黑人的利益奋斗的白种人。

海丽拉的成长极具典型意义。作者表明,一切有良心的南非人,都会自觉不自觉地陷入到政治旋涡中,作出自己的选择。只有彻底投身于非洲黑人解放事业的白人最终会得到黑人的信任。抛弃种族偏见和仇恨才是唯一的出路。结尾一个白人革命家和黑人非洲统一组织主席的结合,无疑具有象征的意义。

瑞典文学院在评价戈迪默这个时期的创作时指出,"70年代中期以来,戈迪默形成了更为复杂的长篇小说技巧……每部作品均以其独到的方式刻画了在黑人意识日益增长、精神与物质均为复杂的非洲中,令人可信的个人立场。戈迪默还以最大的限度提出了白人——即便是仁慈的白人——的特权是否正当的问题。"[*]

瑞典文学院在评论《我儿子的故事》时,写道:"它的主题是一个难以容忍的社会中的爱情,以及存在于通往变化的道路上的复杂情况与种种障碍。情人之间的关系得到了极为微妙的描述。顽固的政治现实则不断地进行干扰。双重的叙述视角使人物描写丰富而多面化。其中最令人惊讶的成分就是妻子在最后所表现的英雄主义。这小说颇具独创性与启示性,同时又因其富有诗意而迷人。"[**]

---

[*] 《七月的人民》莫雅平译 漓江出版社 1992年版 第423页
[**] 《七月的人民》莫雅平译 漓江出版社 1992年版 第423页

巅峰之旅

整个说来,戈迪默后期的创作反映的现实更加敏锐,政治观点也更加成熟。创作手法多样,特别是意识流和视角的转换,使小说情节扑朔迷离而富有立体感。如《伯格的女儿》中,罗莎的性格即是以意识流手法来塑造的。作者将现实的经历与罗莎自己的意识流交叉表现,以此来凸现罗莎的人生历程。

在内容上,后期小说很明显地多了"预言性成分",作家思考未来南非应该是一幅什么样的蓝图。曼德拉的获释,使她的探索逐渐明了:未来南非应是一个多种族和睦相处的社会,而这正是曼德拉的政治理想。因之,在她的小说中,一方面着重揭露白人的暴力统治,另一方面也不同意黑人中心主义,她站在黑人一边,却直言不讳地揭露黑人的性格弱点。《尊贵的客人》写到黑人内部的火拼,《我儿子的故事》则表现了黑人政治家的忌妒与争斗。所以我们认为她将文学家的理想服从于政治理想。

可以说,《七月的人民》是戈迪默最具有思想价值和艺术价值的作品,比较全面地体现了作家的艺术风格,对作家获诺贝尔文学奖起了至关重要的作用。

《七月的人民》发表于1981年,这个时期黑人的反抗意识高度觉醒,而白人对黑人的统治也更加严酷。正如作者在引言中说:"旧的正在死亡,而新的还未能诞生;在这个空泛期,产生了大量病态的征兆。"

小说体现了戈迪默后期创作的寓言性特点。戈迪默虚构了白人和黑人之间爆发内战后如何相处的故事。巴姆和莫琳在仆人七月的帮助下,逃到了七月的故乡,一个黑人村落,在那儿开始了融入黑人生活的努力。"随着时间的流逝,主仆关系由于这一家人越来越依靠七月而颠倒,小说题目的模糊性则迅速地鲜明起来:七月的人民就是他服侍的那家白人,但也是他的部落的成员。"*

小说开篇即形象地再现南非现实的生活的动荡:

> 事件发生得自然而又离奇。1980年的罢工由于工人团结而此起彼伏,一直发展到罢工停产被视为持续不断的家常便饭的程度。而不仅仅是工业秩序的混乱。政府表面上在向黑人工会让步,实际上是以精巧的措辞掩饰伴随着让步而生的限制。与此息息相关的黑人工人却在挨饿、愤懑和失业。车间的地板上

---

* 《七月的人民》莫雅平译 漓江出版社 1992年版 第423页

常常是被焚毁的工厂所留下的全部东西。……暴乱,纵火,对国际公司总部的占领,公共建筑物里的炸弹——对报纸、电台和电视的审查制度使得谣言和口头消息成了了解全国动乱状况的唯一信息渠道。索维拉几个星期的异常骚乱之后,一次一万五千名黑人向约翰内兹堡进发的游行在商业中心的边缘地带被阻住了,代价是一些黑人和白人的生命。

这是南非种族隔离制下动荡社会生活的真实再现。作者进而展示了社会动荡的根源,即白人物质生活的富有和黑人生活的极度贫困,贫富悬殊的对照是通过缺乏文明知识的黑人的眼光来表达的。当七月带巴姆回来,谈到白人无处可去时,他的妻子,这个生活在极度封闭、贫困中的妇女说:

你不是跟我讲过在那儿他们是怎么过的吗?一个房间睡觉,一个房间吃饭,一个房间坐着,一个房间搁书;我不知道你跟我讲过多少遍,一个房间搁多少书……几百本,我想还有热水弄得像我们走在沃斯路斯道波大街上看见的灯似的。所有这些东西我从来没见过——洗澡的房子,甚至你,在那儿的院子里,也有一个你自己的洗澡房间,而且你甚至从来不在里面洗衣服,另有一台机器在另一个房间来洗——现在你却跟我说没有地方。

尽管来自不同的生活环境,文化背景也不同,但是种族隔离并未割断孩子们之间的天然平等感。当巴姆和莫琳产生生活的隔绝感时,黑人和白人的孩子却能天真地生活在一起,甚至未把肤色当成是一件重要的事情。她们在一起嬉闹,很快享受到群体生活的乐趣。

这时一个细长条的人影跳到门口,死死地停在那儿,拿不准是不是进来。左娜吃惊地叫道:"——妮柯来了!妮柯来了。"那个黑女孩溜进屋里,两个女孩立刻用手捂着嘴咯咯笑起来。

巅峰之旅

巴姆一家在七月的带领下去酋长家。这时出现了巴姆的一段话,似乎与这位建筑师的性格颇不相称。当酋长要求他教练部下用枪的时候,巴姆说:你们不能对你们自己人开枪,你们不能杀人。(曼德拉的人,苏布库维的人)你们不会拿起枪帮白人政府杀害黑人的,你们会吗?会吗?为了这个村子和这空荡荡的丛林吗?而且他们也会杀你们的。你们千万别让政府支持你们互相残杀。所有的黑人部落都是你们的部落。

作家从预言性的情节中还认定白人和黑人能够逐渐消弭种族隔离制度带来的相互的不信任,也预示了黑人和白人和睦相处的可能性。巴姆夫妇和酋长的相处即是一个例证:

> 巴姆夫妇跟酋长在一起多待了几分钟,现在站起来了,微笑着交换看法说真该下场雨了。他们道了谢,并且说会见实在令人愉快。酋长对他们表示说七月有什么不尽如人意之处不妨说出来——那儿什么都挺好,他干得不错,你们有吃的。你们还需要什么?

这部小说的思想倾向包含了三个方面的意义。其一,通过预言性的情节,即白人和黑人位置互换,揭示了种族隔离制度的荒谬,让白人处在被文明隔绝、无法交流、互相猜忌的黑人小村,体验被隔离的全部痛苦。巴姆和莫琳不是种族制度的拥护者,但他们成了这种野蛮制度的受害者。

小说处处显示了隔离制度给黑人和白人所带来的阴影。巴姆来到黑人小村,七月开走了他的车,于是他有理由怀疑是七月将车开走据为己有了,因为七月是黑人。十五年建立起来的信任也抵御不了种族制度的渗透。

其二,这部小说预示了南非未来的现实,即白人和黑人相处的可能性。小说乐观地显示普通白人和黑人能够相互沟通,理解,建立起信任。因为孩子们没有肤色的概念,巴姆夫妇的小孩和黑人小朋友亲密无间的友谊,莫琳与黑人妇女的交往,甚至巴姆和酋长的会谈无一不预示着这种可能性。

在这部小说中,作者塑造了一个普通黑人七月的形象。七月最显著的性格特点是精明能干,处变不惊,有主见。与巴姆相比,他更有男人气。他诚恳待人,当巴姆和他的关系颠倒时,他仍处处表现出对白人的友好,这种友好,既有黑人的奴性意识，但更主要的是对他人的责任感。

而莫琳也是一个成功的女性形象。她能适应环境，主动和黑人接触，对黑人首先表现出友好，抛弃白人的偏见，还主动参加黑人的暴动。这一形象对南非白人具有指导意义。

小说也体现了后期创作的艺术风格，即将现代主义的多种表现手法运用于创作中，特别是将意识流运用到写实的情节中。有时以人物的幻觉、联想构成情节，导致情节的跳跃和断裂，给人一种模糊之感。同时让读者在阅读中自行创造。这种多样性的叙述方法，使得小说的内涵被大大丰富了：

"你们要来杯茶吗？"

七月弯着腰站在门口，像他们黑人过去一直为他们的白主人做的那样，替他们开创了新的一天。

敲门声。七点钟，在总督官邸，在旅馆的房间，在倒班老板的公司平房，在带主卧室的高级套房——散发着救生圈的肥皂味的黑手上的茶盘。

敲门声。

没有门，只有厚厚的泥墙上的一个窟窿，在短暂的夜里，吊在上面当门帘的麻袋片有时候被风吹得打起卷来。巴姆，我要憋死了，她的声音把他从精疲力竭的死人一般的昏睡里拽出。他摇摇晃晃地坐起来。

小说不是按照时间的顺序来延续情节，而是以黑人仆人的呼唤引起睡梦中莫琳的幻觉，通过幻觉把主人公过去生活的富有和今朝的落魄形成一个对照。在对照中，交代了主人的过去和今日的处境，同时又将黑人生活的贫困随意地点染了出来。从而使语言所拓展的空间被大大地扩展了。

此外小说许多地方使用了跳跃式穿插，像电影剪辑一样，将小说情节所包含的原因补充清晰，同时将人物性格也凸现出来。

巴姆一家在黑人与白人爆发内战中驾车出逃。

车上只带着他们紧张匆忙中胡乱抓到的东西（那袋橘子

巅峰之旅

是莫琳跑回厨房来取的，收音机是巴姆记得拿的，好听听他们出逃的时候身后正发生什么事儿），怎能指望到达安身的目的地呢？——时间一分钟一分钟过去，希望越来越渺茫——咱们可以去我家——七月说，站在他从来没有坐过的起居室里，就像过去地板上有一点污渍要清除时他说"咱们可以买点煤油"一样，他应当决定他们该干什么，在他们自己的家里，他们的无助使得他不得不这么做——这颠倒了逻辑上应处的位置，但除了这不可做的事以外，其他更不能做了，他们已经耽搁得够久了，他们把孩子们送上汽车，用一块油布把他们一盖，莫琳也爬到下面就开车了。

这段引文中的跳跃穿插，实际上是对逃跑时的补充，当时巴姆惊慌失措，因为黑人来了，白人不安全，所以他情急之中听到了七月的话，跟着七月去他家了。这种叙述断裂式停顿，使阅读时不得不终止一段时间，寻找这段穿插的原意，从而更好地理解作品。

其次，小说表面上使用的是全知全能叙述视角，但我们能感觉到叙述的侧重和转移，如开篇是莫琳，通过莫琳的视野和由视野引起的反映来建构环境和氛围，再就是巴姆或七月的。这种叙事视角的转移，有利于刻画人物。前面描写过的人物，到了第二章便隐退为次要人物。次要人物变为主要人物，互相关联，各有重点，给人有条不紊之感。

摆脱孤独：我们心灵世界的渴望

1982年10月中旬的一个清晨，加西亚·马尔克斯从甜蜜的睡梦中醒来，听说自己获得了诺贝尔文学奖，他的第一个反应竟然是"如释重负"。他对家人和朋友说："我再也不是诺贝尔文学奖候选人了！"

整个哥伦比亚沸腾了！人们走上街头，载歌载舞，他的小说成了游行队伍中最醒目的口号："恶时辰已经过去！""马孔多的第二次机会已经来临。"整个拉丁美洲为他高兴，有作家甚至尖刻地指出："难说诺贝尔文学奖能给加西亚·马尔克斯增添多少光彩，却可以肯定，他的获奖将使该奖的声誉有所恢复。"*

作为加勒比海地区的作家，加西亚·马尔克斯所面对的现实环境与前辈阿斯图里亚斯一样。因而他们的创作观和叙述生活的方式也较接近，甚至主题也相近。人们一般认为加西亚·马尔克斯的作品最能体现魔幻现实主义文学的艺术魅力。

▲ 加西亚·马尔克斯

1928年3月6日，加西亚·马尔克斯出生在哥伦比亚玛格达莱纳省。父亲是邮电局的报务员，还兼职给人治病，母亲则出身名门世家。加西亚一共有姊妹12人，他是这个家庭的老大。为了维持一家人的生计，马尔克斯父母将小加西亚寄养在外祖父家。外祖父年轻的时候凭着自己的勇气和智慧成为一名上校，退役后又成为小镇上的名流。他的传奇般的经历给加西亚·马尔克斯以巨大影响。在外祖父这样一个大家庭里，他接受了多层次的文化熏陶。从外祖父那里，他知道了哥伦比亚的革命历史；从外祖母那里，他了解了许多民间鬼怪故事。外祖母的民间故事中，带有那代人的认知方式，在他们看来，人、神、鬼之间没有什么界限，也就是说，生和死、真实和虚幻之间并不存在明确的界限。这种认识影响了他们的行为方式，比

---

* 《加西亚·马尔克斯传》陈众议著 新世界出版社 2003年版 第217页

巅峰之旅

如,在家里他们腾出两间房子,到了傍晚6点钟,外婆就不让他在院子里随便走动,因为外婆要给死了的亲人留出几间房子,让他们安宁地休息。加西亚·马尔克斯的几个姨妈每天和印第安女仆混在一起,女仆相信自己有未卜先知的本领。家里发生的有些事情也让加西亚·马尔克斯费解,并一直深深地铭刻在记忆中:一天,他的一个姨妈突然说要给自己做寿衣,寿衣缝好后,她就躺在床上死去了,好像她真的知道自己的死亡期限一样。可以说正是外婆认知世界的方式和生活方式,使作家自小领略到了拉丁美洲传统文化的神奇。进入中学后,加西亚·马尔克斯阅读了大量文学名著,卡夫卡等人的作品让他特别着迷。可以说是外婆讲述故事的方式和欧洲现代主义作家对生活的独特理解融合在一起,为加西亚·马尔克斯后来的文学叙事提供了非常独特的表述方式。再加上国家的动荡带来的灾难,工人的苦难和反抗,统治者的凶残以及人民对民主、自由的渴望和向往,都成了滋养作家不可少的养料。

1947年,加西亚·马尔克斯进入国立波哥大大学学习法律,后转入卡塔赫拉市巴兰基利亚大学。在读大学期间,为了维持生计,也为了开阔视野,实现自己的文学梦,加西亚·马尔克斯去报社当记者。这项工作使他认识了不少优秀记者、编辑和作家,也培养了他对生活的敏锐观察力。那时候他生活艰难,住在破旧的房子里,邻居是妓女和嫖客,但他与这些人相处和睦。他们把自己生活中的酸甜苦辣向他倾诉,这些人坎坷的生活经历,为他日后的创作提供了丰富的素材。1950年,加西亚和母亲一起回到故乡的小镇,很多年已经过去了,小镇更小、更破败了,也更穷了。当他们在坎坷不平的小镇路上徜徉的时候,母亲巧遇了一位昔日的女友。尽管岁月的风霜在两个人的额头上留下了很深的印痕,她们还是很快地认出了对方,抱头痛哭的场景让作家感觉到震撼。故乡和对故乡人的强烈的亲情竟然能够穿越20年的时空,并能消弭一切阻隔,让她们重新回归到青春岁月。故乡已经作为温暖的记忆留在心灵的深处。加西亚·马尔克斯当时就想写一部有关故乡的小说,写自己的童年,写小镇上人们的生活。在一种强烈的亲情的推动下,他动笔写成了《家》,这是《百年孤独》的雏形。但因为刚开始练习写作文笔生涩,加西亚·马尔克斯觉得小说未能准确地传达自己的思想,便放弃了。以后他在报纸上发表了些短篇小说,1953年结集出版。1955年,他自费出版了长篇小说《枯枝败叶》,小说开始不为人们注意,他只好自己拉着书到街头叫卖。他的执著终于为文学评论界关注。有人指出,这本小说的出版是哥伦比亚文化界的大事,"没有人能像他那样以回溯

擎着光明的火炬

热带生活的令人难忘的形式和他那引人入胜、生动有力的风格如此迅速地赢得广泛的声誉。"*小说中，作者第一次展示了充满神奇和痛苦的马孔多世界，这个世界在他后来的作品中多次被描写过。

1955年底，加西亚·马尔克斯作为《观察家报》的记者前往欧洲，后驻扎在法国的巴黎。但不久《观察家报》被国内的独裁者查封，他一下子失去了生活的来源，陷入生活窘迫之中。但他依然没有放弃对文学的追求，又开始了《恶时辰》的创作。1957年底，他被聘为委内瑞拉《瞬间》杂志的编辑，但时间不很长。因为委内瑞拉爆发了推翻佩雷斯·西门内斯的革命，他目睹了独裁者被人民抛弃的场景。这为他写作《家庭长的没落》提供了素材。像《总统先生》一样，《家庭长的没落》中的独裁者尼卡诺唯我独尊、虚伪狡诈、凶狠残暴、荒淫无耻。他把国家的主权卖给外国人，假称瘟疫流行，指使军队任意处置对自己不满的人。他还搞假死亡的游戏，以铲除异己。马尔克斯除写独裁者共有的特征外，还象征性地写到这个暴君长到100岁还在长，150岁仍有新牙。他任意占有女性，但生下的婴儿都是7个月的早产儿，以此说明拉美独裁者的脆弱。

1965年的一天，加西亚·马尔克斯携妻子和两个儿子到墨西哥阿卡布尔科度假。面对窗外掠过的自然风光，他突然产生灵感，"对，我应该像我外祖母讲故事那样叙述，就从父亲带儿子去看冰块的那个下午写起"。他随后回到家里，开始写作《百年孤独》。小说出版后，迅速在拉美大陆流传，也使作者获得了世界性的声誉，提升了拉丁美洲在世界文学史上的地位。加西亚·马尔克斯是位勤奋的作家，直到今天仍笔耕不辍。《百年孤独》(1967)发表后他的主要作品有《迷宫中的将军》(1984)、《霍乱时的爱情》等等。这些作品以哥伦比亚的农村为背景，展示农村的封建、迷信与落后，特别是描写了人与人之间的孤独，作品笼罩着孤独、彷徨和忧伤的气氛。马尔克斯说过"孤独是一个永恒的主题"，体验了孤独也就找到了进入加西亚·马尔克斯作品深处的钥匙。

《百年孤独》是加西亚·马尔克斯的代表作，全书30万字，时间跨度为100年，在神话传说、宗教典故、民间传说、奇闻逸事的叙述中，折射出了哥伦比亚以及拉丁美洲的历史现实。迄今为止该书再版上百次，被译为数十种文字。以中文为例，就有6、7个译本。作者被认为是继聂鲁达之后最伟大的天才，作品也被誉为20世纪最

---

* 《安第斯山上的雄鹰》段若川著 武汉出版社 2000年版 第178页

巅峰之旅

伟大的西班牙文小说。略萨指出,《百年孤独》代表了美洲人的深度异化,代表人与人之间的彼此隔绝和美洲人经受一系列条件制约的事实。美洲人注定要与现实相离,这种相离使他们感到失望、被人宰割的孤单。

《百年孤独》也可以归入20世纪家庭小说之中。它以农民布恩地亚一家7代的生活为线索,展示一百多年拉美社会的广阔生活,从政治、经济、文化等方面探讨了拉美地区落后贫困的根源。以生动、幻想的笔触,勾画出这块大陆上独特的自然景观和人文景观,从复杂多变的社会生活中,揭示该地区人民的精神特征。第一代是何塞·阿卡迪奥·布恩迪亚,他与乌苏拉结婚,为了避免生育长猪尾巴的小孩,乌苏拉拒绝与丈夫同房。一次斗鸡时,阿吉拉尔因自己的鸡被何塞的鸡打败,迁怒于何塞,将何塞之妻拒绝同房的事抖搂出来。何塞用长矛杀死了阿吉拉尔。阿吉拉尔的鬼魂常出现在何塞家,何塞只好带着妻子迁移。走了两年多才找到一个地方,后来定居地渐渐变成了马孔多镇。第一代何塞有着不倦的探索精神,试图找到通往大海的道路。他对科学也有兴趣,但他迷上炼金术后,每天循环往复地把金子铸成小金鱼,又把小金鱼熔成金子。第二代较出名的是奥雷良诺上校,他参加内战,成为革命军司令。他发动过32次起义,躲过了14次暗杀、73次埋伏和一次行刑队的枪决。晚年回到家乡,每天炼金子制作小金鱼。当美国人入侵马孔多时,他想再发动一场殊死的战争"以铲除由外敌入侵者支持的腐败堕落的臭名昭著的政府"。但已今非昔比。他太老了,只好又将自己关在屋里制作小金鱼。

第三代阿卡迪奥和奥雷良诺·何塞或贪赃枉法或纵欲乱伦,结果阿卡迪奥被政府军枪毙,而何塞与搜身人发生冲突被打死。

第四代是阿卡迪奥的后代,女儿叫俏姑娘雷梅苔丝,她的两个孪生兄弟不仅长得一模一样,而且在行为上也一样的放荡,两个人都与卖彩票的寡妇特拉·科特发生肉体关系,结果都被染上了脏病。

阿卡迪奥第二是小说后半部较为重要的人物,也是一个复杂的人物。他行为放荡,但又富有正义感。他目睹了政府军的暴行,受刺激而疯狂,最后在破译吉卜赛人羊皮书时突然死去。第五代是阿卡迪奥第二的子女,女儿叫梅梅,她与香蕉公司的学徒工乌里肖·巴比洛尼亚相好,后来情人被巡逻人打伤而瘫痪。而梅梅已有身孕,只好去当修女。第六代是梅梅的私生子,他与姑妈阿玛兰塔·乌苏拉乱伦,生下一个有尾巴的婴儿,这是第七代。小婴孩不久变成了"一张肿胀干枯的皮",被群蚁拖往蚁穴吃掉。马孔多镇也被旋风刮走了。

擎着光明的火炬

我们从这部高度浓缩的、具有象征意义的小说中,可以看到拉丁美洲近100余年的历史。小镇马孔多的兴衰过程折射了拉美大陆历史的演变过程。

马孔多镇是一个象征体:它经历了创建、繁荣、沉沦、消亡的过程。那里原是荒凉的沼泽地,随着通往外界的路被打通,吉卜赛人和移民来了。接着政府建立了行政机构,从此党派纷争,内战不已。美国取代了老牌殖民者后,小镇通了铁路,大量种植香蕉,但社会风气日益败坏。而政府军受殖民者操纵,屠杀人民,导致了马孔多的毁灭。

马孔多的每一阶段都有与拉美的历史形成对应。15世纪前,这块大陆土地肥沃、物产丰富,印第安人是它的主人。人们在这块土地上辛苦劳作,建立了自己的家园。小说中马孔多镇的初创阶段,是这段历史的形象再现。随着西班牙、葡萄牙殖民者的入侵,那种安宁纯朴而又愚昧僵化的社会结构解体了。面对磁铁、望远镜、放大镜、假牙乃至冰块,马孔多镇的人惊讶了。独立革命后,拉丁美洲更加动荡。以哥伦比亚为例,从1830年以后的70多年时间里,竟爆发了27次内战。第二代奥雷良诺上校的传奇性经历真实地反映了拉美大陆上层党派斗争的残酷性和激烈程度。19世纪后半期的英美殖民者,在这块新大陆上大搞经济掠夺,书中有着更直接的反映:"这些人有着过去只属于上帝的威力,他们居然改变了降雨的规律,加快了庄稼成熟的周期,他们把河流从原来的地方搬走,连同它的白色石块、冰冷的河水一起移到镇上的另一端。为了照顾那些没有情侣的外乡客……没想到他们竟运来了满满一列车妓女。"随之而来的是掠夺、反抗、镇压等等。实际上就是拉丁美洲近百年反帝反殖民所走的悲剧性道路。

当然,像《迷宫中的将军》、《家族长的没落》等作品一样,我们不能将《百年孤独》当成历史教科书。作者试图从形象的历史中反思一个问题:拉丁美洲人的孤独。马尔克斯说:"孤独是《家族长的没落》的主题,当然更是《百年孤独》的主题,我认为这是一个共同性的问题。"这确实抓住了要害。自白人用火与剑、枪炮和马匹、法官与十字架入侵新大陆以来,拉丁美洲充满了血与泪、仇与恨、征服与反抗的历史。但一个不可忽略的事实是:整个拉丁美洲被排斥于现代文明进程之外。马尔克斯说:"以他人的图表来表现我们的现实,只会使我们越来越不为世人所知,越来越不自由,越来越孤独……"马尔克斯的作品浸淫着孤独感,这是作者抗议拉丁美洲被排斥于文明世界进程之外的一种方式,是作家对拉丁美洲近百年历史和大陆上人民独特的生命力及生存状态进行研究后的倔强自信。

巅峰之旅

这种孤独情绪表现在两个方面：一方面是在家庭生活中缺乏爱与理解的孤独，另一方面是渴望与文明世界的沟通而不得所产生的焦虑情绪。第一层次是孤独的表层，它是人类的共同情感体验；而第二层次却要深刻得多，它是一个渴望文明的民族在现代化进程中的体验。第一代布恩地亚家族的男性充满了英雄豪气：何塞敢于接受新事物，并不倦地研究新事物，"世界上正发生着令人难以置信的事情，就在那边，在河对岸，就有各式各样神奇的机器，可我们还在过着毛驴的生活"，为了摆脱这种令人痛苦的现实，他进行了一些探索，遗憾的是没有谁能帮助他，以致他走入孤独的迷宫疯狂而死。何塞是渴望沟通而不得的象征，而第二代人是另一层面的孤独，一种被文明社会挤压排斥而产生的孤独。他们试图用武力显示民族的存在，但外国入侵者所需要的是傀儡和经济种植园，因而他们依然被文明社会所排斥，只得无奈地走上了父辈们的老路。

布恩地亚家族的一代又一代人，尽管相貌各异，肤色不同，脾气、个子各有差异，但从他们眼中，一望便可辨认出这一家族特有的、绝对不会弄错的孤独神情。乌苏拉私自埋藏了外人寄放的金币，不相信家中任何人，临终也不将此秘密吐露出来。雷培卡在丈夫死后，紧紧地关上家里的大门，与世隔绝，从此"把自己活埋了"。她死后，大家看到"她身子蜷得像一只虾，头顶因长发癣而光秃了"。阿玛兰特年轻时活在妒忌和仇恨里，晚年天天为自己织精美的裹尸布。俏姑娘雷梅苔丝每天上午在浴室里待上两小时，冲洗身子以打发时光。如果说前两层次的孤独带有深刻的社会意义的话，那么家庭中的孤独却是人性的弱点。它使人们缺乏了解、缺乏信任，使人产生冷漠和绝望。这种孤独弥漫开来就会使一个民族愚昧、保守、与世隔绝。因此民族要发展必须摆脱孤独。孤独的反义词是团结。孤独造成的分裂和战争正是拉美大陆落后的根源所在。因而这部作品对拉丁美洲具有警示作用。

《百年孤独》是马尔克斯的巅峰之作。深刻地体现了魔幻现实主义的艺术魅力。《当代拉丁美洲文学的历程》认为《百年孤独》既具有史诗性质又具有历史意义，是对人类悲惨生活的一首挽歌。"在这本书中，现实与想象的界线消失了，融化在民间流传的神话中，在美学上享受充分的自由。环形结构反复强调了古老的失乐园神话似的美洲氛围，夸张而诙谐，但其内部是悲剧性质的。作为全知全能的叙述者，作者的目光囊括一切，他以自然而然的第三人称叙述大大地增强了可信程度，哪怕是最令人难以置信的事情，都能令人信服。他在叙述中加入现实主义材料和日常事物，这就提高了可信度。在神奇的事物面前，人们倒显得困惑和不知所

擎着光明的火炬

措,最终那个看不见的、外在的叙述者竟变成了书中的一个人物,那就是在最后一页中才出现的吉卜赛人墨尔基亚德司。于是人们知道了,看来像一个真实的故事,不过是虚构出来的而已。"*

首先是独特的现实观。拉丁美洲的现实是独特的,所以马尔克斯在面对这一神奇的现实时,谈到作家的困境:"对我们最大的挑战,是我们没有足够的常规手段来让人们相信我们生活的现实。"常规手段无法再现孤独现实,所以他就努力寻找非常规手段,追求情节的信息量,追求本质的真实,而不注重细节和情节的真实。因而有时现实在哈哈镜中变异,《百年孤独》中经常有与现实相悖的描写:转瞬间就长大的植物;上校在娘肚子里就会哭,并能预感,用能毒死一匹马的钱子碱却不能毒死他;死人的鲜血仿佛有灵似的沿着指定的方向流淌;一场大雨下了4年11个月零2天;工人被屠杀要用200节车厢来运。这无法用传统的现实观来衡量其真实性。因为魔幻现实主义只是以现实为依据,作家可以任意在细节上创新。马尔克斯说:"小说是用密码写就的现实,尽管前者以后者为依据,这跟梦境一样。"密码即是现实的浓缩和变异,但它根植于神奇的现实。

其次,作者还将多民族的神话传说、鬼怪故事糅进小说中。比如小说写阿吉拉尔的亡魂,写老吉卜赛人重返人间等,无一不渗透着印第安人的传统意识。布恩地亚与亡魂阿吉拉尔见面:

> 一天清晨,卧室里进来一个白发苍苍的、动作颤颤巍巍的老人,布恩地亚竟没有认出来,那是阿吉拉尔。后来,终于想起来了。对于死人也会衰老,何塞·阿卡迪奥·布恩迪亚感到十分惊奇。他突然产生一种怀旧之情。"阿吉拉尔,"他惊叫起来,"你怎么老远地到这儿来了?"屈死多年的阿吉拉尔迫切需要朋友,对生者强烈的眷念和对阴间的另一种死亡临近的恐惧感,最终使他对最大的冤家也产生了感情。

书中关于飞毯的描写,使人想起一千零一夜的相关故事,而连绵4年多的大雨、与俏姑娘飞升使人联想到《圣经》故事"洪水灭世"、"圣母升天"。多种文化的融

---

* 《安第斯山上的雄鹰》段若川著 武汉出版社 2000年版 第206页

巅峰之旅

合和影响，使这部作品幻想与真实、神话和现实、摹写与变异巧妙地交织在一起，构成光怪陆离的极具张力的社会画卷。

小说的内在结构十分独特，它主要表现在循环往复上：

先看时间结构。小说的第一句话一直为人们所称道："多年以后，面对行刑队，奥雷良诺上校将会回忆起他父亲带他去看冰块的那个遥远的下午。""多年以后"是站在现在的角度去说，"面对行刑队，奥雷良诺上校将会回忆起"这是将来那一刻的活动，而"他父亲带他去看冰块的那个遥远的下午"是回到过去。而这个对将来而言的过去，事实上即为现在，可以说从"现在"出发，最后又回到了现在。一句话的含量竟有如此遥远的空间和时间，并构成一个圆圈，这是很有象征意义的。书中这种信息密集的句子，随处可见："若干年后，在第二次国内战争期间，奥雷良诺·布恩迪亚上校试图沿着这条路去奇袭奥阿查，可是走到第6天，他明白那是一种狂想。""若干年后，当他在病榻上奄奄一息的时候，奥雷良诺第二一定会记得六月份一个淫雨连绵的下午，他踏进房去看头生儿子的情景。"

我们还可以看到马孔多镇历史的循环，它刚建立时是个闭塞落后的小镇，一百年中经历了开拓、发展、繁荣，但最后仍然与世隔绝、贫穷落后。似乎绕个圈子又回到了原来的状态。

家族中，人物的命运也在循环，小说开始即提到长猪尾的小孩，小说结尾又是生下一个猪尾巴的孩子。而第一代和第二代的布恩地亚晚年都在做小金鱼，做了熔去，熔了又做，这也是一种循环。正如庇拉·特内拉说："这个家庭的历史是一架周而复始无法停息的机器，是一个转动着的轮子。这只齿轮要不是轴会逐渐不可避免地磨损的话，会永远旋转下去。"这种以重复循环为特点的小说内在结构，极好地展示了马孔多的与世隔绝、没有希望、贫穷落后的孤独之情，而布恩地亚循环的命运是近百年拉丁美洲无法走出自身怪圈的真实写照。

落花无意,流水有情

1999年对于72岁的德国作家君特·格拉斯来说,真是吉星高照,好运连连。6月3日,西班牙授予他"阿斯图里亚斯亲王奖"。他们认为"格拉斯的文学创作和人生历程使他成为一位具有人道主义思想和道德责任感的非凡的文学家","他的作品具有很高的艺术水平,热情地为自由、为现代的民主服务"。格拉斯是该奖项设立以来第一位获此殊荣的非西班牙语作家,他非常高兴,称此奖"是一个巨大的荣誉"。然而在9月30日,一个更大的荣誉不经意中降临到他的头上,瑞典皇家文学院将世界文学最高奖——诺贝尔文学奖颁给了他,并对他的创作给予了十分中肯的评价,认为他的作品"以辛辣和荒诞的寓言描述了被遗忘的历史",他本人则"是寓言家和学问渊博的学者,是各种音的录音师,也是倨傲的独白者,是文学的集大成者,是讽刺语言的创造者"。他独到的创作打破了战后数十年来德国文学语言和文学作品中道德主题的消沉局面,为德国文学谱写了"新篇章"。接到获奖消息的那一天,君特·格拉斯正被牙疼折磨着,他打算下午1点去看牙医,结果上午接到了获奖消息。想来,这个好消息会使他的牙疼能有所减轻,因为每一位有成就的大作家都渴望得到这一崇高的荣誉,而他却在一夜之间登上了荣誉的顶峰。他还是准时去看了牙医。回到办公室面对蜂拥而来的记者,格拉斯幽默地说,到了牙医那里只能张嘴不能说话,所以就有时间考虑新闻发布会该说什么了。

格拉斯获奖的消息也使整个德国文学界为之雀跃,因为自1972年伯尔获奖以后,20多年里德国作家再无人问鼎这一奖项。而在德国读者心中,格拉斯的文学成就完全可以同伯尔媲美。现在瑞典文学院将桂冠戴到了格拉斯头上,真是落花无

▲ 格拉斯

巅峰之旅

意,流水有情,天遂人愿。

实际上,从诺贝尔文学奖颁奖演进史上看,君特·格拉斯的获奖具有非同一般的意义。这不仅因为他是本世纪最后一位这项殊荣的获得者,而且还因为瑞典文学院选择君特·格拉斯暗合了20世纪世界文学的发展方向和文学演进的内在规律,说明瑞典文学院在力图把握20世纪世界文学发展的基本流向。20世纪世界文学到世纪末,在经历了现实主义和现代主义两大文学思潮彼此对峙、相互渗透之后,开始呈现出相互融合的形态,而君特·格拉斯的创作无疑体现了这种融合的倾向。

君特·格拉斯1927年出生于但泽市。这是个多民族集居的城市,不同民族之间相处融洽,相互联姻较为普遍。严格说来,格拉斯不是纯粹意义上的德国人,因为格拉斯的母亲是波兰人,格拉斯身上有波兰血统。研究格拉斯的作品,我们可以看出这个多民族混合的城市给予他创作的巨大影响。他的许多作品就是以但泽为背景,并且将波兰文化倾注到他的创作中,从而形成了既有德意志民族的冷峻又有波兰文化所呈现的热情奔放的艺术风格。当然,他独到的风格也与20世纪动荡的德国历史给予他心灵的影响密切相关。1944年格拉斯被招募到希特勒军中服役。随着德国法西斯在欧洲的溃灭,他的命运变得扑朔迷离。先是被美军俘虏,不久又被释放回国。在战后一片废墟的土地上,他开始艰难地为生活奔波。他当过农民、工人和音乐师。1947年,他在杜塞尔多夫学习石匠手艺和石像雕刻。凭着他的勤奋刻苦和过人的才智,1949年他得以进入杜塞尔多夫艺术学院和西柏林造型艺术学院学习深造。也是在这里他开始同文学结缘,但所创作的作品反响不是很大。1959年,长篇小说《铁皮鼓》的出版,奠定了他在德国文学史上的地位,同时也引起世界文坛的关注。1965年格拉斯在美国游学时被美国凯尼恩大学授予荣誉博士学位。这一荣誉的获得使他在美国读者心中的分量大大提高。

格拉斯不仅在文学创作上颇有造诣,而且是较知名的社会活动家。他反对以暴力行动来变革现实和生产关系,主张循序渐进地改良。这可能与他在多民族聚集区生活有关。德国人至今仍记得他的名言:"假如你想要改良世界和改变人们,你得开办学校。"在格拉斯看来,启蒙民众接受渐进的社会观比用暴力手段追求剧变要有利得多。格拉斯对世界发言的热情即使到晚年也没有丝毫的减退。1997年,德国政府拒绝接受库尔德难民,格拉斯从人道主义立场出发,发表了与政府立场相反的意见,说他为政府的拒绝行为感到"耻辱"。在新纳粹排外思想甚嚣尘上之时,他的态度激怒了新纳粹分子,他家的大门被涂上纳粹的标示,信箱被损坏。但他坚持自己的观点，不为所动。

像许多诺贝尔文学奖获得者在各种文学体裁领域都有自己的建树一样，格拉斯也是一个多面手。虽然他以小说家著称于世，但最初步入文坛时令他感兴趣的是戏剧和诗歌。受战后现代主义思潮的影响，他的戏剧颇有荒诞派意味。主要戏剧作品有《抵达布法罗还有十分钟》(1954)、《洪水》(1957)、《叔叔，叔叔》(1959)、《恶毒的厨师》(1961)。当然，这些剧本同1966年发表的《平民试验起义》相比，反响显得较为平淡。《平民试验起义》以写实的手法再现了1953年6月17日东柏林工人的暴乱，但格拉斯用更多的笔墨去描写德国知名戏剧家和诗人布莱希特对工人暴动的态度，由此透视人的信仰和现实行为之间的背离。戏剧中格拉斯安排了颇能表现主题的一个细节：暴动的工人涌进柏林一家剧院，要求院长（布莱希特）以其雄辩的口才和自己巨大的声誉来支持他们的行动。其时剧院正在排演莎士比亚的剧本《科利奥兰纳斯》，这个剧本所表现的就是对古代罗马平民起义的肯定。院长选择这个剧本很显然有自己的倾向，然而现实中他的行为却向另一个方向发展，他拒绝了工人的要求，却把暴动的工人放到自己的演出中，以使演出具有更真实的效果。除了剧本以外，格拉斯的诗作也较有影响。1956年，他出版了诗集《风信鸡之优点》，这部由他自己插图的诗集不久后获南德电台诗歌奖。即使在小说创作使他声名鹊起的时候，他也没有放弃诗歌。1960年，他出版了诗集《三角轨道》，1967年又出版了《盘问》。1993年他还出版了14行诗集《11月的国度》，引起读者的极大争论。但是，促使君特·格拉斯获诺贝尔文学奖的是他的小说，特别是长篇小说。自1959年《铁皮鼓》发表以后，1961年他发表了《猫与鼠》，1963年又发表了《狗的岁月》。由于这三部作品在时间、地点上有一致性，而且情节上还有某些内在的联系，作者本人也认为这三部作品是一个总的复合体，因此人们将这些作品称为"但泽三部曲"。这些作品贯穿了一种对现实的讽喻性描写，很多地方可以看出对卡夫卡的艺术表现手段的借鉴和运用。所不同的是，卡夫卡是以"弱者"面貌出现的，因而作品的基调灰暗压抑，而格拉斯以人的自信力表达了对社会荒谬的认识。在《猫与鼠》中，主人公没有变异为"虫"，但在生理上是畸形的。阿希姆·马尔克的颈部甲状软骨比正常人要大得多，这种男性发育特征的畸形使他受到了人们的嘲笑，也给他的心灵带来了巨大的伤害。为了证明自己还是个男人，而且是个优秀的男人，他外出冒险以博取骑士勋章，因为他相信，只要有了骑士的荣誉，就能掩盖自己的丑相。但结果他的全部冒险都失败了。君特·格拉斯通过看似荒诞的故事表达了人和

巅峰之旅

社会的对立,也从另一个层面上讽刺了第三帝国时代对英雄的盲目崇拜。在一种荒诞不经的叙述中,反思了战争的根源与德国民族性格的弱点。正是对一种过时的荣誉观念的盲目追求导致了德国法西斯的泛滥。进入90年代以后,君特·格拉斯仍笔耕不辍。像过去一样,他每发表一部作品总是招来一阵议论。比如1995年,他发表了小说新作《旷野》,尽管这本小说在销售排行榜上名列前茅,但批评家并不看好,异口同声地说,这部作品政治说教太浓而文学价值太低。评论界甚至认为君特·格拉斯已经"江郎才尽"。但格拉斯我行我素,用自己的作品显示实力。1999年他推出了反思性作品《我的世纪》,令评论界惊叹不已,好评如潮。这是一部故事集,由100个故事组成,即20世纪每年一个故事。从体裁上说,有如《十日谈》。作者让不同的人物从不同的角度叙述了20世纪发生在德国或与德国相关的重要和不重要的事件,涉及政治、军事、科技、文化、体育等各个领域。展现在读者面前的是德国各个历史时期的本质真实,代表了德国人对自己历史认识的深度。格拉斯把德国20世纪的历史分为两个50年,他认为前50年德国曾决定了世界历史的走向,后50年德国在为解决前50年留下的问题而努力。他在作品中预言,前50年的问题可能到下一个世纪依然是德国人的一个沉重的负担。他的这种严肃认真的态度无疑代表了德国社会思潮的主流,展示了新德国的重要方面,也使得他在诺贝尔文学奖的候选人提名中鹤立鸡群。瑞典文学院常任秘书恩达尔在评论君特·格拉斯获奖时就指出了这一点:"今年没有出现获奖候选人激烈竞争的局面,毫不费力就确定了获奖作家,否则我们不可能这么快就宣布获奖作家的姓名。"因为这一原因,君特·格拉斯的获奖公布日期提前到9月30日。可以说他的获奖是众望所归。

在君特·格拉斯的全部小说中,最富有代表性的作品是1959年发表的《铁皮鼓》。瑞典文学院说:"可以毫不夸张地认为,《铁皮鼓》将成为20世纪影响最深远的文学作品之一。"《铁皮鼓》确实是一部故事荒诞、寓意深刻的作品,小说采用倒叙的手法,主人公的叙事人称也在不断变化,一会儿第一人称,一会儿第三人称,通过一系列既荒谬又合乎情理的事件,展示了20世纪上半叶德国的生活,在荒谬中透出了对社会、历史和人自身的严酷思考。

主人公奥斯卡是人类集合体,每个人在强大的异己力量面前都可能像奥斯卡一样那么乖戾、那么无助。小说开始时,主人公奥斯卡·马采拉特被关在杜塞尔多夫的一家疯人院里,他是被控谋杀了一位女护士而被关进疯人院的。在那里,他不断敲击铁皮鼓,在鼓声中他回忆了自己奇特的一生。奥斯卡的故事是从1899年他外祖母的爱情传奇开始的。那时奥斯卡的外祖母还是一位漂亮的波兰姑娘,住在离但泽不远的一个村子里。一天她在马铃薯地里遇上一位被警察追捕的逃犯,逃犯向姑娘求救,姑娘把他藏在自己宽大的裙子里。这次意外的相遇使逃犯和年轻的姑娘建立了感情,于是逃犯成了奥斯卡的外祖父。不久,奥斯卡的母亲阿格丽斯降生了。阿格丽斯从小住在舅舅家,与表哥布朗斯基十分亲密,两人青梅竹马,但因为血缘关系太近,无法结为夫妻。1923年,阿格丽斯遵从父命嫁给了但泽城里开洋货铺的商人阿尔弗雷德。阿尔弗雷德是德国人,为人庸俗。阿格丽斯对自己的婚姻感到不满,常常背着丈夫和波兰表哥来往。布朗斯基是个邮局职员,也住在但泽城里。阿格丽斯将表哥介绍给丈夫,阿尔弗雷德和布朗斯基成了一对朋友。奥斯卡长得十分像布朗斯基,尤其是那对漂亮的大眼睛与布朗斯基一模一样,显然,奥斯卡的真正父亲是"表舅"。奥斯卡3岁那年,母亲给他买了一个铁皮鼓。从此他和那个鼓结下了不解之缘,他与鼓形影不离,鼓成了他和这个世界交流的工具。为了不成为洋货商人,奥斯卡拒绝成长,结果他身高只有94厘米,成了形体上的侏儒。但奇妙的是,奥斯卡有一副敏锐的头脑,他的智力比正常人要高出三倍,从一生下来,他就能以成人的方式分析和观察周围的事物。而且他还有一种奇特的本领——用嗓音粉碎玻璃。每当他发现社会不公或遇上法西斯的恶劣行径,他就敲起铁皮鼓向世人发出警告,并用歌声将玻璃震碎。动荡的时代开始影响到他们的生活,阿尔弗雷德成了纳粹党冲锋队员,后升为小队长。阿格丽斯背着丈夫与表哥来往,却又对自己的行为深感内疚。奥斯卡14岁那年,母亲在身心的双重折磨下离开了人世。1938年11月,但泽被党卫军洗劫。1939年9月,党卫军占领了但泽,布朗斯基冒着生命危险把奥斯卡带到波兰邮局躲藏,这使奥斯卡感到父爱的温暖。波兰邮局被攻下后,党卫军将许多波兰人枪杀了,而奥斯卡因为布朗斯基的照顾才幸免于难。1939年9月底,德国人将但泽并入第三帝国版图。奥斯卡回到阿尔弗雷德身边后,同照看洋货铺的17岁的少女玛利亚发生了关系。而此时,阿尔弗雷德也看中了玛利亚,并娶玛利亚为妻。玛利亚生了个小男孩库尔特,库尔特成了阿尔弗雷德名义上的儿子、奥斯卡的弟弟。1945年11月,俄国人攻下但泽,由于奥斯卡的无知行为导致俄国人杀害了阿尔弗雷德。在埋葬阿尔弗雷德时,奥斯卡把铁皮鼓和鼓棒也一同埋葬。在这个世界上,孤零零的奥斯卡决定长高身体,结果他长到了1.21米,并且成为四肢粗短的驼背。有几次他提出同所爱的女人结婚,对方都嫌他身材畸形而拒绝了他。"二战"结束后,奥斯卡迁居到杜塞尔多夫。1951年,他在侏

巅峰之旅

儒杂技团团长的劝说下，重新拿起了铁皮鼓，进行了四次巡回演出，还出了许多个人演唱专集唱片，收入丰厚。但他厌倦了这种生活。为了逃避社会，他与朋友想了一个办法，由朋友出面控告他杀害了从前热恋过的女护士罗特亚，结果他被关进精神病院。在那里，他用两年时间写作回忆录。1953年，他30岁生日时，因为真相查清，他被释放了。不明内情的人都来庆贺，而奥斯卡却十分悲哀、空虚。因为他渴望的那个安静的藏身之处已经不复存在了。他必须离开医院。

《铁皮鼓》继承了欧洲流浪汉小说的传统，通过畸形人奥斯卡的人生经历，展示了20世纪20至50年代德国社会、历史发展的广阔画面。作者认为，这是一个畸形的时代，只有通过畸形的人才能反映时代真实的面貌。小说通过侏儒的眼睛来审视人生，审视社会，可以说恣肆汪洋，无所顾忌，而奥斯卡荒诞的人生历程实际上是动荡社会生活的折射。作者表达了对社会底层人民的同情，同时也充满了强烈的反思精神。我们所面对的世界是荒诞的、不可理喻的，当我们渴望摆脱它时，却发现摆脱本身也是荒诞的。而当我们渴望过正常的生活时，过去被荒诞挤压的心灵和肉体已经无法再成为正常的了。这既是社会的悲剧，同时也是人自身的悲剧。

落花无意，流水有情

精英文学与人类价值的尊严

诺贝尔文学奖评选委员会在第二次世界大战的硝烟刚刚散去的时候，便开始重新高举起"理想主义"这面旗帜。一方面，他们在这面旗帜下抚慰人们受伤的心灵，鼓励人们从战争的废墟中挺直身躯，继续为人类未来的光明而奋斗；另一方面，将这面旗帜的光辉洒向了欧洲以外的世界。

另外，随着时代的变迁，他们在选择作家时，也变得目标明确。如果检视"二战"后的诺贝尔文学奖金榜，就会发现，诺贝尔文学奖评选委员会似乎越来越重视诗歌。以拉丁美洲为例，在这片广袤的土地上，共有5位获奖作家，以诗歌获奖的竟占3位。

从世界范围来看，从1945年米斯特拉尔获奖到1996年波兰女诗人申博尔斯卡入围，第二次世界大战后共有17位诗人获奖，而"二战"前仅有13位诗人获奖。诗歌是最古老的文学样式，它和人类开始征服自然的劳动一起诞生。它也是精英文学，这不仅因为它以精粹的形式浓缩人类思想智慧的精华，还因为它以这精粹的形式唤起人的高雅的审美愉悦。我们十分赞同黑格尔的话："诗过去是，现在仍是人类最普通、最博大的教师。"

巅峰之旅

颁奖给诗人意味着复兴一种人文主义

诺贝尔文学奖评选委员会在"二战"后对诗歌的格外青睐,实际上是高扬"理想主义"的另一种姿态。他们想通过诗歌的纯净和雅致,满足人类被战火蹂躏的痛苦心灵。这在战火刚停的时候表现得很明显。当时间进入50年代,诺贝尔文学奖评选委员会则是以授奖给诗人和诗歌作为抵抗媚俗的一种姿态。从更深层的意义上说,颁奖给诗人意味着复兴一种人文主义。

20世纪50年代以来,科学技术的迅猛发展,使我们有了更多的闲暇。出于迎合一般读者的消闲需要,许多作家放弃了对思想和艺术的探求,让文学回到故事和通俗中去,一大批内容肤浅却有曲折情节的作品充斥书店和阅览室。

严肃文学受到严峻的挑战。美国畅销书《教父》、《爱情故事》就动辄发行千万册以上,这使纯文学望尘莫及。长此以往,文学将退化,人们的思想将退化。一批有良知的作家,为捍卫文学的尊严和人类精神的尊严而在孜孜不倦地努力。

美国小说家约翰·黑塞对通俗文学大行其道的现象十分气愤。他说:"出版社一窝蜂去抢大书,越来越多地考虑的是一本书能不能赚钱,而不是一本书是否对我们的文化有所贡献。"

1976年的诺贝尔文学奖得主索尔·贝娄在1979年利用自己的声望,联合全美国50位最有名的作家、评论家,出面抗议出版商的媚俗倾向,号召提倡严肃文学。作为捍卫人类精神尊严的诺贝尔文学奖评选委员会在人类理想被消解的时代,也没有袖手旁观,他们频频授奖给诗人,实际上是反对媚俗,提高人类精神思想层次的一种姿态。

在诺贝尔文学奖评选委员会的眼中,诗人对历史与现实、人生与命运的思考是应该加以肯定的,而他们的思考才是时代文学的真正方向,因为他们以诗的形式回应着民族和时代的足音。他们关注人类的命运,而不是用诗歌去满足人们的消闲。看看诺贝尔文学奖评选委员会对诗人的肯定便可以更清楚地理解瑞典文学院的意图。

1956年希门内斯的获奖是"由于他那西班牙语的抒情诗为高尚的情操和艺术纯洁提供了最佳典范"。

1959年,意大利诗人夸西莫多"由于他的抒情诗以古典的风格表达了我们这一时代生活中的悲剧性"而获奖。诺贝尔文学奖评选委员会还特意在颁奖词中对夸西莫多高尚的追求加以强调:"夸西莫多认为,诗不是为它的本身而存在,它在世上有不可怀疑的使命,就是借其创造力再造人类本身。对他来说,实现自由的道路和独立斗争的道路是同一条路,而他自己就是朝这个方向前进的,所以他的作品已成为活生生的号召,他的诗则是意大利人民的良心的表现……"

在以后评价入围诺贝尔文学奖的诗人时,瑞典文学院总忘不了强调诗人对现实的深切关注,这在一个消解了中心和边缘的时代,在一个普遍放弃思考的年代,他们具有的号召力和倾向性是不言而喻的。

萨克斯的诗歌"表述了以色列人的命运"。格拉克维斯特"努力解答人类面临的永恒问题"。阿莱克桑德雷"描述了人在宇宙和当今社会中的状况"。埃利蒂斯"用感觉的力量和理智的敏锐描写现代人为自由和创新而奋斗"。米沃什因为"以不妥协的洞察力描述了人类在激烈冲突世界中的赤裸情况"而为瑞典文学院激赏。

流亡美国的布罗茨基以"诗歌寓意深刻,思想明确,感情炽烈"而获奖。他的作品"超越时空限制,无论在文学上或敏感问题方面都充分显示出他广阔的思想及浓郁的诗意"。

蜗居在西印度群岛上的诗人德里克·沃尔科特"以独特的语言形式和丰富的想象,表现了西印度群岛的风俗文化,反映出反压迫、反殖民主义的文化精神"。

1996年波兰诗人维斯瓦娃·申博尔斯卡获得诺贝尔文学奖的理由是:"以精确的讽喻揭示人类历史若干方面的背景和生态规律。"瑞典文学院站在历史的高度,弘扬人类的高尚的人文精神,这对于进入后工业时代的人们无疑是一种极大的精神抚慰。

实际上,从获奖的诗人们身上,人们已经看到诗歌精神对高扬世纪初诺贝尔的遗嘱精神所具有的不可低估的意义。

1960年获诺贝尔文学奖的法国诗人圣琼·佩斯指出:"颁奖给诗人乃意味着要帮助复兴一种人文主义——这一主义已受到科技发展之严重威胁,且已对心灵的运作构成一种真正的危害。"

十几位诗人的高贵精神追求,使"理想主义"的火光在20世纪后半叶越烧越旺。在恶浊的现实中,它给人巨大的温暖和不断进步的力量。

巅峰之旅

拉丁美洲的精神皇后

加夫列娜·米斯特拉尔是具有世界影响的拉美诗人，也是第一位获诺贝尔文学奖的拉美作家。1945年将诺贝尔文学奖授予米斯特拉尔具有非同一般的意义：这一年，战争的硝烟刚刚散去，经历过流血、饥饿、屠杀以及一切痛苦磨难的欧洲人面对战争的废墟渴望找回一度被践踏的人性的价值和尊严。而米斯特拉尔的诗歌中的那种清纯和率真，那种对人类精神中至美至纯的爱情吟唱，恰恰能弥合人们心灵的创伤。瑞典文学院也强调了米斯特拉尔诗歌的这一特点，认为它"满足了人们的精神饥渴：刻骨铭心的爱情，纯洁的母爱，孤独的体验等等，唤醒人们精神世界中最美好的情感"。

▲ 加夫列娜·米斯特拉尔

米斯特拉尔一生既单纯又富有传奇色彩。说单纯，主要是因为她毕生从事文化教育和文化交流工作；说富有传奇色彩，是因为她出生于贫困荒凉偏僻之地，却与缪斯女神结下了不解之缘。她14岁即开始发表诗作，25岁名扬智利，50岁时拥有"全美洲的女儿"和"精神皇后"的美誉，从"小学教员"一跃登上"诗坛宝座"。她没有受过正规教育，完全依靠顽强不息的奋斗精神自学成才，成为优秀的教师和中学校长。对于生活在20世纪初的女性来说，这些成就令人惊叹，可她却从未满足。45岁那年，她投身外交界，先后出任智利驻意大利、西班牙、法国、葡萄牙、美国等国的领事，最后出任智利驻联合国特使。

米斯特拉尔的获奖，既凭实力，也是机遇。1945年被提名参加角逐诺贝尔文学奖的作家中，法国象征主义诗人瓦莱里夺魁的可能性最大。因为从1930年起，他便不断被世界各地的作家或文学机构提名推荐，特别是1933年，富有影响的法兰西文学院18名院士联名推荐了他。1936年比利时和荷兰皇家文学院再次推荐他。

尽管这位作家一直未能获奖，但他的名字深深地刻在了文学奖评选委员会评委们的脑子里。到了1945年，瑞典文学院对瓦莱里的获奖不持异议，因为新任诺贝尔文学奖评选委员会主席的奥斯特林对他的诗极为赞赏。但遗憾的是，这位参加角逐荣誉的大诗人，在荣誉即将到来之时便去世了。瑞典文学院不想再像1931年那样奖励一个逝世的诗人，只好重新遴选获奖者。

米斯特拉尔荣幸地进入了评委们的视野。实际上，从1940年开始，即比瓦莱里晚10年，米斯特拉尔便多次获得提名，而提名者是整个拉美大陆有影响的国家和知名大学的教授。这种众口一词的推荐具有巨大的影响力，至少可以看出米斯特拉尔在南美大陆的影响。更何况，推荐书上认为这位女诗人是南美道德和智慧的化身，历史上最伟大的女诗人。同样，战后瑞典文学院也想寻找一种具有道德震撼力的作家。高尚的文学精神和现实的需要奇妙地结合在一起了。米斯特拉尔以拉美第一位获奖作家的身份进入到诺贝尔文学奖圣殿。南美大陆因为她的卓越的文学成就，开始融入世界文学的主流之中。

加夫列娜·米斯特拉尔出生在智利北部的艾尔基河谷。这条河谷在安第斯山脉和太平洋之间蜿蜒前进，在溪流的滋养下，荔枝、葡萄、石榴等亚热带的水果十分茂盛。这些给诗人非常强烈的印象。据诗人的母亲说，加夫列娜·米斯特拉尔很小的时候，就表现出对大自然的强烈依恋："她常常挣脱我的怀抱跑到花园里去，在那儿痴痴地看着满树的杏花。我不止一次惊讶地看到她和鸟儿呀、花儿呀亲切地说话。"

在散文《智利的乡村》中，米斯特拉尔深情地描写了故乡大自然的美丽：

> 初春时节，艾尔基的桃树就像日本的樱花，把夹在惨淡群山中那片朴素无华的谷地，染成一片雪白和浓重的玫瑰色，显出返老还童的新姿。这是谷地花的节日，色彩艳丽，草木复苏，那节日的气氛比随之而来的收获节日更显得欢快。——我虽然热爱这些维吉尔赞美的作物，但我不能不说，更加牢固地扎根在我脑海里的，是那些山谷中的野树，它们遍布每个山巅，随便哪个峡谷和崇山峻岭的坡地，——到处长满了豆角树，它那部落酋长式的身影，与其说种在不如说扎在黏灰土和石灰岩上；它那巨大而粗糙的树干，从皲裂处渗出一种上好的树脂。还有它那犹如稀少的头发般疏落的树叶，串串豆荚在那儿发出嘎嘎的声响，树叶刚一碰断，就会

巅峰之旅

落到地上裂开了；还有它那浅黄的木质和血红的纹理，这种地地道道的智利北方的树木，简直就是我们智利人自己，因为它坚毅有力——也因为它不够优雅。

在离蒙特格兰特我家最近的小山上，生长着很多加芬相思树，它们和仙人掌、白桉、一大堆干枯的树叶和硬邦邦的细毛草混杂在一起。当花季来临时，我曾一小时和几小时靠在相貌丑陋的树木上，对它那痛苦的环形斑点流连忘返。它教会我童年时代唯一的狡黠：躲闪开无数的刺儿，折断树上的枝条，然后把树枝放在裙子上，摘下花朵。那时我差不多七岁。二十岁、四十岁时，若有花的话，这种掺杂着惊异的好奇心理还是驱使我抚摸了这漂亮的花朵。那花朵就在那仅有的一厘米的地方，以它那长满花粉的厚厚花冠的无比柔润，使手感到非常舒适，它的花冠几乎全是花粉，就在这招人喜爱之处的旁边，几乎是在花冠里，长着串芒刺，它就用这芒刺耍弄那柔顺可欺的人。

每当我想起谷地的时候，就产生一种强烈的记忆。一下子看见触摸和呼吸到两种东西，使我的胸中感到强烈而兴奋的撞击。一种是居高临下的保护人般的群山，像是久别重逢并将我拥抱的父亲；一种是群山中那无边无际的野草散发的馥郁芳香。

正是对故乡的深深热爱，才使得故乡的风物和大自然的美丽成了她诗歌吟唱的对象：

我要扎进那肥沃的土壤，/我的爱人，让生命之花火一般怒放；/像鲜活的石榴砰然断裂，/迸开我的血管，敞开我的胸膛；/像红色的枞树劈成碎枝，对你的爱胀裂心房。

米斯特拉尔的父亲是个天性浪漫的人，他是乡村教师，却喜欢过一种漂泊动荡的生活。他热爱文学，迷恋诗歌，但由于三心二意和缺乏耐心，在文学方面没有取得什么成绩。大约在1886年,这位中学老师爱上了一位美丽的寡妇阿尔卡亚,不久两人结婚。阿尔卡亚带来了十三岁的女儿,三个人组成了新的家庭,在艾尔基河谷一个非常偏僻的小村住了下来。1889年,新家又搬到小镇维克那,米斯特拉尔就出生在这个小镇上。当时,父亲在外地工作,得到这个消息后,写了一首诗表达了对女儿的期望:"是仁慈的上天,把你赠给了这片土地;也许,它将赐予你的,是父母未曾获得过的东西。"父亲回家后,为女儿修建了一个小花园。但米斯特拉尔3岁时,父亲突然离家出走,此后就杳无音信。

父亲的逃离,给这个家庭带来的打击是巨大的,这从米斯特拉尔的诗歌中可以看出端倪。母亲和孩子、母爱和童贞是她反复吟唱的主题,而且描写细腻,生动感人,但父亲却是一个模糊不清的面影。

米斯特拉尔以抒写恋情的诗歌登上文坛。一场没有结果的恋爱诱发了她心灵深处的诗情。17岁那年,她经历了一场影响一辈子的恋爱。在一次旅游时,米斯特拉尔认识了一个在铁路上工作的小伙子。但这种悄然而至的爱情让她痛苦多于欢乐。随着时间的推移,这种感受更为强烈。她在给朋友的信中说:"在我的本性中,有某种招致苦难的东西,我周围的人们很幸福,但有一只隐秘的手却在往我的心上滴胆汁。"

米斯特拉尔的恋人叫罗梅内欧·乌尔塔,诗人是这样描述他们相恋的日子里的点点滴滴:

> 我们彼此真诚地相爱,那是纯真透明的爱。然而在一个悲伤的日子里,我们分手了。那时我脾气暴躁,我们在房间里大声吵骂,母亲将他遣走。随着时间的消逝,五年过去了,我的家人以为我已心平气和。在这段日子里,我们互相回避,我们怨恨对方,却又几乎住在同一栋房子里。他住在这栋建筑物顶层的一个房间里,而我的房间就在他的正下方……在那五年当中,我们只见过一次面。彼此骑着车子,在回家的途中,他建议我们再次一同回去,我拒绝了,我知道他有未婚妻。

后来乌尔塔自杀了,在乌尔塔的上衣口袋里,珍藏着米斯特拉尔给他的明信

巅峰之旅

片,这让米斯特拉尔的灵魂深受震撼。在失去情人的时候,她才觉得自己的恋人是那么完美可爱,她感受到精神的痛苦和自责。她把这种深刻的思念,化作精美的诗句,让所有的人分享她初恋的痛苦和悲伤。

  1914年春天,智利首都圣地亚哥举行一年一度的"花节诗歌比赛",奖品是月桂树编织的花环和金冠。米斯特拉尔选择了写给情人的3首诗歌,以《死的十四行诗》为题参加诗歌比赛,结果获得了第一名。颁奖的时候,这个腼腆的女诗人没有上台领奖,而是躲在人群中远远地观望。不上台的原因是,她害怕当众朗诵自己的诗歌时抑制不住眼中的泪花。这3首诗歌即便在今天也能够让人感受到灌注其中的情感力量。

一

  你被放在冰冷的壁龛里,/我让你回到明亮的人世,/他们不知道我也要安息在那里,/我们的梦连在一起。/我让你躺在阳光明媚的地方,/像母亲那样甜蜜地照料熟睡的婴儿。/大地变成一个柔软的摇篮,/摇着你这个痛苦的婴儿。/然后我去撒下泥土和玫瑰花瓣,/在蓝雾般的月光里,/轻盈地覆盖住你。/我放心地远去,/因为再也不会有人到这墓穴中,/和我争夺你的尸体!

二

  有一天,这长年的郁闷变得沉重,/那时灵魂会通知我的身躯,/它再不愿沉重地走在玫瑰色的路上,/尽管那里的人欢声笑语……/你会感到有人在掘墓,/又一个沉睡的女人来到你寂静的身边,/当人们把我埋葬,/我们便可以滔滔不绝地倾诉!/那时你就会知道为什么/你正在盛年/却长眠在墓穴中。/在死神的宫中有一座星壳,/你会明白它在洞察着我们,/谁背叛了,谁就被星星带走……

拉丁美洲的精神皇后

三

那天,邪恶的双手扼住了你,/星星把你带出百合花园。/当邪恶的双手不幸伸进花园,/你的生命正在欢乐之年……/我对上帝说过:"他被引进死亡,/别再让谁引走他可爱的灵魂!/上帝,让他逃出那邪恶的手掌,/让他安睡在你给人类的漫长的梦中!"/"我不能呼唤他,也不能和他同行!/一阵黑风打翻他的小船,/不是让他回到我的怀抱,就是让他盛年时丧生。"/在花朵般的岁月,船不再前行……/难道我不懂得爱?难道我没有感情?/就要审判我的上帝,你的眼睛最清!

以第一首诗为例,作者用清新优雅的语言将爱情和死亡两种截然对立的体验放在一起,形成一种巨大的精神张力。情人在"冰冷的壁龛里",我在"阳光明媚的地方"。一个地方阴冷狭小,一个地方温暖宽广。阴冷既是恋人现在的状态,也是诗人自己的一种心境。而温暖则表明诗人对情人的关爱,她希望情人能够回到阳光和煦的地面上,让阳光的温暖抚慰那痛苦的心。而最后的结果是:"我也要躺在泥土里,和你同枕共眠。"为了这个庄严的仪式,作者让月光和薄雾来渲染夜晚的寂静。寂静中,作者让自己超越生死的界限,实现"生不同行死同穴"的愿望。应该说,诗人的恋爱遭遇是一个特殊的个案,但诗人能够把自己隐秘的恋情化成人类普遍的情感,高雅而浪漫,具有震撼人心的力量。

当然,文学是一种审美的人生。真实的爱情总是具有两面性的,甜蜜和痛苦紧紧相随。诗人比较完整地记录了恋爱时节情感体验的方方面面,如《痛》中,诗人深情地回忆了与情人相见时的激动、慌乱和无所适从的情景,语言质朴、准确:

天啊!/请合上我的双眼/请闭紧我的双唇/时间已是多余/言语已经说尽/他看着我,我看着他/久久没有说话/痴呆的目光凝滞似灵魂脱壳/惊异得面色苍白像垂死挣扎/经过那样的时刻还有什么剩下?

巅峰之旅

全诗语调急促,诗人似乎着意营造一种与慌乱心情相吻合的氛围,既有被激情燃烧的畅快,又有找不到表达体验的焦虑,一个活泼、坦率的少女形象跃然纸上。

米斯特拉尔的爱情诗总是追求一种绝对的、超脱世俗的永恒情感体验,在《玫瑰》中,作者给予爱情的美好以尽情的展示:

玫瑰心中的宝藏/与你心中的一样。/像玫瑰一样开放吧,/沉闷会使你无限忧伤。/让它化为一阵歌声/或者化为炽热的爱情。/不要将玫瑰花隐藏,/它的火焰会烧坏你的心胸!

但这种玫瑰色的爱情只是理想的"彼岸世界"。实际上,真实生活中的爱情总是无法与生活的世俗性剥离开来。争吵和不圆满成了生活的一部分,诗人如实记录了理想憧憬中的纯粹爱情与现实之间的矛盾,这甚至在两人初遇时即已显露出来:

欢乐的歌声/来自他无忧无虑的双唇/但是见到了我/他的歌声变得黯淡/我俯视着/发觉它陌生如梦中情景/在钻石般闪光的清晨/我的脸被泪水沾湿

我们从黯淡的歌声和泪水的眼睛里似乎感觉到了充满宿命色彩的未来,相聚却给人陌生之感,应该是欢乐的时刻,歌声里却缺乏欢乐。

据作者回忆,她之所以经常和情人争吵,是因为"有一天,他对我说,为了挣钱,他要到北方去找工作,然后便回来接我,和我结婚。这一诺言变成了我对他所怀的最美好的回忆"。就在诗人思念和等待着情人回来成亲的日子里,有一天在大街上,她发现自己日夜思念的情人正和另外一个姑娘牵着手走过。还有一天晚上,她看到两个人紧紧地拥抱在一起。米斯特拉尔气得把阳台上的花瓣撕得粉碎,丢向黑夜里。她知道,这个让自己心动的男人,可能要远离自己而去了。

他挽着别的姑娘走过,/我却眼看着他远去。/风儿依然轻柔,/路上沉静如故。/可是我这双可怜的眼睛呵,/却只能看着他远去。

因为有了背叛的裂痕,两个人之间相互怨恨,可能分手的预感折磨着他们。诗人表达了可能分离带来的痛苦:

> 我的躯体要一滴一滴地离开你。/我的脸庞要在沉闷的油彩中离去;/我的双手要化作零散的水银,/我的双脚要化作两个尘土的时辰。/一切都要离开你!一切都要离开我们!/我的声音要走了,它曾是你的钟/只对我们发出声音。/在你如梭的视线中,/我将失去紧缩的表情。/目光要离开你,当它注视你的时候,/献上刺柏和榆树。/我要带着你的气息离开你:/宛似你身体挥发的湿气。/我要带着失眠和梦幻离开你,/消失在你最忠实的记忆。/在你的记忆中,我变得与那些人相同,/既没在平原也没在丛林中诞生。/我愿化作血液,流动/在你劳作的手掌和果汁似的口中。/我愿变成你的内脏,焚烧/在我从未听到的你的行进中,/在你宛似孤独大海的癫狂/回荡在黑夜的激情中!/一切都要离开我们,都要离开我们!

和乌尔塔的恋情是平淡的,也是所有经历过青春的人都会碰到的,但这段普通的恋情却重新塑造了米斯特拉尔的精神人格。诗集《绝望》是这段恋情的产物。她既吟唱了青春的激情,也吟唱了爱的纯朴和痛苦,传达了因情人自杀而引起的绝望情绪以及对恋人之死的深切怀念。内容丰富,感情真挚,是米斯特拉尔诗作中最引人注目的部分。恰如诺贝尔文学奖颁奖词中所说:"在那被淡忘的贫瘠、枯槁的智利山谷间,有一个声音升起,传入远处人们的耳鼓,一个日常生活中很平庸的悲剧失去了它的隐秘,却纳入了世界文学的一部分。"*

除了写爱情诗外,米斯特拉尔那些礼赞母性、祝福儿童的诗歌也令人赞颂。因为父亲在米斯特拉尔幼年时突然离家出走,因此在诗人的世界里,缺乏男性粗犷有力的形象,给她留下深刻印象的是母亲勤劳、坚毅、顽强的品格。母亲的

---

*《诺贝尔文学奖要介》肖涤编 黑龙江人民出版社 1992年版 第530页

巅峰之旅

崇高人格使她对母爱的神圣有了直接的感知。在米斯特拉尔笔下,母亲是一个淳朴而瘦小的女性形象:

> 我的母亲很渺小,/就像一丛薄荷,如同一棵小草;/遮不住多少阴凉,挡不住风狂雨暴。/大地热爱她,/因为她让它轻松,/不管是幸福还是痛苦,/她都向它微笑。

母亲尽管那么柔弱、卑微,但拥有顽强的生命力。她热爱生活,坦然面对生活中的一切苦难,并且独自一人挑起了生活的重担。这成了诗人寻找诗歌题材的重要突破口。

由对自己母亲的热爱,进而对母性的纯洁与庄严进行讴歌,是米斯特拉尔的许多诗作的内容。在《献给母亲们的诗》中,诗人以女性受胎、孕育、分娩过程为主线,以母亲的感触和体味为辐射,很少涉及时代的环境,因而具有超阶级、超种族、超历史的普遍性意义。诗作散发着田园牧歌的韵味,读着这些真切细腻、优美动人的母爱之歌,审视着自我生命,读者总会产生对母亲的敬意。

诗人以时间为顺序,从两性相爱、组建家庭、怀孕,再写到怀孕过程中女性的心理变化等,特别突出了女性孕育生命所遭受的痛苦和牺牲精神。

请看《献给母亲们的诗·祈祷》:

> 哦,不,上帝怎能让我乳房的蓓蕾枯干,/在她使我腰围膨胀之时?我感觉我的乳房/像宽池里的水高涨,无声无息地/它们硕大的海绵质在我的腹部投下一道阴影。/整个山谷里还有谁比我更穷困?/如果我的乳房不曾变得润湿/一如妇人们放在门外接取夜露的水瓶。/我把我的乳房放在上帝面前,/我替她取了新的名字/我叫她灌注者。/我向她祈求丰富的生命泉/饥渴地期待着,/我的孩子即将到来。

女性的奉献和牺牲从受孕那一刻即开始。这位即将由少女变成母亲的女性,向上帝祷告,愿上帝赐予她丰沃的奶汁。她庄严宣布,如果不能给未来的孩子以生命的汁液,她将是山谷中最贫困的人,这是多么博大的襟怀啊。

对孩子的爱,意味着女性爱的再分配。即将成为母亲的女性爱自己的丈夫,但对儿子的爱排斥着对丈夫的爱,她克制着对丈夫的爱,在《致我的丈夫》中她深情地告诫丈夫:

丈夫,不要拥抱我,我,如此脆弱,为了爱/将把自己分裂为二。/像一只破裂的水瓶,/好让生命之酒涌出,/原谅我,我走起路来如此笨拙,/如此笨拙地为你/但你是如此灌注我,让我在行动时,/有一种奇异的感觉/比从前更温柔地待我吧,/不要粗暴地激动我的血液/不要扰乱我的呼吸/如今,我只是一张薄纱,/我整个身体是张薄纱/有个小孩在其下熟睡。

诗人还以质朴无华的文笔记录了新生命诞生时的阵痛和欢欣。

整个晚上,/我痛苦着,/整个晚上,我的身体为分娩而颤抖,/我的太阳穴要命地出汗,但那不是死亡,/那是生命。/让它诞生,让我阵痛的呼喊在黎明升起/编结成为鸟群的歌唱。

米斯特拉尔由礼赞母性而惠及儿童。《摇篮曲》是母亲与孩童的对话。《夜》中,作者以清丽的语言编织了母亲与儿子和谐相处、其乐融融的风情画:

因为你睡着了,/我的小人儿/落日不再炽热/现在再也没有什么比露珠更明亮/经你所熟知的我的脸更白/因为你睡着了,我的小人儿/我们看不见小路上的任何东西/除了河流无一物叹息/除了我无一物存在/平原化作雾气/天空蓝色的呼吸静止/像一双抚摸世界的手/寂静君临一切/我又用歌声轻摇/我们婴儿入睡/整个世界也随着摇篮的晃动入睡/这是一幅令人遐想的图画,/静夜,溪水轻唱,/母亲的歌声与远方的雾气轻轻相织,/而在这种宁静中,/爱使恶终止:/当我向你歌唱,/邪恶从一切事物消失/狮豹狼变得像你眼皮一样温柔/博大的母爱与不灭的童心。

巅峰之旅

在米斯特拉尔眼里，母爱不仅能使"恶"变善，变温柔，而且感染了大自然，一切都显现母爱的情怀。草丛里安巢的鹌鹑，田野上低垂的树木，都成了孩子的守护神。缠绕山峦的薄雾是山的孩子在围着山膝呢喃，流水是溪谷的胎儿在看不见的深处低唱。为了孩子睡好，米斯特拉尔让风轻摇，让海轻摇，让上帝也轻摇这个世界。

米斯特拉尔的作品诗意隽永，感情真挚朴实，所表达的主题却是人类所普遍共同存在的情感，具有超越地区和种族的广泛性，因而能引起广泛的共鸣。她诗歌的语言清晰简洁，流畅明快，没有艰深的意象，也没有复杂的象征。淡雅、幽远，像母爱一样单纯、质朴，像童贞一样纤毫未染，这与20世纪20、30年代风行欧美大陆的现代主义诗歌追求的"陌生化"、"私人象征"大相径庭，表现了一位独具特色的作家的魅力，开创了一代新风。

米斯特拉尔的获奖，使拉丁美洲沉浸在巨大的欢乐中。她站在领奖台上，满怀深情地说：

> 今天，瑞典把它的注意力转向一个遥远的拉丁美洲国家，向该国众多文化先驱中的一个颁奖，诺贝尔先生一定会为此感到高兴，因为把跨两半球的美洲大陆考虑进来，扩展其文化保护的范围，这正符合他世界一家的精神。

米斯特拉尔说自己是"以一个新兴民族的儿女的身份"和"祖国诗人的直接代言人"来领取该奖项的。

她获得了成就。人们为她骄傲。1954年，她返回阔别了16年的祖国。当她抵达港口时，智利总统的专列已经等在那里。在回首都圣地亚哥的路上，人们像欢迎女王一样地向她致意。到处是国旗，到处是鲜花，因为她是智利人民的优秀女儿，她应该享有这些殊荣。

时光飞逝，26年后（1971年），她的学生，另一位智利诗人巴勃罗·聂鲁达又一次登上了诺贝尔领奖台，而且这位诗人的成功之路几乎和米斯特拉尔一样。

诗人应该是人民的面包师

聂鲁达曾这样描述自己的老师米斯特拉尔：

> 我看见她从我们村子的街上走过，穿着那长长的外衣。我有些怕她。但是，当人们带我去拜访她时，我碰到的竟是一位好心的年轻女人。在她黝黑的脸上，在那张主要是印第安人血统的，就像一个阿劳科漂亮的罐子的脸上，雪白的牙齿显露在她大方的恬然的微笑中，使四壁为之增辉。要想成为她的朋友。那时我太年轻了，太胆怯了，并且过于深思。我见她的次数不多，每次出来时，她送给我一些书，我就感到满足了。这些书一般都是俄罗斯小说，她认为这是世界文学中最出色的部分。我可以说，米斯特拉尔把我带进了俄罗斯小说的严肃和恐怖的视野中，并且使我深深地爱上了托尔斯泰、陀思妥耶夫斯基、契诃夫，他们一直伴随着我。*

聂鲁达的经历与米斯特拉尔有相近的地方：他早年丧母，父亲是火车司机，经常外出；自己的童年极为贫苦，性格内向；13岁时就发表诗作《二十首情诗和一首绝望的歌》使他一举成名。同米斯特拉尔一样，他也是以吟唱自己独特的爱情经历而为文坛所接受。1927年起，他进入外交界，先后担任驻亚、欧、拉美等国家的使节，特别是在英属殖民地仰光、科伦坡、爪哇等地任领事期间，目睹了殖民地社会的贫困、落后和腐败等现实，因而情绪低落，思想灰暗，而20世纪20年代象征主义诗人艾略特的诗歌使他找到了全新的表达方式。《大地上的居所》展示了现实世界生存的苦难和沉重，个人的孤独和困惑。聂鲁达诗歌的鼎盛期是1935年任西班牙领事后，他目睹西班牙法西斯统治的罪恶和人民保卫祖国、保卫自由、英勇战斗的悲壮场面。诗人开始为人民歌唱，成为一位正直的人民诗人。1943年归国后，他创

---

* 《聂鲁达散文选》江志方等译 百花文艺出版社 1987年版 第170页

巅峰之旅

▲ 聂鲁达

作了《诗歌总集》，这是一部卷帙浩繁、绚丽多彩的拉丁美洲史诗，它以形象生动的比喻描绘了一幅拉丁美洲五彩缤纷的现实图画。而1954年《元素之歌》是诗人不倦探索的结晶，诗人每每借日常琐事，以通俗易懂、短小精炼的大众语言抒情写意，以期收到以小见大的效果。

聂鲁达的诗歌内容丰富而复杂，这与他曲折的人生经历密切相关。根据他的全部诗歌创作，我们大致可以划分为4个阶段。早期的诗歌以《黄昏》和《二十首情诗和一首绝望的歌》为代表，这些诗歌具有浓郁的浪漫主义气息。他同米斯特拉尔一样，以青春激情的体验为素材，常常吟唱爱情、孤独与死亡，摒弃了空虚的意境、华美的辞藻和低沉的情调，散发着浓郁的大自然气息。但与米斯特拉尔女性的细腻、含蓄不同，他敢于直率地表达自己的思想。他的情诗主要抒写自己青春萌动的心路历程，记录着因和女性交往所带来的甜蜜痛苦、思念与疏离。诗歌的感情真挚细腻，风格朴实清新，写景状物别有情致：

> 因为你，当我伫立在鲜花初绽的花园旁边时，春天的芬芳使我痛楚。我已忘却你的芳容，也不记得你的纤手，更不记得你的朱唇如何亲吻。我已经忘却了你的爱，可我却从每一个窗口里隐约地看到你。你的脉脉柔情缠绕着我，有如青藤攀附着阴郁的大墙。*

《二十首情诗和一首绝望的歌》中，诗人大胆地描写了女性的胴体之美及健康两性关系的神圣与庄严。

---

* 《聂鲁达散文选》江志方等译 百花文艺出版社 1987年版 第14页

诗人应该是人民的面包师

> 女人之躯，洁白的山丘，洁白的双腿/你那委身于我的姿势就如同大地/我这粗野的农夫在挖掘着你/努力让儿子从大地深处欢声堕地/现在复仇的时刻已来临，可是我爱你/爱你的肌肤，发丝，焦渴而坚挺的双乳/噢，扣碗状的酥胸，噢，出神迷离的眼/噢，玫瑰般的小腹，噢，你那悠悠的喘息/我女人的身躯，我要执著地追求你的美，/我的渴望，我无限的焦虑，我游移不定的心/就是那永恒渴望经过的黑色沟渠/就是那劳顿之地，那无限伤心的沟渠。

这里没有丝毫的做作矫情，诗人把青春的狂热，甚至带有孟浪的感受宣泄了出来。月有阴晴圆缺，人有悲欢离合，分离的痛苦有时也值得咀嚼，而青春的孤独更是叫人焦虑忧愁：

> 我思念着，一面把忧郁卷入深深的孤独，/你也在远方，啊，经任何人都更遥远/我思念着，一面放走小鸟，消除印象。/一面埋葬各种灯光/雾里的钟楼，多么遥远，简直在天上/抑制着叹息，磨碎暗淡的希望/做一个无言的梦/黑夜突然来到你身边，那远离城市的地方/挣脱了种种盘根的羁绊/冲破那道道波浪的阻拦/我的心跳动着，快乐，悲伤没完没了/我思念着一面把灯光埋进深深的孤独/你是谁啊，你是谁？

聂鲁达《地球上的居所》一集、二集是第二个时期的主要代表作品。这个时期，聂鲁达先后担任智利驻缅甸、斯里兰卡、印尼、新加坡等国的领事。这些国家当时都陷入殖民地半殖民地的困境中。诗人目睹了社会的贫困、动荡、腐败和不幸，但诗人依然看到东方人身上的那种顽强的抗争意识。在《水手的梦》中，诗人记述了东方国家水手对美好生活的追求和渴望，其中"中国水手半弯着身子，钻进冰冷、僵硬的梦境的面罩里去，他们徜徉在梦境里，有如在陷阱里徘徊"。[*]作者自己承认，当时他正陷入思想的苦闷时期，也处在诗歌的探索阶段，因此这个时

---

[*] 《聂鲁达散文选》江志方等译 百花文艺出版社 1987年版 第41页

巅峰之旅

候的诗歌风格比较晦涩，留有20年代象征主义诗歌影响的痕迹。但是与他的老师米斯特拉尔不同，聂鲁达的生活视野要广泛得多，所表现的主题也要深刻得多。同米斯特拉尔一样，诗人也吟唱母爱，但他不仅停留在女性延续生命的伟大与艰辛上，他从历史和现实的深度上，敏锐地看到千百年来男性对女性的压迫，具有力透纸背的深邃。

在《夜晚的洗衣妇》中，聂鲁达指出："音乐家、雕塑家、画家以及作家，为塑造我们爱恋的情侣，描绘了她那无与伦比的美丽容貌的母性、爱情、痛苦和英雄气概。然而纵使有过数百年的赞美，妇女仍然处于黑暗的朝代，仍然遭受粗暴的社会盘剥，折磨和遗弃，以致到了非开会讨论妇女是否有生命灵性不可的地步。"*聂鲁达肯定女性的勤劳、善良、能吃苦、富于牺牲，但他站在时代的高度，指出："我们生活的这个世界并不仅仅需要具有献身精神和默默作出牺牲的妇女，还需要为了使全体被剥削者都能享有同样的正义的一场世界性的斗争。"他认为只有妇女也参加这样的斗争，整个社会才能获得解放。

1936年，西班牙发生了内战，这使陷入苦闷中的诗人觉醒了。他不再写那些私人感情、私人化比喻的诗歌，重新回归到时代的前沿，为人民的利益而歌唱。诗人看到了生活中的两个方面：一面是法西斯倒行逆施，残暴无耻；一面是人民保卫共和，前仆后继。作者将自己融入人民之中，写出了一大批铿锵有力的诗句，在《轰炸》中，他满怀悲愤地发问：

> 这是谁？谁在大路上？这是谁呵？这是谁？谁在黑暗中？谁在血泊里？烟尘、钢铁、石块，死亡、烈火、哭泣。这是谁呵？母亲，这是谁？是谁呵？又是往哪里去？

《西班牙在我心中》颇有影响，作者用对比的方法，描述了战前的宁静：

> 我原住在马德里一个区/那里有不少教堂/钟声回荡，树木葱郁/人们把我的住房/叫做鲜花之家，因为天葵/到处怒放/那地方真美/小孩和狗在它周围嬉戏游玩。

---

* 《聂鲁达散文选》江志方等译 百花文艺出版社 1987年版 第118页

但是宁静的生活被破坏了，法西斯把战争强加给西班牙人身上。诗人看到了进步人士被暗杀，丰饶而繁忙的街市出现了混乱。

> 一天早晨，烈焰/从地底冒出/将人们吞噬/从那时开始，烽火四起/硝烟弥漫/血流遍地/那些强盗带着飞机和摩尔人/戒指和公爵夫人/假意祝福的黑衣修士/从空中逼来屠杀儿童/街上流着儿童的血/儿童的血/连豺狼都不容的豺狼/荆棘都唾弃的石头/毒蛇都憎恨的毒蛇

作者憎恨法西斯强盗，这后三句刻画了其凶残的本性及其狠毒，但诗人也看到了西班牙人为保卫共和政府所表现出的英雄气概：

> 我看到你们面前/涌起了西班牙的热血/汇成自豪和刀剑的浪涛/将把他们吞没

在法西斯暂时得势之时，诗人从人民的抗争中获得了自信，看到了光明的前途。因而，他向统治者提出严厉的警告：

> 将军们，卖国贼/瞧我死亡的房屋/瞧那破碎的西班牙/每座死亡的房屋里出现的不是鲜花/而是炽热的金属/西班牙的每个洞穴出现的是西班牙/每个死亡的儿童身上出现一杆标准的步枪/你们的每一件罪行都铸造了子弹/总有一天/将打中你们的心灵

诗人还通过设问，表明自己的责任：

> 你们会问我，你的诗篇/为什么不诉说梦想，树叶/和你祖国的大火山/你们来看街上的鲜血吧/你们来看/街上的鲜血/来看鲜血/在街头上流淌

巅峰之旅

确实,面对苦难的人民,面对无辜者的鲜血,一个把保卫人民看作是自己天职的诗人,怎么可以超然世外,笑傲山水呢？诗人回忆那火热斗争的岁月,人民是怎样热爱和需要传达自己心声的诗歌：

> 我的书《西班牙在我心中》以一种奇特的办法印出来了。我以为在浩如烟海的书籍的奇异历史上,很少有几本书有过如此多事的准备和不平常的命运。前线的士兵学会了排版,会排各种铅字。但那时缺少机器,他们找到了一个旧的磨盘,决定就地造纸。在投掷下来的炸弹中,在战争环境里,却造出了罕见的纸浆。他们把一切东西都扔进磨盘里,从敌人的旗帜到一个摩尔士兵的大褂……他们中的很多人宁愿用口袋来装运这批已印好的书而不先运他们自己的食物和衣服。*

可见聂鲁达诗歌是怎样鼓舞着人们去为自由、真理而战斗。诗歌只有成为人民心声的传达者,才具有这样的生命力。

晚年的聂鲁达诗歌比较多,但内容比较抽象,失去了以往诗歌的感召力,在遣词造句上显得轻盈熟练。他希望自己的诗歌"每首歌都成为十字路口的路标,像一块石头、一段木头那样,让他人,让后来的人们,能在上边留下新的标志"。**

米斯特拉尔和聂鲁达作为拉美诗歌的代表人物,都是由讴歌激情之爱而跨入文坛,都把建立纯粹的拉丁美洲本土文化和文学作为奋斗目标,但他们又注意与欧洲大陆保持着十分紧密的联系,从欧洲文学中吸取养分。他们的诗歌直抒胸臆,语出天然,以情取胜,形成了独具特色的诗歌风格。

---

* 《聂鲁达散文选》江志方等译 百花文艺出版社 1987年版 第10页
** 《聂鲁达散文选》江志方等译 百花文艺出版社 1987年版 第10页

将武器置于田野

1966年，诺贝尔文学奖由以色列的阿格侬和已经获得瑞典国籍的德国诗人尼丽·萨克斯获得，他们两个都是犹太人。尼丽·萨克斯获奖的理由是："由于她以感人的力量描述了犹太人命运的抒情性和戏剧性的杰出作品。"

尼丽·萨克斯获诺贝尔文学奖得力于几位作家的倾力推荐。一位德国文学专家描述了萨克斯如何漂泊、流浪到瑞典的土地上落地生根，并成为一个"真正具有抒情性、戏剧性的成熟的诗人"，"她把整个犹太民族的悲剧化成她个人的悲剧，并且无比深切地感到漂泊的痛苦"。另外两位德国文学史专家则认为："萨克斯是当代文坛最重要的人物之一。"瑞典文学院若颁奖给她，"则同时也赞扬了可敬的犹太民族，这个民族曾遭受了深重的磨难"。

萨克斯获得诺贝尔文学奖的消息一经宣布，很多朋友和新闻记者都到她的家向她表示祝贺，并询问她有何

▲ 尼丽·萨克斯

感想。这让她有些不知所措。当人们问她将怎样处理这份奖金的时候，她说，她希望能用这笔奖金给一位老朋友以帮助，这位老朋友曾经在她逃离纳粹德国时冒着危险帮助了她，而那位友人现在的生活极端困难。

萨克斯虽然不习惯抛头露面，可她还是以非常得体的姿态应对着摄影记者。一位记者说，她脸上挂着微笑，而这些微笑乃是悲喜的"奇异混合体"。她一面凭窗眺望斯德哥尔摩运河的风光，一面以优雅和谦虚的神态，简短地述说她的身世。她说："现在，我完全觉得自己是一个人了。"

出席颁奖大会那天，萨克斯穿着深蓝色的长衣，等阿格侬以希伯来语发表了一篇冗长演说以后，她用德语进行了简短的演说。她声音轻柔，因为激动而发颤，但异常清晰，宛如一道清凉的泉水潺潺流入沙漠。她说："1939年的夏天，我的一个德国女友去瑞典访问拉格洛夫，请求她在瑞典为我母亲和我找个避难所。我年轻

巅峰之旅

时和拉格洛夫有过书信来往,我对她的作品和她的国家有着同样的爱。在拉格洛夫和著名的画家尤根的帮助下,我逃离了德国。1940年春天,在辗转了几个月以后,我们终于到了斯德哥尔摩。这时纳粹已占领了挪威和丹麦。在瑞典,我们语言不通,又举目无亲,然而却呼吸着自由的空气。

"此时此刻,我想起父亲在每年12月10日对我说的话,'孩子,记住这个时刻吧,人们正在斯德哥尔摩举行颁奖仪式'。感谢瑞典文学院的选择,我现在成了仪式的中心人物,这使我童年金色的梦想变成了现实。"

1891年12月10日,萨克斯出生在德国的柏林。父亲威廉·萨克斯是一位富有的犹太实业家,又是一个音乐爱好者和业余钢琴家。小尼丽的家整洁而朴素,草坪被修得整整齐齐,树木长得郁郁葱葱,花坛里玫瑰和杜鹃簇拥在一起,在灿烂的阳光下争奇斗艳。每年6月,是茉莉花开放的日子,园子里到处弥漫着鲜花的香气。几个堂兄弟、表姐妹都到家里来玩,那是她最快乐的日子。妈妈哼着儿歌让她入梦乡:"玛丽在草地上,草地上的玛丽,不管是小花还是小草,长得都比她高。"

尼丽是家里的独生姑娘。这样的家庭环境使尼丽从小就受到了艺术的熏陶。父亲的书房里摆满了古典和浪漫主义文学作品,只要一有空闲,尼丽就跑到书房里,仔细地阅读着这些文学名著。她为书中所描写的陌生世界而陶醉,也为文学表达的复杂情感而感动。这些作品培养了她对生活的深切感受力。1903年,尼丽进入了一家私立学校,这是一所小型贵族学校。在那里,她开始对舞蹈产生了兴趣,不过这种兴趣并没有持续多久。5年后,当她初中毕业时,她就不再沉迷于舞蹈了。她依然无法忘却文学,开始写作一些随感,还有木偶剧、充满浪漫色彩的小故事、奇闻逸事和无数的诗歌,但这些还不能算是严格意义上的文学创作。15岁生日那天,父亲给她买了很多书,其中就有拉格洛夫的小说《约斯塔·贝林传奇》。尼丽被小说中的传奇故事和浪漫激情所打动,同时也对瑞典的文化有了深入的了解。从那时候起,尼丽把拉格洛夫当成了自己的偶像,还和这位作家通信。

尽管她的家庭条件非常优越,但尼丽没有认真地进学校读过书,而是通过家庭教师来完成学业。17岁那年,尼丽开始了真正意义上的文学创作,主要是写诗歌。像所有年轻人写诗那样,这个小姑娘把青春的幻想和渴望,变成浪漫主义的诗句。很多人认为,从这些诗歌里,还看不出这个女孩子能成长为未来在全世界产生影响的大诗人。因为家道殷实,自己的生活养尊处优,她几乎不理解什么是苦难和忧患,加上尼丽外表给人柔弱、怕事的印象,举手投足之间显示出基督教教徒的虔诚,和她交谈也能感到一种静穆的魅力。

萨克斯一家一直过着深居简出的生活,大约半个世纪以后,她在与传记作家谈到自己的生活时,说:"一种深重的悲剧性命运笼罩在我们家中,全靠父亲的伟大和母亲深切的爱才使我们的生活没有彻底陷入黑暗深渊。"

这样的环境中,爱情也显得特别起来。她和父亲一起外出疗养,碰上了一个已婚的男性,她深情地爱上了对方。但一个生活在上流社会的女子,不可能超越道德标准去恋爱。父亲反对女儿的感情,她感到绝望,甚至失去了生活的勇气,在那些寂寞而痛苦的日子里,她用一行行诗句来排遣心灵的焦虑。

那是一个动荡的年代,德国的政治形势也瞬息万变。1914年8月1日,德国政府发布了第一次世界大战动员令,"德国犹太公民中央联合会"响应政府的号召,也发布了宣传令,鼓励犹太人履行作为德国公民的义务。"不言而喻,他要求每一个德国犹太人准备牺牲自己的生命和财产,教友们,我们号召你们,除了尽到自己的义务之外,还要把一切献给祖国!来吧,立即自觉地集合在祖国的旗帜下!……"犹太教的成千会员战死沙场。1918年战争失败。右翼把战争失败的责任推到犹太人身上,认为正是犹太人的狂热使得战争迅速扩大,犹太人应该为战争中死亡的德国人的生命负责。在那段阴暗的日子里,尼丽想了些什么,又做了什么,我们一点也不知道。

生活依然按照自己的逻辑向前发展着。战后,德国不断出现新时尚:"齐额的短发代替了长辫子,拖到脚踝的长裙变成了短裙。而当时交际舞非常流行,妇女们不但能参加选举,而且还可以浓妆艳抹,胆子大的女性可以叼着烟走在人群中,人们也见怪不怪了。一切都新鲜,一切都变了样。"

尼丽不属于这个迅速变化的世界。她没有坐在喧嚣、嘈杂、烟雾腾腾的艺术家咖啡馆里,和那些时髦的艺术家讨论虚幻的问题。她生活在自己家的小院里,有时候练习绘画,有时候阅读文学名著,陀思妥耶夫斯基等一些关照人心灵的作品培养着她对人生深切痛苦的洞察力。她写了很多诗歌,只是在日益变化的岁月里,她因为自己的犹太血统而被排斥在主流意识形态之外。

1921年,尼丽深受拉格洛夫影响的处女作《传说与故事》出版了。作为一个年轻的作家,她的诗继承了德国浪漫主义传统,混合吸收了中世纪基督教和神秘主义,在作品中描写了光明与黑暗、善与恶、温柔与暴虐、爱与恨的对立。她把自己的作品寄给拉格洛夫,拉格洛夫说"自己也不可能写得比这更好"。

巅峰之旅

也就是从20世纪20年代起,她的诗歌才逐渐被人们认同,特别受到诗歌评论家和研究者的注意。她的诗作经常出现在德国一些有影响的报纸上。这些具有浪漫主义风格的诗歌,充满了对艺术的向往以及与大自然融合为一的渴望。有的吟唱泉水边的小鸟,或者献给父母,或者描绘圣诞节的气氛,但总是流露出忧郁和感伤的情调,回荡着对彼岸家园的渴望。

1930年,尼丽的父亲去世了。作为孝顺的女儿,尼丽一直照顾了父亲好多年,但她并不真的了解父亲丰富的内心世界和他坎坷曲折的人生经历。在父亲去世的前夕,她才深切地感觉到父亲的伟大。父亲死后,尼丽和母亲离开了别墅,住到了一家普通的公寓里。当时德国的仇犹情绪非常强烈,这种情况到1933年希特勒上台后更变本加厉了。大街上到处是标语:"不要买犹太人的东西","犹太人只考虑犹太人的利益。即便他们写的是德文,那也是撒谎骗人。"整个欧洲犹太人都感到生命的威胁,一些有钱的犹太人已经开始准备逃离,有些逃到法国,有些逃到英国,有些逃到巴勒斯坦,还有些逃得更远,到了拉丁美洲。尼丽和母亲尽管已经感受到令人窒息的气氛,但她们没有逃离。这一方面因为母亲年纪大了,另一方面家里也没有逃离的费用。自从父亲去世后,一个重要的经济来源没有了,她家的房产也被纳粹高官占用了。再说,尼丽家在国外没有什么亲人。留下来的犹太人每天生活在恐惧中。在那样充满痛苦的日子里,犹太人产生了强烈的宗教情绪。尼丽也从宗教教义中寻找到了宽容谅解的精神资源,她宽容谅解那些欺负她的人。她甚至相信拯救,"尽管那还十分遥远,然而到尽头处就会重现光明,否则的话,我可能一天也无法生存"。很多年后回忆那些不堪回首的日子,她写下了这样的诗句。

1939年9月1日,德国闪电袭击波兰,第二次世界大战爆发了。对犹太人的血腥统治也开始了。"非雅利安人"每天都担心被关进集中营,每天都面临着精神和肉体的双重折磨。尼丽作为一个犹太人知识分子,更是经常受到审讯。有一次,在经历了严厉的审讯后,她回家时,人已经筋疲力尽,嗓子完全嘶哑了,整整5天说不出一句话来。而到了1940年,法西斯对犹太人的压迫更加凶残,他们下令60岁以下的犹太人必须佩戴大卫黄色星章。一些犹太商人的财产被没收,人被从家里赶了出来。尼丽和年迈的母亲也被赶进了破旧的棚屋。有时,一间小房子里挤进了20多人。晚上宵禁后不经许可,不得外出。除此之外,对犹太人的禁令也越来越多了。犹太人不能乘坐汽车,不能使用电话,到后来犹太人的所有电器都被没收,照相机、打字机、自行车也不得留用,不准买香烟、牛奶、鸡蛋、鱼和白面包——最严厉的时候,甚至连基本的食品也不准许买了。尼丽和母亲生活在极度的恐惧中,她们不知道死神哪一天会突然降临到自己的头上。为了自己的母亲,尼丽在朋友的劝说下准备出逃。但逃到哪里去呢?当时发生了这样一件事,一位船长接受了运送难民的任务,在经历了漫长的海上颠簸之后,船终于到了南美洲海岸,但船无法进入港口,因为当时没有一个国家愿意接受难民。船长只好把船沉没,以便让那些可怜的难民能够作为海难事件的逃生者上岸,这是多么悲惨的事情啊!

那时候,与德国比邻的瑞典还没有被占领,但由于当时的国际局势,瑞典接受难民的条件非常苛刻,申请避难者必须要有知名人物担保,否则根本不能获准入境。除了作家拉格洛夫外,尼丽她们谁也不认识,而且和拉格洛夫也仅仅是有书信来往而已。在性命攸关的关键时刻,有热心朋友来帮助她们了。尼丽有一位叫哈兰的好朋友,两个人很多年来一直保持着友好的交往。哈兰有一个表妹在斯德哥尔摩,她让表妹发来一份书面邀请。不幸的是,在邀请函到来之前,哈兰遭遇了车祸,不得不在医院里躺了几个月。1939年6月,在战争乌云密布的日子里,哈兰能拄着拐杖下地了,她连忙赶往北方。为了这次行动,哈兰甚至卖掉了自己起居室里的家具。

这次旅程交织着希望和绝望,当时拉格洛夫年事已高,病入膏肓,生命垂危,无法给她帮助。但是哈兰是个百折不回的人,她知道只有继续努力,朋友的性命才能得救。最后,她终于找到了瑞典国王的弟弟、画家尤根,并且得到了亲王的支持。

尼丽和母亲出逃的路仍困难重重,瑞典政府要200克朗的保证金,很多人因为这该死的保证金而却步不前,结果踏上了被纳粹屠杀的不归路。也许是诗神缪斯的帮助,尼丽她们碰到了斯德哥尔摩犹太人联合会和一个读过她诗歌的出版商的帮助,凑齐了这笔钱。等待签证就像等待死刑判决的囚犯,时间越来越紧急,危险的脚步声越来越清晰,可是签证却迟迟不到。真是度日如年啊。很多年后,尼丽在给一位瑞典女教师的信中,回忆了等待签证的那些可怕的日子,她写道:"我们仍然保持着耐心,不停地祈祷而没有垮掉。我们越来越深切地感谢那些为需要他们的人敞开胸怀的高尚的人们,为他们不留姓名而深深感动。"

签证终于在焦虑的等待中来了,而把她们关进死亡集中营的通知书也几乎同时下达了。尼丽买好了火车票,但是她们已经被列入遣送名单,火车肯定不安全。一位官员悄悄地告诉她,她们很难逃出国界,应该把遣送通知书销毁,赶紧乘飞机

巅峰之旅

离开,这样她们才能逃脱死亡的追逐。1940年5月16日,瑞典和德国之间的最后一次航班飞离德国,当飞机降落在斯德哥尔摩机场的时候,这两个历尽苦难的母女激动地流下了热泪。尽管她们的手提袋里,每人只剩下5马克,可是毕竟逃离了死亡的威胁,开始呼吸着自由的空气。

当时尼丽50岁,头发花白,身心疲惫。瑞典犹太人救济会很快给她们在瑞典首都靠南的地方找到了一间小房子,房子又阴又冷,窗户朝着一家水泥厂,尽管条件不是很好,但毕竟有了栖身的地方。尼丽为此还是感恩不尽。尼丽是一个珍视自然、喜欢阳光的女人,在这个阴冷的地方,她感觉非常不适应。7年以后,她搬到这栋房子的另一侧的时候,其兴奋之情无以言表。她说:"又看到了日月星辰,在幽暗和阴冷中过了差不多7年,我们觉得简直不敢相信。"

拥有了宝贵的自由,而生活依然是非常艰辛的。"我们在死亡的追逐下来到这里,每到夜里,我的母亲便会陷入惊恐之中。贫穷,疾病,彻底地绝望! 直到今天我也不知道是怎么挺过来的。但我只剩下一个挚爱的亲人,是她的爱给了我勇气。"

当时她们每月能得到200克朗的救济,但这些钱在瑞典几乎无法维持生活。为了生存,尼丽只好给人去洗衣服。对于一个读书人来说,做粗重的体力活并不是件轻松的事情,何况家里还有一个身体不好的母亲需要照料。母亲在德国受到惊吓,每当黑夜来临的时候,就对黑暗充满了恐惧。为了让母亲能够安享平静的生活,尼丽每天工作时,哪怕再忙,也得抓紧时间赶回家照料多病的母亲。

在那样艰难的岁月里,尼丽依然坚持学习和写作。她以50多岁的年纪开始学习瑞典文,还从事翻译工作,她将瑞典现代抒情诗翻译成德文。一方面为了维持简朴的生活,另一方面则是为了表达对接纳她的瑞典的感激之情。生活条件艰苦,工作环境就更简陋了。她工作的地方就是厨房的餐桌,餐桌下面的抽屉是她存放诗稿的地方。她还经常接待瑞典诗人,人们发现,这个身体瘦弱的太太有着一颗年轻的心,特别容易和年轻人沟通。

战争的阴影越来越重,死亡集中营的消息传到了瑞典。在欧洲,只要是被希特勒占领的地区,犹太人像牲口一样被装进车皮运走。死亡不仅发生在集中营,而是到处都有,纳粹不仅要驱逐犹太人,还要把犹太人消灭。仅奥斯威辛就有四百万犹太人被屠杀。

在这些被杀的人中,有许多是尼丽的朋友和熟人,甚至她那个隐秘的未婚夫也被枪杀了。当所有温馨的记忆被撕裂的时候,尼丽的心被泪水浸泡着。她感觉到，活着是一种不堪忍受的负担。她不止一次这样地责问生命存在的意义："当所有的人都陷入死亡的时候，我有什么权利苟活于世？"负罪感和恐惧始终萦绕在心头，她自觉地为别人的罪过忏悔。当有些人犯罪的时候，她甚至觉得自己也有责任。

在1943年到1944年令人心惊胆战的日子里，在令人压抑和绝望的环境中，一个崭新的诗人尼丽成长起来了。她诗歌中纯粹脱离现实的艺术品格悄悄地开始发生变化了，纯粹出于个人浪漫和忧伤的情调被淡化了。她更关注的是战争、屠杀中的恐怖景象，是难以忍受的痛苦和对绝望的抗拒。"我在这漆黑的夜里写着，只是因心中的火焰在燃烧——我那亲爱的病人每天夜里都带着幻觉为新的一天奋斗，直到早晨她微笑着回到我的身边。我害怕写作，总是在祈求能不能不写，可是无济于事。我们两个幸存下来的人就这样一次一次死去，然后又活过来了，聚在一起。"

像从前一样，当内心的痛苦就要扼住喉咙的时候，她的诗情就像火山一样爆发出来。30多年以后，负责尼丽诗歌出版的德国女抒情诗人希尔德·多旺写道：尼丽的全部作品"属于德语创作中最重要的著作，至少是本世纪内德语文学中最为重要的作品"，"是一种不可遏止的、梦幻般语言的创作"。1943年至1944年的冬天，献给"我死去的兄弟姐妹们"的诗集《死亡的寓所》诞生了，这是她对人民在死亡集中营遭受屠杀的控诉。

> 哦，屋上的烟囱，构筑精巧的死屋/犹太人的躯体成了烟/飘散在空中/死亡扫清烟囱/迎接黑烟被熏成黑色/是星星还是阳光？/
>
> 哦，烟囱/雅利米和约伯尸灰的自由通道，/谁想到你们，一块石加一块石/构筑逃离烟灰的遁道？/
>
> 哦，死屋/惹人注目的外形/屋主本该是过客/哦，你们这些手指/安一条入口的门槛/门槛是区分生死的刀。/
>
> 哦，你们这些烟囱/哦，你们这些手指/犹太人的躯体成了烟飘落在空中。

这里诗人将代表家庭生机、安宁生活的烟囱赋予强烈的诗性对照，战争给烟囱以另一种意蕴，它成了集中营的焚尸炉。"星星和阳光"给人以浪漫、静谧之感，

巅峰之旅

但因为有了残杀和焚毁，结果大自然的宁静也被打破了，天空被熏黑了。房间应该是住人的，现在却成了死亡的制造场。

没有深切的痛苦体验，这种构思的精妙是很难实现的。全诗以冷峻的笔调传达巨大的心灵创痛，给人以一种无言的压迫感。

不仅如此，尼丽还以本该享受幸福生活儿童的死亡来控诉法西斯的暴行。《死去的孩子说》便颇有代表性：

> 妈妈抓住我的手。/ 有人举起离别的刀：/ 妈妈
> 松开我的手，/ 好去挡落下的刀。/ 她轻轻碰到我的
> 臀部——/ 她的手在淌血——
> 从此那刀 / 劈开我喉头的食物——/ 晨光中刀随
> 太阳而出 / 在我的眼中它变得锋利——/ 在我的耳中
> 风水在打磨，/ 安慰只能伤我的心——
> 当我被领向死亡，/ 最后的瞬间我感到 / 离别的

刀在出鞘。母爱的天性无法挡住刺向孩子的死亡。诗借死去孩子的话把大屠杀的恐怖展现出来。

诗人在表现了纳粹的野蛮之后，将这笔血债记到了希特勒头上。因而她以极大的勇气嘲笑了希特勒的丑态，她把这位嗜血魔王称作木偶戏演员。

> 他满嘴泡沫，/ 可怕地吹倒 / 他行为的圆形旋转
> 舞台 / 连同恐怖灰色的地平线！
> ……手臂举起落下 / 双腿举起落下 / 恐惧灰色的
> 地平线上 / 死亡巨大的星辰 / 站着如时代的钟。

对希特勒恐怖统治的憎恨源自那段日子的惨痛记忆。她说："希特勒统治下的七年，残杀了我最亲近、最挚爱的人。我不明白，我是怎么挺过来的。看不见的冷汗始终伴随着我，我的嗓音逃到了鱼身上。"

尼丽的最成功之处，在于通过对苦难的描绘进而表现犹太民族的大悲剧，将犹太民族几千年的血泪史浓缩在简短的诗句中，因而她的诗作显得格外厚重。

将武器置于田野

瑞典文学院对此格外看重。常任秘书安德斯·奥斯特林在颁奖词中说:尼丽·萨克斯以巨大的感情力量描写了犹太民族的世界性悲剧……她的信仰完全与犹太人同胞的信仰一致。在其作品中如实地揭示了死亡集中营及焚尸场的恐怖真相,却又能超越对迫害者的仇恨,表现在人类恶行面前所感受到的真诚哀伤……

1945年,战争结束了,关于德国人残杀犹太人的恐怖传言被血的现实证实了。当时的报刊和杂志大量登载那些来自集中营的照片:被折磨得奄奄一息的人们,饿得皮包骨头的人们,濒临死亡的人们。还有毒气室和各种各样的奇特的小山:死者的鞋子小山、眼镜小山、衣服小山、私人物品堆成的小山。这些恐怖的景象对一个从死亡逃离的人来说是永远无法忘却的。1946年,在给德国朋友写信的时候,尼丽说:"需要再出现一个但丁、一个莎士比亚向人类展示这种堕落,但现在只好由一个弱女子来做这件事。"尼丽的传记作家1946年5月写信给尼丽说:"在我看来简直是一个奇迹,你用如此轻柔的笔触描写这样的恐怖事件,并把他们置于永远的审判席前。用写实的手法加以表现显得徒劳无益,因为那些受惊的灵魂为了生存就要自卫,会把这一切都接受下来,很快就淡然处之并变得冷酷无情。但你的那些如泣如诉、控诉谴责和加以升华的诗歌的精髓,却可以被人吸取并铭刻在心。"

1947年,尼丽翻译的诗歌《波浪与花岗岩》同她的第一本诗集《死亡的寓所》在东柏林出版。诗并没有引起太大的反响,人们似乎不愿意再去追忆那流血、死亡的日子,特别是那些逃出劫难的人们。在这个时刻,尼丽就希望通过自己的诗歌提醒人们战争的痛苦是不可避免的,我们只有记住这些痛苦和悲剧,才能让战争永远远离我们。

《死亡的寓所》对战争灾难和民族苦难的描述力透纸背,成了20世纪反思战争的力作。正是经历了逃亡的折磨、死亡的恐惧,尼丽才能够深切地感受战争的可怕和犹太民族的苦难。她的诗歌既安慰那些长眠地下冤屈而死的犹太人的灵魂,也是诗人自己灵魂解脱的一种方式。她用对人类深沉的爱,消除了人类彼此之间的仇恨,但是这种消除不是无原则的忘却,而是谴责恶行,讴歌真理。尼丽把写作作为自己活下去的理由,也是她重新开始人生的一次洗礼。

一般人认为,诗歌受自身体裁的限制,很难负载人生巨大的沉重与惨痛。但是尼丽的诗歌,不仅把人类的浩劫用精粹的语言表现了出来,更重要的是,在给人审美愉悦的同时,它使痛楚宁静。这种痛楚曾经以狰狞的面目出现在人类的眼前,但现在作者站在流血的废墟上,不仅仅关注死亡本身,她还从文明被玷污的现象中,

巅峰之旅

寻找到反思和提升人精神的途径。因此尼丽的诗歌是一座非人工的纪念碑,在广阔和永恒的领域里昭示人类理性前进的方向。

在诺贝尔文学奖授奖仪式上,尼丽朗诵了自己的代表作《逃亡》,我们从中可以领略到这类诗歌的风采:

逃亡,/多么盛大的接待/正进行着/裹在/风的披肩里/
陷在永不能说出阿门的/沙漠祈祷中的脚/被驱赶/以和翼/
游翔远方——
害病的蝴蝶/即将再次获知海的消息/这块刻有蝇头小
字的碑文的石头/自己投到我手中——
我掌握着全世界/而非一个乡国的蜕变。

诗歌反映了战争中的苦难和逃亡。但是作者并没有直接展示恐惧、流血,而是用清澈如山泉的语言,把人们的恐怖和紧张引到对战争本身深层次的思考。这种语境的构成,来自于作者对象征和隐喻的娴熟运用。尼丽曾经说过:"我的暗喻即是我的伤痕,只有透过此种方式,我的作品才能被了解。"我们通过对宗教知识和尼丽的生活经历的深入了解,就能透过文字表面的象征,确认文字后边的寓意。沙、脚、翼象征着存在的不确定性,生活的漂泊感,特别是时间的无情消失。"海"象征着生命及再生,而"刻有蝇头小字的碑文的石头"实际上是人生的永恒性。诗人告诉我们,个体生命可能因时间而消失,但是我们的生命痕迹将会融入整个人类生命的河流。既然如此,我们可以在困境中等待未来,等待生命的蜕变。尼丽通过诗歌展示生命本身的存在。她说:"诗歌本身不是一种目的,而是透过语言去实现和国家历史同等悠久的生命的梦想。"有了对生命的更高层次的哲理认识,她就能把民族的痛苦内敛成冷静透明的水晶,而不再是令人惊惧的赤裸裸的恐怖。

受宗教精神的影响,诗人相信生命是永恒的,每个人都行进在通向上帝的道路上,当我们的肉体回归泥土的时候,我们的灵魂将会回到上帝身边。在给朋友的信中,她这样阐释对生命的理解:"我相信彻底的痛苦,相信尘土充满了灵魂,我们为此而踏上征途。"那么,作为一个过程,人肯定有时候会怀疑和退缩,特别是在心灵的渴望被无情的现实击碎的时候。但心灵深处对上帝的虔诚,促使她顽强地行走着,因此早年的诗歌尽管描写了屠杀和犹太人的不幸,但给人的感觉从来不是孤立地诉说苦难，个人身份被淡化了，给我们以震撼力的是从犹太民族的苦难来关照整个人类的苦难。她的诗歌深受《圣经》的影响，在控诉的时候，没有慷慨激昂，只有淡淡的哀伤，在白描中传达着诗歌内在的感人力量。她力图用诗歌让我们相信，"边缘地区并非世界结束的地方——而正是世界阐明自己的地方"。如果我们放纵人类的恶行，当一群人厚颜无耻地屠杀其他人而没有人制止，那么犹太人今天的不幸可能是我们明天的不幸。所以她悲愤地吟唱：

> 为什么他们用黑色的仇恨/答复你的生存，以色列？/你，来自一颗比其他都/遥远的星球的/异乡人。/你被卖到这个地球/为了让寂寞最后流传下去。/她同时提倡把复仇的武器置于田野/让他们变得温柔——/因为在大地的子宫里/即使银器和谷物也属同类。

尼丽不主张复仇，而是让宽容和爱来疗救创伤，从死亡的阴影和逃亡中走出来的诗人对未来充满了希望：

> 年轻人已经将其憧憬的旗帜抖开/因为原野渴望被他们爱/沙漠渴望被滋润。

诗人希望用爱化解人类无法解决的矛盾和问题。爱能够带来光明。恰如另一位犹太作家艾·辛格所说："我觉得尽管我们受了这么多的苦，尽管生活永远不会带来我们要她带来的天堂，但仍有什么东西值得我们生活。"尼丽的诗歌就是穿透黑暗的光束，她要把苦难接纳进现实，用爱和泪水消解仇恨。她的声音尽管微弱，但却让我们无法忽略。

1958年，几经修改，尼丽的剧本《艾利》出版了。这是她的戏剧代表作，故事的背景发生在波兰，历经劫难的犹太人要建设新城，新城的建设和对民族的苦难的记忆联系在一起。情节虚实结合，戏剧的主人公艾利是8岁的报童，目睹父母被捕便吹响牧笛向上帝求助，押解的士兵以为是秘密信号，用枪托打死了艾利，目睹惨状的祖父从此以后像鱼一样沉默。鞋匠米切尔追踪凶手来到邻国，凶手因为良心的折磨死去，米切尔回到了上帝的身边。剧本充满了宗教情调，艾利取材于《新约·

巅峰之旅

马太福音书》,耶稣被钉在十字架上后大声说:"艾利,艾利(我的上帝,我的上帝)。"在剧中,作者安排了多种被迫害者的类型:有被枪杀的面包师和他为此而发疯的妻子,有不知母亲为谁的小女孩,有被活埋的男子,有失去3个孩子的母亲,有在特别分队清除尸体的幽灵。全剧对迫害者的类型也进行了概括:有良心未泯的士兵,有遭良心谴责的凶手,有沦为帮凶的文化界、科学界人士,有杀害同行攫取招牌的面包师。全剧除了波兰外,还提到以色列的地名,但剧本中划去了德国的字样。这种抽象化的处理使得剧本具有了广义的主题。剧本受到犹太神秘主义的影响,也充满了宗教象征的风格。米切尔缝合鞋底、鞋面,在犹太教中象征着上帝与尘世的结合。全剧语言朴素,口语化,除个别例外,全剧无韵,它将语言、音乐、手势和舞蹈融合在一起,尼丽把这种戏剧自命名为"全方位戏剧"。这种戏剧既保持了古典戏剧精确严谨的结构特点,又采用了现代派的戏剧表现手法。真人和木偶同时登台,木偶中装有录音机,它的画面和舞蹈动作高度抽象,对音乐则不作任何规定,完全让导演根据自己的理解去发挥。

尼丽成了著名的女诗人,很多人到沙滩边她的小屋里朝拜。从这个时候直到去世,联邦德国每年都要出版她的选集,但她没有想到回德国去。经过多年的奋斗,她终于获得了瑞典国籍,"我从来没有想到离开瑞典到别的什么地方去"。瑞典在她最困难的时候给了她自由,庇护了她,她把瑞典当成自己的第二故乡。在这块充满生机的土地上,凭借着出色的写作才华,尼丽·萨克斯获得了越来越多的声誉。

1959年,德国工业联合会文学小组给予她抒情诗歌奖,但尼丽不想进入德国去领取这个奖,痛苦的记忆让她战栗。1960年,她获得了德国、瑞士和奥地利共同创办的,为女诗人颁发的诗歌奖,授奖地设在博登湖。她犹豫了很长时间,因为是否回国的念头再次需要她回答。再说离开祖国10多年了,似乎应该回去一趟。她动身去参加了这个活动,但领完奖后,尼丽就离开了德国,她甚至不愿意在德国过夜。她害怕太多血腥的记忆重新来折磨那已经平静的心灵。但德国对这位女性的抒情诗歌的才华非常敬重,德国也在反思自己的过去。从某种意义上说,尼丽用自己的诗歌影响到了德国的国家意志,因为诗人从死亡中看到了希望之光,相信德国年轻的一代比老一代更具理性精神,拥有更加美好的未来。

1966年,她和阿格侬共同分享当年度的诺贝尔文学奖,因为"那些以震撼人心的力量表现犹太人命运的优秀诗歌和戏剧作品"。颁奖那天正好是尼丽75岁的生日,那天自然成了她生命的巅峰。一位瑞士记者写道:"这位妇人讲完话走回到桌旁,稍稍有点疑惑不定,似乎每一步都在真实和童话中迈动。但她的举止保持着平衡,脸上始终堆满喜悦之情,然而有一层深层的回光返照。生命完完全全达到幸福顶点时,幸福就会转化为痛苦。"

她把自己奖金的一半分给了那些需要帮助的人们,另一半给了当年把她从德国救出来的老朋友哈兰,这位朋友现在生活非常艰难。"我自己什么也没有得到——但只要他们让我安静,我能在这里生活下去,我就非常感谢了——我什么也没有了,我不愿意再活下去。"

1969年,尼丽因为癌症动了手术。1970年5月12日,她在瑞典首都去世,7天后被安葬在斯德哥尔摩北面的犹太人公墓。

巅峰之旅

分裂的天空下一个和平的歌者

1995年10月5日这天,对爱尔兰大诗人谢默斯·希尼来说,和以往任何一天没有什么两样。早在几天前,他携妻子玛丽跑到了遥远的希腊,在诗人荷马的故乡寻找着激发诗情的幽思。

世界在这一天却因为他而出现一阵骚动。在北国的瑞典文学院,诺贝尔文学奖评选委员会宣布,将这一年的诺贝尔文学奖授予他。于是全世界的记者绞尽脑汁,想把他从地球的某个角落拉到世界舞台的中心。他对此事一无所知,同往常一样,用过早点就挽着妻子的胳膊在海滩上散步,倾听海鸥拍打着海浪的欢叫声。

回到旅馆,房间的电话响个不停。原来是儿子打来的。儿子的声音里有几分焦虑,也有几分惊喜:

▲ 谢默斯·希尼

"你听见了吗?你获得诺贝尔文学奖了。"

希尼答道:"你不是在开玩笑吧?"

"没有,爸爸。"

希尼这才知道自己登上了世界文坛的巅峰,也成为了世界舆论关注的中心。他匆忙启程回国。在都柏林国际机场,身材高大的爱尔兰总理约·布鲁顿正满面笑容地等着他。在众目睽睽之下,总理拿着一本希尼的演讲集请他签名,称赞他是北爱尔兰和平的象征。记者们把他围在核心,争先恐后地提问,弄得希尼应接不暇。不过即使在这种场合,他仍然表现谦逊。当有人问他,作为一个带有强烈爱尔兰色彩的诗人,他是紧步叶芝、萧伯纳、贝克特之后进入诺贝尔文学奖圣殿的,他对此有什么感想。希尼忙不迭地说:"我与他们相比,自然是大山下的小山包,我只是向往他们。"

谢默斯·希尼出生于爱尔兰北部的莫斯河畔。父亲是个地道的农民。他也偶尔干点农活。国内曾介绍过他,自然是用中国人的眼睛来看这位诗人:"他出身农民家庭,祖父挖泥炭,父亲种白薯。"这样的家庭自然和诗歌扯不上关系。据说,他小时候对诗并未表现出独到的天分。他曾回忆道:"我对词汇有一种困惑,诗歌是一处圣所,不是你披上衣服就可以随便走进去的那种地方,它对我来说有某种神圣和神秘的感觉……如果你在伊顿公学或任何地方小学,你会与诗无缘,我们身边没有美学。"

北爱尔兰独特的历史和现实,独特的文化氛围,为希尼提供了成为诗人的肥沃土壤。希尼6岁就读于阿那霍瑞地方小学。学校是英国出资办的,教学内容自然是英式的。在这里他可以了解英国的历史和文学,书本里的莎士比亚、乔叟、华兹华斯、拜伦和骚塞使希尼知道英国文学的伟大。但爱尔兰人的血液和爱尔兰的文化元素使他须臾离不开爱尔兰的大地、天空和人民。每当亲人集会或举行仪式,希尼便背诵起爱尔兰爱国歌谣或者西部叙事诗。这些正统的口头文学虽然没有童谣那么引人入胜,却也没有英国文学那么远离爱尔兰的现实。12岁的时候,希尼升入中学。邻居看到这个聪颖的小孩走上了父辈不同的道路,感慨地说:"笔杆子到底比耙把子轻松啊。"在中学除了学习英国文学外,他还广泛阅读,并熟悉了拉丁文诗歌。

1961年,希尼在大学以第一名的成绩获英语学士学位。他与玛丽小姐结为伉俪,并成为一名中学教师。在阅读帕特拉克·卡文纳、泰德·休斯等人的作品时,他似乎找到了英国文学传统与爱尔兰本土文学相结合的范本。从此,他拿起了诗笔。这时候他24岁,正是诗情勃发的年龄。1966年,希尼出版了他的第一本诗集《一位博物学者之死》,一下子把自己推向了耀眼的诗歌的天空。这部诗集后来成了希尼众多的诗集中最出色的诗集之一。"其中充满了对往昔事物的个人的、给人以美的享受的记忆。"诗人以抒情的笔调,满带感情地描绘了爱尔兰的农舍、草莓、葡萄、广袤肥沃土地上的收割和播种。许多细腻的描写令我们想起哈代笔下古老的威塞克斯风光。恰如他自己所说的:

> 我写诗,
> 是为了认识自己,
> 让黑暗发出回声。

这种水乳交融也验证了诗人1980年出版的散文随笔集《沉思》中表达的思想:"当我的根和我阅读的东西交叉在一起的时候,我就成了诗人。"从某种意义上说,

巅峰之旅

英国文学古老的传统和爱尔兰文化共同锻造了诗人。

希尼以后的主要作品有《讷湖组诗》(1969)、《通向黑暗之门》、《暗夜行》(1970)、《在外过冬》(1972)、《北方》(1975)、《野外作业》(1979)。应该说,整个70年代是希尼创作的巅峰。正是在他的推动和努力之下,爱尔兰文学迎来了辉煌的十年。他也被评论家称为"继叶芝之后爱尔兰最重要的诗人"。

如果我们要想更好地理解希尼,还不能忘记北爱尔兰的历史背景,因为作为分裂天空下的诗人,他的运思方式和表现对象已经与这种独特的处境密不可分。

这个历史背景便是至今仍令人头痛的北爱尔兰和平问题。事情还得从罗马帝国恺撒时代说起。那时爱尔兰岛和不列颠岛上的居民都是盖尔特人。罗马人在欧洲大陆和不列颠岛上横行的时候,却未能登上爱尔兰岛,这使爱尔兰岛与西欧产生了差异。岛上的居民多信奉天主教。到了12世纪,英国人凭宝剑夺得了爱尔兰岛,从此爱尔兰人过着被殖民奴役的日子。16世纪,英国人改信英国国教。而爱尔兰人则信天主教。在信国教的英国人大批移居爱尔兰北部时,原有的民族矛盾中又多了一层宗教矛盾。1801年,英国擅自将爱尔兰并入英国,并进行掠夺性统治,使民族矛盾日益尖锐起来。爱尔兰在英国的残暴统治之下人口锐减,1847年爱尔兰人口有817万,到1891年只剩下470万。

第一次世界大战中,英国为应付战事,疲于奔命,无暇顾及爱尔兰问题。爱尔兰人趁机要求独立,英国政府只得承认爱尔兰为"自由邦",但因北方六郡英国经营久远,与英国联系紧密,故仍归属英国。第二次世界大战后的1948年,爱尔兰获得"自由邦"的南郡宣布退出英联邦,而北方六郡依然被英国人牢牢地控制着。爱尔兰民族被人为地分裂,爱尔兰宁静的空气里常弥漫着血腥味。北方六郡现有居民150万人,60%信奉新教(即英国国教),40%信奉天主教。信奉天主教的人想脱离联合王国而回归爱尔兰共和国,而信奉新教的人则想靠拢英国。谁也说服不了谁,结果冲突流血不断。

希尼倾向北爱和平。从感情上说,他是爱尔兰人,当然希望回归爱尔兰。但他毕竟是大诗人,眼界开阔,力倡宽容。他说:"一方不能强制另一方的个性,当然两教冲突的北爱尔兰有其自身的个性。"尽管他强调"我的北爱尔兰意识非常强烈,当然首先我是爱尔兰人",但他更倾向和平解决北爱尔兰问题。

诺贝尔文学奖评选委员会在北爱尔兰和平进程到了关键时刻时将文学奖授予这位和平倾向明显的人,实际上是以自己的影响力为北爱尔兰和平作贡献。《爱尔兰时代报》也看到了这一点:"毫无疑问,许多地方都会议论,诺贝尔文学奖评选委员会在历史关键的一年里把奖金授予爱尔兰人是一种政治选择。"这也许是事实。

但我们更要从诗歌本身来看希尼的获奖。瑞典文学院特别强调希尼诗歌的艺术性,认为他的诗歌"具有抒情美和伦理深度,使日常的奇迹和活生生的往事得到升华"。诺贝尔文学奖评选委员会的概括在诗集《一位博物学者之死》中得到了很好的体现。在这本诗集中,希尼论述了他由农家孩子成长为诗人的历程:他家祖祖辈辈在大地上耕作,没有机会上学,到了他这一代才有了受教育的机会。诗集中第一首《挖掘》展现了诗人与家庭传统的关系:我坐在窗前写作,听见窗外父亲掘地的声音,一下子想起童年父亲挖土豆和祖父切泥炭的情景。希尼通过父亲、父亲的父亲和"我"的不同境遇,透露出三代人不同的命运,父亲挖地,像爷爷那时候挖地一样,生命似乎在重复:

> 说真的,这老头子的巧劲,
> 就像他老头子使铁铲一样。
> 而自己呢,过的却是另外一种生活,
> 在我的手指和大拇指之间,
> 躺着一支粗壮的笔,
> 我要用它去挖掘。

诗人意识到传统的农家生活离自己渐行渐远,但他要用笔去挖掘,去认识自己的过去,发现自己与父辈的共同点。在发掘中,自己与家庭乃至整个民族的历史联系到一起了。

在这部诗集中,诗人还流露出对童年美好岁月的追怀以及不愿长大的渴望。在题名为《一位博物学者之死》的诗中,希尼在小蝌蚪与青蛙之间找到了某种情感的对应:

> 最妙的还是堰荫里,
> 黏糊糊水一样滋生着的,
> 暖暖厚厚的蛙卵。每春

巅峰之旅

> 我都要在家中的窗台上,学校的书架上
> 摆满肥肉冻,等待着
> 这些渐渐发胖的小圆点突然
> 变成活泼游动的小蝌蚪。

小蝌蚪在一天天改变自己的模样,它长大了,挺着大肚皮,粗劣地叫着,扑通吧嗒地跳着。诗人无法忍受可爱的小蝌蚪的变化,走开了。诗人以客观具体的描写暗示从童年跨入青春期的心理变化,同时也表明人与自然的告别。没有新的自我诞生,旧的自我就无法认识自身的真面目。

希尼也直接写北爱尔兰的冲突和北爱尔兰生活中充斥着的恐惧、仇恨和不安全。在《警察来访》中,诗人用隐喻化的句式,展示了这种恐怖与仇恨:警察穿着"法律的皮靴"来查账,"我"注视着他那发亮的手枪皮套。父亲故意漏报一块萝卜地。"我"默默地想着黑牢的样子。后来警察走时,看了"我"这个未来的抗英枪手几眼。

从我的视角出发,诗人将北爱尔兰的对立情绪表现了出来,而"我"的无所畏惧,又预示了消除这种恐惧和敌意的遥遥无期。

希尼的诗歌艺术风格质朴而新颖。这从上边引用的诗句即可看出这一点。实际上,在质朴的语言里,希尼常常给人新颖的意境。如《水獭》是献给他妻子的。当他妻子游泳时,他联想到与水嬉戏的水獭。

> 我爱你湿漉漉的脑袋和活泼的泳姿,
> 你优美的脊背和双肩
> 从水里浮出。

他是从动感、韵律这一层面来展开自己的联想,给人突兀新奇的感受。这种突兀新奇的例证,像颗颗珍珠散落在他的诗集里。如《爱尔兰》一诗,希尼把爱尔兰沼泽地写得荡气回肠。首先是辽阔的草原将"巨日切下一半"。随后,他由山间的湖泊联想到爱尔兰民间传说中巨人的独眼。诗人最后写道:

> 沼泽洞可能是大西洋的渗漏,
> 湿漉漉的中间是无底洞。

这里把爱尔兰民族生命的来源也以新奇的表达方法展现出来了。希尼是伟大的,他无愧于诺贝尔文学奖的殊荣。他的获奖也许有政治的因素,但此时的政治希望借助他的诗才去达到目的,诗才是最主要的。他是近几年获得诺贝尔文学奖评选委员会嘉许的诗人中较有代表性的一位。

他的得奖似乎具有某种警示意义,即诗人永远不应放弃对当下现实的关注,同时要永远在艺术上超越自我。

诗人的高尚的追求,实际上是物化社会人类永不堕落的精神象征。

实际上,从埃利蒂斯、切·米沃什、赛弗尔特到帕斯、谢默斯·希尼及申博尔斯卡,诺贝尔文学奖评选委员会在以精英文学——诗歌捍卫着人类精神的尊严,鼓励着人们朝向理想的境界飞翔。

中国文学与诺贝尔文学奖

诺贝尔文学奖已经走过了一个多世纪的风雨历程。由于它对世界文学发展的巨大推动作用,也由于它所高扬的"理想主义"旗帜,它已经被公认为世界文学的最高荣誉。几乎每一位作家都把获诺贝尔文学奖当成是人生最辉煌的事情,几乎每一位获奖作家站在领奖台上都要自豪地宣布:"我是代表我的祖国来到斯德哥尔摩的。"然而,迄今为止,拥有5000年悠久历史和文化传统的中国还没有一位作家获得过此项殊荣。在一个经济全球化的时代,在民族之间相互享受彼此的精神成果的时候,这种现状和中国文学的成就是不相称的。因此,探究中国文学与诺贝尔文学奖的关系,可能是一个比较有价值的话题。

一种渴望,一种追求

作为世界最古老的民族和最古老的国度之一,我们曾创造了光辉灿烂的中华文明,历史上出现过许多具有世界影响的大作家,如屈原、李白、杜甫、苏轼、关汉卿、曹雪芹等。他们星汉灿烂、光耀中华,为世界文学的进步作出了应有的贡献。但是,到了近代,我们走向了自大和自我封闭,而自大和隔绝又使我们走向了落后。当西方列强用坚船利炮轰毁了中国闭关自守的大门的时候,无数仁人志士从落后的现实中开始猛醒。他们从三方面向西方学习。其一,学习西方现代科学技术,达到"师夷长技以制夷"和富国强兵的目的。这以洋务运动为代表。但甲午海战的炮声宣告了仅从物质层面来变革现实是"痴人说梦"。洋务运动在黄海海面上的硝烟中烟消云散了。其二,学习西方先进的政治制度,大清帝国曾进行了短暂的政治改革,但以谭嗣同血洒菜市口、百日维新失败而告终。其三,是从思想观念层面上的学习。先有梁启超的政治改良和"小说界革命",后有彻底的反帝反封建的思想解放运动——五四运动。正是五四运动,催生了中国人的现代观念和走向世界的欲望。与之相应的是,具有现代品格的中国新文学诞生了。这种新文学无论从内容还是形式上,都呈现出与世界当代文学接轨的态势,在20世纪的演进史上出现了令全世界刮目相看的作家:鲁迅、茅盾、郭沫若、巴金、老舍、曹禺、沈从文等。他们把五四启蒙精神贯注于自己的创作中,为中华民族的解放和光明的未来而苦苦求索。

历史往往有自己的褊狭。我们不能不看到,20世纪中国文学由于起步晚,再加上民族救亡工作的繁重,文学在负载了民族最沉重的苦难的同时,也成为一定时期的政治工具。从梁启超的"欲新一国之民,不可不先新一国之小说",到30年代的"普罗列塔利亚文学",到40年代日渐成熟的"工农兵文学思潮",无一不把文学作为服务现实政治的手段,多多少少地忽略了文学本身的艺术品格,它使五四时期所创建的现代艺术品质出现了某种遗失和蜕变。1949年,中华人民共和国成立之后,社会环境渐趋稳定,但文学与政治的线性联系并未因此而减弱,反而在一系列的政治思想改造运动中得到了强化,于是作家的艺术创造性被压抑。

这里我们引用陈涌的一篇论文作例证,来了解当时的文化氛围。1949年,孔厥

巅峰之旅

的《新儿女英雄传》出版了。这是一部描述抗日战争时期冀中地区人民打击日寇的章回体通俗小说。从艺术审美的角度看，它还属于大众故事的行列，还称不上严格意义上的文学。与五四时期的纯文学比较，它所反映的思想深度不够，艺术上也很粗糙，但代表新的审美趣味的陈涌却从另外的角度发现了它的新质素。他极为欣赏这部小说的故事性和人物的行动性，把摒弃人物内心描写以及语言的通俗化、口语化当成是新文学努力的方向。论文还认为孔厥放弃自己的艺术追求回归到故事的叙述层面，是"由于作者能够逐渐走向实际，走向群众，逐渐克服过去曾经有过的对现实的客观态度"。陈涌还由此引申，认为"一个作家要有更高更大的成就，便需要自己在思想上更加提高和向实际、向群众更靠近一步"。从表面上看，这些话是完全正确的，但这里的"实际"、"群众"是一种被政治化了的现实和人，作家不管是否有生活积累，是否有某种体验，都必须去认同某种思想，然后按这一思想去规范生活，这使作家无所适从。陈涌的文章包含着丰富的时代内容，从20世纪小说发展史来看，让小说回到通俗，回到单一的故事层面，无疑是一种倒退，而要求对"政策正确性"的描写，又开了文学"为当下政策服务的先河"。要求作家放弃对"现实的客观态度"，实际上是作家失去自我思考的开始，它使文学的样式趋于单一。

中国文学进入60年代以后，文学与当下政治的关系被提得更加紧密，在外部政治环境的挤压之下，文学创作更加凋零。我们从浩然1965年为小说《艳阳天》写的前言"寄农村读者"中即可以看出当时作家的窘境。经过十几年的思想改造，惯于充当启蒙角色的作家，戏剧性地定位于"被教育者"。正因为如此，浩然才诚惶诚恐地宣布："我写作的目的就是为工农兵服务，只有工农兵读着方便、喜欢，才能达到服务的目的，我们才算完成了任务。我一定要按着工农兵的意见办事儿。我把同志们提出的意见列了一个单子，反复地想过：有的意见很好，可是要等我作很多努力之后才能消化；有的意见，只要有决心，又肯做，是立刻就能做到的。就算一下子还不能做得很好，也可以一边做着，一边改进，一边提高。反正我一定要按着工农兵的需要来做。一句话，要为工农兵服务得好一些。"浩然的虔诚实际上是作家主体意识迷失的写照。因此，在这篇序言中，我们可以看到被虚幻的工农兵审美趣味成了他修改作品的标尺：

"第一，突出人物，把那些跟人物关系不大的细节减少或删除，如风景描写等，也删去一些对次要人物的历史介绍；能用行动表达人物内心活动的地方，就把静止的内心活动写得简略些。第二，突出正面人物形象；突出主要的矛盾线，让这条线更清楚明白。因此,在写正面人物和主要人物的地方,还加了些笔墨,而反面人物和次要人物虽然一个也没有减少,但在描写他们活动的地方作了些删节。第三,故事结构上也稍有变化,把倒插笔的情节尽力扭顺当了,让它有头有尾;某一件事儿正在发生着,又被另一件事儿岔开的地方,也挪动一下,让它连贯一气,免得看着摸不着头脑……第四,语言也稍加润色,特别是一些'知识分子腔'和作者跳出来在一旁议论的地方,只要我发现了,就会改过来……"

这种艺术实践是当时日益"左倾"的文艺政策和政治观念在文学中的投影。实际上,当时强调得极重要的以工农兵为名义的审美要求,是出于某种政治斗争需要而规定的审美,与现实生活中工农兵审美需求的多样性并无多大联系。因为工农兵层次的多样性决定了他们审美需求的多样性,整齐划一地按某一模式去规范自己的作品,显然违背艺术规律。日益复杂的现实矛盾和"左倾"错误,终于导致了文化大革命爆发后文学百花园日益凋零,少数几部作品得以出版也大多是模式化写作。这样,当世界文学趋向多元化、哲理化的时候,我们的文学却陷入"为当下的政治化"服务而不能自拔,结果到了文化大革命后期,阴谋文艺出笼了,文学走进了逼仄的死胡同,而文学中所宣扬的政治"乌托邦主义",与诺贝尔文学奖所倡导的理想主义倾向大相径庭。

"文革"之后,新时期文学是一度被损害和遗失的五四文学传统的承传。它之所以新,主要表现在作家终于找回了自我,作家可以坦然地关注世界文学,借鉴世界文学,融入世界文学。作家可以关注人,可以描写人性中最复杂最奥妙的因素,展示生活的多重色彩。作家可以按照自己的意愿来描写表达对现实的判断和选择。在短暂地对现实主义的革命形态进行完善后,新时期文学迅速地走向了多元化进程,文学日益增强了文学自身的东西。世界文坛开始关注中国文学了,许多作家的作品在国外翻译出版,并得到评论。这在过去是不敢想象的。我们已经有了一批与世界大家比肩的作品,特别是长篇小说,如王蒙的《活动变人形》、陈忠实的《白鹿原》、张炜的《古船》、张承志的《心灵史》。这些作品无论是表达当代人的理想还是艺术方面,都达到了世界文学同时期作家作品的水准。

可以说,新时期文学近30年的发展,是中国文学走上健康轨道的30年,是让世界了解中国,让中国融进世界的30年,越来越多的人开始关注中国文学的成就。但这些作品我们至今仍未有好的译本,也未听说哪个符合推荐资格的机构或个人向瑞典文学院推荐,更缺乏以世界文学的眼光去研究它。它们有可能与诺贝尔文学

巅峰之旅

奖擦肩而过。如果那样的话,我们将愧对当代中国文学的成就。

在中国人屡屡冲击诺贝尔文学奖未果的情况下,一些作家和读者出于宣传中国文学的考虑,常常会问中国何时能得诺贝尔文学奖,从而出现了"诺贝尔情结"和"诺贝尔焦虑症"。这个时候,我国台湾知名女作家龙应台,以她惯有的泼辣发表了高见。

1993年,当诺贝尔文学奖授予托尼·莫里森时,《文学报》记者问龙应台:"每年10月前后都有人在问,今年的诺贝尔文学奖会不会颁给中国作家?这个诺贝尔情结你怎么看?"龙应台说:"中国人得不得诺贝尔文学奖在我看来并不重要,由于语言是个无法克服的障碍,由于文化的鸿沟极难跨越,由于艺术价值观不可能放之四海而皆准,由于政治、经济的势力导向一切,一个具有实质性意义的世界文学奖是不存在的。诺贝尔文学奖只是十八个有素养的瑞典人,在他们有限的能力之内所能决定的一个文学奖,世界上大部分优秀作家都未能得奖——或因为僧多粥少,或因为这十八个人视野不及。而得到这个奖的作家中,有些会受到长久的历史肯定,许多也受到历史的淘汰。"

她还尖锐地指出:

"中国人欲得诺贝尔文学奖超乎寻常的急切,透露出一个信息——中国人特别需要西方的肯定来肯定自己,这一点大概是许多人不愿意承认又不得不承认的。我们的作家必须跃过西方的龙门,才能身价百倍。可是汉学家也有良莠之分,当代中国作家如果缺乏基本的自恃自尊,把西方汉学家当作评鉴人,把诺贝尔文学奖当作中国民族的大目标、大远景,这样的文学是什么样的文学呢?这样的民族是什么样的民族?"

龙应台的观点自成一家,让人耳目一新。但她的基点是站不住脚的。诺贝尔文学奖只是对优秀文学作品的一种奖励,中国作家想得诺贝尔文学奖有什么不对呢?难道他们会把得诺贝尔文学奖看作是终极目标,得了奖后,便不再超越自我,停滞不前?诺贝尔文学奖设在瑞典,它已被公认为世界最高奖,这是全世界有目共睹的。它与"西方的肯定"是两码事。打个简单的比方,刘翔是国内优秀的短跑运动员,他如果只在国内破世界纪录而未拿奥运会金牌,他会遗憾的。因为奥运会是世界体育界的最高盛会,能在这个盛会上争第一,才显示出真正的实力,才会为全世界所瞩目。刘翔需要的不是西方的肯定,而是世界的肯定。如果把奥运会看成是西方人操纵的大会,那是很可笑的。诺贝尔文学奖也是如此。我们说,谈诺贝尔文学奖并不是把它看作中国文学的愿景，而是把它看作是推动中国文学走向成熟、走向世界的标志。即使得到了它，我们的文学仍会向前发展；没有得，只是我们没有抓住一次在世界文学讲坛的顶峰宣讲中国文学的机会，而许多国家争得了这个机会。如果有这样的机会，而且我们有条件登上去，我们却自恋地说：干吗要去那地方？在家不是挺好吗？那恐怕真是井底之蛙的高见。

诺贝尔文学奖不是万能的，正如像体育竞技中金牌不是万能的一样，我们不是把获诺贝尔文学奖看成最终目的，而是把获奖看成是一个过程，一个地域或一个民族融入世界文学的过程，一个让世人瞩目的过程。举例来说，大江健三郎获奖之前，我们不知道他是何人，尽管他在日本颇有名气和成就，但当他获奖以后，那就意味着他的成就获得世界性的肯定。我们阅读他的作品，并通过他的作品了解当代日本社会和日本当代文化。大江健三郎无形中成了传播日本文化的使者，人们通过他笔下的人物，认知当代日本人的思想和观念，日本人对世界的看法。毫不夸张地说，大江健三郎做了许多日本政治家都无法做的事。

在此，让我们听听世纪老人巴金的声音吧！1984年第四次文代会上，巴金在病中致信说：

"体育、音乐可以在世界上夺得冠军，我们的文学又有什么理由不应该站在世界文学的前列呢？我深深地相信，这一天一定会到来，这样伟大的作品一定会产生在我们伟大民族的中间……我们需要的不是一般意义上的优秀作品，我们更需要史诗般的杰作，需要无愧于我们时代的瑰宝，需要与我们民族灿烂的文化与人类最优秀的文学名著可以媲美的精品。"

我想，在世界文学史上，在世人的心目中，诺贝尔文学奖对推动一国文学发展的动力，使一个民族的文学变成世界文学的兼容力，大概没有人去怀疑。在我们中国也是如此。

巅峰之旅

鲁迅眼中的诺贝尔文学奖

谈论20世纪中国文学与诺贝尔文学奖,我们不能不提到20世纪中国新文学的文化巨人鲁迅。

鲁迅一生始终把自己同民族的命运联系在一起。他早年学医,决心靠治病救人使国人有强健的体格。由于在日本看到幻灯片里麻木的中国人充当麻木的看客,深受刺激,便决定弃医从文,以便疗救国民的精神。"所以我的取材,多采自病态社会的不幸的人们中,意思是揭出病苦,引起疗救的注意。"在新文学运动初潮和退潮期,他创作了一批意旨深邃、文字精美、具有现代文学品格的作品,从而使中国文学走向现代的过程从一开始便站在一个高起点上。鲁迅成了新文学运动的旗手和楷模,获得了巨大的声望。他因此也成了第一位受外国人关注并有可能获得诺贝尔奖提名的作家。

1927年,来自诺贝尔故乡的探险家斯文·赫定来到我国,准备组成中瑞西北考察团,联合考察中国古楼兰城。在北京,他了解到鲁迅的文学成就,便同刘半农商量,拟提名鲁迅为诺贝尔文学奖的候选人。刘当时托台静农写信探询鲁迅对此事的意见。鲁迅收信后于1927年9月25日致信台静农,表明了自己的态度,并在致李霁野的信中坚持了前一封信的看法。这两封信传达出的信息有两点不容置疑:其一,鲁迅对当时拟提名参加角逐诺贝尔文学奖候选人一事的态度是经过反复思考后表达的,而不是简单、随便的率性而为,也就是说,我们不能把这封信看成是简单的私人回信。其二,由外国人提名一事在当时文化圈内颇有影响。因材料不多,弥足珍贵,现摘录如下:

  静农兄:

    九月十七日来信收到了,请你转致半农先生,我感谢他的好意,为我,为中国。但我很抱歉,我不愿意如此。诺贝尔赏金,梁启超自然不配,我也不配,要拿这钱,还欠努力。世界上比我好的作家何限,他们得不到。你看我评的那本《小约翰》,

我哪里做得出来,然而这作者就没有得到。

或者我所便宜的,是我是中国人,靠着"中国"两个字罢,那么,与陈焕章在美国做《孔门理财学》而得博士无异了,自己也觉得可笑。

我觉得中国实在还没有可得诺贝尔文学奖的人,瑞典最好不要理我们,谁也不给。倘因为黄色脸皮的人,格外优待从宽,反足以长中国人的虚荣心,以为真可以与别国大作家比肩了,结果将很坏。

我眼前所见的依然黑暗,有些疲惫,有些颓唐,此后能否创作,尚在不可知数。倘这事成功而从此不再动笔,对不起人;倘再写,也许是翰林文字,一无可观了。还是照旧的没有名誉而穷之为好罢。*

这封不太长的信曾引申出许多解释,一个普遍流行的说法是,鲁迅之所以婉拒提名,是出于对国民党政府的痛恨。1927年以蒋介石为首的国民党右翼背叛了革命,大肆屠杀共产党人,并在南京成立了专制独裁政权,在这个背景下,如果鲁迅接受提名并被授予诺贝尔文学奖,客观上为这个刚成立的政权涂脂抹粉,而作为由民主主义者向共产主义者转变的鲁迅对此是极为不屑的。这种解释应该说不是空穴来风,在我们所摘录这封信的最后一段,就表明鲁迅对时局的态度。鲁迅一生不愿意做"看客"和"帮凶",他不想带着荣誉的光环去为自己所深恶痛绝的统治者写"翰林文字"。从诺贝尔文学奖的颁奖程序和颁奖惯例来考察,鲁迅的担心并非多余。如果真的获得诺贝尔文学奖的话,他是很难摆脱国民党反动政府纠缠的,因为获奖是一种个人行为,而领奖却在很大程度上演变成为一种政府行为。获奖者所在国家常常派大使或者其他文化官员出席,客观上这一巨大荣誉为现政府涂抹上盛世的光环。这在东方人的观念里,表现得更为强烈一些。从鲁迅激进的革命态度和坚守民众的立场看,他是不愿意和这样的政府掺在一起的。

应该说,鲁迅一生淡泊名利,在对待诺贝尔文学奖候选人提名这件事情上,表现了他高尚的人格。但到了今天,如果我们脱离了当时世界文学发展的具体形态来考察,只站在中国国内的现状来就事论事,大肆渲染,造成一种别人要给我们而我

* 《鲁迅全集》第11卷 人民文学出版社 1989年版 第580—581页

巅峰之旅

们却拒绝接受的错觉,那不仅不符合历史事实,而且有点鲁迅先生所痛恨的阿Q精神了。我们不妨来个假设,即如果没有鲁迅的婉拒,他能否获得1928年度的诺贝尔文学奖了。

要弄清这个问题,首先要了解诺贝尔文学奖评奖程序运作方式和当时的评奖情况。诺贝尔文学奖的评奖过程十分严格,每年9月份就开始为来年的评奖征集候选人,推荐期到来年的1月31日止。从2月份开始,遴选工作就全面铺开,诺贝尔评奖委员会在反复讨论筛选后,于9月份提出一个5人小名单,由18位院士表决。从推荐的效果看,瑞典文学院是比较看重推荐者的地位和身份,比如,1901年苏利·普吕多姆的获奖,就得力于法兰西文学院的推荐。而1945年林语堂获得过提名,推荐者是1938年获奖的赛珍珠。因为赛珍珠的获奖引起了普遍的争议,直到20世纪80年代,瑞典文学院还坚持认为,授予赛珍珠诺贝尔文学奖是"最差劲的选择",她的推荐显然没有什么分量。那么,鲁迅的推荐者分量如何呢?斯文·赫定是位卓有成就的历史学家,并以探险式的实地考古令世人瞩目,就是他1900年最先发现了中国西部的楼兰古城,并用活泼的文字向西方世界介绍了这一个人类文明史上的难解之谜。显然,他的推荐是有分量的。但问题是,一个人的推荐与权威组织的推荐相比还是显得势单力薄,而且一旦进入候选人群体中,每一个作家都面对着世界上顶尖级的知名大作家,每年获得提名的作家大约100到150名左右,这些作家中有许多为不同国家或不同组织重复推荐,还有些世界知名作家被年复一年地推荐着,他们的资料和文学成就早就为评委们熟知。而且从获奖名单上看,很少有作家一经提名就荣获这个奖项,有的作家成为候选人达40年之久,才有幸入围。根据这一现状,鲁迅刚刚推荐,很难一下子被评委们认同和接受。另一方面,我们可以把1928年参加竞争诺贝尔文学奖的作家进行一个横向比较,不说那些不为大家熟知的作家,单列出几位熟悉的作家就可以看出竞争的激烈程度。这一年入围的作家有俄国的高尔基、德国的托马斯·曼以及1922年就获得提名的挪威女作家温塞特,这些作家都创作了具有世界影响的史诗性长篇小说,无论从哪个方面看,鲁迅要想获奖,最乐观的估计还需要几年时间,也有可能永远失之交臂。

这并不是妄自菲薄,从世界文学发展的格局看,中国古典文学与西方各国文学之间是一种彼此平衡的关系,相互之间影响较少,而一旦中国文学进入到世界文学格局中,原有的"中国——世界"的对立模式被消解了,我们就必须站在世界文学发展趋势上来考察中国文学。这样,我们一方面能看到中国文学和世界文学之间的差别，另一方面也能看到中国新文学筚路蓝缕的艰辛。毕竟中国新文学从1915年酝酿起步，到鲁迅为世界关注才仅仅10余年。而这短短的10年时间里，鲁迅就以新中国文学的代表进入到世界最高奖的遴选范围，这本身表明，五四新文学具有世界性特点，并具有追赶世界精英文学的底蕴。但由于它起步比较晚，在世界文学的大家庭中，它还处在弱小者的地位。

具体到鲁迅，我们应该看到，时代造就了鲁迅，但同时时代也限制了鲁迅才能的多向发展。我们知道，1925年以后，鲁迅陷入了苦闷和彷徨，他放下小说创作，沉寂了一段时间后，再次拿起笔时，不得不为现实中的一系列问题进行指导性写作，这一切浓缩成一些具有现实性和战斗性的杂文。他的敏锐的思想为中国新文学的健康发展打下了坚实的理论基础。而对于个人的文学创作来说，长时间内只用一种题材创作，使人无法了解他多方面的艺术功底，这不能不说是一大遗憾。我们知道，30年代鲁迅曾经渴望写一部反映中国工农红军长征的长篇小说，却因为无暇收集资料而作罢。可以设想，如果时代环境更宽松，如果急剧变革的现实更利于文学的发展，那么鲁迅会写出比此前更优秀的长篇小说。问题是，这一缺憾将永远留在中国现代文学史上。不过我们仍然要说，鲁迅受到关注，表明中国新文学所具有的现代意识已经融入世界文学发展的河流中，我们的新文学从某一层面接近了诺贝尔文学奖的"理想主义倾向"和"最出色的"的标准。这也为中国文学进入到世界文学的洪流中去奠定了基础。

今天谈论鲁迅与诺贝尔文学奖的关系，不是为了探讨鲁迅多大程度上有可能获得诺贝尔文学奖，因为这是一个虚拟的命题，无论讨论得多么深入也没有什么实际意义。但从这封被尘封了80年的信中，我们能看到鲁迅对诺贝尔文学奖的态度和立场。从中我们能获得三点有价值的启迪：其一，鲁迅认为诞生于西方的诺贝尔文学奖是世界文学的最高奖。其二，正因为它是世界文学的最高奖，所以竞争激烈，许多有实力的作家都没有得到它，但这并不妨碍这些作家的优秀和作品被广泛地接受。从另一意义上说，没有实力，靠侥幸去竞争，即便得到，也不可能成为有世界影响的大作家，反而容易产生错觉，以为自己的文学发展到可以与世界上最优秀的作家比肩了；那不仅无益，反而有害。其三，鲁迅作为一位具有世界意识的作家，以诺贝尔文学奖为标尺，衡量刚刚勃兴的中国新文学，他清醒地认识到中国文学和世界文学的差距，也就是说我们的文学还不发达，我们需要努力追赶。

我以为80多年前鲁迅对待诺贝尔文学奖的态度，也是我们今天应该采取的态度。

巅峰之旅

老舍得了诺贝尔文学奖？

最近十来年，有关中国作家获诺贝尔文学奖提名的报道时见报刊、网络，成为大众关注的一个热点。比如几年前，有"李敖获诺贝尔文学奖提名"的炒作，紧紧跟进的是媒体报道王蒙、莫言等作家获提名的消息。更有甚者，几个美国华人为了出书的销路，居然说一部名叫《方脑壳传奇》的小说也被提名了。稍有常识的人知道，诺贝尔文学奖由瑞典文学院颁发，评选获奖人的工作是在颁奖的上一个年度9月份开始的，先由颁奖单位给那些有能力按照诺贝尔奖章程提出候选人的机构发出请柬。而依据规定，具有提名资格的单位和个人是世界各国与瑞典文学院相类似的机构、大学历史语言文学教授和曾经获得过诺贝尔文学奖的作家，但拒绝个人自己推荐。从这些规定看，具有推荐资格的人还是比较广泛的。候选人提名必须在决定奖项那一年的1月31日前以书面形式通知瑞典文学院诺贝尔文学奖评选委员会。从每年2月1日起，诺贝尔文学奖评选委员会依据提名开始评选工作。一般来说，每年有大约150-200名推荐候选人，除去以前重复推荐的作家，新进入的作家并不是很多。这样评选委员会就在这个基础上，开始逐步评议和淘汰。需要说明的是，每一个阶段的评议和表决都是秘密进行的。而且整个评选和表决的材料是严格保密的，一直要保密50年。到了9-10月初，委员会将推荐书提交有关颁奖机构。颁奖单位必须在11月15日以前作出最后决定。依据规定，候选人只能在生前被提名，但如果正式评选出来时，获奖者还活着，但到颁奖时去世了，那么奖项依然有效。如1931年获奖的瑞典诗人卡尔弗尔特在颁奖的时候已经去世了，但并不影响他获奖。奖一经评定，即便有强烈的反对意见也不能予以推翻。这也就是为什么每年舆论对诺贝尔文学奖说三道四，但瑞典文学院依然坚持自己的评选标准而不动摇的重要原因。对于某一候选人的官方支持，无论是外交上的或政治上的，均与评奖无关，因为颁奖机构坚持文学奖与行政权力和国家无关。

从诺贝尔文学奖的遴选程序看，提名的机构和具有提名资格的人是比较广泛的，因此获得提名并不是一件非常了不起的事情。而从提名到获诺贝尔文学奖之间有漫长的路要走。以君特·格拉斯为例，他几乎和1972年诺贝尔文学奖获得者海因里希·伯尔同获提名，却直到1999年才折桂。这还算运气好，有的作家被提名几十年,到死未能获奖。因此媒体炒"提名",我们姑妄听之,不必当真。

不过关于老舍获得了诺贝尔文学奖的传言却不断被重复,有必要认真甄别一下。

2000年8月9日,《中华读书报》头版刊登舒乙谈老舍曾获1968年度诺贝尔文学奖的言论,这些言论一直被研究老舍和诺贝尔文学奖的人作为学术资料引用,流传至今。所以我在这里谈谈自己的想法。舒乙是中国现代文学馆馆长,知名的现代文学研究专家,而且还是老舍先生的儿子。如果在私下里说,大家也就听听而已,但他先在现代文学馆的讲座上说,后又与记者说。"听不同的人在不同的场合都提到过这件事情(指获奖),从口头上说应该是确证了,问题只是缺少相关的材料。"如果仅凭说的人多,没有过硬的材料支撑,就认定是事实,就能确证,那也太轻率了些。那么,关于老舍获诺贝尔文学奖的消息是怎样传出的呢?是否令人信服呢?

1994年,《炎黄春秋》第9期上刊有一篇短文,题目就叫《老舍为何没领到诺贝尔文学奖?》,署名舒文。短文说:

> 到1992年为止,巴金等中国作家甚至包括鲁迅,都未打入前5名。唯独一名中国作家例外,他就是老舍先生。早在四五十年代,美国人就议论过,诺贝尔文学奖该考虑到中国人吧,然而当时中国人并未入选。
>
> 到了1966年,过去要挑一个中国作家的话题被重新提起。瑞典文学院组织的诺贝尔文学奖评选委员会要看作品,可委员中没有一个懂中文,只能从英文或瑞典文中挑选中国作家,巴金、冰心等人的作品文化大革命后才译成英文介绍出去,只有老舍先生的著作早已在西方流传,其中有瑞典文版的。
>
> 搬来一读,众评委顿感这位名叫老舍的中国作家身手不凡。尤其他的《猫城记》寓言化地描写了人际关系的复杂,嘲讽人类中恶人性的劣根性,具有超越国界的世界性。
>
> 这时老舍先生并不知道诺贝尔文学奖拍板定了他,他决然选择了西去的道路。

巅峰之旅

　　文章说老舍获得了1968年的诺贝尔文学奖,只是因为他已去世,瑞典文学院才将文学奖授予了排名第二的川端康成。不管作者的主观意图如何,这篇文章的知识性错误随处可见。比如说鲁迅未打入前5名,就是想当然。因为1927年,瑞典探险家、历史学家斯文·赫定打算推荐鲁迅,被鲁迅婉拒,也就是说,鲁迅根本没有参与角逐,何有"打入"之说。又比如,说四五十年代中国人当时并未入选提名名单也与史实不符。1944年,赛珍珠就曾推荐过林语堂。更不可信的是,按文中的说法,1966年瑞典文学院就考虑了老舍,因为老舍死亡而取消。怎么与1968年的川端康成扯到了一起呢?即便这一切是真实的,也与诺贝尔文学奖的运作程序不符,因为瑞典文学院的评委们(注意:诺贝尔文学奖不是美国人能选定的)每年2月份起,对被推荐的作家进行遴选、淘汰,要到9月份才能确定3—5人的小名单,交由院士表决。老舍先生1966年8月24日非正常死亡,即使这个时候他还活着,瑞典文学院也不会"拍板定了他",投票还没开始呀。再说按照惯例,瑞典文学院在撰写入围作家的研究报告时,要弄清楚该作家的情况,即便因为中国当时的国情特殊,也不至于两年以后才弄清楚事实真相。还有,瑞典文学院每年的评选过程严格保密,保密期为50年。一些院士尽管偶有说漏嘴的时候,但涉及核心机密,即便是敏锐的新闻界也束手无策。这篇文章不知道是从何处弄到这一最高机密。

　　据笔者所知,这是最早提到老舍获诺贝尔文学奖的文章。因为论述中漏洞百出,记得当时有人提出质疑,现在舒乙先生所采信的观点与《炎黄春秋》上舒文的观点相同,只是引证了消息的来源:

> 6日(指8月6日——引者)记者就此事采访了舒乙先生,他再次肯定了老舍先生获诺贝尔奖的说法。他确证说在70年代末80年代初(具体年份待查),日本老舍研究会会长藤井荣三郎曾专程到中国向老舍家属透露这一情况。舒先生后来几次请藤井先生提供书面材料,也托一些日本的同行查找相关的材料,遗憾的是由于不是专人负责,一直没有获得证据。

　　我以为这仍难以令人信服。据舒乙先生说,有关老舍获诺贝尔文学奖的资料在日本,这是站不住脚的。既然评奖的资料要保密50年,不可能独独对日本解密。有关1968年诺贝尔文学奖评选的详细情况要到2018年才能知晓,现在即便派人去瑞典调查，肯定也是无功而返。更何况是与诺贝尔文学奖评选不搭界的日本呢！另外，作为一位日本学者专程来告诉老舍获奖内幕，却没有材料佐证，这不符合日本学人严谨的治学态度，它只能反证在日本这一消息仍属传闻。

新近看到了一些资料，表明几年前我对这个问题判断的正确性和合理性。中国现代文学馆一位老舍研究专家，专门就老舍和诺贝尔文学奖问题进行了深入的辨析，并通过友人，找到了日本老舍研究会会长藤井荣三郎。这段资料非常宝贵，我在此引用，请读者评判：

> 为写此文，我专门发电子邮件，请日本友人冈田祥子女士向舒乙在"口述"中提到的藤井荣三郎求证。很快，2005年5月29日，藤井先生给冈田女士写了回信。热心肠的冈田女士收到信以后，便用国际特快邮寄给我。我又请同事李家平先生将此日文信翻译成中文，终于见到了这位极其重要的"口述者"的"证词"。为保持信的原貌，特摘引如下（信中划着重线部分，为藤井先生所加）：

> 冈田祥子先生，关于您所询问的事情，我向您说说我的记忆，要把事情的时间性搞清楚，还得参照我的经历来讲。
>
> 从《日本文艺杂志》上见到原本考虑授予老舍的诺贝尔文学奖可惜又失去的消息，并把这些告诉舒乙先生和老舍夫人的，确实是我。当时他们听了也感到吃惊，我想这些您也许不清楚。可是，时间上并非"1978年或1979年"，而是<u>1981年4月</u>。清楚地记得那是我第一次访问北京的时候。拜访舒家，是在滞留北京的那几日，……在同（舒乙、胡絜青）两位畅谈中，我记得向他们说起："日本文艺杂志载，日本国际笔会的一位作家谈到，川端康成获奖后，他从瑞典大使馆的朋友的电话里得知，原本获奖者是考虑到老舍先生的，可是因为'文革'，对中国的印象很差，加之老舍本人已经去世，于是该奖授予了川端。这个笔会的人说，川端先生是非常杰出的作家，但作为人道主义的受奖者来说，还是老舍先生更为合适。"不记得

巅峰之旅

我向舒乙先生说过（诺贝尔文学奖）筛选获奖者的经过，因为那杂志的文章上，在"秘密投票"方面，有没有记述方面的详细说明，我全然没有印象。

在当时的几种杂志里，我只选刊登创作和评论的买来看。主要是《文学界》、《新潮》、《群像》、《文艺春秋》四种。在我的记忆里，《文学界》曾把几个人的随笔、回忆性短文集中发表在一个类似轻松沙龙的栏目里边。记得执笔者中有崛田善卫，也许还有其他人。总之，我当时认为这是一个重要的记录，便将这本杂志藏入书斋。这篇文章刊于哪年哪个月号，此外，杂志是否真的是如我所记忆的《文学界》，已不是很清楚了。当时我手头有事，且认为什么时候要看，随时找出来就可以了，于是一直没有再找。但文章刊登的时间可以确定，记得这篇文章是刊登在杂志的11月号或12月号，也许还要再稍晚一点。总之没有把杂志名称、刊行月号和作者名字记录下来，是个大失误。在1981年和舒乙先生、胡絜青先生会面数年后，忽然舒乙先生向我打听杂志名和作者名。本当把杂志邮寄过去，可是怎么也找不到了。那时我的书斋曾做过一次大扫除，清理过一些没用的杂志，也许当时就把那本杂志错误地归入无用的书籍和杂志当中了。但是，不管怎样，<u>关于老舍和诺贝尔奖的文章曾刊载于《文艺杂志》上，这件事情是不会错的</u>。说实在的，收到舒乙先生的信，我连忙跑到中之岛图书馆，查找川端先生获奖后一年以内出版的杂志，在《文学界》等杂志的目录中，寻找可能的文艺消息、短篇随笔，可是我无法确认是哪个人。以上，只能向您作一些不是很确切的答复，实在是抱歉。……

看样子，这个关于从日本传来的老舍获得诺贝尔文学奖的消息，也是人们口头相传的议论而已。因为投票是秘密的，瑞典大使馆的朋友怎么知道这么详细呢？我推测，日本研究老舍的专家或者喜欢老舍的作家，把川端康成和老舍比较，认为从人道主题的角度看，老舍更符合理想主义和最出色的标准的，仅此而已。

那么，1968年诺贝尔文学奖评选情况怎么样呢？1958年，美国作家赛珍珠提名日本现代文学大师谷崎润一郎为候选人，以后这位作家多次被西方文艺界提名，不幸的是，他于1965年去世。60年代初，日本文艺家协会推荐了诗人两胁顺三郎，日本笔会则推荐了小说家和戏剧家山岛由纪夫。川端康成最早为瑞典文学院所注意是在1961年，这一年他们指派一位名叫瓦伦德的年轻评论家写了一篇研究报告，此后又有几位作家写了关于他的研究报告，可见川端康成早就进入了评委们的视野。1968年，参与诺贝尔文学奖角逐的有几位颇有竞争力，与川端康成比肩的是爱尔兰杰出戏剧作家贝克特，他于1969年获奖。*

从种种迹象看，老舍获诺贝尔文学奖只是传闻，之所以还有人乐于传诵，是因为它满足了一部分人对诺贝尔文学奖的渴慕心理。这也是当代中国文坛浮躁的一种表现。

---

* 《中国作家的诺贝尔文学奖情结》傅光明 《长江学术》2008年第1期

巅峰之旅

1901年–2009年历年获诺贝尔文学奖作家概览

1.苏利·普吕多姆(1839–1907)法国诗人。主要作品有《孤独》、《战争印象》、《命运》等,散文《诗之遗嘱》和《论美术》等。1901年获得首届诺贝尔文学奖。获奖理由:"表彰他的诗歌,因为它们标志着崇高的理想主义,完美的艺术造诣,以及思想与智慧的可贵结合"。

2.特奥多尔·蒙森(1817–1903)德国历史学家。主要代表作为五卷本《罗马史》,主编16卷《拉丁铭文大全》。1902年获诺贝尔文学奖。获奖理由:"当今世上最伟大的纂史巨匠,这在他的巨著《罗马史》中得到了充分的表现"。

3.比昂斯蒂恩·比昂松(1832–1910)挪威戏剧家、诗人、小说家。主要作品有剧作《皇帝》、《挑战的手套》,诗集《诗与歌》等。1903年获诺贝尔文学奖。获奖理由:"他以诗人鲜活的灵感和难得的赤子之心,把作品写得雍容、华丽而又色彩缤纷"。

4.弗雷德里克·米斯特拉尔(1830–1914)法国诗人。主要作品有诗作《普罗旺斯》、《米洛依》、《黄金岛》等。1904年获诺贝尔文学奖。获奖理由:"他的诗作蕴涵着清新气息、独创性和真正的感召力,它们真实地反映了他所属那个民族的质朴精神"。

5.何塞·埃切加赖(1832–1916)西班牙戏剧家、诗人。主要作品有《报复者之妻》、《不是疯狂,就是神明》、《大帆船》等。1904年获诺贝尔文学奖。获奖理由:"由于他的著作独特新颖的风格,恢复了西班牙戏剧的伟大传统"。

6.亨利克·显克维支(1846–1916)波兰历史小说家。主要作品有《火与剑》、《洪流》、《伏沃迪约夫斯基先生》三部曲,《十字军骑士》和《你往何处去》等。1905年获诺贝尔文学奖。获奖理由:"由于他在历史小说写作上的卓越成就"。

7.乔祖埃·卡尔杜齐(1835–1907)意大利诗人、文艺批评家。主要作品有诗集《青春诗钞》、《轻松的诗和严肃的诗》、《新诗钞》和三卷本《野蛮颂歌》、长诗《撒旦颂》等。1906年获诺贝尔文学奖。获奖理由:"不但由于他渊博的学识以及独有见地的深刻研究,更由于他伟大的诗作所特有的创造力、清新的风格以及抒情特征"。

8.约瑟夫·鲁德亚德·吉卜林(1865–1936)英国小说家、诗人。主要作品有诗集《军营歌谣》、《七海》,短篇小说集《生命的阻力》、《丛林故事》,长篇小说《吉姆》。

1907年获诺贝尔文学奖。获奖理由："这位世界名作家的作品以精确的观察、独特的想象、恢弘的气势和卓越的叙述见长"。

9.鲁道尔夫·欧肯(1946-1926)德国哲学家。主要作品有《大思想家的人生观》、《宗教的真理内容》、《人生的意义与价值》、《精神生活哲学入门》等。1908年获诺贝尔文学奖。获奖理由："由于他对真理的热切追求、他的思辨能力、他广泛的观察,以及他在无数作品中维护和阐述一种理想主义的人生哲学时所表现出来的热诚和力量"。

10.塞尔玛·拉格洛夫(女)(1858-1940)瑞典作家。主要作品有长篇小说《约斯塔·贝林传奇》、《耶路撒冷》、《骑鹅旅行记》等。1909年获诺贝尔文学奖。获奖理由："由于她作品中特有的崇高的理想主义、丰富的想象力、平易而优美的风格"。

11.保尔·约翰·路德维希·冯·海泽(1830-1914)德国作家。主要作品有诗歌《春天》,小说《犟妹子》、《特雷庇姑娘》、《尼瑞娜》、《在乐园里》和《默林》等。1910年获诺贝尔文学奖。获奖理由："表彰他作为抒情诗人、剧作家、小说家以及举世闻名的短篇小说家,在长期创作中所显示出来的、渗透着理想的、非凡的艺术才能"。

12.莫里斯·梅特林克(1862-1949)比利时剧作家、诗人、散文家。主要作品有剧作《不速之客》、《盲人》、《青鸟》、《莫娜·娃娜》等,散文集《明智和命运》、《蜜蜂的生活》、《花的智慧》等。1911年获诺贝尔文学奖。获奖理由："由于他在文学上多方面的成就,尤其是戏剧创作,具有丰富的想象力和新奇的诗意,有时虽以神话的形式出现,还是处处充满了深刻的启示。这种启示以奇异的力量打动了读者的心弦,并且激发了他们的想象"。

13.盖哈特·霍普特曼(1862-1946)德国剧作家、诗人。主要作品有剧作《织工们》、《日出之前》、《汉娜升天记》、《沉钟》等。1912年获诺贝尔文学奖。获奖理由："表彰他在戏剧艺术领域中丰硕、多方面的出色成就"。

14.罗宾德拉纳特·泰戈尔(1861-1941)印度诗人、社会活动家。主要作品有诗集《吉檀迦利》,小说《两亩地》、《戈拉》、《沉船》等。1913年获诺贝尔文学奖。获奖理由："由于他那至为敏锐、清新与优美的诗篇;这诗不但具有高超的技巧,并且由他自己用英文表达出来,便使他那充满诗意的思想成为西方文学的一部分"。

15.罗曼·罗兰(1866-1944)法国作家、音乐评论家。主要作品有长篇巨著《约翰·克利斯朵夫》、《母与子》,传记作品《贝多芬传》、《米开朗琪罗传》、《托尔斯泰传》等。1915年获诺贝尔文学奖。获奖理由："表彰他文学作品中体现出的高尚理想主义以及他在描绘各种不同类型人物时所具有的同情和对真理的热爱"。

16.魏尔纳·海顿斯坦姆(1859-1940)瑞典诗人、小说家。主要作品有诗集《朝圣和漫游年代》，小说《查理士国王的人马》、《贝尔波的遗产》等。1916年获诺贝尔文学奖。获奖理由："褒奖他在瑞典文学新纪元中作为重要代表人物所做的一切"。

17.卡尔·耶勒鲁普(1857-1919)丹麦作家。主要作品有诗集《我的爱情之卷》、《泰米瑞斯》，小说《明娜》、《磨房血案》、《已为生命而热》等。1917年获诺贝尔文学奖。获奖理由："因为他多样而丰富的诗作——它们蕴涵了崇高的理想"。

18.亨利克·彭托皮丹(1857-1943)丹麦小说家。主要作品有短篇小说《剪掉的翅膀》，长篇小说《乐土》三部曲——《幸运的彼尔》、《守夜》、《死者的王国》和《人的乐园》等。1917年获诺贝尔文学奖。获奖理由："由于他对当前丹麦生活的忠实描绘"。

*1918年未颁奖。

19.卡尔·施皮特勒(1845-1924)瑞士诗人、小说家。主要作品有史诗《奥林匹亚的春天》、《受难的普罗米修斯》等。1919年获诺贝尔文学奖。获奖理由："特别推崇他在史诗《奥林匹亚的春天》的优异创作方法"。

20.克努特·哈姆生(1859-1952)挪威小说家、戏剧家、诗人。主要作品有小说《饥饿》、《牧羊神》、《午睡》、《秋天的星空下》等。1920年获诺贝尔文学奖。获奖理由："为了他划时代的巨著《大地的成长》"。

21.阿纳托尔·法朗士(1844-1924)法国作家、文学评论家、社会活动家。主要作品有小说《苔依丝》、《企鹅岛》、《诸神渴了》、《天使的反叛》等。1921年获诺贝尔文学奖。获奖理由："他辉煌的文学成就，乃在于他高尚的文体、怜悯的人道同情、迷人的魅力，以及具有法兰西民族性的特质"。

22.哈辛特·贝纳文特·伊·马丁内斯(1866-1954)西班牙作家。主要作品有剧本《别人的窝》、《上流社会》、《秋天的玫瑰》、《利害关系》、《热情之花》、《怀疑的美德》等。1922年获诺贝尔文学奖。获奖理由："由于他以适当的方式延续了戏剧之灿烂传统"。

23.威廉·勃特勒·叶芝(1865-1939)爱尔兰诗人、剧作家。主要作品有《神秘的蔷薇》、《芦苇中的风》、《在七座森林中》、《责任》等。1923年获诺贝尔文学奖。获奖理由："由于他那永远充满着灵感的诗，它们透过高度的艺术形式展现了整个民族的精神"。

24.弗拉迪斯拉夫·莱蒙特(1868-1925)波兰作家。主要作品有长篇小说《烦恼》、《福地》和四卷本长篇小说《农民》等。1924年获诺贝尔文学奖。获奖理由："由于他那伟大的民族史诗式的作品《农民》写得非常出色"。

25.乔治·萧伯纳(1856-1950)爱尔兰戏剧家。主要作品有《鳏夫的房产》、《华伦夫人的职业》、《人与超人》、《芭芭拉少校》、《伤心之家》、《圣女贞德》等。1925年获诺贝尔文学奖。获奖理由："由于他那些充满理想主义及人情味的作品——它们那种激励性的讽刺常常涵蕴着一种高度的诗意美"。

26.格拉齐亚·黛莱达(女)(1871-1936)意大利作家。主要作品有小说《撒丁尼亚之花》、《诚实的灵魂》、《邪恶之路》、《常春藤》、《母亲》、《孤独者的秘密》、《飞往埃及》、《风之地》等。1926年获诺贝尔文学奖。获奖理由："由于她那为理想所激发的创作，以浑厚温柔的笔调透彻描绘了她所生长的岛屿上的生活；在反映人类的普遍问题时，也表现出相当的深度与同情心"。

27.亨利·柏格森(1859-1941)法国哲学家。主要作品有《物质与记忆》、《时间与自由意志》、《创造进化论》、《道德与宗教的两个起源》等。1927年获诺贝尔文学奖。获奖理由："由于他那丰富而生气勃勃的思想以表达出的卓越技巧"。

28.西格里德·温塞特(女)(1882-1949)挪威作家。主要作品有小说《珍妮》、《春天》、《镜中影像》、《克里斯汀·拉夫朗的女儿》。1928年获诺贝尔文学奖。获奖理由："主要是由于她对中世纪北欧生活之有力描绘"。

29.托马斯·曼(1875-1955)德国作家。主要作品有小说《布登勃洛克一家》、《魔山》等。1929年获诺贝尔文学奖。获奖理由："由于他那在当代文学中具有日益巩固的经典地位的伟大小说《布登勃洛克一家》"。

30.辛克莱·刘易斯(1885-1951)美国作家。主要作品有《大街》、《巴比特》、《阿罗史密斯》等。1930年获诺贝尔文学奖。获奖理由："由于他那深刻有力且深刻动人的叙述艺术，和他以机智幽默去开创新风格的才华"。

31.埃利克·阿克塞尔·卡尔费尔德(1864-1931)瑞典诗人。主要作品有诗集《荒原与爱情》、《费罗拉和波莫娜》、《秋天的召唤》等。1931年获诺贝尔文学奖。获奖理由："由于他在诗作的艺术价值上，从没有人怀疑过"。

32.约翰·高尔斯华绥(1867-1933)英国小说家、剧作家。著有长篇小说《福尔赛世家》三部曲、《现代喜剧》三部曲和剧本《银匣》等。1932年获诺贝尔文学奖。获奖理由："为其描述的卓越艺术——这种艺术在《福尔赛世家》中达到高峰"。

巅峰之旅

33.伊凡·阿历克塞维奇·布宁(1870-1953)俄国作家。主要作品有诗集《落叶》,短篇小说《安东诺夫的苹果》《松树》《新路》,中篇小说《乡村》《旧金山来的绅士》等。1933年获诺贝尔文学奖。获奖理由:"由于他以严谨的艺术技巧继承了俄罗斯散文创作的古典传统"。

34.路伊吉·皮兰德娄(1867-1936)意大利小说家、戏剧家。一生创作了40多部剧本。主要剧作有《诚实的快乐》《六个寻找剧作者的角色》《亨利四世》《寻找自我》等。1934年获诺贝尔文学奖。获奖理由:"由于他果敢而机智地振兴了戏剧和舞台艺术"。

*1935年未颁奖。

35.尤金·奥尼尔(1888-1953)美国剧作家。主要剧作有《天边外》《安娜·克利斯蒂》《琼斯皇》《毛猿》《榆树下的欲望》《进入黑夜的漫长旅程》等。1936年获诺贝尔文学奖。获奖理由:"由于他剧作中所表现的力量、热忱与深挚的感情——完全体现了悲剧的原始观念"。

36.马丁·杜·伽尔(1881-1958)法国小说家。主要作品有长篇小说《蒂博一家》。1937年获诺贝尔文学奖。获奖理由:"由于在他的长篇小说《蒂博一家》中所描写的人性的嬗变及当代生活的某些基本方面所表现出来的艺术魅力和真实性"。

37.赛珍珠(珀尔·塞登斯特里克·布克)(女)(1892-1973)美国作家。主要作品有《大地》三部曲、《母亲》《爱国者》《龙种》等。1938年获诺贝尔文学奖。获奖理由:"她对于中国农民生活的丰富和真正史诗气概的描述,以及她自传性的杰作"。

38.弗兰斯·埃米尔·西兰帕(1888-1964)芬兰作家。主要作品有长篇小说《神圣的贫困》《少女西丽亚》《夏夜的人们》等。1939年获诺贝尔文学奖。获奖理由:"由于他对本国农民的深刻了解和他描写农民生活、农民与祖国命运的关系时所表现的精湛技巧"。

*1940-1943年未颁奖。

39.约翰内斯·威廉·延森(1873-1950)丹麦小说家、诗人。主要作品有长篇系列小说《漫长的旅行》:《冰河》《船》《失去的天国》《诺尼亚·葛斯特》《奇姆利人远征》和《哥伦布》,诗集《世界的光明》《日德兰之风》等。1944年获诺贝尔文学奖。获奖理由:"由于他借助雄浑而丰富的诗意想象,将胸襟广博的求知心和大胆的、清新的创造性风格结合起来"。

40.加夫列娜·米斯特拉尔(女)(1889-1957)智利诗人。主要作品有《死的十四行诗》,诗集《绝望》、《柔情》、《有刺的树》、《葡萄压榨机》等。1945年获诺贝尔文学奖。获奖理由:"她那强烈感情孕育而成的抒情诗,已经使她成为整个拉丁美洲渴求理想的象征"。

41.赫曼·黑塞(1877-1962)德国作家。主要作品有长篇小说《克努尔普》、《德米尔》、《席特哈尔塔》、《荒原狼》等。1946年获诺贝尔文学奖。获奖理由:"由于他那些灵思盎然的作品——它们一方面具有高度的寓意与深刻的见解,一方面又具有古典的人道理想与高贵的风格"。

42.安德烈·纪德(1869-1951)法国作家、评论家。主要作品有小说《梵蒂冈的地窖》、《窄门》、《田园交响曲》、《伪币制造者》等。1947年获诺贝尔文学奖。获奖理由:"为了他广泛的包容性和艺术质地突出的著作,在这些著作中,他以无所畏惧的对真理的热爱,并以敏锐的心理学洞察力,呈现了人性的种种问题与处境"。

43.托马斯·斯特恩斯·艾略特(1888-1965)英美诗人、剧作家、批评家。主要作品有诗作《普鲁弗洛克的情歌》、《荒原》、《四个四重奏》,论著《传统与个人才能》、《批评的功能》、《诗与批评的效用》等。1948年获诺贝尔文学奖。获奖理由:"因为他对当代诗歌作出的卓越贡献和所发挥的先锋作用"。

44.威廉·福克纳(1897-1962)美国作家。主要作品有长篇小说《喧哗与骚动》、《我弥留之际》、《押沙龙,押沙龙》等。1949年获诺贝尔文学奖。获奖理由:"由于他对当代美国小说所作的强有力的和艺术上无与伦比的贡献"。

45.亚瑟·威廉·罗素(1872-1970)英国数学家、哲学家。主要作品有《数学原理》、《哲学问题》、《教育与社会秩序》等。1950年获诺贝尔文学奖。获奖理由:"表彰他所写的捍卫人道主义理想和思想自由的多种多样意义重大的作品"。

46.帕尔·费比安·拉格奎斯特(1891-1974)瑞典诗人、戏剧家、小说家。主要作品有诗集《天才》,剧本《疯人院里的仲夏夜之梦》,小说《侏儒》、《大盗巴拉巴》等。1951年获诺贝尔文学奖。获奖理由:"由于他在作品中为人类面临的永恒的疑难寻求解答所表现出的艺术活力和真正独立的见解"。

47.弗·莫里亚克(1885-1970)法国小说家。主要作品有《给麻风病人的吻》、《爱的荒漠》、《苔蕾斯·德斯盖鲁》、《蝮蛇结》等。1952年获诺贝尔文学奖。获奖理由:"由于他在小说创作中,通过对人类心灵的深刻洞察与准确表现,展现出复杂的人生戏剧"。

巅峰之旅

48.温斯顿·丘吉尔(1874-1965)英国政治家、历史学家、传记作家。曾任英国首相。主要作品有《马拉坎德远征记》、《第二次世界大战回忆录》、《英语民族史》等。1953年获诺贝尔文学奖。获奖理由:"由于他在描述历史与传记方面的造诣,同时由于他那捍卫人的崇高价值的光辉演说"。

49.欧内斯特·海明威(1899-1961)美国作家。主要作品有《太阳照常升起》、《永别了,武器》、《丧钟为谁而鸣》、《老人与海》等。1954年获诺贝尔文学奖。获奖理由:"因为他精通于叙事艺术,突出地表现在其近著《老人与海》之中;同时也因为他对当代文体的影响"。

50.赫尔多尔·奇里扬·拉克斯内斯(1902-1998)冰岛作家。主要作品有长篇小说《自然之子》、《洁净的葡萄》、《独立的人们》、《世界之光》,长篇历史小说《冰岛钟声》等。1955年获诺贝尔文学奖。获奖理由:"由于他在作品中所表现的生动的、史诗般的力量,使冰岛原已十分优秀的叙述文学技巧更加瑰丽多姿"。

51.胡安·拉蒙·希门内斯(1881-1958)西班牙诗人。主要作品有诗集《遥远的花园》、《悲哀的咏叹调》,散文集《三个世界的西班牙人》,长诗《空间》等。1956年获诺贝尔文学奖。获奖理由:"由于他的西班牙抒情诗,为高尚的情操和艺术的纯洁提供了最佳典范"。

52.阿尔贝·加缪(1913-1960)法国作家。主要作品有剧本《误会》、《正义》,小说《局外人》、《鼠疫》,论文集《西西弗的神话》等。1957年获诺贝尔文学奖。获奖理由:"由于他在他的重要文学作品,以明晰的观察和无比的热情阐明了当代人的良心所面临的种种问题"。

53.鲍里斯·列昂尼多维奇·帕斯捷尔纳克(1890-1960)苏联俄罗斯诗人、小说家。主要作品有诗集《在街上》、《生活啊,我的姊姊》、《主题与变奏》,长篇小说《日瓦戈医生》等。1958年获诺贝尔文学奖。获奖理由:"在继承俄罗斯史诗传统和当代抒情诗的创作上,他都获得了极为重大的成就"。

54.萨瓦多尔·夸西莫多(1901-1968)意大利诗人。主要作品有诗集《水与土》、《消逝的笛音》、《瞬息间是夜晚》和《日复一日》等。1959年获诺贝尔文学奖。获奖理由:"由于他的抒情诗,以古典的风格表达了我们这一时代生活中的悲剧性"。

55.圣琼·佩斯(1887-1975)法国诗人。主要诗歌作品有《流放》、《雨》、《雪》、《风》和《岸标》等。1960年获诺贝尔文学奖。获奖理由:"由于他诗歌中的振翼凌空、令人感奋的形象,以幻想的形式反映当代的场景"。

56.伊沃·安德里奇(1892-1975)前南斯拉夫小说家。主要作品有散文诗集《黑海之滨》和《动乱》,长篇小说《德里纳河上的桥》、《特拉夫尼克纪事》和《萨拉热窝女人》并称为"波斯尼亚三部曲"等。1961年获诺贝尔文学奖。获奖理由:"由于他从祖国的历史中摄取题材,描写人的命运,显示出史诗般的力量"。

57.约翰·斯坦贝克(1902-1968)美国作家。主要作品有《愤怒的葡萄》、《月亮下去了》、《珍珠》和《烦恼的冬天》等。1962年获诺贝尔文学奖。获奖理由:"由于他那写实又富于想象力的作品,把蕴涵同情的幽默和对社会敏锐的观察结合起来"。

58.乔治·塞菲里斯(1900-1971)希腊诗人。主要作品有诗集《转折点》、《神话和历史》、《航海日志》和《"画眉鸟"号》。1963年获诺贝尔文学奖。获奖理由:"由于他出色的抒情作品充满着对古希腊文化遗产的深挚感情"。

59.让-保尔·萨特(1905-1980)法国哲学家、作家。主要作品有哲学著作《存在与虚无》、《存在主义是一种人道主义》、《辩证理性批判》,小说《恶心》、《自由之路》三部曲,剧本《苍蝇》和《禁闭》等。1964年获诺贝尔文学奖。获奖理由:"因为他那思想丰富,充满自由气息和探求真理精神的作品对我们时代发生了深远影响"。

60.米哈伊尔·亚历山大罗维奇·肖洛霍夫(1905-1984)苏联作家。主要作品有长篇巨著《静静的顿河》、《被开垦的处女地》和短篇小说《一个人的遭遇》等。1965年获诺贝尔文学奖。获奖理由:"由于这位作家在顿河流域农村的史性诗作品中所表现出的活力与艺术热忱,使那部作品成功地展示了俄罗斯民族生活的一个历史侧面"。

61.萨缪尔·约瑟夫·阿格农(1888-1970)以色列作家。主要作品有小说《婚礼的华盖》、《大海深处》、《过夜的客人》、《订婚记》等。1966年获诺贝尔文学奖。获奖理由:"他的叙述技巧深刻而独特,并从犹太人民的生活中汲取主题"。

62.尼丽·萨克斯(女)(1891-1970)瑞典诗人。主要作品有诗集《传说与故事》、《死亡的寓所》、《星辰黯淡》,诗剧《伊莱》等。1966年获诺贝尔文学奖。获奖理由:"因为她杰出的抒情与戏剧作品,以感人的力量阐述了以色列的命运"。

63.安赫尔·阿斯图里亚斯(1899-1974)危地马拉诗人、小说家。主要作品有小说《危地马拉传说》、《总统先生》、《玉米人》等。1967年获诺贝尔文学奖。获奖理由:"由于他的作品深深根植于拉丁美洲的民族气质和印第安人的传统中,而显得鲜明生动"。

64.川端康成(1899-1972)日本小说家。主要作品有《伊豆的舞女》、《雪国》、《古都》、《千鹤》等。1968年获诺贝尔文学奖。获奖理由:"由于他高超的叙事性作品以非凡的敏锐表现了日本人的精神特质"。

65.萨缪尔·贝克特(1906-1989)法国作家。主要作品有三部曲《马洛伊》、《马洛伊之死》、《无名的人》和剧本《等待戈多》等。1969年获诺贝尔文学奖。获奖理由:"他那具有奇特形式的小说和戏剧作品,使现代人从精神困乏中得到振奋"。

66.亚历山大·索尔仁尼琴(1918-2008)苏联作家。主要作品有长篇小说《癌症房》、《第一圈》、《古拉格群岛》等。1970年获诺贝尔文学奖。获奖理由:"由于他作品中的道德力量继承了俄国文学不可或缺的传统"。

67.巴勃罗·聂鲁达(1904-1973)智利诗人。主要作品有诗作《二十首情诗和一支绝望的歌》、《西班牙在我心中》和代表作《诗歌总集》等。1971年获诺贝尔文学奖。获奖理由:"诗歌具有自然力般的作用,复苏了一个大陆的命运与梦想"。

68.海因里希·伯尔(1917-1985)德国作家。主要作品有小说《正点到达》、《女士及众生相》、《丧失了名誉的卡塔琳娜》等。1972年获诺贝尔文学奖。获奖理由:"为了表扬他的作品,这些作品兼具有对时代广阔的透视和塑造人物的细腻技巧,并有助于德国文学的振兴"。

69.帕特里克·怀特(1912-1990)澳大利亚小说家、剧作家。主要作品有小说《人类之树》、《风暴眼》等。1973年获诺贝尔文学奖。获奖理由:"由于他史诗与心理叙述艺术,并将一个崭新的大陆带到世界文学中来"。

70.埃温特·约翰逊(1900-1976)瑞典作家。主要作品有小说《乌洛夫的故事》等。1974年获诺贝尔文学奖。获奖理由:"由于他那从历史到现代的为自由服务的广阔的叙事艺术"。

71.哈里·埃德蒙·马丁逊(1904-1978)瑞典诗人。主要作品有诗作《现代抒情诗选》、《游牧民族》、《自然》、《海风之路》、《蝉》、《草之山》和代表作《阿尼亚拉》等。1974年获诺贝尔文学奖。获奖理由:"他的作品透过一滴露珠反映出整个世界"。

72.埃乌杰尼奥·蒙塔莱(1896-1981)意大利诗人。主要作品有诗集《乌贼骨》、《守岸人的石屋》等。1975年获诺贝尔文学奖。获奖理由:"由于他是一位玄学诗人,尽管抱有悲观主义和深刻的异化感,他还是以巨大的艺术力量和敏锐性表现了生活的价值和人类的尊严。"

73.索尔·贝娄(1915-2005)美国作家。主要作品有长篇小说《奥吉·玛琪历险记》、《赫索格》、《洪堡的礼物》等。1976年获诺贝尔文学奖。获奖理由:"由于他的作品对人性的了解,以及对当代文化的敏锐透视"。

74.维森特·阿莱克桑德雷(1898-1984)西班牙诗人。主要作品有诗集《天堂的影子》、《毁灭或爱情》、《终级的诗》、《知识的对白》等。1977年获诺贝尔文学奖。获奖理由:"他的作品继承了西班牙抒情诗的传统和吸取了现代流派的风格,描述了人在宇宙和当今社会中的状况"。

75.艾萨克·巴什维斯·辛格(1904-1991)美国作家。主要作品有《撒旦在戈雷》、《卢布林的魔术师》、《奴隶》等。1978年获诺贝尔文学奖。获奖理由:"他的充满激情的叙事艺术,这种既扎根于波兰人的文化传统,又反映了人类的普遍处境"。

76.奥德修斯·埃利蒂斯(1911-1996)希腊诗人。主要作品有诗集《初升的太阳》、《英雄挽歌》、《理所当然》等。1979年获诺贝尔文学奖。获奖理由:"由于他从源远流长的希腊传统中汲取营养,并以强烈的情感和敏锐的智力,展示了现代人为争取自由和从事创造性劳动而斗争"。

77.切斯拉夫·米沃什(1911-2004)波兰诗人。主要作品有诗集《冰封的日子》、《三个季节》、《冬日钟声》、《白昼之光》、《日出日落之处》,日记《猎人的一年》,论著《被奴役的心灵》,小说《夺权》等。1980年获诺贝尔文学奖。获奖理由:"由于他以不妥协的、敏锐的洞察力,描述了人类在激烈冲突的世界中所暴露的种种现象"。

78.埃利亚斯·卡内蒂(1905-1994)英国德语作家。主要作品有长篇小说《迷惘》等。1981年获诺贝尔文学奖。获奖理由:"由于他的作品具有宽广的视野、丰富的思想和艺术力量"。

79.加西亚·马尔克斯(1928-)哥伦比亚记者、作家。主要作品有长篇小说《百年孤独》、《家族长的没落》、《霍乱时期的爱情》、《迷宫中的将军》,报告文学《一个海上遇难者的故事》、《米格尔·利廷历险记》等。1982年获诺贝尔文学奖。获奖理由:"由于其长短篇小说以丰富的想象把幻想与现实融为一体,反映出整个大陆的生活与斗争"。

80.威廉·戈尔丁(1911-1994)英国作家。主要作品有长篇小说《蝇王》、《继承者》、《金字塔》、《自由堕落》、《看得见的黑暗》、《纸人》等。1983年获诺贝尔文学奖。获奖理由:"由于他的小说具有明晰的现实主义叙述技巧和虚构的故事的多面性和普遍性,显示出当今世界人类的情况"。

81.雅罗斯拉夫·塞弗尔特(1901-1986)捷克诗人。主要作品有诗作《裙兜里的苹果》、《铸钟》、《妈妈》、《哈雷彗星》和回忆录《世界美如斯》等。1984年获诺贝尔文

巅峰之旅

学奖。获奖理由:"他的诗富于独创性、新颖、栩栩如生,表现了人的不屈不挠精神和多才多艺的诗人自我解放的典型"。

82.克洛德·西蒙(1913-2005)法国小说家。主要作品有《弗兰德公路》、《历史》、《农事诗》等。1985年获诺贝尔文学奖。获奖理由:"由于他善于把诗人和画家的丰富想象与深刻的时间意识融为一体,对人类的生存状况进行了深入的描写"。

83.沃莱·索因卡(1934-)尼日利亚剧作家、诗人、小说家、评论家。主要作品有剧作《沼泽地的居民》、《雄狮与宝石》、《路》,诗集《伊当洛及其他》,长篇小说《阐释者》等。1986年获诺贝尔文学奖。获奖理由:"他以广博的文化视野创作了富有诗意的关于人生的戏剧"。

84.约瑟夫·布罗茨基(1940-1996)俄裔美籍诗人。主要作品有诗集《韵文与诗》、《山丘和其他》、《悼约翰·邓及其他》、《驻足荒漠》,散文集《小于一》等。1987年获诺贝尔文学奖。获奖理由:"他的作品超越时空限制,无论在文学上或是敏感问题方面都充分显示出他广阔的思想及浓郁的诗意"。

85.纳吉布·马哈福兹(1911-2006)埃及作家。主要作品有著名家族小说《宫间街》、《小偷与狗》、《道路》、《乞丐》、《我们街区的孩子们》、《伞下》、《平民史诗》等。1988年获诺贝尔文学奖。获奖理由:"他通过大量刻画入微的作品——洞察一切的现实主义,唤起人们树立雄心——形成了全人类所欣赏的阿拉伯语言艺术"。

86.卡米诺·何塞·塞拉(1916-2002)西班牙小说家。主要作品有中篇小说《帕斯库亚尔·杜阿尔特一家》、长篇小说《蜂房》和诗歌集《踏着白日朦胧的光》。1989年获诺贝尔文学奖。获奖理由:"由于他以风格多样、语言精练的散文作品含蓄地描绘了无依无靠的人们"。

87.奥克塔维奥·帕斯(1914-1998)墨西哥诗人。主要诗作有《太阳石》、《假释的自由》、《向下生长的树》,散文作品有《孤独的迷宫》、《人在他的世纪中》、《印度纪行》等。1990年获诺贝尔文学奖。获奖理由:"他的作品充满激情,视野开阔,渗透着感悟的智慧并体现了完美的人道主义"。

88.纳丁·戈迪默(女)(1923-)南非作家。主要作品有寓言故事《追求看得见的黄金》,短篇小说集《面对面》、《星期五的足迹》、《不宜发表》等,长篇小说《缥缈岁月》、《陌生人的世界》、《恋爱时节》、《伯格的女儿》、《七月的人民》等。1991年获诺贝尔文学奖。获奖理由:"以强烈而直接的笔触,描写周围复杂的人际与社会关系,其史诗般壮丽的作品,对人类大有裨益"。

89.德里克·沃尔科特(1930-)圣卢西亚诗人。主要作品有诗集《在绿夜里》、《放逐及其他》、《海湾及其他》,剧作《猴山之梦》、《最后的狂欢》等。1992年获诺贝尔文学奖。获奖理由:"他的作品具有巨大的启发性和广阔的历史视野,是其献身多种文化的结果"。

90.托尼·莫里森(女)(1931-)美国作家。主要作品有长篇小说《最蓝的眼睛》、《秀拉》、《所罗门之歌》、《宝贝儿》、《爵士乐》等。1993年获诺贝尔文学奖。获奖理由:"其作品想象力丰富、富有诗意,显示了美国现实生活的重要方面"。

91.大江健三郎(1935-)日本小说家。主要作品有小说《奇妙的工作》、《死者的奢华》、《饲育》,长篇小说《个人的体检》、《洪水涌上我的灵魂》、《万延元年的足球》,长篇三部曲《燃烧的绿树》等。1994年获诺贝尔文学奖。获奖理由:"通过诗意的想象力,创造出一个把现实与神话紧密凝缩在一起的想象世界,描绘现代的芸芸众生相,给人们带来了冲击"。

92.谢默斯·希尼(1939-)爱尔兰诗人。主要作品有诗集《一位博物学者之死》、《通向黑暗之门》、《在外过冬》、《北方》、《野外作业》、《苦路岛》、《山楂灯》、《幻觉》等。1995年获诺贝尔文学奖。获奖理由:"由于其作品洋溢着抒情之美,包容着深邃的伦理,揭示出日常生活和现实历史的奇迹"。

93.申博尔斯卡(女)(1923-)波兰诗人。主要作品有诗集《我们为此活着》、《向自己提出问题》、《呼唤雪人》、《盐》、《一百种乐趣》、《桥上的历史》、《结束与开始》等。1996年获诺贝尔文学奖。获奖理由:"由于其在诗歌艺术中精辟精妙的反讽,发掘出了人类一点一滴的现实生活背后历史更迭与生物演化的深意"。

94.达里奥·福(1926-)意大利讽刺剧作家。主要作品有剧作《喜剧的神秘》、《一个无政府主义者的死亡》、《我们不能也不愿意付钱》、《大胸魔鬼》等。1997年获诺贝尔文学奖。获奖理由:"其在鞭笞权威、褒扬被蹂躏者可贵的人格品质方面所取得的成就堪与中世纪《弄臣》一书相媲美"。

95.若泽·萨拉马戈(1922-)葡萄牙记者、作家。主要作品有小说《里斯本围困史》、《失明症漫记》、《修道院纪事》等。1998年获诺贝尔文学奖。获奖理由:"由于他那极富想象力、同情心和颇具反讽意味的作品,我们得以反复重温那一段难以捉摸的历史"。

96.君特·格拉斯(1927-)德国作家。主要作品有诗集《风信鸡之优点》、《三角轨道》等,剧作《洪水》、《叔叔,叔叔》、《恶厨师》、《平民试验起义》等,长篇小说《铁皮

巅峰之旅

鼓》、《猫与鼠》、《狗的岁月》合称"但泽三部曲"。1999年获诺贝尔文学奖。获奖理由:"其嬉戏之中蕴涵悲剧色彩的寓言描摹出了人类淡忘的历史面目"。

97.高行健(1940–)法籍华人剧作家、小说家。主要作品有剧作《绝对信号》、《野人》、《车站》,小说《灵山》、《一个人的圣经》等。2000年获诺贝尔文学奖。

98.维·苏·奈保尔(1932–)印度裔英国作家。1990年被英国女王授封为骑士。主要作品有小说《神秘的按摩师》、《米格尔大街》、《河弯》、《岛上的旗帜》、《超越信仰》、《神秘的新来者》等。2001年获诺贝尔文学奖。获奖理由:"其著作将极具洞察力的叙述与不为世俗左右的探索融为一体,是驱策我们从扭曲的历史中探寻真实的动力"。

99.凯尔泰斯·伊姆雷(1929–)匈牙利作家。主要作品有小说《非劫数》、《惨败》、《为一个未出生的孩子祈祷》等。2002年获诺贝尔文学奖。获奖理由:"表彰他对脆弱的个人在对抗强大的野蛮强权时痛苦经历的深刻刻画以及他独特的自传体文学风格"。

100.库切(1940–)南非作家。主要作品有小说《等待野蛮人》、《昏暗的国度》、《来自国家的心脏》、《耻辱》、《钢铁时代》等。2003年获诺贝尔文学奖。获奖理由:"精准地刻画了众多假面具下的人性本质"。

101.埃尔弗里德·耶利内克(1943–)(女)奥地利作家。主要作品有《女情人们》、《我们是骗子,宝贝》及《情欲》等小说。2004年获诺贝尔文学奖。她由此成为第一个获得诺贝尔文学奖的奥地利人。获奖理由:"因为她的小说和戏剧具有音乐般的韵律,她的作品以非凡的充满激情的语言揭示了社会上的陈腐现象及其禁锢力的荒诞不经"。

102.哈罗德·品特(1930–)英国剧作家,被评论界誉为萧伯纳之后英国最重要的剧作家。主要作品有《房间》、《生日晚会》、《看守者》、《归家》等。2005年获诺贝尔文学奖。获奖理由:"他的戏剧发现了在日常废话掩盖下的惊心动魄之处,并强行打开了压抑者关闭的心扉"。

103.奥尔汉·帕穆克(1952–)土耳其作家。主要作品有《赛福得特州长和他的儿子们》、《寂静的房子》等。2006年获诺贝尔文学奖。获奖理由:"他的作品在寻找故乡的忧郁灵魂时,发现了文化碰撞和融合中的新象征"。

104.多丽丝·莱辛(1919–)(女)英国作家。主要作品有《青草在歌唱》、五部曲《暴力的孩子们》、《玛莎·奎斯特》、《良缘》、《风暴的余波》、《被陆地围住的》以及《四门之城》、《金色笔记》。2007年获诺贝尔文学奖。获奖理由:"她用怀疑、热情、构想的力量来审视一个分裂的文明,其作品如同一部女性经验的史诗"。

105.勒·克莱齐奥(1940-)法国作家。主要作品有《诉讼笔录》、《寻金者》、《罗德里格岛游记》。2008年获诺贝尔文学奖。获奖理由:他是"新起点、诗歌冒险和感官迷幻类文学的作家,是在现代文明之外对于人性的探索者"。

106.赫塔·米勒(1953-)罗马尼亚裔德国作家。主要作品有短篇小说集《低地》、《河水奔流》、《行走界线》、《那时狐狸就是猎人》等。2009年获诺贝尔文学奖。获奖理由:她的作品"兼具诗歌的凝练和散文的率直,描写了一无所有、无所寄托者的境况"。

主要参考书目

1. 刘硕良主编:《获诺贝尔文学奖作家丛书》,1-6辑,桂林,漓江出版社,1983—1991
2. 陈映真主编:《诺贝尔文学奖全集》,第1-51卷,台北,台湾远景出版事业公司,1982
3. 柳鸣九编选:《萨特研究》,北京,中国社会科学出版社,1981
4. 乌兰汗等译:《人和事》,北京,生活·读书·新知三联书店,1991
5. 毛信德等译:《诺贝尔文学奖颁奖演说集》,南昌,百花洲文艺出版社,1995
6. 〔瑞典〕白根格伦著,孙文芳译:《世纪超人:诺贝尔》,长沙,湖南文艺出版社,1992
7. 李曼编:《获诺贝尔奖的女性》,成都,四川人民出版社,1987
8. 《鲁迅选集》,第1版,第4卷,人民文学出版社,1983
9. 孙美玲编选:《肖洛霍夫研究》,北京,外语教学与研究出版社,1982
10. 李文俊编选:《福克纳评论集》,北京,中国社会科学出版社,1980
11. 徐葆耕著:《西方文学:心灵的历史》,北京,清华大学出版社,1990
12. 肖涤编:《诺贝尔文学奖要介》,哈尔滨,黑龙江人民出版社,1992
13. 王逢振编:《诺贝尔文学奖词典》,桂林,漓江出版社,1997

巅**峰**之旅

后 记

1999年,我从武汉大学博士毕业了,非常庆幸的是,读博期间我写的《荆棘与花冠》也顺利出版了。那是一本介绍诺贝尔文学奖颁奖史的书,出版后反映比较好。台湾一家出版社购买了版权,而大陆一些文学爱好者写信与我讨论书中的某些问题,这让我很受鼓舞。在那以后,我又收集了一些资料,准备适当的时候对《荆棘与花冠》中的一些内容和代表作家进行修改和补充,以便让读者对诺贝尔文学奖作家认识更深刻、更全面一些。现在呈现给读者的这本书,应该说是我再思考的结果,也是我理想中的一个蓝本,我终于完成了这个愿望。记得当时在《荆棘与花冠》后记中,我写道:

  写完这本书最后一个字时,已经是晚上十一点钟了。我突然有了如释重负般的轻松,独自一人走出寝室,在枫园的林荫小道上,踩着细碎的月光,感受着大自然无边的静谧,心里涌出一股青春远逝的沧桑之感。

  10多年前,我还是个充满激情的小伙子,有幸进入华中师范大学师从王忠祥先生专攻世界文学。在先生的指导下,我们接触到诺贝尔文学奖这个题目。毕业后,还写过有关这个题目的论文。但生活的压力使我很难集中时间去面对这个充满诱惑力和挑战性的课题,就这样一年一年地回望着她,却总也未能走近她。而今,10多年过去了,我也步入中年,过去许多色彩缤纷的梦远逝了,许多努力追求过的东西,好多已失去了对自己的诱惑力,唯有文学仍是我温馨记忆中一道美丽的风景。它演变成了我生命存在的方式。真不能想象,离开它,我还能干什么。

擎着光明的火炬

　　在这本小书里，我试图对百年诺贝尔文学奖的历史进行一次考察。我以颁奖标准作为切入点，从中透视不同时期诺贝尔文学奖所呈现的不同特色，并以此来观照20世纪世界文学的演进史，从而证明诺贝尔文学奖的巨大包容性和丰富性，使它当之无愧地成为20世纪文学发展的一个缩影，成为研究20世纪世界文学的一个好的标本。我不知道我是否达到了自己的目标，但我还是要说，它凝集了我的心血，它是青年时代最好的纪念。

　　一眨眼，时间又过去了7年，真有光阴似箭之感。诺贝尔文学奖的金榜上又多出7位作家。而最近7年的诺贝尔文学奖颁奖史，一个显著的特点就是平民化和多元化：说它平民化，因为她坚守理想主义和最出色的气质，始终关注那些被忽略的民族文学，不断将那些处在世界文学边缘国家的优秀文学吸纳进诺贝尔文学奖家族中来；说它多元化，因为获奖作家地域和文学的代表性更深刻地体现了文学全球化观念，土耳其作家、奥地利作家的进入，实际上是对这两个民族文学的长期轻视的一个纠正。我想，随着这个奖项颁奖历史的不断延长，诺贝尔遗嘱中的全球化观念将会得到更好的体现。我们也能更轻松地谈论这个内涵丰富的题目。

　　7年只是人生长河中的一朵小的浪花。但这7年是我生命中最重要的过程，我经历了很多过去连想都想不到的人和事，有些时候我体会到灵魂被撕裂的痛苦，因为信守价值和自己的行为发生分离。在焦虑和茫然中，我甚至有点夸张地对朋友说，我经历了人生中最阴暗的岁月，我看到了一些人丑陋的嘴脸。当然更多的是感受到人性的光辉。而在一段非常困难的日子里，对诺贝尔文学奖的研究成了我克服生活中种种困难的源泉，她带来的精神抚慰是凄凉日子里最温馨的记忆。

　　我依然行进在生命的旅途上，还会碰上什么呢？不知道，也无从知道。但我想，对诺贝尔文学奖的研究将是我生命过程中最重要的点缀，因为很多时候它是我生命中最明亮的窗口。我喜欢这样的生活和状态。

　　借用海明威的话：人，生来不是被打败的，你可以消灭他，但不能打败他。是的，今后不管碰上什么困难，我都将挺胸前行，把生命演绎得更精彩。

陈春生　赣南师范学院
2007年12月28日